LILY WHITE

HERESIA

Traduzido por Wélida Muniz

1ª Edição

2023

Direção Editorial:	**Arte de capa:**
Anastacia Cabo	Lori Jackson Design
Tradução:	**Adaptação de capa:**
Wélida Muniz	Bianca Santana
Revisão Final:	**Preparação de texto e diagramação:**
Equipe The Gift Box	Carol Dias

Copyright © Lily White, 2023
Copyright © The Gift Box, 2023

Todos os direitos reservados.
Nenhuma parte do conteúdo desse livro poderá ser reproduzida em qualquer meio ou forma – impresso, digital, áudio ou visual – sem a expressa autorização da editora sob penas criminais e ações civis.
Esta é uma obra de ficção. Nomes, personagens, lugares e acontecimentos descritos são produtos da imaginação da autora. Qualquer semelhança com nomes, datas ou acontecimentos reais é mera coincidência.

Este livro segue as regras da Nova Ortografia da Língua Portuguesa.

CIP-BRASIL. CATALOGAÇÃO NA PUBLICAÇÃO
SINDICATO NACIONAL DOS EDITORES DE LIVROS, RJ
Gabriela Faray Ferreira Lopes - Bibliotecária - CRB-7/6643

W585h

    White, Lilly
        Heresia / Lilly White ; tradução Wélida Muniz. - 1. ed. - Rio de Janeiro : The Gift Box, 2023.
        396 p. (Antihero inferno ; 4)

    Tradução de: Heresy
    ISBN 978-65-5636-283-0

        1. Romance americano. I. Muniz, Wélida. II. Título. III. Série.

23-85215   CDD: 813
                CDU: 82-31(73)

Primeiro círculo (Limbo)
Mason Strom

Segundo círculo (Luxúria)
Jase Kesson

Terceiro círculo (Gula)
Sawyer Black

Quarto círculo (Ganância)
Taylor Marks

Quinto círculo (Ira)
Damon Cross

Sexto círculo (Heresia)
Shane Carter

Sétimo círculo (Violência)
Ezra Cross

Oitavo círculo (Engano)
Gabriel Dane

Nono círculo (Traição)
Tanner Caine

heresia

substantivo feminino

Opinião profundamente em desacordo com o que é geralmente aceito.

capítulo um

Brinley

A vida nem sempre foi fácil para mim.

Não quando fui criada por um pai que me ensinou a temer a minha própria sombra.

Claro. Há monstros a solta pelo mundo que vão te roubar, machucar, macular a sua alma, o seu orgulho, o seu corpo ou a sua vida. Eles te machucam porque você os machucou primeiro, ou eles te machucam só porque sim.

Nisso, meu pai tem razão, não há como negar.

E eu entendo que ele foi um pai protetor, sempre guiando e resguardando a única filha que o mundo lhe deu antes de a minha mãe morrer.

O que nunca fez sentido foi a razão para ele ter tomado tanto cuidado comigo. Talvez fosse por ter uma firma de segurança, ou por causa da morte da minha mãe, mas me foram dadas mais regras com as quais navegar pela vida do que aos meus amigos.

Para eles e a família deles, o mundo era terrível, sem dúvida, mas também era um lugar em que se podia levar uma vida feliz.

Para o meu pai, no entanto, pais que agiam assim eram ignorantes de propósito e, como resultado, os filhos sofreriam as consequências.

O mundo, segundo ele, é um tremendo desastre anunciado, e por eu ser uma mulher jovem, sou a vítima favorita.

Não tenho nem palavras para expressar o quanto fiquei embasbacada por ele ter me deixado sair da Georgia para estudar a centenas de quilômetros de casa.

No dia que entrei no meu carro para ir embora, fiz isso com um sorriso no rosto. Meu pai sorriu também. Até que me afastei da frente da casa, olhei pelo retrovisor e vi seu sorriso se transformar em uma careta, com a preocupação vincando a sua testa.

Mas filhos precisam crescer. E era isso que eu estava destinada a fazer.

Tudo foi muito bem pelos primeiros anos. Nada traumático aconteceu. A vida estava ótima. Mesmo que frequentemente eu ficasse no campus e não me aventurasse para muito longe da minha nova casa. Estava satisfeita com a vida que tinha construído, e ficava mais feliz ainda nas imensas salas de aula da faculdade e na biblioteca gigantesca.

Pelo menos, eu pensava que fosse o caso.

Talvez seja nos momentos em que você enfim acredita que nada pode dar errado que o pior acontece.

Meu monstro apareceu para mim em um lugar que jamais pensei que o conheceria. De um jeito que me fez odiá-lo. E ele voltou a me procurar de novo e de novo para me lembrar daquilo que meu pai sempre me avisou.

Meu monstro não estava a solta por aí só para me ferir, mas ele queria me roubar da minha própria vida.

Ele queria me mudar.

Me arrancar do conforto da minha bolhazinha e me mostrar o mundo que meu pai temia que fosse me comer viva.

Shane Carter não é um monstro qualquer; ele é um imbecil que não está nem aí para o que os outros pensam nem para o que é aceito pela sociedade moderna.

Ele é uma sombra que está sempre te seguindo.

Um homem que não dá ouvidos quando alguém diz não.

No mundo de Shane, não há regras que ele esteja disposto a seguir.

Uma pena eu ter tido o azar de esbarrar na vida dele.

Porque, no exato momento em que acreditei que minhas regras poderiam me proteger, Shane foi a primeira pessoa a me ensinar que não havia regras quando se estava brincando com fogo.

— Acho que viemos na noite errada. Talvez seja melhor voltarmos outro...

— Já estamos aqui — resmunga Ames, com os olhos fitando os meus na penumbra do interior do meu carro. — Não quero ter que voltar depois. Vamos só entrar, evitar a galera de nariz em pé e entregar a parada para o amigo do seu pai, e aí poderemos ir embora e nos divertir de verdade.

Não sei nem por que concordei com isso. Meu pai parecia desesperado, o que me encurralou a fazer o favor a ele. Ainda assim, ao observar o evento acontecendo na mansão do governador, estou inclinada a dar meia-volta e ir embora.

Ames balança as sobrancelhas em um lembrete de que temos lugares para ir mais tarde.

— É só entrar logo e parar de tentar encontrar uma forma de fugir da situação.

Eu rio porque ela está certa.

Como sempre, estou enrolando.

Lugares lotados não são lá os meus preferidos, e estar perto dessa multidão em particular é pior ainda.

Galera de nariz em pé não começa nem a descrevê-los.

Um suspiro me escapa quando a resignação se assenta. É melhor mesmo acabar logo com isso enquanto estou aqui.

— É, *tá*, só me deixa...

Um carro preto para atrás de nós e buzina. Presumo que a caminho da frente da mansão do governador para o que é, obviamente, um evento enorme.

Manobristas uniformizados esperam na imensa entrada, a iluminação que vem de dentro do imóvel brilha em contraste com o céu roxo do crepúsculo que combina à perfeição com os olhos impressionantes de Ames.

Encosto para deixar o carro passar, e me arrependo por não ter vindo ontem, conforme se esperava que eu fizesse.

Mas se pudermos entrar e sair sem causar incômodo demais, tenho certeza de que o atraso da entrega não será problemático.

— Ah, cacete — murmura Ames, ao me cutucar com o cotovelo. — Quem é aquele lá e como eu consigo o telefone dele?

Viro a cabeça a tempo de ver um homem alto de cabelo escuro sair do carro parado diante da mansão.

Dessa distância, não consigo divisar muito bem suas feições, mas ele parece familiar... e maravilhoso.

O terno não faz nada para esconder o par de ombros largos e a cintura sarada, os olhos escuros se fixam no carro para observar uma mulher descer. O tecido diáfano do vestido *ombré* dança ao redor de suas pernas quando ela aparece atrás do homem e entrelaça o braço com o dele.

Ames bufa.

— É claro. Eu deveria ter imaginado que o cara estaria acompanhado. Mas talvez haja outros iguais a ele. — Ela volta a me cutucar com o cotovelo. — Mudei de ideia. A gente precisa entrar e confraternizar um pouquinho, na verdade. Talvez roubar uma ou duas taças de champanhe.

Rindo daquilo, lembro a ela:

— Ele pode fazer parte da galera de nariz em pé, como você chama esse povo.

Ela me olha de soslaio.

— Com aquela aparência, sem sombra de dúvida. Mas isso não quer dizer que eu não possa desfrutar da vista.

Qualquer que seja o evento de hoje, ao que parece, é a rigor. Ames e eu vamos chamar atenção como se fôssemos um farol.

Se eu soubesse da festa, teria pelo menos tentado me vestir melhor, e não estaria com a blusa branca lisa com decote em V e a calça jeans larga. Mas, mesmo vestida assim, eu chamaria menos atenção que Ames.

Ela já está pronta para ir para a boate. O cabelo azul-claro escorre pelos ombros nus e pela camiseta preta e justa até roçar a cintura da calça preta de couro.

O modelito não faz nada para esconder as curvas perigosas.

— É melhor acabarmos com isso o mais rápido possível.

O aviso entra por um ouvido e sai pelo outro, é claro. Ames é péssima para calcular tempo, mas tento lembrar a ela mesmo assim.

— É uma hora até a cidade, e você sabe como fica lá em cima se chegarmos muito tarde.

Um sorriso malandro se espalha por seus lábios, e os olhos violeta cintilam travessura ao pensar no quanto será divertido na Myth.

— Parece que o Granger vai aparecer lá hoje. — Outro cintilar nos olhos. — Embora ele não possa me controlar mais. O que deixa o cara louco da vida.

— Puta — provoco.

— Foda-se. Sou jovem e consciente da minha própria sexualidade. E aquele homem mexe comigo de um jeito… e daí se ele é meu chefe? — Ela aponta o queixo para a mansão. — Vamos logo para ir embora daqui.

Saímos do carro e caminhamos pela longa trilha que leva à porta. Desvio o olhar para as janelas do terceiro andar, tentando me lembrar quanto tempo fazia que não passava um tempo significativo na mansão.

Pelo menos dez anos, calculo, a época em que eu era jovem e tentava crescer rápido demais. Meu pai me trazia junto todas as vezes que visitava o governador. Eu ficava com a filha dele, Ivy, seja qual fosse o número de horas que estivéssemos aqui.

Me pergunto se Ivy está aqui essa noite. Com Ames ao meu lado, subo os degraus até a varanda imensa. Assentimos para os manobristas quando passamos, e me viro para trocar olhares com um dos seguranças. Ele pressiona um dedo no aparelho do ouvido, diz alguma coisa tão baixo que não consigo ouvir, mas então acena para entrarmos.

Ele deve se lembrar de mim do dia que vim pegar o pen drive. Agora que temos uma cópia, não há necessidade de manter o original. É por isso que estou aqui hoje. O governador está desesperado para descobrir o que há no dispositivo, mas não queria ficar sem o original por mais de uma semana.

Não sei o que pode ter de tão importante lá, mas não tenho o direito de fazer perguntas. Como meu pai sempre me disse, quanto menos eu souber sobre o que ele faz, mais segura eu fico.

Assim que entro, um assovio baixo escapa dos lábios de Ames.

— Olha só esse lugar. Não quero nem pensar no custo.

A mansão é bastante impressionante com a imensa escadaria que começa no vestíbulo e serpenteia através de um plano aberto. Como a sinuosa curva de uma serpente, ela segue em direção aos fundos da casa. Lustres de cristal pendem graciosamente do teto com pé-direito alto, o piso é de um mármore resplandecente que parece recém-polido.

Ao nosso redor, pessoas circulam com smokings sob medida e vestidos cintilantes, a roupa deles é um contraste com a forma casual com que estamos vestidas.

Por ter crescido perto de famílias poderosas, não fico tão impressionada quanto Ames com a óbvia exibição de riqueza.

Não que a reação dela seja surpreendente. A garota não me disse muito sobre o próprio passado, mas sei que sua família era paupérrima. Ela e o irmão mais velho foram criados pela mãe. Passaram boa parte da infância dela lutando para fechar o mês e se mudavam com frequência.

Um casal passa por nós, e nos relanceia apenas por um segundo antes de nos dispensar como desimportantes.

Outro casal vem atrás deles. Mas, dessa vez, a mulher, com o cabelo preso para cima em um penteado bonito, sem dúvida está lançando um olhar demorado e desaprovador para Ames, avaliando-a da cabeça aos pés, e um esgar ergue o canto dos seus lábios ao notar o cabelo azul-claro.

Ames ri ao meu lado.

— Viu? Igualzinho eu pensei. Eles são nariz em pé. O que ela não sabe é que a rola do marido voltou à vida assim que me viu.

— Comporte-se — aviso, incapaz de segurar a risada. — Só preciso encontrar o governador, e aí podemos dar o fora daqui.

— Vou ficar boazinha — responde ela, mas a expressão me diz o contrário. — Também vou me misturar enquanto você faz o que precisa. Me procura quando estiver de saída.

O olhar dela segue dois homens que se aproximam da escadaria para ir ao andar superior.

Ambos são altos e de corpo bonito.

Um tem o cabelo mais claro e um pouco mais longo do que o que essa gente costuma usar. O cabelo do outro é escuro e cortado batidinho. Ele usa óculos de armação metálica: o complemento perfeito para o maxilar quadrado e as maçãs do rosto salientes.

— Bom Deus. Todos os homens são lindos? — Ames sorri de orelha a orelha. — Nem precisa me procurar. Acho que vou ficar muito bem se você me deixar aqui.

Bem quando ela diz isso, o homem com o cabelo louro que vai até os ombros se vira para olhar para a gente assim que chegam lá em cima.

Ele bate o ombro no do amigo e inclina a cabeça na nossa direção antes de seguirem por um corredor.

Ótimo, penso. Ames vai comer esses caras vivos se eles não tomarem cuidado.

— Estou falando sério — lembro a ela. — Comporte-se. Não vamos ficar muito tempo.

— Pode deixar, mesmo que isso estrague toda a diversão.

— Você vai se divertir bastante na boate — respondo, e meus olhos esquadrinham o vestíbulo.

Infelizmente, o governador Callahan não está por perto, então tenho que sair em busca dele.

— Tente ficar onde eu possa te encontrar. Nada de sair de fininho com homens bonitos.

— Não farei promessas — diz ela, e dá uma piscadinha.

Rio, balanço a cabeça e saio pela casa à procura do governador Callahan, buscando em meio a pequenos grupos de pessoas.

Quando não o encontro lá dentro, saio, e paro só por um instante para admirar o terreno.

Tendas brancas estão espalhadas pelo imenso jardim, e penduraram luzes nas árvores que reluzem feito estrelas.

A música suave é carregada com o vento, e conforme eu me afasto, noto que o homem que vi chegar mais cedo está vindo na minha direção, com a acompanhante de vestido *ombré* ao lado.

Ela não parece feliz por estar aqui, sua expressão está constrita no que ela olha para trás.

Ao seguir sua linha de visão, noto Ivy à distância, com o rosto pálido enquanto entrelaça o braço com o de uma ruiva.

Conforme o homem e a acompanhante passam, ele me avalia com os olhos verde-escuros. Sinto calafrios. Por alguma razão, não sei bem qual, tenho a sensação de que ele não é alguém com quem se brinca. Não que eu tenha tempo para perder com babacas arrogantes. A faculdade anda me mantendo ocupada demais esses tempos.

Aperto o passo e vou para o pátio dos fundos, costurando uma trilha lenta em meio à multidão. Uma das mãos toca o meu ombro, eu giro e vejo o governador Callahan me olhando de cima.

— Brinley. Não te esperava aqui essa noite.

Olho ao redor, com as bochechas ardendo porque havia entrado de penetra na festa dele.

— Desculpa. Era para eu ter vindo ontem, mas…

— Não tem problema. — Ele sorri. A expressão muito ensaiada é encantadora.

É impossível negar que o governador Callahan é um homem bonito, mas também é um pensamento nojento considerando que ele tem a idade do meu pai. Ainda assim, a cabeleira escura ainda é considerável para alguém da idade dele, e o corpo, sarado.

— Entre — ele diz, com a mão no meu cotovelo. — Vamos conversar lá no meu escritório.

Ao ser conduzida até o lado de dentro, passo os olhos pela sala, para me certificar de que Ames não tenha fugido com um dos homens bonitos vagando pela mansão.

Estamos ao pé das escadas quando a vejo encostada em uma parede com uma taça de champanhe na mão e um brilho travesso no olhar ao sorrir para o casal de passagem.

As pessoas não conseguem desviar os olhos, não que Ames não esteja acostumada com a atenção. Até mesmo o governador Callahan repara nela.

Ele a fita quando pisamos no primeiro degrau.

— Amiga sua?

Rio.

— Sim. Aquela é a Amélie, ou Ames, para encurtar. Ela frequenta a faculdade comigo e está ajudando com o pen drive.

A curiosidade dele é aguçada ao avaliá-la de novo.

— É ela quem está descriptografando o dispositivo?

Balanço a cabeça.

— Não. Mas o irmão mais velho dela e um amigo dele estão trabalhando nisso.

— Ah. — Ele assente antes de me acompanhar até lá em cima e em seguida pelos corredores até chegarmos ao escritório.

Ele fecha a porta antes de dizer:

— Confio na sua opinião sobre esses amigos que estão te ajudando. Seu pai, suponho, já puxou a ficha deles.

Concordo com a cabeça, entrego a ele o envelope de papel pardo com o pen drive e observo quando o leva até um quadro. Ele abre a coisa e revela um cofre escondido, entra com o código e tranca o envelope lá dentro antes de devolver o quadro para o lugar.

Os olhos escuros fitam os meus quando ele se vira para mim de novo.

— Teve notícias de Everly, por acaso?

Balanço a cabeça e ignoro a preocupação rastejando dentro de mim. Não faço ideia de no que Everly está envolvida. A última vez que fiquei sabendo, ela estava se mudando da Georgia para outro estado. A garota não dá notícias desde então.

— Não. Não desde que ela foi embora. Eu estava me perguntando se o irmão dela teve alguma notícia.

Ele dá um passo e para na minha frente.

— Infelizmente, não. Scott, assim como você, só teve notícias dela na mesma ocasião. Vai nos avisar assim que ela entrar em contato de novo?

Assinto. Ele sorri em resposta.

— Obrigado. Diga ao seu pai que mandei oi. É melhor eu voltar para os meus convidados.

— Ah — digo, e fico sem graça com o seu lembrete de que eu tinha invadido uma festa. — Sim, claro.

Não dizemos mais nada enquanto ele me acompanha para fora do escritório e de volta para a imensa escadaria.

O governador Callahan desce, mas minha atenção é atraída para uma mulher se movendo depressa na minha direção, vindo do corredor oposto, o vestido *ombré* me é familiar.

Atrás dela, o homem de cabelo escuro com quem me lembro de tê-la visto antes a segue, ambos não me notam quando se viram para descer as escadas.

Ao que parece, não sou a única que repara no fato. A ruiva que vi com a Ivy lá fora está subindo, o corpo dela congela quando eles passam.

Desço alguns degraus, mas não consigo conter a curiosidade quanto ao que a ruiva está encarando. Viro a cabeça e vejo um homem parado lá em cima, com os olhos fixos nela, e um sorriso esticando seus lábios.

Presumo que eles se conheçam, e o fato, bem, não é da minha conta, continuo descendo as escadas e vejo o mesmo homem lá embaixo.

Confusa, volto a olhar para cima e concluo que devem ser gêmeos idênticos.

A ruiva olha de um para o outro e sorri.

Caramba, eu sorriria também se estivesse presa entre esses dois.

Assim que chego no piso inferior, vejo que Ames saiu do lugar em que estava há poucos minutos. Fico irritada ao imaginar onde ela se enfiou e quais problemas pode estar causando.

Vou até a lateral da escada, e passo por um bar idêntico ao que foi montado do lado oposto. Viro a cabeça quando uma mulher grita alto o bastante para que a voz ecoe pela mansão:

— *Ai meu Deus! Isso, Tanner! Com mais força!*

A surpresa faz minhas sobrancelhas dispararem para a testa. Não sou a única. Cada pessoa que conseguiu ouvir olha naquela direção, algumas riem, outras cochicham sobre o que ouviram.

Não sei que tipo de festa o governador Callahan costuma dar, mas isso vai muito além do que eu esperava.

Balanço a cabeça, me viro para percorrer a passagem estreita, mas esbarro em alguém. Eu não estava prestando atenção, e minha blusa fica encharcada quando a bebida da pessoa derrama em mim. Olho para cima, e encontro o olhar de um homem estonteante.

Ele é muito mais alto que eu, o que me força a curvar o pescoço para poder olhá-lo. A primeira coisa que noto é o castanho-escuro do cabelo estilosamente desarrumado e o azul profundo de seus olhos.

Meu olhar desliza para baixo e nota a tatuagem espiando do colarinho da camisa social branca. Uma olhada rápida para ele levaria alguém a acreditar que o cara é tão engomadinho quanto o resto das pessoas nessa festa, mas, se prestar atenção, vai ver que há mais nele.

— Desculpa...

— Você deveria olhar por onde anda — retruca, a voz contrariada não me cai nada bem, ainda mais porque fui eu quem acabou com a bebida dele no corpo.

Depois de olhar para a minha blusa branca, que agora está praticamente transparente, olho para o rosto dele de novo, e a raiva aquece minhas bochechas.

— Pedir desculpa teria sido educado. Você não é o único que ficou encharcado.

O olhar dele cintila para a minha blusa, e um sorriso inclina o canto de sua boca quando seus olhos voltam a encontrar os meus.

— Não é culpa minha você ter esbarrado em mim.

Seu tom é tão desdenhoso quanto a sua expressão. Desprezo absoluto está nas linhas da sua boca e no brilho de seus olhos.

Aquilo só me deixa mais puta.

— Pode ser, mas você deveria pelo menos se desculpar.

— Pelo quê? — pergunta ele, com um sorrisinho de deboche. — Não foi culpa minha.

Ao dar outra olhada para a minha blusa, seu sorriso aumenta, e uma expressão perversa rasteja pelo seu rosto quando ele volta a encontrar o meu olhar.

— Olha, se precisar de ajuda para se limpar, eu te sigo feliz até o banheiro e faço o que puder. A vista não é tão ruim...

— Ah, vai se foder — vocifero. — Como se eu fosse te deixar me ver sem blusa.

Ele se inclina para frente e para quando o nariz quase toca o meu, seus olhos brilham de alegria.

— Então é melhor você circular. Já fiz minha oferta. Azar o seu por preferir não aceitar.

Quem esse cara pensa que é?

— Qual é a sua?

Outro sorriso arrogante.

— Nenhuma. Só tenho problemas com mulher reclamando sem razão nenhuma. Como eu disse, você que esbarrou em mim. Pode parar de agir como se fosse eu o culpado.

Dou um passo para o lado e olho feio para o babaca convencido parado na minha frente. Mas o olhar não faz nada para afastá-lo. Se muito, ele o vê como um desafio.

Conheço o cara há menos de cinco minutos, e já sei que não quero nada com ele.

LILY WHITE

capítulo dois

Shane

Estou começando a acreditar que deveria ter me recusado a vir a essa festa. Já é um inferno ficar preso em um smoking que restringe meus movimentos e me enforca, e ainda estou rodeado por um bando de babacas arrogantes que se acha a elite do país.

Só isso já teria bastado para me deixar azedo, mas adicione ao fato a mulher emburrada me olhando feio, como se eu devesse me desculpar por algo que ela causou, e estou a dois segundos de sair daqui feito um furacão e ir direto para casa.

Ainda assim, não consigo deixar de notar que ela se destaca em meio à multidão. Ela não só está usando uma camiseta simples e jeans, mas também ficou muito bem com eles.

Nada comum, pelo menos.

Alguém que chamaria minha atenção mesmo se não tivesse coberta pela minha bebida.

Ou seria boa de olhar se eu não estivesse tão puto no momento.

O vermelho manchando suas bochechas destaca o azul dos seus olhos, o longo cabelo castanho-claro cai em ondas até roçarem seus quadris.

Eu amo cabelo longo.

Sempre amei.

Principalmente porque é a melhor forma de controlar uma mulher na cama.

A julgar pelo jeito como ela me encara no momento, não seguiremos nessa direção.

Jamais.

O que significa que é melhor ela sair da porra da minha frente para que eu possa continuar a cuidar do problema que estava indo resolver, para início de conversa.

Enjoado disso, ergo as sobrancelhas em um gesto silencioso para ela se mover, mas a garota simplesmente fica onde está.

— Precisa de alguma coisa?

— De um pedido de desculpas — responde ela, com o tom tão afiado quanto uma navalha.

Dou um passo para trás e, bem devagar, percorro o corpo dela com o olhar, meus lábios se repuxam nos cantos.

Ela é engraçada, preciso dar o braço a torcer.

Quando volto a olhar para cima, o vermelho das suas bochechas está mais profundo. Não posso deixar de admirar o tom.

— Olha, desculpa se você esbarrou em mim e acabou ensopada. Agora você poderia, por favor, sair da frente para que eu possa seguir com a minha noite? Tenho coisas mais importantes a fazer.

O queixo dela cai ligeiramente antes de se fechar com um estalo, a pele entre seus olhos se enruga ainda mais.

Ela é fofa.

Preciso dar o braço a torcer quanto a isso também.

— Você é babaca pra cacete. — A voz dela é um estalo de chicote, e os lábios carnudos se curvam em um esgar que eu quero fazer sumir.

Rindo, respondo:

— Obrigado pela sincera avaliação. Vou tentar não chorar por causa dela quando eu for dormir. Agora, sai.

Para ser sincero, achei que ela fosse continuar discutindo ou armar uma cena. Em vez disso, a garota sorri, o que me surpreende. A expressão é meiga para uma mulher cujos olhos me encaravam como se ela estivesse me apunhalando em sua cabeça enquanto planejava onde desovar o meu cadáver.

Não reajo, minha recusa aprofunda o rubor em suas bochechas, e ela aperta aquela boca em uma linha tão severa que eu poderia acabar sem os dedos se a tocasse.

Com um resmungo desaprovador, ela se desvia de mim, pisando duro. Quero mantê-la à vista conforme ela se afasta em direção ao banheiro.

Não posso negar, a garota tem uma bela bunda.

Uma pena não termos nos conhecido em melhores circunstâncias.

Mas esse não é o meu principal problema essa noite.

Não quando tem um otário ali na festa que ainda não me deu uma satisfação por ter colocado dois dos meus amigos na cadeia.

Sim, tecnicamente, os gêmeos deram uma surra nele que o fez parar no hospital. Mas foi revanche por ele ter espalhado por toda a escola o vídeo deles com Emily.

Os dois teriam sido presos mesmo se Paul tivesse deixado por isso mesmo. Mas o cara prestou queixa. E agora ele tem um novo pecado pelo qual responder.

E como o diabo que sou, pretendo puni-lo por isso.

Infelizmente para Paul Rollings, o Inferno é paciente. Temos memória de elefante e nos agarramos a velhos ressentimentos.

Volto para o bar, pego outra bebida antes de percorrer o corredor e seguir lá para fora. O ar fresco da noite acaricia o meu rosto conforme esquadrinho a multidão em busca do meu alvo.

Encontro o coitado em meio a um pequeno grupo de pessoas que reconheço do ensino médio.

Gabe está levando Ivy para longe do grupo, e Emily não está em lugar nenhum. Creio que os gêmeos a atraíram para longe para ajudar Gabe a pegar Ivy sozinha.

Feliz por ver que tudo estava saindo conforme o planejado, atravesso o pátio dos fundos, saio da trilha que percorre a grama como se fosse um riacho tranquilo e sinuoso, e vou até onde Paul conversa com Olivia Banks.

Vi Olivia algumas vezes em eventos sociais a que fomos desde que voltamos de Yale, e eu a usarei agora como meio de me aproximar de Paul.

— Bela noite, não é? — pergunto, com um sorriso sorrateiro no rosto quando Olivia se vira para mim com um sorriso encantador que é todo dela.

Ela é bonitinha. Não do tipo que faz cabeças virarem para continuar olhando, mas também não é do tipo que te brocha. Acho que simples ou sem sal seria uma forma melhor de descrevê-la.

Com o cabelo louro com corte chanel na altura do maxilar, e olhos cinzentos cor de água suja, Olivia me encara. Há um brilho em seu olhar que só pode ser interpretado como um convite.

— Shane Carter — diz ela ao me cumprimentar, o sotaque arrastado denota dinheiro e criação privilegiada. — Estou surpresa por te ver aqui se misturando com a ralé.

Rio daquilo, e vejo a isca pelo que ela é. Em vez de assegurar que ela não é ralé, permito que meus lábios se curvem de forma enigmática.

— Só pensei em dar uma passadinha e dizer oi para os poucos rostos que reconheço.

Desvio o olhar para o homem de pé ao lado dela, mas não deixo de notar a tensão em seus ombros, o deslize da sua expressão ensaiada.

— Paul, quanto tempo. Como anda a vida?

Ele muda o peso de um pé para o outro, os dedos seguram o copo com um pouco mais de força. Mas a voz profunda está firme quando ele responde, não há vestígio da preocupação que consigo ver com tanta clareza em seu rosto e na postura rígida.

— Anda boa...

— Melhor que boa. — Olivia ri e dá um tapinha de brincadeira no ombro dele. — Paul me disse que vai se casar em breve.

— É mesmo?

Minhas sobrancelhas se erguem quando olho ao redor.

Volto a olhar para eles, e fito Paul.

— E cadê a sua noiva? Ela veio contigo?

A farsa que estou armando está me sufocando como um pau na minha garganta.

Eu não ajo assim.

Não falo assim.

Não quero ter nada a ver com esse mundo nem com as pessoas que fazem parte dele.

Mas consigo interpretar o meu papel.

E eu vou.

A garganta de Paul se move ao engolir, ele cerra o maxilar. Provavelmente porque sabe que estou falando um monte de merda.

Ele sabe quem eu sou de verdade, já que viu bem de perto. E não quer falar demais porque sabe que só pioraria as coisas. Felizmente, Olivia está aqui para responder às minhas perguntas.

Às vezes, é impossível não amar as pessoas linguarudas.

— Ele vai se casar com a Hillary Cornish. — Os olhos dela disparam para Paul. — E você não disse que ela estava para chegar? Faz séculos que não a vejo.

Que coincidência.

Faz séculos que eu também não a vejo.

E muito obrigado, Olivia, por me prover com a informação de que eu precisava para saber direitinho o que fazer para dar uma lição em Paul.

Amo quando as peças se encaixam com tanta facilidade. Como se estivesse destinado a ser assim. Sorrio ao pensar nisso.

Paul e Olivia sorriem também, pensando que estou sendo amigável.

O homem pigarreia e logo confessa:

— Isso. Ela já deveria ter chegado. Não sei o motivo do atraso.

— Bem, tomara que ela chegue a tempo do anúncio do noivado — Olivia diz, naquela voz refinada. — Assim, é por isso que estamos todos aqui hoje, não é?

Ela ri como se tivesse contado uma piada. Sem ver a graça, volto a olhar nos olhos de Paul. Ao que parece, o aviso silencioso ali é alto e claro, se a tensão renovada em seus ombros for algum indício.

Uma pena para ele.

Mas ótimo para mim.

Vai ser mais fácil do que eu pensava.

Entediado agora que consegui a informação de que precisava, lanço um sorriso educado para eles.

— Bem, foi um prazer ver vocês dois. Mas preciso circular. Há tantas pessoas para as quais eu preciso dizer oi.

Tipo a Hillary...

Especialmente a Hillary.

Olivia parece ficar arrasada, mas Paul me olha com cautela. Homem esperto. Estou prestes a arrasar com o mundo dele, e assim que eu acabar, ele deverá se lembrar da razão.

Meu comportamento se torna cruel quando me afasto, meu olhar esquadrinha o terreno em busca de uma mulher que estou muito animado de ver de novo. Só porque ela vai facilitar demais a tarefa.

Volto para a casa, cumprimentando os conhecidos com um gesto de cabeça, recusando-me a parar e conversar até voltar a atravessar as portas e contornar a imensa escadaria para me posicionar perto do vestíbulo por onde Hillary terá que entrar.

Vários grupos de pessoas circulam por ali, ninguém com quem eu esteja interessado a falar.

Felizmente, Jase passa alguns minutos depois, arqueando a sobrancelha como se achasse curioso me encontrar ali sozinho.

— Me diz que você viu a garota de cabelo azul que está circulando por aqui. — Ele se aproxima e para ao meu lado.

Confuso, encontro o olhar dele.

— Cabelo azul? Você está falando das coroas com diamantes pendurados por toda a parte e perfume o bastante para intoxicar um pequeno exército?

Ele ri.

— Não. Estou falando da que está vestindo couro preto, uma blusa que não esconde nenhuma das bênçãos que Deus deu a ela e um cabelo azul-claro que vai até a bunda.

A descrição é muito mais interessante do que eu tinha imaginado de início.

Para ser sincero, não sei bem como deixei alguém assim passar. Uma mulher dessas se destacaria em meio às patéticas aspirantes a socialites certinhas que enchem a mansão.

— Ela está por aqui em algum lugar — ele diz, bem quando uma loura em particular atravessa as portas da mansão.

Hillary cresceu, tem o mesmo sorriso elitista de sempre, mas o estilo está mais maduro, assim como as feições.

— E o que você está fazendo aqui? — pergunta Jase.

Estou tão concentrado em Hillary que mal ouço a pergunta. Bato a mão em seu ombro.

— Cuidando de um problema — respondo, com a voz perdida, e avanço para interceptar uma amiga que não vejo há séculos.

— Que problema? — Jase grita para as minhas costas.

— O Ezra sabe.

Eu me afasto depressa antes que ele consiga proferir outra palavra, diminuo o ritmo para um passo mais despreocupado quando abordo Hillary antes de ela ter a chance de passar pelas escadas.

De propósito, bato o ombro no dela, e paro como se tivesse sido sem querer.

— Desculpa.

Seus olhos se arregalam ao me ver.

— Olha só. Acho que não te vejo desde os tempos da escola, Shane. Pelo menos, não pessoalmente. Você causou impacto em vários noticiários.

Isso é verdade.

Infelizmente, não por vontade própria, mas aprendi a conviver com isso.

Rotulado pela mídia como o *problemático* do Inferno, costumo rir ao pensar que eles só acham isso por causa das minhas tatuagens.

Mas os outros caras amam.

Permite que eles ajam sem serem notados.

— Hillary, sinto muito pelo encontrão.

Ela não faz ideia do quanto as palavras são sinceras.

Eu sinto muito por ter encontrado com ela.

Sinto muito por ter que me sacrificar pelos outros.

Sinto muito por ela sequer existir no mesmo planeta que eu.

Felizmente, meu pedido de desculpas não a detém.

— Imagina. Eu não devia estar nem prestando atenção no que estava fazendo. Como você está?

Rápida ao dispensar meu pedido de desculpas, os olhos de Hillary me avaliam com interesse demais para uma mulher comprometida. Mas, bem, sou um homem que está à caça, então não vou deixar passar a oportunidade que ela está praticamente jogando no meu colo.

— Bem — respondo com a voz suave, prendendo seu olhar conforme a conduzo a passos lentos até a escada.

Ergo a mão para agarrar o corrimão às suas costas, e a prendo.

Ela não parece se importar. Se muito, excitação brilha no fundo dos olhos azuis, os lábios se abrem ligeiramente quando seu peito sobe e desce com cada respiração.

Devagar, passo os olhos pelo seu corpo e noto o vestido prateado que abraça o corpo magro.

Não há nada nessa mulher que me chame a atenção, mas deixo de lado a falta de interesse e sigo com o jogo.

— Fiquei sabendo do seu noivado.

O polegar de Hillary roça o anel, uma lembrança silenciosa de que ela não deveria estar olhando para mim e pensando sacanagem, sendo que está comprometida com Paul.

Eu não seguiria por esse caminho para dar o troco em Paul por causa do incidente com o vídeo se não fosse de Hillary que ele estivesse noivo. Mas, já que ela também estava envolvida na história, não vejo nenhum problema em usá-la para atingi-lo.

São dois coelhos com uma cajadada só, sério, e lanço um agradecimento silencioso ao universo por ter feito acontecer.

— Hum, sim — responde ela, com o rosto corado e a voz ligeiramente ofegante. — Ele fez o pedido há alguns meses.

Eu me aproximo e sorrio ao ver o pulsar forte em seu pescoço e ao ouvir a mulher recuperar o fôlego.

Minha voz mal passa de um sussurro.

— Que pena.

Nossos olhares se cruzam, e ao passo que os dela estão arregalados e vidrados, os meus estão semicerrados, uma ameaça preguiçosa que promete dor e prazer.

— Teria sido divertido.

HERESIA

23

Eu me afasto do corrimão e consigo dar um passo antes de ela segurar o meu braço com a voz cheia de curiosidade.

— O que teria sido divertido?

É quando sei que ela mordeu a isca.

Pobre Paul, penso. Sinto muito mesmo por um cara cuja noiva pode ser roubada assim tão fácil. De certa forma, estou fazendo um favor a ele. Mas ele não vai ver assim.

Quando me viro para ela, Hillary me segura pelo quadril e me puxa para mais perto. Ela não é páreo para a minha força, mas a deixo pensar que está no controle.

— Que tipo de diversão? — pergunta ela de novo.

Um pouco afoita demais para o meu gosto, mas não é o que eu quero que está em jogo.

Falando por mim, eu não suporto a mulher, mas, às vezes, para se ensinar uma lição, é necessário o sofrimento de passar pela aula.

Dou um passo à frente, até seus quadris se alinharem com o meu corpo, esquadrinho o seu rosto e ergo a mão para colocar uma mecha fujona atrás de sua orelha.

Minha voz é um sussurro perigoso quando respondo:

— Não sei bem. Mas tenho a sensação de que a gente consegue pensar em alguma coisa.

Os lábios de Hillary se repuxam em um sorriso lânguido, os olhos aquecem até o azul se tornar líquido.

— Ah — ela ronrona. — Acho que conseguimos, sim.

A armadilha está posta.

Agora só preciso decidir a melhor forma de causar o dano.

Brinley

Eu vou matar a Ames assim que pôr as mãos nela.

Faz vinte minutos que estou vagando pela festa do governador, procurando uma mulher que deveria se destacar em meio à multidão.

Como pode ser difícil encontrar alguém com cabelo de sereia e roupas pretas e justas em meio a vestidos cheios de brilho e smokings sob medida?

Ao que parece, é perfeitamente possível.

Quando chego à conclusão de que ela achou algum pobre coitado para fazer de vítima, finalmente a encontro no jardim.

Uma taça de champanhe está em sua mão conforme ela vai de uma tenda à outra escolhendo canapés de diferentes bandejas de prata. Seus lábios se curvam cheios de travessura sempre que alguém a olha.

Marcho até lá, seguro-a pelo ombro e viro-a para mim.

— Sério? Eu te falei para ficar onde eu pudesse te achar.

Com os olhos violeta fixos em mim, ela termina o champanhe e coloca a taça vazia ao lado de uma mureta.

— Eu vi você subir com o coroa gostoso, e não sabia quanto tempo ia levar. Em vez de ficar de canto como se fosse um palco secundário, decidi comer alguma coisa. Desculpa se me perdi.

— Se perdeu merda nenhuma. — Eu rio e a puxo comigo de volta para a mansão.

É impossível ficar brava com a Ames. Ela pode ser um verdadeiro pé no saco, mas é verdadeira e leal. Também é a primeira pessoa a quem você pode recorrer se tiver um problema, não importa se só precise de um ombro para chorar ou de uma cúmplice.

— A gente tem tempo — provoca. — Granger não vai ficar muito bravo se tiver que esperar.

Balanço a cabeça e me recuso a soltá-la quando voltamos para a mansão. Nossos passos são rápidos enquanto seguimos para o corredor que leva à imensa escadaria.

— Você vai perder seu emprego qualquer noite dessas. Granger não vai te aguentar por muito tempo.

Enquanto a Myth é um ambiente desagradável para mim, o lugar é uma das principais fontes de renda de Ames, o que permite que ela continue na faculdade. E embora Granger a tolere até certo ponto, vai chegar o dia em que ela irá longe demais.

— Devagar com o andor, Brinley. Viu os caras circulando por aqui? Mulher, eu vi gêmeos idênticos. Gêmeos! Cruzei olhares com um e quase derreti, cacete. E você ouviu aquela mulher implorando para o cara ir mais forte? Bem às claras, onde qualquer um podia ouvir. Eu não fazia ideia de que os nariz em pé sabiam se divertir assim. Acho que gosto daqui.

Olho feio para ela, que balança as sobrancelhas.

A risada escapa dos meus lábios quando damos a volta na escadaria e chegamos ao vestíbulo, aperto o passo até Ames me puxar e virar a cabeça para a direita.

— Assim, olha aqueles dois. Aposto que estão a cinco minutos de trepar bem onde estão. Por que você nunca me trouxe para festas assim?

Viro a cabeça para seguir sua linha de visão, e paro de supetão quando meu olhar se entrelaça com os olhos azuis que se erguem por cima do ombro da mulher que ele enjaulou ali na escadaria.

É o babaca arrogante de antes, o que derrubou bebida em mim e depois agiu como se eu devesse me desculpar com ele.

Um sorriso torto divide seus lábios quando seus olhos deslizam de mim e pousam em Ames, o interesse fica óbvio assim que seu olhar a percorre dos pés à cabeça.

Pego a minha amiga e sigo para a porta. A irritação me atravessa quando viro a cabeça para trás e vejo os olhos daquele otário nos seguindo.

Ames também olha para trás, e ergue a mão para dar tchauzinho para ele.

Em vez de reagir, o cara volta a fitar a mulher presa à escadaria, sendo discreto ao nos dispensar.

— Aquele filho da puta entornou bebida em mim mais cedo e depois gritou comigo por causa disso.

Cabelo azul voa sobre os ombros de Ames quando ela vira a cabeça com tudo na minha direção.

— É por isso que a sua blusa está transparente?

Olho para baixo e reviro os olhos.

— É. A gente precisa parar na minha casa para que eu possa me trocar.

— Ah, graças a Deus — provoca ela. — Eu estava com medo de você ir com essa roupa.

— Pode parar. Só porque você gosta de exibir tudo o que a natureza te deu, não significa que o resto de nós também gosta.

Ela passa um braço ao meu redor enquanto vamos até o carro, e ri.

— Ah, espera só, minha amiga puritana. Em breve, você vai estar balançando essa bunda tanto quanto eu.

Duvido muito. Não com a criação que eu tive.

Ser a filha de um investigador te ensina rapidinho a facilidade com que tudo o que você faz pode ser descoberto.

Passei a vida sendo lembrada de tomar cuidado com o que digo e faço. Não há como saber quando a situação vai voltar para puxar o seu pé.

Se não for algo que você gostaria de ver viralizar nas redes sociais ou estampar as capas das revistas sensacionalistas, a melhor solução é nem fazer.

Mas Ames não dá ouvidos. A gente poderia ter oitenta anos, e ela ainda tentaria me convencer a usar praticamente nada em público.

Ela bate na minha bunda, e eu salto, nós duas rimos quando entramos no carro para ir embora.

O trajeto até o meu apartamento leva vinte minutos. E, em menos tempo ainda, consigo encontrar um modelito que me cubra o suficiente e que deixe Ames feliz.

Quando enfim entramos na Myth, a boate está cheia.

O som pesado reverbera pelas paredes enquanto Granger está atrás do bar. Os lábios dele formam uma careta quando vê a hora e prende Ames com uma olhada daquelas.

Eu me aproximo dela e sussurro um breve lembrete:

— Eu te disse que ele ficaria puto.

Ela simplesmente ri e balança a cabeça.

— Ele me ama. Me dê cinco minutos no máximo até ele estar atrás de mim. E aí só uma dança e ele já vai ter esquecido. Mas você está certa… é melhor eu ir. Me encontra lá em cima mais tarde, para bebermos alguma coisa.

Com uma piscadinha, ela me deixa e corre até Granger. Ele continua olhando feio para a garota até ela fazer beicinho. O desejo inunda a expressão do homem, e eu rio ao pensar que faz meses que ela está enrolando o cara.

Tecnicamente, não é permitido que a gerência se envolva com os funcionários, mas Granger está caidinho pela Ames, o que fica óbvio quando ela corre lá para cima e o homem quase quebra o pescoço ao virar a cabeça para acompanhá-la.

Granger também não é de se jogar fora. Um pouco sombrio para o meu gosto, mas acho que combina com a Myth.

A temática aqui tende um pouco mais para o depravado e macabro. É um lugar com um milhão de regras, mas bem pouca moral.

Ainda mais lá em cima.

Razão pela qual costumo ficar no andar debaixo, onde é seguro.

Dou uma olhada rápida na multidão, vejo algumas meninas da faculdade ocupando uma mesa com assento de couro preto lá nos fundos. Amy vira a cabeça e me nota no mesmo instante, um sorriso largo se espalhando por suas bochechas quando ela levanta o braço para me chamar.

Ergo um dedo para pedir um minuto e vou pegar uma bebida, roubo uma olhadinha para Granger que continua encarando o segundo andar.

O cabelo escuro dele é longo o bastante para roçar o colarinho da blusa social preta. Usando calça também da mesma cor, ele é uma sombra em meio às luzes dançantes da boate.

O único atributo mais claro nele é o brilho da fivela prateada no cinto de couro. Usando botas em vez de sapato social, apesar da roupa elegante, ele continua vigiando as escadas por mais um minuto antes de se afastar do bar e ir lá para cima.

Eu rio comigo mesma ao ver que Ames estava certa, embora tenha levado menos tempo do que ela sugeriu que levaria para ele ceder à tentação e ir atrás dela.

— Vai querer o que hoje, Brin?

Uma voz profunda desvia meu foco de Granger, e meus olhos se erguem para encontrar os de Harrison. Ele é bartender aqui há poucos meses, mas, nesse tempo, se tornou o favorito dos frequentadores.

Não é difícil imaginar a razão. O homem tem um e noventa e cinco e, embora o corpo seja mais esguio que musculoso, ele mais que compensa com os olhos escuros e penetrantes e o cabelo tão louro que parece branco.

Harrison tem um ar etéreo que se mistura bem com a boate.

— Só uma Coca. Não vou ficar muito tempo.

Ele se vira para pegar o refrigerante e logo se volta para mim.

— Não vai levar a Ames para casa?

— Ela disse que já cuidou disso — digo, praticamente gritando para ser ouvida por cima da música.

Harrison assente e coloca a bebida na minha frente, então acena quando vou para pegar a carteira.

— Por conta da casa. Você trouxe a dançarina preferida do Granger. Agora ele vai parar de ser otário. Considere como um obrigado.

Quando ele dá uma piscadinha, sorrio e me viro para ir me sentar com Amy e as outras por pouco mais de uma hora. Observo as pessoas dançando no meio da boate enquanto escuto por alto a conversa à mesa.

Meus pensamentos continuam voltando para a festa na mansão do governador, principalmente com raiva daquele otário que derramou bebida em mim.

Ele é lindo, o que só torna a atitude de merda uma vergonha maior ainda. Mas vê-lo praticamente comer com os olhos a mulher com quem conversava deixou tudo pior.

Não sei nem por que estou tão puta.

É mais do que provável que ela seja namorada dele, e o cara tinha todo o direito de prendê-la ali contra as escadas como fez.

Mas algo não se encaixava. Ainda mais quando o olhar dele se fixou em mim e desviou para Ames.

Homem nenhum deveria olhar daquele jeito para uma mulher se ele tivesse namorada.

O que faz dele um mulherengo. O tipinho que não consigo suportar.

Porém, mais do que o ódio que senti dele, estou preocupada com Everly. Não é comum ela ficar tanto tempo sem me dar notícias, mas é raro não manter contato com o irmão, Scott.

Da última vez que ela entrou em contato, não parecia bem. No mínimo, soou preocupada. Ou assustada. A voz estava meio ofegante. As palavras foram ditas com pressa, como se ela estivesse fugindo de algo enquanto falava comigo.

Everly nunca agia assim.

Muito parecida com Ames, ela sempre foi um pouquinho porra-louca.

O interior da minha bochecha está dolorido de tanto que o mastigo. Então, quando Amy me dá uma cotovelada, me viro e vejo a mesa toda me encarando, abro um sorriso falso e dou uma desculpa para ir embora.

Grito para ser ouvida por cima da música e explico:

— Falei para a Ames que tomaria uma bebida com ela lá em cima. É melhor eu ir lá antes de ir.

Recebi várias carinhas tristes, mas sorri mesmo assim ao me levantar e serpentear pela boate lotada.

A escadaria que leva ao segundo andar foi feita para parecer velha, os corrimãos de ferro forjado escuro e os degraus de cerejeira foram polidos até brilhar, apesar dos amassados e das marcas aparentes nas beiradas.

É uma promessa sutil e um aviso de que o que está acima da sua cabeça tanto é de alto nível quanto antigo, luxo em meio aos desejos mais carnais do corpo e da mente.

A música muda quando lá em cima, uma batida mais misteriosa assume e captura o foco de qualquer um e o direciona aos vários palcos e gaiolas onde as dançarinas te seduzem para os corredores que levam a cômodos diferentes.

Nunca vi além do salão principal, apesar de Ames ter me desafiado a dar uma olhada. Mas é difícil confiar em lugares novos e no desconhecido quando se passa a vida recebendo avisos.

Estamos sempre sendo observados.

Tudo o que você diz será ouvido.

Não há um lugar em que alguém possa se esconder, que não vá acabar sendo encontrado.

Era o que meu pai me dizia, e não tenho razão para não acreditar nele.

É o que me fez ser um pouco precavida demais com cada decisão que tomo e com o que faço.

Ames chama de ser chata. Eu vejo como ser prevenida.

Mas ela não cresceu com um pai que ganha a vida vigiando pessoas, ou com tios de consideração que eram tão envolvidos com a vida militar que poderiam muito bem jamais ter existido.

Olho para cima e vejo Ames na gaiola mais afastada das escadas, um par de asas pretas se projeta de suas costas enquanto ela dança com a batida da música. Na base dos degraus que levam à sua gaiola, Granger fica de guarda.

Quase qualquer coisa se passa lá em cima, e os clientes têm permissão de dançar com as meninas, mas Granger tem o hábito de ficar onde Ames está, um aviso tácito de que ninguém deve se aproximar dela.

Mesmo agora os olhos do homem estão fixos nela, seu rosto uma máscara inexpressiva que impede qualquer um de saber no que ele está pensando.

Vou até onde ele está e bato em seu ombro.

Ele vira a cabeça, inclina uma sobrancelha e em seguida pressiona dois dedos nos lábios para assoviar e chamar a atenção de Ames.

Quando ela me vê, um sorriso se espalha pelo seu rosto, e ela desce correndo.

— Ei! Pensei que você não fosse subir.

Suor escorre por sua pele, mechas de cabelo azul-claro estão presas nas laterais do seu rosto. A ponta das asas roça o peito de Granger quando ela entrelaça o braço com o meu e me leva até o bar que ocupa uma das paredes.

Quando não podemos mais ser ouvidas, eu sussurro em seu ouvido:

— Ele está te protegendo de novo.

Com um revirar de olhos, Ames me empurra para sentar em uma banqueta de couro. Ela ergue dois dedos para o bartender e olha para trás antes de me encarar.

— O que for necessário para que ele releve o meu atraso. Se dar uma boa olhada na minha bunda é o que ele quer, que seja. E mais, ele vai me levar para casa hoje. É provável que só esteja se certificando de que eu não fuja antes que ele tenha uma chance.

Não que seja possível ver a bunda dela. Bem, não toda. Ames trocou a calça de couro por um short que não cobre quase nada e um top de tachinhas, as asas presas aos ombros.

Essa é a aparência de uma sereia que atrai os pecadores para o inferno.

— Você está dando esperança demais para ele, Ames. O cara vai querer algo sério se continuar assim.

Ela balança a cabeça.

— Somos ambos adultos. Eu já disse para ele que é só pela diversão. Ele não viu problema nenhum nisso.

O bartender coloca dois drinques na nossa frente. Envolvo os dedos em torno do meu e arqueio uma sobrancelha para Ames.

— Vou ter que dirigir daqui a pouco. É seguro eu beber isso?

Ela dá uma piscadinha.

— Está de boa. Tim-tim.

Tomo um gole e relaxo ao sentir mais gosto de suco que de álcool.

Atrás de nós, pessoas dançam, alguns casais vão para os fundos, na direção das salas de fetiche.

Ames me apanha observando-os, com um olhar de quem entendeu tudo. Não há a mínima possibilidade de nem mesmo o meu corpo morto ser encontrado em um desses cômodos.

— Qualquer noite dessas, vou te convencer a ir lá atrás. É uma experiência e tanto.

Eu rio e volto a olhar para a minha bebida.

— Não vai rolar, Ames.

Ela cutuca o ombro com o meu.

— Você não para de dizer isso, Brin, mas vai chegar o dia em que você vai dar uma provadinha.

Shane

Um telefone tocando na minha mesa de cabeceira me desperta do sono, o calor corporal às minhas costas também me deixa cem por cento consciente.

Ao que parece, cometi o erro de principiante de não expulsar alguém da minha cama.

Mas que caralho.

O dia já está começando ruim.

Bato a mão no tampo da mesa e tateio pelo meu celular, finalmente meus dedos o agarram e passo o polegar pela tela para atender.

— Quê?

A voz puta de Tanner estoura pelo aparelho quando mudo de posição na cama para me recostar na cabeceira.

— O que você fez com o carro da Luca?

Ao meu lado, Hillary murmura, perguntando quem é. Olho para ela, imaginando por que ela se acha no direito de sequer fazer a pergunta.

Como se a gente fosse casado ou uma merda dessas.

Caralho, a mulher é rápida.

Bebi demais ontem à noite para ter estômago para fazer o que tinha que fazer para me vingar de Hillary e Paul. Agora minha boca parece estar cheia de algodão, e meu crânio lateja com a ressaca. Preciso recomeçar esse dia sem um telefone tocando, sem a voz irritada de Tanner, sem uma garota nua ao meu lado que precisa ir embora.

Passo a mão pelo rosto e respondo:

— Alguma razão para você estar me ligando no cu da manhã?

Uma buzina berra do lado dele da linha, o barulho só faz minha cabeça latejar mais.

— São dez e meia da manhã, caralho. Era para você já estar no escritório. Ou esqueceu que tem a porra de um emprego?

Eu rio disso. É um acordo tácito que Tanner, Gabriel, Jase e Mason cuidem de boa parte da burocracia enquanto o resto de nós passa o tempo em coisas mais interessantes.

Por exemplo...

Hoje, hoje era para eu estar na oficina ajudando o Priest a se preparar para o próximo show.

Mas o que eu estou fazendo?

Ajudando Tanner com a merda dos problemas dele.

Mas, bem, o fato de Tanner ainda achar que o carro de Luca é uma questão, significa que Priest também não chegou à oficina. Sinto-me um pouquinho culpado por pedir o favor a ele.

Como eu, ele não curte muito as manhãs, e eu detesto amolar o cara, pedindo para ele fazer essas merdas.

Meu trabalho com Priest é importante.

Essa merda com Tanner... nem tanto.

Ainda assim, ele não tem nenhum direito de estar bravo comigo. Ele pediu que eu cuidasse do carro de Luca, e foi o que fiz.

— Nada de mais. Só arrombei e liguei a luz interna para descarregar a bateria.

A raiva deixa a voz dele por um fio.

— Eu te disse que precisava que o carro parasse de funcionar de vez.

Mais buzinas do outro lado da linha, algum otário está mandando ver quando eu respondo:

— Priest vai cuidar do resto...

A linha fica muda.

— O babaca desligou na minha cara — murmuro ao atirar o celular na mesa, com a tela para baixo.

Por toda a merda que eu faço para ajudar esses caras, era de se pensar que eles seriam um pouco mais gratos.

— Problemas?

Olho para a loura que não deveria nem estar na minha cama no momento, coço a nuca e decido ser sincero.

— Sim.

Ela ri e se vira para pressionar o corpo nu na lateral do meu.

— Talvez eu possa fazer melhorar.

Elas facilitam muito quando oferecem.

— Na verdade, você pode. — Inclino a cabeça para a porta, dando a melhor indireta possível. — Pôr a roupa e dar o fora seria de uma ajuda espetacular.

A surpresa cintila em seu olhar, que se arregala quando ela se apoia no cotovelo.

— Mas achei que a gente…

— Foi um lance de uma noite só.

— Mas eu… nós…

Ela semicerra os olhos para mim quando finalmente capta a mensagem.

— Eu terminei o meu noivado, babaca. Como assim você quer dizer que não é nada sério?

Dou de ombros, recusando-me a reagir à raiva emanando dela.

Se fosse outra garota, talvez eu sentisse peso na consciência. Mas é a Hillary, uma mulher que foi cúmplice na tentativa de ferrar com tudo com a Emily e os gêmeos.

Dez anos podem ter se passado, mas o pecado ainda não tinha sido expiado.

Até agora.

— Eu estava bêbado. Você estava disponível. Mas foi só isso, estou sóbrio agora, então…

Outra inclinada de cabeça para a porta.

A fúria tinge suas bochechas de um tom saudável de vermelho.

— Seu filho da puta!

Minha mãe é mesmo uma puta, então dou de ombros de novo e aceito o insulto.

Isso não me faz mudar de ideia nem me deixa chateado.

Não dá para dizer que o mesmo se aplica a Hillary.

A forma com que ela se move com passos apressados faz seu cabelo cair sobre os ombros. Seu corpo desperta, deixando bem claro que ela planeja a minha morte nesse exato momento.

Muitos caras se sentiriam mal por causar algo assim.

Felizmente, não sou um deles.

Tenho muita experiência em ser o filho da puta que sou.

— Eu não acredito que você fez uma merda dessas comigo. Eu estava feliz com o meu noivado…

— É, e abriu mão de tudo com bastante facilidade só para passar uma noite na minha cama. Me diz, Hill, valeu a pena? Fui além de tudo com que você sempre sonhou?

Seus olhos disparam para mim no que ela puxa a calça e a abotoa.

— Não, na verdade não foi…

— Mentirosa — provoco. — Você estava prontinha para repetir a dose. Faça um favor a nós dois e pare de enrolar.

Com uma puxada firme, ela passa a blusa pela cabeça, aquele olhar raivoso capta o meu de novo quando ela afasta o cabelo do rosto.

— Eu deveria saber.

— Pois é. Deveria. — Porque… o que há para dizer? Nada a não ser isto: — O fato de você ter chegado a confiar em mim já foi burrice, não acha? Ainda mais tendo certos pecados a pagar.

Estalo a língua, dobro o braço atrás da cabeça e a encaro do outro lado do quarto.

O tom profundo de vermelho das bochechas não fica bonito na pele bronzeada. E a linha constrita de sua boca só faz os lábios finos desaparecerem.

Nem de longe Hillary é tão gata quanto a última garota que irritei.

Meus pensamentos voltam para a festa de noivado e para a morena bonita que eu teria adorado conhecer melhor não fosse o plano que eu estava pondo em andamento… e se ela não estivesse lavada na minha bebida.

Uma risada breve escapa dos lábios de Hillary, os ombros ossudos chacoalham uma vez antes de ela se mover para apanhar a bolsa na mesa de canto.

— Se acha que acabou de arruinar a minha vida, está muito enganado.

Ela me olha feio, a mão parada na bolsa. Suponho que procurando as chaves para dar o fora daqui, mas a fúria a impede de se mover na velocidade que eu gostaria.

— É por causa da gravação da Emily com os gêmeos, não é? Não é possível que você seja patético ao ponto de esperar dez anos para me dar o troco.

Meus lábios se curvam.

— E em Paul. Você não pode se esquecer dele. Ele é seu noivo, afinal de contas. — Eu rio. — Ou era seu noivo, devo dizer.

— Isso não vai ser nenhum problema — vocifera. — Assim que eu contar a ele o motivo para você ter feito isso…

— Acha que ele já viu o vídeo?

Os olhos dela prendem os meus, a fúria circula por trás do azul.

Com o sorriso se alargando, eu balanço a cabeça.

— Não sei se ele vai dar a mínima para os meus motivos depois de ouvir você terminar o noivado por vídeo enquanto o pau de outro homem está fincado no seu rabo.

— Vai se foder.

— Não, obrigado — resmungo. — Já fiz isso, e agora a gente está quite.

Outra risada de ódio balança os ombros dela.

Ao encontrar a chave, ela a tira da bolsa e inclina o quadril.

— A gente não está nem perto de estar quite. Mas acho que você vai ter que aprender do jeito mais difícil.

Não tenho certeza, mas aquilo soou como uma ameaça. É uma pena para Hillary eu não dar a mínima.

— Porta da rua, serventia da casa — lembro a ela. — Ou você pretende ficar um pouco mais para ver se é possível me matar de tédio? Quase conseguiu esse feito ontem à noite, na cama.

Outro curvar dos meus lábios e ela solta um gritinho agudo que poderia despertar os mortos.

— Babaca — ela berra, antes de puxar a porta com força e sair pisando duro pela casa.

Minhas janelas chacoalham um minuto depois quando ela bate a porta, um cobertor quentinho de satisfação se enrola ao meu redor ao saber que a dívida, pelo menos a dela, está saldada.

Eu tiraria mais alguns minutos para me refastelar na sensação de um trabalho bem-feito, mas, infelizmente, tenho que encarar mais merda depois da ligação de Tanner.

Dou uma olhada rápida no relógio, saio da cama e xingo baixinho.

Me perguntando o que terá acontecido com Luca e Priest, pego o celular na mesa de cabeceira e ligo para Tanner. Ele não atende, o que me irrita. Deixo para lá, e vou tomar um banho rápido e me vestir.

Meus passos estão pesados quando pego minhas chaves, saio de casa e vou para a loja.

Meia hora depois, estou de pé lá com Priest ao meu lado, nós dois encarando uma pilha de metal que uma vez foi uma lata-velha.

— Cara, escuta. Você me disse que o carro precisava estar fora de combate. Se me perguntar, a coisa não vai a lugar nenhum.

Eu rio do eufemismo.

— Culpa minha por não ter deixado minha intenção bem clara.

Nós dois nos viramos para nos olhar, e Priest abre um sorriso de orelha a orelha.

— Você precisava ter visto a cara do Tanner. Acho que ele estava a dois segundos de me dar um soco.

Dou de ombros e franzo os lábios.

— Fizemos nosso trabalho. Agora só falta descobrir como vamos enfiar essa pilha de sucata dentro de uma baia.

— Já cuidei disso. Me dá só um segundo.

Priest sai para dar a volta no prédio bem quando um motor ruge às minhas costas. Viro-me e vejo a caminhonete de Damon entrar no estacionamento. Ele para com uma leve derrapagem a meros centímetros de mim, e ergo o dedo do meio para ele em resposta.

O filho da puta ergueu uma pequena nuvem de poeira, e a risada baixa dele reverbera pelo estacionamento conforme sai do veículo e vem até mim.

Apesar do sorriso torto, os olhos ambarinos de Damon são incisivos, há uma sombra de raiva arraigada no seu olhar que ele não consegue esconder mesmo com a tentativa ridícula de parecer despreocupado.

— Qual é a sua, caralho?

A sobrancelha de Damon se ergue como se ele não tivesse ideia do que estou falando, mas o idiota deve ter esquecido que o conheço a vida toda.

Ele pode tentar disfarçar o que sente o quanto quiser, mas, ao passo em que Ezra é bom demais para manter os demônios dele escondidos, os de Damon os rodeia como se fossem uma tempestade. Tudo o que ele pensa e sente circula por ele ao ponto de ser impossível a outra pessoa não sentir.

E a julgar pela tempestade de agora, todos temos com o que nos preocupar.

Levando em consideração o que aconteceu na casa do governador esse fim de semana, tenho um bom palpite de qual exatamente é o problema.

— Acabei de sair da casa da Em — ele confessa, franzindo ainda mais as sobrancelhas, as linhas se afundam profundamente em sua pele.

— Por quê?

Pergunta idiota, eu sei, mas ela escapole mesmo assim.

Gabe e Tanner jamais deveriam ter mandado os gêmeos atrás de Emily para afastá-la de Ivy. Eu sabia que essa merda ia acontecer. Discuti com eles por causa disso.

Ainda assim, aqui estamos nós.

Damon coça a nuca e olha para o céu, de repente achando as nuvens interessantes pra caralho.

— Não importa — responde, com um rosnado baixo.

Estendo a mão, seguro seu rosto e movo sua cabeça até aqueles olhos cor de âmbar irritados estarem fixos nos meus. Damon tenta se desvencilhar, mas meus dedos apertam a ponto de machucar.

— Não importa — digo com toda a calma, e meus lábios formam uma linha fina. — Você anda aprontando.

Finalmente ele arranca o rosto da minha mão e esfrega o maxilar.

— Como assim?

— Não era para você voltar a ver a mulher depois da festa de noivado.

— Não importa — ele explode.

A maioria das pessoas se afastaria na mesma hora da tempestade que o rodeia.

Infelizmente para Damon, não sou a maioria das pessoas.

Eu a encaro em vez disso.

— E por que não, caralho?

O maxilar dele pulsa com tanta força que eu cogito se ele está partindo o esmalte dos dentes.

— Porque meu pai ligou quando eu estava saindo da casa dela.

A beligerância me abandona na mesma hora, mas a tensão nos meus ombros aumenta.

— Você atendeu?

É melhor ele não ter atendido. Do contrário, vou dar uma surra nele aqui e agora, tomar seu telefone e parti-lo em pedacinhos.

— Não.

— Que bom — respondo —, ainda mais para o seu telefone. Ele estava prestes a se tornar uma pilha de plástico inútil.

Um rosnado baixo vibra em seu peito, mas, antes que ele possa responder, o ruído metálico de uma rampa de elevação chama a nossa atenção.

Nós nos viramos, e é quando Damon nota o carro destruído ali no estacionamento.

— Que porra aconteceu aqui? — pergunta, mas as palavras são abafadas pelo súbito rugir de um motor.

Atrás do carro, Priest está sentado em cima de um quatro por quatro que usa para rebocar veículos quebrados, e outro sorriso de orelha a orelha separa seus lábios quando ele desce da picape para armar o guincho.

Damon pisca para o carro destruído, e os olhos deslizam para mim.

Fico feliz por ver que a distração acalmou um pouco da raiva em seu rosto, mas sei que ele vai precisar de mais do que isso.

O golpe duplo de Emily e do pai não é nada bom para ele, e se o garoto não liberar um pouco daquilo, vai acabar se metendo em encrenca.

Não que eu tenha algo contra encrencas, desde que sejam divertidas.

Passo um braço pelos seus ombros, inclino a cabeça para o carro e explico:

— É o que sobrou do carro de Luca Bailey depois que Tanner me pediu para me certificar de que ela não pudesse mais conduzi-lo.

— Porra — ele murmura e balança a cabeça.

Os ombros dele sacodem com a risada contida.

— Quem se divertiu transformando a coisa em metal amassado?

— Quem mais?

Priest prende o guincho e volta para a picape, o sorriso se alarga quando ele aciona a coisa, o guincho alto do motor tomando o estacionamento. Ergo a voz para ser ouvido acima do barulho.

— E não é a única diversão para hoje. Você precisa relaxar, e tem sorte de ter um amigo que sabe direitinho como te ajudar com isso.

Olhos ambarinos encontram os meus.

— O que sugere?

O que mais gosto de fazer.

— Vamos para a Myth essa noite. E se o andar de cima não der um jeito nos seus dodóis, tenho certeza de que poderemos arranjar bastante encrenca no de baixo.

O interesse cintila nos olhos dele e a boca se curva nos cantos, porque Damon nunca diz não para a diversão.

É o que faz de nós tão bons amigos.

E também é a razão para ninguém no Inferno aprovar que nós dois saiamos sem a supervisão de um adulto.

Uma pena eles não estarem aqui para nos deter... mas estou ansioso por isso.

Brinley

— Cadê você? Preciso falar contigo antes de você voltar a sair do estado. Por favor, me diz que está em casa.

Infelizmente, não estou, mas assim que vi o número desconhecido piscar na tela, sabia que deveria atender.

Ela parece assustada de novo. Desvairada. Não consigo deixar de imaginá-la de pé em um beco em algum lugar, com homens enormes partindo para cima dela enquanto ela corre pelo labirinto de ruas para escapar deles.

Não faço ideia da razão para esses pensamentos circularem pela minha cabeça toda vez que penso em Everly. Talvez eu esteja captando a sensação por causa do tom de voz dela da última vez que nos falamos, meu cérebro inventando cenários e quadros para preencher a lacuna deixada pelo pouco de informação que ela me passa.

Ou talvez eu só seja nerd demais e precise deixar de lado as histórias macabras de crimes que devoro quando a vontade de ler assume.

Não há como saber, na verdade, mas o que sei é que Everly não soa como a menina despreocupada e alegre que eu conhecia.

O pânico me enforca quando olho o relógio do carro. Do carro em que a espero no estacionamento, meus olhos se desviam para o apartamento de Ames.

— Preciso levar minha amiga ao trabalho, mas chego em casa em uma hora. Me encontra lá?

Everly solta um suspiro carregado. Parece um túnel de vento atravessando a linha.

— Não quero esperar tanto assim. Onde a sua amiga trabalha? Eu te encontro lá.

Meus olhos disparam para o relógio de novo.

Como sempre, Ames acha que tem todo o tempo do mundo. A gente deveria ter saído há dez minutos.

Granger vai bater na bunda dela até ficar vermelha por ela se atrasar de novo. Saber que ele vai ficar bravo não faz nada para ajudar a reduzir meu pulso acelerado nem relaxa os dedos que apertam com força o celular.

— Myth.

Outro suspiro segue o som de uma buzina perto de onde Everly está.

— Vou estar lá. Me encontre no andar de baixo.

A linha fica muda quando ela desliga, e um gemido rasteja pela minha garganta. Resisto ao impulso de invadir o apartamento de Ames e arrastá-la até o carro.

Felizmente, só leva mais três minutos para ela sair pela porta, e a garota vira as costas para mim enquanto a fecha rapidamente e corre pelas escadas na lateral do prédio.

Quando ela chega ao carro, estou praticamente quicando no banco.

Faz semanas que não tenho notícias de Everly, e a julgar pela rapidez de suas palavras, ela não está melhor agora do que estava da última vez em que nos falamos.

— Ei, desculpa. Pé na tábua. Granger vai me matar por me atrasar de novo.

Pelo menos eu não tive que dizer a ela. Mas nossa preocupação mútua com o fato de que ela ainda terá um emprego ao fim da noite não é o bastante para apagar seu sorriso.

O cabelo azul roça seus ombros quando ela prende o cinto, os olhos violeta fitam os meus, a pele no meio deles se enruga.

— Não é possível que você esteja tão preocupada assim. Uma dança, e Granger me perdoa.

Balanço a cabeça, ignorando o comentário quando dou ré na vaga e conduzo pelo estacionamento.

Estamos na rua, correndo dez quilômetros acima da velocidade permitida quando respondo:

— Não é isso.

— O que é então?

Mastigo o interior da bochecha.

O problema com Everly está rolando há anos, e nunca cheguei a falar disso com ninguém. Ninguém jamais me disse para manter segredo, mas sinto uma necessidade instintiva de ficar quieta.

— Nada — murmuro.

— É mentira, e nós duas sabemos.

Ames continua me encarando, seus olhos queimam buracos na lateral do meu rosto enquanto a cidade passa por nós. Luzes se infiltram no interior do carro antes de desaparecerem de novo e meu olhar se fixa na pista diante de nós, que felizmente está com pouco trânsito.

— Me conta o que é.

Eu deveria ter mentido e dito que era Granger que me preocupava.

— Só alguns problemas de família. Nada com o que se preocupar.

— Mas você é minha amiga, e isso está te chateando. Tem algo a ver com o pen drive? Kane e Chris devem conseguir decifrar a criptografia. É só que demora.

Olho para ela, e decido dar a entender que é aquilo, mesmo que não seja exatamente verdade.

— Meu pai precisa dos resultados. Você sabe como é.

Ela ri disso e, de alguma forma, o som alivia um pouco da tensão dos meus ombros.

Frequentemente, sinto inveja da liberdade de Ames.

Ela jamais será a garota carregando o fardo de um mundo que a engole por inteiro.

Jamais ficará presa por uma vida em que não se pode ir até a esquina sem sentir que está sendo observada.

Ames manda a vida para o inferno e ri na cara de tudo o que as pessoas levam a sério.

Talvez não seja o jeito mais responsável de se viver, mas, de algum modo, ela consegue fazer funcionar.

A garota é corajosa a esse ponto.

E, em momentos assim, eu desejo ser tão corajosa quanto ela.

— Não esquenta com isso, Brin. Não é como se você pudesse fazer alguma coisa. Kane e Chris são os melhores no que fazem. Mesmo Chris sendo tão novinho. O babaquinha é um gênio, igual ao Kane. Vai dar certo. Então, até lá, vamos nos divertir e fazer o que fazemos melhor.

Olho para ela de novo, e rio da balançada de sobrancelha que ela dá.

— Eu sou *melhor* nos estudos — lembro a ela.

Já tenho que espremer uma semana de trabalho em uma única noite. Ames teve o domingo de folga, o que me deu tempo para me concentrar nas minhas atividades. Mas ela voltou ao trabalho hoje e precisa de carona.

— E eu sou boa pra cacete rebolando a bunda.

Minha expressão despenca.

— Você também é boa em outras coisas.

O ar de confiança desaparece, e o cabelo azul cai para proteger o seu rosto. Ela se vira para encarar a janela.

— Eu sei. — O tom não é nada convincente.

Apesar do jeito destemido, suspeito que Ames tenha muitas inseguranças que precisam ser abordadas, as que ela esconde por baixo da máscara de não estou nem aí. Ela não se importa com muitas coisas. Eu sei que é verdade. Mas, lá no fundo, me pergunto se ela duvida mais de si mesma do que está disposta a admitir.

Paramos no estacionamento da Myth antes que eu possa confrontá-la sobre seus sentimentos. Gravo que devo perguntar outra hora, e passo os olhos pelo local, procurando Everly.

Sem saber se ela chegou antes da gente, ignoro o nó na minha garganta e colo um sorriso falso no rosto quando saio do carro e corro na direção das portas da boate.

Patrick, um homem que é tão alto quanto largo, olha o relógio e ri ao nos ver entrar. Ele é o melhor leão de chácara que já vi na vida e, sozinho, consegue pôr fim a brigas causadas por mais de dois homens.

— Granger vai pregar o seu rabo na parede, Ames. É melhor você torcer para ele estar de bom humor.

Sua voz profunda reverbera pelo estacionamento, o cabelo escuro e curto combina com o preto puro da sua camiseta.

Patrick abre a porta conforme nos aproximamos, um sorriso atravessa seu rosto quando Ames o alcança.

— E quando ele está de bom humor?

Patrick balança a cabeça.

— Boa sorte, garota. Você vai precisar. Ele já veio aqui fora cinco vezes perguntando se eu te vi.

Preocupação me invade, nós duas paramos derrapando assim que atravessamos as portas e vemos Granger encostado na parede à nossa espera.

Me dispensando como se eu não fosse ninguém importante, seu olhar escuro desliza para Ames, e aquele mesmo olhar a esquadrinha da cabeça aos pés.

Como sempre, Ames está usando quase nada, mas a vista não é o bastante para apaziguar o chefe.

— Desculpa — ela deixa escapar. — Meu alarme não despertou, e fiquei acordada até o início da tarde fazendo uns trabalhos da faculdade...

Ele ergue a mão, interrompendo-a.

— Parece que eu dou a mínima? Não sou seu professor, Ames, e não estou nem aí se você tem que fazer algum trabalho ou se foi bem na última prova. Eu só me importo com a renda que você traz para a minha boate. É o que paga o seu salário. Agora leve o seu rabo lá para cima. A gente conversa quando seu turno acabar.

Eriçada com o tom de aviso dele, olho para Ames, deixando a simpatia transparecer nas minhas feições.

Ela me lança um sorriso amarelo antes de se esgueirar ao redor de Granger para ir até o salão principal da boate. Não me passa despercebida a forma como a mão dele avança para roçar as juntas na coxa nua dela.

Se esse otário não fosse chefe dela, eu o deixaria de olho roxo por pensar que pode tocá-la quando bem quiser.

Ou um soco na garganta.

Isso.

Um soco na garganta.

Isso pelo menos traria a vantagem adicional de fazer o homem calar a boca.

Com uma olhada rápida para mim, Granger sorri com desdém e se vira para ir atrás de Ames, o terno escuro e caro o ajuda a se misturar com as sombras da boate.

Vou atrás dele para procurar por Everly. Quando não a vejo, sigo para o bar e peço uma bebida.

A preocupação se infiltra quando penso na razão para ela estar demorando. Tento me acalmar ao lembrar a mim mesma de que não sabia se ela estava longe quando ligou.

Embora eu estivesse a poucos quilômetros da boate, Everly poderia estar do outro lado da cidade.

O lugar não está cheio ainda, o que é normal, já que é noite de segunda-feira e ainda é cedo. As mesas dos fundos estão todas disponíveis.

Assim que pego meu refrigerante, sigo para a mesa mais afastada, as luzes da pista de dança correndo pela minha pele em redemoinhos coloridos.

Eu me sento, e tenho uma vista perfeita de todo o andar de baixo.

Uns poucos dançarinos obstruem minha visão das portas, e vez ou outra eles dançam para longe. A risada baixa se eleva ao ponto de ser ouvida durante uma pausa da música.

Uma música se mescla à outra enquanto espero por Everly, meu coração palpita cada vez que alguém atravessa as portas, e meu estômago embrulha cada vez que não é ela.

Tomo minha bebida bem devagar, e estou quase acabando quando as portas voltam a se abrir.

A esperança de ser Everly floresce no meu peito, e é rapidamente esmagada quando um rosto familiar adentra na boate.

Infelizmente, não é o de Everly; pior que isso, é um rosto que eu esperava nunca voltar a ver.

O otário que derramou bebida em mim na mansão do governador entra como se fosse dono do lugar.

É a primeira coisa que noto nele, na verdade: a postura confiante que reivindica o espaço ao seu redor sem nem pedir licença. A largura dos ombros que adornam um físico de cair o queixo. O sorrisinho divertido no rosto bonito conforme ele esquadrinha o andar de baixo. Em busca de quê, não sei dizer.

Ao lado dele, outro homem entra, um dos gêmeos que reconheço das escadas da festa. Olho para trás dele para ver se o irmão veio também, mas, ao que parece, eles estão sozinhos.

Eu me encolho nas sombras para que não me notem ali, e não consigo conter minha fascinação por eles.

Sou uma mulher, afinal. Seria ridículo afirmar que eles não chamam minha atenção. E, a julgar pelas cabeças virando quando passam, não sou a única de olho neles.

Ambos estão de camisa preta e jeans, o gêmeo usa uma camiseta simples, enquanto a do Otário é social, os dois com as mangas arregaçadas. Daqui, consigo enxergar as tatuagens cobrindo sua pele, mas não consigo discernir os desenhos.

Nenhum deles presta atenção às mulheres ao redor que não estão sendo nada discretas ao se aproximar, várias delas do nada precisam de uma bebida quando os dois chegam ao bar.

Meio que penso em ir embora dali enquanto os dois estão distraídos.

Infelizmente, com Everly a caminho, não tenho escolha a não ser continuar esperando.

Eu me afasto mais, praticamente me afundando no banco para garantir que eles não me vejam quando se virarem.

Eles pedem cerveja e, com a garrafa na mão, se viram para dar uma olhada na boate. Os canhões de luz irradiam em feixes multicoloridos que não conseguem tocá-los onde estão.

Encolho-me mais no assento, e estou prestes a entrar debaixo da mesa quando o Otário tira um telefone do bolso, cutuca o gêmeo com o cotovelo, ri e em seguida larga a cerveja para digitar uma mensagem com os polegares.

Ao terminar, ele se vira para olhar para as escadas que levam ao segundo andar. Eles trocam uma olhada rápida e seguem naquela direção, alheios às mulheres ao redor deles que praticamente dão uma volta completa para não perdê-los de vista.

Conforme eles sobem, respiro aliviada, em seguida sinto muito por Ames ter que lidar com a dupla.

Pela primeira vez, fico feliz por Granger ser tão territorial com ela. O cara vai manter os dois afastados. E, se tentarem a sorte, o homem os chutará da boate.

Talvez não vá ser nada mal ficar para ver isso.

O pensamento me faz sorrir, espero até eles estarem lá em cima antes de me levantar e ir até o bar para pegar outro refrigerante.

— Caramba, Everly, cadê você? — resmungo comigo mesma antes de Harrison se aproximar com a minha bebida.

Fico feliz por ele me conhecer e saber por que não bebo nada alcóolico em boa parte das noites em que estou ali. Ele jamais insiste para que eu compre drinques caros.

Meus nervos apertam minha garganta, e não sei nem se conseguiria pedir alguma coisa caso quisesse. Em vez disso, só aceno a cabeça para agradecer, me viro e passo os olhos pela boate de novo antes de voltar a atenção para a entrada.

Os minutos se arrastam como se fossem horas, tornando-se dias, meses e anos. Estou envelhecendo enquanto espero ali, fios grisalhos pipocam na minha cabeça conforme o tempo passa.

É como me sinto, pelo menos.

Geralmente, eu sou paciente, mas essa situação com Everly tem me privado disso.

— Aff. Onde você se enfiou?

Não consigo deixar de sussurrar a pergunta para mim mesma.

E conforme cada palavra deriva dos meus lábios, eu me pergunto se Everly sequer vai aparecer.

Shane

Paul Rollings.

Rio baixinho comigo mesmo enquanto subimos para o segundo andar da boate, meus lábios tremulando nos cantos. Meus dedos agarram o pescoço da garrafa de cerveja, o vidro suado está frio contra a minha pele.

Babaca do caralho.

Não consigo acreditar que Paul pensa que tem a mínima chance de acertar as contas comigo depois que comi Hillary.

No máximo, ele deveria estar me agradecendo por salvá-lo de uma vida de infelicidade absoluta ao se casar com aquela cretina, mas não.

Basicamente como todo mundo ao meu redor, ele não consegue ver o que fiz por ele e prefere ficar putinho.

As mensagens que acabei de receber são prova disso.

Ao que parece, ele e seu grupinho de otários estão planejando me dar uma surra assim que me virem de novo.

Eu os convidei para a boate para fazer frente à ameaça.

Vamos ver se ele vai aceitar o convite.

Mas por que se irritar?

É tipo como Tanner fica quando está putinho demais para escutar qualquer coisa. O cara só consegue soltar uma caralhada de barulho, grita com qualquer um que está por perto para escutar e vocifera até ficar encurralado por tempo o bastante para ouvir o que a pessoa tem a dizer.

A saber: eu.

Paul e Tanner são mais parecidos do que percebem, mas não é com a merda de Tanner que estou lidando no momento, é com a de Paul. E isso torna a situação mais divertida do que irritante.

Porra, acho que até estou ansioso por isso.

— Então me deixa ver se entendi direito.

Damon olha para mim assim que pisamos no último degrau, o segundo andar se abre diante de nós para um paraíso da depravação.

— Você decidiu que comer a Hillary e terminar com o noivado do Paul seria o suficiente para se vingar pelo que aqueles dois fizeram para Emily, Ezra e eu na época da escola? Assim, te dou crédito pelo sacrifício. Trepar com a Hillary deixaria um gosto ruim na boca de qualquer um. Mas é isso? Só fazer os dois terminarem? E agora se espera que tudo esteja acertado? — Ele me olha, pena transborda de seu olhar ambarino conforme sua cabeça balança bem de levinho. — Cara, estava me perguntando se você está amolecendo com a idade, mas é pior do que pensei. Porra, isso é tão patético que estou cogitando que você tirou esse plano de um livro da quinta série.

Ele ri.

— Espera só até os outros caras ficarem sabendo.

Ofendido por sua declaração, eu o encaro enquanto leva a garrafa aos lábios e toma dois ou três goles de cerveja.

O cara volta a falar antes de eu ter a oportunidade de dizer a ele onde enfiar aquela opinião. E seria um lugar que é úmido e quente, e a opinião estaria tão atochada que as bandas da sua bunda estariam tão enrugadas quanto o cu.

— A gente não conhece aquela menina? Ou talvez... — Damon deixa no ar, seu olhar de laser foca a dançarina ao longe, e comprime os lábios ao estreitar os olhos. — Acho que já a vi em algum lugar — resmunga, mais para si mesmo que para mim.

Todo o meu foco se concentra em Damon.

A única razão para eu estar aqui essa noite é o chororô de Damon por causa da merda com a Emily e o irmão dele.

Como um idiota, ele foi à casa de Emily naquela manhã só para ser rejeitado. E, se isso já não fosse ruim, o babaca do pai ligou, mas, felizmente, Damon teve o bom senso de não atender. Mesmo assim, era um desastre anunciado.

Ele apareceu na oficina logo depois, querendo desabafar como uma garotinha chata e, em vez de cair na palhaçada dele e ir pegar sorvete e filme de menina para assistir, decidi que Damon precisava sair. Ir para um lugar onde ele poderia afogar o ganso e se esquecer de um certo pesadelo ruivo que voltou para a nossa vida para ferrar com os gêmeos e irritar o resto de nós.

É por isso que o trouxe para a Myth.

É bom que alguém já chamou a atenção dele.

Meu plano está funcionando.

Como sempre.

Só que, quando viro a cabeça para ver a dançarina que ele escolheria e arrastaria para um dos quartos dos fundos para um show particular, meu olhar fica focado de novo.

— É a garota da festa de noivado — respondo, antes de decidir se fazer a conexão era ou não uma boa ideia. Não tenho certeza de por que seria uma ideia ruim, mas meu instinto estranha a coisa toda.

Damon se vira para me olhar antes de voltar a atenção para a dançarina de cabelo azul usando praticamente nada, as asas pretas de anjo se estendendo às suas costas para preencher o palquinho que ela ocupa.

— Por que ela estava na festa de noivado, cacete? Quem ela é?

Ele volta a me olhar ao fazer a pergunta que eu não havia considerado. Estava ocupado demais encurralando Hillary para cogitar a razão para uma garota que se destacava feito um farol estar perto da mansão do governador, menos ainda na festa de noivado de Emily e Mason.

Mas agora que ele mencionou, por que ela estava lá, cacete?

Dou de ombros e tomo um gole da cerveja.

— Não faço ideia. Ela estava com uma outra garota que gritou comigo por entornar bebida nela.

Damon ri.

— Você entornou bebida em alguém?

— Não foi culpa minha. A louca esbarrou em mim e depois pirou porque ficou molhada. Eu me ofereci para ajudá-la a se limpar, e ela continuou puta. Não posso levar a culpa.

Outra risada de Damon antes de ele estreitar os olhos mais uma vez na dançarina.

— Queria ter prestado mais atenção na festa. Aquela garota é alguém que eu não me importaria de conhecer melhor.

Envolvo a mão em seu ombro e o empurro para frente.

No momento, já estamos causando um engarrafamento por ficar parados por tanto tempo nos degraus de cima. Uma fila se formou às nossas costas, o que não me incomoda, os idiotas podem esperar, mas o interesse de Damon na dançarina me faz querer adentrar no recinto.

— Você estava ocupado correndo atrás da Emily — lembro a ele.

A expressão de Damon despenca, mas ele logo se recupera ao me acompanhar até o meio do salão.

— Foda-se a Emily, né? Acho que você deveria ir lá saber por que a cabelinho azul estava na casa do governador. Puxa assunto. Vou esperar no bar.

Damon passa os dentes de cima pelo lábio inferior enquanto pesa a minha sugestão. Quando enfim se decide, cutuca meu ombro com o seu.

— E o Paul?

Não estou preocupado com Paul no momento.

Fazer Damon esquecer esse lance com Emily é prioridade.

— Não estou nem aí para o Paul. Cacete, duvido que ele vá aparecer. Mas, se você ouvir alguma merda vindo do bar, corre para ajudar. Feito?

O sorriso dele se alarga.

Nunca precisei implorar para Damon ou Ezra entrarem em uma briga. É natural que eles gravitem na direção de uma. Não conseguem evitar.

— Feito — ele concorda, antes de partir na direção do que espero que seja sua nova obsessão.

Sorrio para isso antes de me virar e ir para o bar.

Ao que parece, trazer o cara para a Myth foi uma ideia do cacete. Nunca se sabe com quem a gente vai acabar esbarrando.

Não me entenda mal. Ainda não estou me parabenizando por um trabalho bem-feito.

Damon poderia transar com qualquer uma essa noite e voltar a chorar por causa de Emily amanhã, mas pelo menos foi uma tentativa, e eu pareço ser o único filho da puta tentando alguma coisa.

Mas tudo é parte daquele plano, e quando viro o que resta da minha cerveja antes de mover o queixo para sinalizar para o bartender trazer outra, volto a me concentrar em outro.

Ainda não acabei com Hillary nem com Paul. Era aí que Damon estava enganado. Fazer os dois terminar foi só o passo um na minha missão de destruí-los.

Passos dois, três e talvez quatro ainda vão se revelar.

Seria idiotice minha pensar que algum dia serei um estrategista tão bom quanto Tanner, ou mesmo Gabe, mas, quando o assunto é ferrar com o dia de alguém, não sou de todo inútil. Sei que um monte de gente me olha e já pensa pouco por causa das tatuagens na minha pele ou da graxa nas minhas mãos por trabalhar com carros, mas elas sempre se esquecem que, por baixo disso tudo, eu sou inteligente pra caralho.

Assim como o resto do Inferno, eu me formei em Yale e posso circular com bastante facilidade por uma sala de audiências. É só que eu odeio fazer isso.

Não é a minha, e se eu tivesse a opção, passaria o resto da vida na oficina apertando parafusos com Priest.

Infelizmente, não tenho.

Não com os jogos que a gente tem que jogar. E com certeza não enquanto o pai de cada um de nós ainda estiver por aí tornando a nossa vida um inferno.

Vai chegar o dia em que estarei livre para ir atrás do que quero, mas, até lá, vou continuar jogando em equipe para terminar a guerra que nossos pais começaram.

Ao contrário dos outros caras, não falo com o meu há anos.

Não há muita razão para manter contato com o velho desgraçado. Ele é só uma engrenagem minúscula agarrada à máquina construída pelos pais de Gabe e de Tanner. Um capanga como eu, que recebe ordens e que se espera que as cumpra. Temos isso em comum. Não estou nem aí para o que se passa com os planos do Inferno. Só faço o que dizem.

Basicamente, meu pai é um peixinho de nada no lago imenso e ilustre deles, o que é bom demais para mim.

Quanto menos tempo ficamos juntos, melhor.

A garrafa está nos meus lábios, a cerveja desce pela minha garganta quando me viro para olhar o segundo andar da Myth.

Para quem vê de fora, o lugar nada mais é que um prédio grande de dois andares que parou de funcionar há anos.

Claro, a estrutura ainda está de pé, mas os proprietários permitiram que a fachada se deteriorasse com o tempo, a dilapidação afastaria os aspirantes a turista que se perderam e acabaram no estacionamento.

Mas, por dentro, a Myth é o oásis perfeito para a putaria na encolha, arrematado com uma sensação de boate comum lá embaixo e palcos e gaiolas aqui em cima.

Ele até mesmo oferece um hall das maravilhas e prazeres, que é basicamente um corredor longo com várias portas, a maioria se abre para quartos e outros cenários armados para aqueles que sentem curiosidade com os fetiches da vida. Os quartos mudam de estilo toda semana, então mantém os clientes assíduos indo de um a outro para ver a bizarrice em que os proprietários pensaram.

Não posso dizer que vaguei por aquele corredor toda vez que agraciei a Myth com a minha presença, mas também não posso dizer que não passeei por lá uma ou duas vezes.

51

No todo, a Myth é um segredo e uma lenda.

Só aqueles com contatos, e na faixa certa do imposto de renda, já conseguiram atravessar essas portas.

Felizmente, os proprietários têm conseguido manter o lugar assim pelo tempo que ele existe, e é por isso que sou um frequentador assíduo.

Não me entenda mal. Não sou um babaca que se importa o mínimo com quanto alguém ganha. Gosto muito da multidão que trabalha oito horas por dia tirando o melhor do que sabem fazer. Mas, ao mesmo tempo, também passei a apreciar um lugar que tem a exclusividade como mantra.

É menos lotado.

Dá menos dor de cabeça.

E, no geral, menos preocupação com o caos que não sou eu mesmo que começa.

Veja bem, eu amo o caos. Só gosto de estar no controle quando ele desata. E a melhor forma de controlar uma situação caótica é sendo o filho da puta que a arquiteta.

Tipo hoje, por exemplo.

A tranquilidade da Myth será perturbada assim que Paul cumprir a ameaça de atravessar essas portas e vir até onde estou esperando.

Não posso dizer que o cara já me deu algo nessa vida... exceto, talvez, o aviso de que estaria aqui essa noite.

Ele é um idiota por fazer isso.

Nunca deixe o inimigo a par do seu plano ao deflagrar uma guerra. Ao fazer isso, pode muito bem colocar um alvo no peito.

Estou preparado e no controle do campo de batalha enquanto ele está ocupado dirigindo. Estou mantendo posição enquanto ele vai entrar em território desconhecido.

Todo mundo sabe disso, mas, ao que parece, o idiota do Paul não pensou bem no seu plano de batalha.

Reitero: idiota do caralho.

— Cara, foda-se aquele imbecil. É de se pensar que o anjo azul lá em cima é da realeza pela forma com que ele guarda a garota.

Damon se recosta no bar ao meu lado, sua mão se fecha sobre a minha cerveja e dá um puxão agressivo ao tomá-la dos meus dedos antes que eu tenha a chance de abrir a boca. Observo-o levar o gargalo aos lábios e beber tudo de uma vez só.

— Primeiro, não fodo nenhum imbecil. E segundo, o que é tão grave para você pensar que pode me privar do meu suco da felicidade? Estou me preparando para a guerra aqui, e essa é a porra da minha munição.

Eu me viro para o bartender e ergo dois dedos, sinalizando que tanto eu quanto o otário ao meu lado queremos mais uma.

Damon bate a garrafa vazia com tanta força no balcão que fico surpreso pela coisa não quebrar. Ele praticamente vibra de raiva, e embora eu devesse acalmá-lo, não posso deixar de ver a situação como uma oportunidade.

Um bom amigo tentaria acalmar o gêmeo a que as pessoas se referem como Ira.

Um bom amigo tentaria evitar possíveis problemas que costumam surgir quando Damon perde as estribeiras.

Um bom amigo abrandaria a situação para que nenhuma violência surgisse dela.

Mas um amigo *excelente* aproveitaria a oportunidade para preparar o parceiro para a batalha. Ele enxergaria a necessidade pelo traço mais valioso de Damon e o elevaria com uma pergunta bem colocada.

E eu sou um amigo excelente.

Pego as cervejas que o bartender põe ao meu lado, entrego uma a Damon, inclino minha garrafa para a dele e tomo um longo e satisfatório gole antes de...

— Então, o que você tem que fez o cara sentir que você não é bom o bastante para aquele anjo alto de cabelo azul bem ali?

Damon pisca.

Uma vez.

Duas.

Os olhos ambarinos enfim encontram os meus de novo antes de se desviarem para o palhaço protegendo as escadas que levam à dançarina bonita.

Verdade seja dita, tenho certeza de que não há nada errado com Damon, e o cara todo de preto só é possessivo com a garota se o olhar fixo dele nela pode ser considerado, mas isso não seria o bastante para atiçar a raiva de Damon.

— Não sei bem.

Os olhos dele se estreitam no Sr. Terno Preto.

— Mas vou amar descobrir.

Ele vai se afastar do balcão. Estendo o braço e o puxo de volta.

— Calma lá. Tenho certeza de que ele é tão imbecil quanto você disse. Tipo, a menos que só tenha dado uma olhada em você e pensou que você não era bom o bastante.

E pronto.

Vermelho se espalha pelas bochechas de Damon, os olhos dele se estreitam mais enquanto os tendões de seu pescoço sobressaem.

Para ser sincero, estou um pouquinho surpreso pelo comentário ter funcionado tão bem. Minhas sobrancelhas arqueiam ao ver Damon ficar mais irado do que imaginei.

Ele nunca foi do tipo que duvida de si mesmo. Mas algo o está atormentando essa noite, e é um mistério para mim.

Amigos excelentes também costumam dar um passo adiante e impedir que desastres aconteçam. E o lugar para onde Damon está indo, pelo menos em sua própria mente, é um desastre.

Hora de fazer o cara recuperar o foco.

— Calma. Poupa isso para quando o nosso bom amigo Paul chegar. Vai ser uma pena sermos postos para fora antes de termos a chance de cuidar da situação.

Os lábios de Damon se erguem só de um lado. É uma expressão que faria qualquer um se borrar de medo. Significa que ele está se coçando para caçar briga.

Ótimo.

Trabalho concluído.

Infelizmente para Paul, ele leva um pouco mais de tempo do que deveria para cumprir sua ameaça. E infelizmente para Paul também, a espera nos dá tempo para virar algumas doses.

Isso, combinado com a cerveja e, bem, a gente já está de cara cheia quando a fuça aristocrática de Paul aparece no alto das escadas.

Damon o vê antes de mim, seu ombro bate no meu para reajustar meu foco para lá com um mover de queixo.

Preciso me segurar muito para não gargalhar. Minha cabeça balança de levinho de descrença, encaro os sete homens que agora se arrastam pelo segundo andar. Cada um vestido como se fossem passar a noite no clube campestre.

Camisa social totalmente abotoada com o punho no lugar.

Jeans escuro, mas não preto, nem manchado, nem surrado de nenhum jeito.

O cabelo está perfeitamente penteado para trás, nem uma única mecha fora do lugar.

Damon e eu deveríamos ajudar com isso. Um pouquinho de desalinho nunca fez mal a ninguém.

Eles todos me encaram como se só vê-los fosse o bastante para fazer eu me borrar de medo.

Não é o que acontece.

É claro.

— Porra. Eu deveria ter ido ao banheiro antes de eles chegarem aqui. Acho que me mijei de rir. Está vendo esses otários?

Ao que parece, Damon está pensando o mesmo que eu.

Meus lábios se curvam, achando graça.

Os olhos de Paul disparam na mesma hora para mim, sem dúvida com imagens da ex-noiva dele quicando no meu pau feito uma vaqueira montando um touro. Eu teria agraciado o cara com algumas fotos para a posteridade, mas fiquei sabendo que tirar fotos escondido é ilegal em pelo menos quarenta estados... distribuir ou tirar.

Nenhum de nós diz uma única palavra, todos os sete deles caminham lentamente na nossa direção enquanto Damon e eu nem pestanejamos.

A cena toda parece se mover em câmera lenta. Mas a tensão se eleva rápido, as mãos de Damon se cerram e o canto dos meus lábios se inclina ainda mais.

Acontece que eu deveria deixar tudo isso para lá e pôr um fim à briga se formando.

Uma pessoa inteligente faria isso.

Um advogado preocupado em manter a licença faria isso.

Um homem com medo de passar algumas noites na cadeira faria isso.

Uma pena eu não ser essa pessoa inteligente, nem o advogado nem o homem.

Eu sou só eu.

Um encrenqueiro.

Alguém que é heresia pura.

E arquitetei esse caos só porque isso me diverte.

Damon dispara antes de mim, e a gargalhada borbulha dos meus lábios quando sangue espirra com o primeiro soco.

A guerra é deflagrada em menos de um segundo.

Nós dois contra sete.

Nenhum de nós está preocupado com quem vai ganhar.

É assim que sempre foi, e estamos mais do que felizes de manter a tradição.

Independente das consequências.

Independente de qualquer coisa.

HERESIA

capítulo sete

Brinley

Estou prestes a desistir de esperar a chegada de Everly quando a porta da boate se abre. Uma loura muito gata passa, com a cabeça inclinada para baixo, fazendo o cabelo esconder parcialmente o seu rosto. Os ombros estão curvados para frente, a postura de uma pessoa incerta e com medo.

É tão diferente da Everly que conheço que quase passa despercebida. Meu instinto inicial é classificá-la como uma estranha.

Dispensá-la.

Olhar além dela.

É claro que essa não pode ser a mulher de quem senti uma invejinha enrustida por toda a minha vida.

Aquela garota vibra.

É um pouco audaciosa.

Não tem medo do que está logo ali na esquina nem se esconde nas sombras igual a mim.

Ainda assim, ali está ela.

Everly.

Em um estado mental e emocional que há meros cinco segundos eu jamais teria achado possível se alguém tivesse me contado. Não a menos que eu visse com meus próprios olhos.

E estou vendo, sem dúvida.

Mas acredito? É, ainda estou lutando com isso.

Ainda assim, avanço, finalmente abandonando meu posto no bar.

Como sempre, o que é típico, parece, a multidão aumenta e fica mais intransponível quanto maior é o meu desespero de chegar a ela. Seguro a bebida junto ao peito, o refrigerante salpica perto demais da borda para o meu gosto.

Antes de ela chegar, eu poderia ter conduzido um ônibus escolar pelo espaço ali na boate. Agora parece que estou pulando corpos e lutando por um mero centímetro a cada passo.

Talvez eu esteja focada demais nela, e essa é a razão para eu não conseguir ver o quadro completo. Não é típico de mim não notar tudo ao meu redor. Assim como não é típico de Everly parecer tão desleixada.

Parece que estamos ambas fora de nosso normal essa noite, o que só piora a situação.

O caos irrompe ao meu redor antes que eu consiga ver, gritos superam a batida da música.

A multidão contra a qual estive lutando se torna uma massa ainda maior de movimentos frenéticos e multidirecionais.

Antes, era um cardume bem coordenado, mudando o curso vez ou outra, mas em meio ao qual eu ainda podia nadar.

Agora, a multidão é uma besta perigosa, uma debandada de suor, e pele, e ossos sem qualquer ritmo ou razão, ameaçando me derrubar e pisotear se eu perder meu equilíbrio tênue.

— Briga! — uma voz grita praticamente no meu ouvido.

E é uma briga. Mas não do tipo que o estranho anunciava. É uma briga minha.

Uma briga para permanecer de pé.

Uma briga para não ser sugada pela multidão.

Uma briga para manter o olhar em Everly.

Infelizmente, é essa última que estou perdendo.

Everly, assim como eu, está sendo empurrada e sugada para as profundezas da multidão até estar praticamente fora de vista.

A multidão continua a se amontoar ao passo que o puro desespero mantém meu olhar nela.

Ela se detém bem na porta, seu corpo é empurrado por aqueles escapando de lá.

Atrás dela, Patrick enfim entra, furioso. Everly é empurrada não muito gentilmente para o lado quando ele corre para dentro, com os olhos se erguendo para o segundo andar.

Não consigo evitar. Sigo seu olhar implacável.

Meu cérebro tenta entender o empurra-empurra, um fluxo sobe as escadas, enquanto outras brigas descem para o primeiro andar.

Daqui, o caos fica mais alto.

Finalmente percebo o que está acontecendo, quando o que foi dito pelo estranho há um minuto volta para mim.

Briga.

Das grandes.

E, pelo som do vidro quebrando, dos gritos de guerra masculinos e os agudos femininos, é uma briga que toma todo o segundo andar.

Não quero perder Everly de vista, mas o instinto que me faz olhar para as escadas é forte demais. Perigo se esgueira logo fora do meu perímetro, um único segurança sobe as escadas para assumir o controle do que soa incontrolável.

Viro o pescoço e tropeço para frente no que a multidão se avoluma às minhas costas, desesperada para encontrar Everly de novo.

Ela sumiu. Seja dentro da boate ou por finalmente ter ido lá para fora onde é seguro, ela não está em lugar nenhum.

Eu adoraria dar o fora com ela, mas não é uma opção para mim. Corpos demais estão sendo empurrados, aqueles que querem ver o caos se desdobrar e os que perderam a habilidade de empurrar e escapar.

Recuso-me a ser pisoteada e, com esse pensamento em mente, empurro com força, mal conseguindo romper a multidão para conseguir colar as costas no balcão.

É mais seguro ter o bar às minhas costas do que ser esmagada no meio de um dilúvio de corpos em movimento.

Lá de cima, o riso irrompe seguido pela voz severa de Patrick. Não posso dizer, mas parece que ele está perdendo a batalha, a voz dele ribomba mais alto conforme vidro é quebrado, e umas poucas pessoas escapam da briga e correm lá para baixo.

O pânico me congela ali. Eu não só perdi Everly, mas lembro que Ames estava dançando lá em cima.

Puta que pariu.

O que eu faço?

Assim, que merda eu posso fazer?

Nada. Só isso.

Minha única opção é continuar onde estou aqui parada e estupefata com a minha bebida agarrada junto ao peito como um escudo, impotente para sequer me afastar um centímetro do bar por medo de ser puxada de volta para a multidão de corpos ainda pulsando e se movendo sem um padrão discernível.

Uma voz se eleva acima das outras de novo, meu olhar dispara bem a tempo de ver um homem rolar pelas escadas.

Ele pousa com um baque pesado, e não se move pelo que parece uma eternidade. Encaro, chocada, o pensamento de que ele está morto atravessa a minha cabeça antes de ele ser pego por outro cara e ser posto sentado. Ele balança a cabeça, toca o corpo para ver se houve algum dano, então fica de pé.

Concluo que ele está bem, mas sangue escorre pela frente da sua blusa, o nariz está quebrado, e o rosto, inchado.

Quando ele é puxado para o lado, outro rola pelos degraus, só que esse se segura no corrimão antes de cair com tudo. Ele começa a subir as escadas de novo ao mesmo tempo em que as portas da frente se abrem com uma pancada, mais energia caótica preenche o espaço quando a polícia entra.

A presença deles deveria ser um alívio, mas, quando olho para a esquerda, eu os vejo serem engolidos pela multidão, e perco as esperanças de que alguém possa pôr fim a essa confusão.

A absoluta falta de controle é espantosa.

Como é possível algo assim estar acontecendo?

Tão rápido quanto somem, os policiais voltam a aparecer. Eles abrem caminho à força em meio à multidão, a maioria clientes bêbados finalmente tropeçando na direção da porta para evitarem ser presos.

Avisos são gritados para todo mundo circular, e a energia se acalma quando a multidão começa a se dispersar. Não é o suficiente para me deixar confortável, se quer saber, mas pelo menos não estou mais imprensada como uma sardinha aflita.

Os policiais correm lá para cima, e agradeço ao universo por essa merda estar chegando ao fim.

Só que não é o caso.

Na melhor das hipóteses, a presença deles só aumenta a tensão, e mais gritos e risadas irrompem lá de cima ao ponto de eu cogitar que a boate toda enlouqueceu.

Felizmente, Ames aparece no alto das escadas, com as asas pretas saltando às suas costas enquanto Granger a escolta aqui para baixo. Sou inundada pelo alívio quando percebo que ela parece estar inteira, intocada pela violência que a rodeava.

Mas naquele momento me lembro de Everly, e o pânico volta a me tomar de assalto quando esquadrinho a multidão, sem conseguir encontrá-la. Antes de eu poder avançar para olhar ao redor, Granger grita no meu ouvido:

— Mantenha ela aqui contigo. Não a perca de vista.

Ames é empurrada para o meu lado, Granger me olha como se eu fosse a porra de um guarda-costas apesar de as minhas pernas estarem tremendo e a bebida ainda estar presa junto ao meu peito. Ele volta lá para cima correndo antes de eu sequer abrir a boca.

Odeio dizer ao cara, mas não há a mínima chance de eu conseguir evitar que algo aconteça com Ames ou comigo se a coisa começar a vir na nossa direção.

A voz dela se infiltra em meio à gritaria, os lábios quentes pressionam no meu ouvido.

— Dá para acreditar? Você deveria ver lá em cima. Eu nunca vi nada tão louco na minha vida, e já vi poucas e boas.

Isso é verdade, com uma vida como a de Ames, você acaba se acostumando com o perigo. E talvez seja por isso que ela é capaz de abrir um sorrisão, a excitação pulsando por ela é visível quando observa o alto das escadas.

Enquanto isso, estou prestes a desmaiar por causa da adrenalina.

Sou do tipo que evita o perigo.

E, se a Myth for ficar desse jeito com frequência, Ames vai ter que encontrar outro emprego se me quiser por perto.

— Cara, eu amo esse trabalho — ela diz, mais para si mesma que para mim, sua atenção completamente roubada pela atividade constante do piso superior.

É claro que ela amaria algo assim.

Abro a boca para dizer que ela é louca, mas as palavras são cortadas quando ela aponta para o segundo andar, o olhar roxo fixo em um homem sendo levado pelos policiais.

— É um dos gêmeos daquela festa a que você me levou. Eu o reconheceria em qualquer lugar.

Ela me cutuca com o cotovelo, os olhos se arregalam ao capturar os meus.

— Sério. A gente deveria passar mais tempo com o seu pessoal. Eles são divertidos pra cacete.

Ela não pode estar falando sério.

Ela disse que era *sério*.

Mas isso não é sério.

É uma loucura completa.

— Sério mesmo, caralho?

A pergunta escapa da minha boca com um tom agudo embaraçoso.

— Ah. Estou falando sério — ela responde com uma piscadinha, os olhos derivam de volta para o gêmeo que está rindo, *rindo*, caralho, enquanto é conduzido lá para baixo por três policiais.

— Você precisa de um psicólogo. Ou de uma ressonância magnética. Tipo, agora mesmo. Acho que você deve ter batido a cabeça em algum lugar e não me contou. Lesão cerebral é coisa séria, Ames.

Uma risadinha borbulha de seus lábios, mas seu foco é capturado por quem suponho ser o babaca responsável por essa noite.

Digo isso, mas Ames balança a cabeça em resposta.

E é quando percebo.

A verdade.

O que eu deveria ter sabido o tempo todo.

Não.

Não pode ser.

— Não foi ele que começou — Ames confessa, com um ronronar admirado.

Ela ergue o queixo para as escadas, apontando o segundo homem que agora está sendo conduzido pela polícia.

— Foi ele.

Não preciso olhar para saber quem começou a briga. E não sinto um pingo de surpresa ao perceber isso.

Meu olhar se fixa no do babaca da festa do governador.

O idiota que derramou bebida em mim.

O espécime confesso de homem bonito que age como se fosse dono do mundo.

Arrogante não começa nem a descrevê-lo.

Não tenho certeza se há palavra que o descreva.

E se há, não faço ideia de qual seja.

Não ainda, pelo menos.

Tudo o que sei é que, mesmo com sangue escorrendo do seu rosto, com a camisa rasgada no colarinho, os braços sendo contidos atrás das costas e dois policiais escoltando-o junto com o amigo, o Otário está com o queixo erguido, todo orgulhoso, e um sorrisinho enfeita seu rosto régio.

— Caralho, ele não é nada mal — murmura Ames, com um brilho travesso no olhar. — Tomara que eles saiam da cadeia logo. Talvez voltem aqui. Deem uma animada nas coisas. Sabe?

Ela é doida de pedra.

Tomo a decisão, e faço o diagnóstico extraoficial, enquanto sigo com o olhar o caminho que o Otário percorre com os policiais atrás dele.

Seria de se pensar que a presença da polícia acalmaria a galera que ainda estava ao nosso redor. Que a mera possibilidade de acabar preso faria essas pessoas se dispersarem e ficarem fora de vista.

Só que não faz nada disso.

No máximo, faz a massa de corpos se espremer ainda mais, abrindo caminho para a polícia e os homens em custódia passarem, no que meu espaço fica ainda mais denso e sufocante.

Sou empurrada de novo por um homem particularmente robusto à minha esquerda, o braço grosso resvala no meu, o líquido salpica no copo, mas não chega a transbordar.

Minha pele eriça, a falta de espaço me leva ao limite. Mas mantenho o olhar no Otário, meu ódio recém-descoberto ou talvez recém-aprofundado por ele me distrai do desastre se formando no perímetro da minha bolha pessoal.

Antes do Otário, eu teria intuído o perigo ao meu redor, mas, desde então, tudo o que vejo é ele. Como se ele fosse o único perigo, fica fixo na minha mente que sua súbita aparição na minha vida é sinônimo de problema.

Só não sei por quê.

E é essa mesma atenção que ele causa que mais uma vez me deixa em uma posição em que meu bem-estar físico e psicológico sucumbe, minha falta de foco nos arredores é tanta que nem noto o homem imenso permitindo que o amigo maior ainda se esprema ao nosso lado a uma velocidade vertiginosa.

Os dois batem em mim bem quando o Otário e sua escolta passam na nossa frente, meu copo enfim derrama seu conteúdo na minha blusa, meu braço voa para agarrar a barra que atravessa o bar para evitar cair e ficar presa sob os pés da multidão que me rodeia.

Naquele mesmo instante, meus olhos encontram um olhar azul que está sendo conduzido para a porta da boate, o sangue em seu rosto ainda escorre quando seu olhar estreita nos babacas ao meu lado.

Tudo acontece rápido demais.

Como um elástico estalando. Ou uma armadilha de caça sendo acionada, aprisionando a perna e partindo o osso.

O Otário de alguma forma se desvencilha dos policiais que o escoltam até a porta. Antes que eu consiga reagir para empurrar Ames para longe e escapar do que está por vir, ele consegue irromper a multidão na minha frente, seu punho atinge a bochecha do babaca que havia esbarrado em mim há poucos segundos.

— Mas que porra? — O babaca consegue gritar a pergunta ao perder o equilíbrio, o tombar do seu corpo quase me leva junto.

O Otário estende a mão para me pegar e me segura, se assomando diante do outro cara, com a raiva estampada em suas feições quando o policial luta para romper a multidão e capturá-lo novamente.

— Cuidado com a porra do que faz — ele rosna. — Você quase derrubou a garota.

Derrubou quem?

Olho ao redor.

Eu?

Ele não pode estar se referindo a mim.

Os olhos azuis fitam os meus. Aquela encarada letal esquadrinha a surpresa na minha expressão antes de seguir mais para baixo para analisar a bebida que agora ensopa minha blusa. A boca dele estremece.

Enquanto a violência nele desaparece, o cara ri.

Ele se inclina para mim, pressiona a boca no meu ouvido, o cheiro de sangue e álcool flutua ao redor dele. Meu coração bate um pouco mais rápido, e gosto de pensar que é o ódio que eleva meus sentidos e não simplesmente o corpo dele roçando no meu.

— É impossível não notar que você sempre fica molhada quando estou por perto. A gente precisa parar de se encontrar assim.

Nós nos encaramos, os olhos dele enrugam nos cantinhos por causa do sorriso, e os meus estreitam em um olhar desgostoso por causa da óbvia insinuação sexual do comentário.

— Tenho uma ideia melhor — respondo, com desdém envolto em cada palavra. — Que tal a gente parar de se encontrar de vez?

O sorriso dele se alarga, os olhos inchados brilham mais.

De alguma forma, o sangue e os hematomas lhe caem bem, passam uma impressão de que ele está no seu habitat natural, o caos da sua presença cai como um manto.

Calor se infiltra na minha pele quando ele pressiona ainda mais o corpo no meu.

— É só você admitir que gosta de mim.

Abro a boca para discutir e dizer o quanto aquela declaração está errada, mas ele cai no chão bem na minha frente antes de eu ter a chance. Os dois policiais que o derrubaram seguiram o mesmo destino.

Quase perco o equilíbrio durante o combate, e empurro Ames para nos afastarmos dos corpos se engalfinhando, então olho para a minha amiga e descubro que ela está prendendo a risada.

— Acho que ele gosta de você — comenta ela, e suas palavras me lembram do que o Otário acabou de dizer.

Entre os dois, meu sangue está começando a ferver.

A resposta que eu daria a ela é cortada quando o Otário aparece de novo, mais uma vez de pé, ainda lutando para se livrar dos policiais.

— Como eu estava dizendo — ele solta, logo antes de todos eles caírem de novo, os policiais agora ameaçam surrá-lo até ele perder a consciência se ele não parar de resistir.

Meus olhos se desviam para baixo para assistir ao embate, o babaca que estava lá depois de ter sido nocauteado finalmente consegue ficar de pé e escapa do emaranhado de corpos.

Mais inteligente que eu, ele pega o outro amigo, e ambos abrem caminho em meio à multidão para ir embora de vez da boate.

Na verdade, é uma ideia excelente.

Pego Ames para fazer o mesmo, mas os policiais puxam o Otário de pé bem diante de mim, bloqueando o caminho. Seus olhos encontram os meus de novo, um sorriso encantador de alguma forma ainda dá o ar da graça em seu rosto bonito.

Os policiais finalmente o arrastam para longe, tendo sucesso na tentativa de prendê-lo apesar da resistência. A risada irrompe de seu peito e seu olhar não deixa o meu.

— Você gosta de mim — repete ele, arrastando as palavras de tão bêbado que está. — Pode não saber ainda, mas com certeza vamos nos esbarrar de novo agora que sei onde te encontrar. E aí você vai saber.

Contrariada com aquela palhaçada, grito por cima do barulho da multidão:

— Eu te garanto que esse dia não vai chegar. Divirta-se na cadeia, que é o seu lugar.

Ele balança a cabeça e finalmente se vira para deixar que os policiais o levem, a boate lotada se acalma no que a multidão dispersa.

Sinto as asas falsas de Ames roçarem as minhas costas enquanto encaro o cenário, horrorizada.

Como é possível um único homem causar tanto caos em tão pouco tempo? E por que ele acha que tem a mínima chance de me ver de novo?

Se depender de mim, vou me trancar na segurança da faculdade e no oásis que é a biblioteca, sem ter a mínima intenção de dar um passo para fora.

É com isso em mente que conduzo Ames para longe do bar para fazer o que todo mundo está fazendo e dar o fora dali.

É só quando atravesso a porta, quando o vento fresco atinge o meu rosto e as luzes da viatura iluminam o estacionamento, que lembro que não faço ideia de onde Everly pode ter ido parar.

capítulo oito

Shane

Dois meses depois...
— Planos para hoje?

Olho para cima, encontro o olhar resguardado de Priest e assinto quando um suspiro escapa de meus lábios. Queria poder convidá-lo para ir junto comigo. Preferia que meus planos fossem divertidos em vez da tarefa que recebi de Tanner.

— Sim, eu devo sair com Mason e Taylor.

— E quanto a Ezra e Damon? — A pergunta carrega um pouco de precaução, de preocupação.

Largo a chave de fenda com um baque audível que ecoa pela oficina praticamente vazia, me ajeito para sentar no chão de concreto e me recosto no pneu do carro em que estou trabalhando.

Deve ter uns dois meses que Damon e eu fomos presos na Myth. Dois meses desde que ele me ajudou a dar uma lição em Paul e sua turma enquanto eu o ajudava a queimar a raiva que sentia por causa da situação com Emily e Ezra... e a ligação que tinha recebido do pai.

Lembro de bem pouca coisa daquela noite, e não tenho certeza se foi por causa da quantidade de álcool que ingeri ou se devido ao traumatismo craniano que sofri por causa dos tapinhas que o amigo imenso de Paul conseguiu me dar antes de eu derrubá-lo.

Felizmente, Tanner, Gabe e Mason foram capazes de abafar aquela merda, e Damon e eu não tivemos a ficha maculada por causa da lição que Paul recebeu.

No entanto, e no tempo que se passou, Emily está agora firme com Ezra, e faz poucas horas que plantamos o pai dos gêmeos sob sete palmos.

Infelizmente, a morte de William não ensinou absolutamente nada a nenhum de nós. Mason ligou há pouco tempo para avisar que o pai adiantou o prazo do seu casamento com Emily. Eles nem esperaram o corpo de William esfriar para recomeçar essa merda.

O que significa que cada membro do Inferno ainda tem trabalho a fazer para continuar a caçada pelos servidores desaparecidos.

Isso inclui a mim.

E é a última coisa que quero fazer.

Priest não está errado pela cautela e a preocupação. No que diz respeito aos gêmeos, a morte do pai deles não foi nenhum favor. Eles conseguiram manter o controle durante o funeral, e suponho que continuam assim durante a recepção fúnebre acontecendo agora. Não recebi ligações nem mensagens que indicassem o contrário.

Eu não poderia lidar com nada disso, então em vez de ir àquela palhaçada e me esbarrar com aquele bando de sorrisos falsos, troquei o terno preto que usei no funeral pelo macacão sujo de graxa da oficina.

— Não sei — respondo, com a voz rouca. — Os dois estão na recepção fúnebre agora. É mais do que provável que Ezra vai ficar com a Emily mais tarde, e acho que Tanner e Gabe querem manter Damon à vista.

Priest ri, não a gargalhada animada de sempre, mas algo cheio de empatia. Ele está tão preocupado com Damon quanto eu. Só que ele não sabe dos mesmos segredos que eu e por que todos deveríamos estar preocupados, mais do que as pessoas imaginam.

William não acabou em seu túmulo por acidente. E os detalhes daquela noite ainda estão arraigados no meu cérebro. Priest sabe disso, mas o que levou a William precisar ser morto? É, disso ele não faz ideia, assim como é com todo mundo que não faz parte do Inferno.

Felizmente, ele não menciona o que estou pensando e, em vez disso, tenta desanuviar as coisas.

— Me deixa adivinhar... eles ainda não confiam em vocês saindo sozinhos? Estão com medo de derrubarem vinte dessa vez?

Balanço a cabeça e volto a olhar para ele.

— Pode-se dizer que sim. Não por causa das brigas. É mais porque estão cansados de limpar a nossa ficha.

Ele rosna.

— Acho que ter um escritório de advocacia vem a calhar.

— É conveniente — confesso —, mas lidar com a merda de Tanner depois não.

67

Priest ri mais.

— Não me faça começar a falar desse cara. Vocês ainda sequestram mulheres a torto e a direito ou essa merda acabou agora que os outros três convenceram as meninas a não prestarem queixa?

Não posso nem discutir, pelo menos não no que diz respeito a Luca e Ivy. Tecnicamente, Tanner e Gabe as pegaram contra a vontade delas, mas foi só para conseguir controlá-las. Recuso-me a pegar uma mulher contra a vontade dela. Mas não garanto que não pegaria uma sem que ela soubesse.

São coisas completamente diferentes.

Não têm nada a ver.

Às vezes essas decisões são necessárias. Estou rogando para que não seja o caso dessa noite.

— Duas garotas. Não três. Emily estava extremamente disposta até onde me lembro. — Com um resmungo, adiciono: — Com ambos os gêmeos.

Priest faz careta ao coçar o maxilar, os olhos avaliam o trabalho que já concluí na merda do Kia que um cliente trouxe.

— É, por falar nisso, Ezra ia trazer o carro da garota dele hoje, pelo que disse. Carros tendem a estragar bastante perto de vocês.

Quanto a isso, ele também não está errado. Pelas minhas contas, temos mais de três perdas totais e um conserto simples. O que não inclui os quatro carros com pneus rasgados, cortesia da fuga de Ivy da casa de Gabe.

Ainda assim, defenderei o grupo quanto a um desses carros.

— O incidente com o carro de Ava não é culpa nossa.

Ele fica de pé e faz careta para mim.

— Conseguiram pegar o garoto responsável por isso?

— Não — digo.

Meus joelhos estalam como se eu fosse a porra de um velho de oitenta anos quando me levanto para ficar ao lado dele. O preço físico de ser mecânico é foda. Alguns dias, vai longe demais. Mas vale o amor que sinto por girar parafusos, por isso não vou abrir mão da experiência.

Ficar sentado em uma mesa dia sim dia também igual a Tanner ou Gabe acabaria me fazendo precisar de uma bela camisa branca e um quarto acolchoado devido ao quanto isso me deixaria louco.

— Por falar em carro — começo, mas só porque ele puxou o assunto. Simplesmente estou tirando vantagem. — Talvez eu precise dos seus serviços essa noite. E por serviços me refiro a um guincho oportuno...

— Puta que pariu — resmunga ele, me cortando. — Por favor, não me diga que você vai se juntar àqueles babacas em mais das merdas deles. E é melhor não ter mulher envolvida.

Minha confissão sai curta e fofa:

— Há mulher envolvida.

— Então me conta no meu escritório. Preciso de uma bebida forte para ouvir essa merda.

Priest vai na direção da sua sala. Eu o sigo de perto. Estou com uma sede do caralho e roubo um refrigerante do seu frigobar logo que entro. Ele olha para mim.

— Pretende comprar a próxima leva?

— Isso já aconteceu?

Abro a latinha e faço um show ao engolir a bebida gelada, o gás volta na mesma hora em um arroto alto.

Priest balança a cabeça e sorri.

— Foda-se. Vou descontar do seu pagamento.

— Engraçado. Não me lembro de você me pagar. E aqui estava eu pensando que você só me deixa ficar por aqui para brincar com as suas ferramentas.

— E é — responde ele.

Não que ele precise me pagar. Ganho mais que o suficiente no escritório, mesmo sendo mais fácil chover canivete que alguém chegar a me ver por lá.

— E qual é o favor? E que crime vou cometer ao ajudar vocês dessa vez?

Largo meu peso no sofá, e não estou nem aí para as manchas que adiciono por causa do macacão. Ele comprou essa merda em uma loja de segunda-mão por vinte pratas para substituir a outra merda que destruímos ano passado.

— Não sei se é um crime.

Ele me encara com descrença.

— Você é advogado. Deveria saber se é um crime.

— Não sou criminalista. Se quer entrar em especificidades, melhor falar com Tanner ou Gabe. Caramba, até mesmo Mason ou Jase podem te dizer. Só sei que o carro de uma mulher aí não vai funcionar muito bem depois das dez da noite de hoje, e ela vai precisar de um guincho.

Priest coça o queixo.

— Cacete. Você está comendo ela?

— Não.

— Pretende comer?

— Assim, não necessariamente, mas a opção está em aberto.

Ele não reage, simplesmente pisca devagar na minha direção antes de se virar para apanhar uma garrafa de uísque na gaveta da mesa. Ele tira a tampa e toma um gole.

Não posso deixar de me sentir mal pelo cara. Priest tem sido arrastado para todo o tipo de merda nesses últimos meses. E, na maior parte do tempo, não faz ideia de por que preciso de sua ajuda.

Seria legal descarregar toda a informação que ele não tem. Mas até o jogo estar encerrado, é melhor ele não saber detalhes do envolvimento dessa mulher ou dos esquemas que estamos concatenando.

Quanto menos Priest souber, menor a probabilidade de ele fazer alguma idiotice para acabar na mira dos nossos pais.

Quanto a esse jogo em particular, e a essa altura, a mulher de quem estou atrás não é nada mais que um alvo que Tanner me deu para ajudar a encontrar os servidores. Por isso não tenho nenhum interesse e provavelmente não vou precisar trepar com ela.

E mais, de acordo com a pesquisa que Taylor fez sobre ela, a garota é tão excitante quanto um saco de rola de silicone, algo que não tem utilidade para mim.

Pelo que Taylor me contou, ela se chama Brinley Thornton, é filha de Jerry Thornton, também conhecido como sócio do pai de Luca.

De acordo com suas estimativas, ela tem vinte e quatro anos e está fazendo mestrado em alguma merda. História da arte? Ou era filosofia? Não sei. Enfim, alguma coisa inútil para a qual não estou nem aí e que faz dela uma nerd, algo com que não estou acostumado a lidar.

E mais, eu tenho uma razão para não trepar com ela.

O pai a protege por razões que Taylor não conseguiu descobrir, não tem redes sociais, está sempre enfurnada na biblioteca, e passa o resto do tempo no mundo grande e mau da Myth, entre todos os lugares possíveis.

Essa parte não faz sentido nenhum, e ela entra em conflito com a outra. Uma biblioteca e a Myth têm tanto em comum quanto uma pomba arrulhando e um texugo raivoso, mas estamos nessa, apesar da esquisitice.

Só acho que é sorte ela poder ser encontrada em um dos meus lugares de caça favoritos, então pelo menos não vou ficar de todo entediado.

O que é estranho é que senti algo coçar nas minhas lembranças quando Taylor me mostrou a foto de Brinley. Algo longe do alcance que não consigo apontar com exatidão.

Passou pela minha cabeça que eu já a tinha visto antes, mas, apesar de ter revirado a memória pensando como seria possível, não cheguei a nenhuma conclusão. Talvez ela só lembre todas as mulheres descartáveis da faculdade com quem tive o azar de cruzar caminhos. Cada uma tão memorável quanto ficar na fila do mercado.

Apesar disso, ela é uma tarefa. Uma que preciso completar e de que preciso cuidar o mais rápido possível. Quanto antes conseguir arrancar informações dela, mais rápido posso voltar para a oficina de Priest e para os carros e motos que eu amo mais que qualquer coisa.

Priest entorna um bom gole de uísque, a conformação se assenta no seu semblante ao passo que a bebida faz o mesmo no seu estômago.

— Tudo bem. Vou ajudar. Vai ser você que vai fazer alguma coisa com o carro dela ou vai ficar por minha conta de novo?

A visão do carro de Luca todo destroçado vem à minha mente. Quando fica por conta do cara, ele tende a ir a extremos, então me certifico de dar instruções claras dessa vez.

— Vou precisar que você faça isso. Não posso me sujar de graxa antes de entrar na boate. Mas só quero que o carro não dê a partida. Não destrua a coisa.

Ele me olha, sua expressão lentamente se transforma em um sorrisinho.

— Você tira a diversão de tudo — reclama ele —, mas dane-se. Qual é o carro dela?

Reviro os olhos porque me dói demais admitir.

— Um Toyota RAV4.

O desgosto percorre as suas feições.

— Ah, puta que pariu. A gente pode muito bem jogar gasolina nessa merda e tacar fogo por tudo o que ele vale. Será um favor para a garota.

Ele continua a resmungar devido ao ódio que sente pelo carro de Brinley, parando a cada poucos segundos para tomar outro gole de uísque. Não consigo prender a risada.

E concordo com ele.

Ela está dirigindo aquele cortador de grama com seu motor 2.5 e quatro cilindros.

Para ser sincero, é quase inacreditável que um pai que a protegeu tanto ao longo da vida a coloque em um carro tão merda. Mas não posso julgar. Não sei nada sobre ela. A garota pode dirigir bem mal até onde eu sei. Ou ser mais preocupada com o consumo do que com a performance.

Não que o carro seja horrível para as pessoas normais congestionando as vias, todas preocupadas com o limite de velocidade e as placas de trânsito. Só não é o tipo de carro que você verá a mim ou a Priest dirigindo.

Prefiro circular por aí em uma daquelas gaiolas de hamster humanas que eles usam nas praias e essas merdas para passar pela água a ser apanhado nos confins de plástico que Brinley dirige.

Priest ainda está xingando baixinho quando dou voz à minha opinião.

— É, um carro de merda. Mas nem todo mundo pode dirigir o meu Belezinha.

Meu filhote.

Meu verdadeiro amor.

Algo que nenhum outro objeto, pessoa ou lugar poderia substituir no meu coração.

Ainda mais uma mulher.

Porque não sou um idiota igual três membros do Inferno provaram ser ultimamente.

Então, quem é o meu Belezinha?

Fico feliz por você perguntar.

É um Chevrolet Chevelle 454 LS6 de 1970. Um veículo cobiçado na comunidade de carros clássicos e uma máquina e tanto na época em que foi produzido.

No último ano, amei restaurar o meu Belezinha à condição em que se encontra atualmente enquanto adicionava alguns detalhes modernos que fez a direção ser mais agradável.

Vindo de fábrica com um motor V8 de 454 polegadas cúbicas e 7.4 litros, meu Belezinha tem 450 cavalos de força, 500 libras de torque e ia de 0 a 100 em seis segundos ou a quatrocentos metros em 13,7 segundos quando foi lançada.

A isso, adicione um kit de desempenho e escapamento livre, o que aumenta a potência e velocidade que agora alcança fácil duzentos quilômetros por hora no velocímetro que fica no meio do painel com as outras medições.

Meu Belezinha tem um câmbio manual Muncie Rock Crusher de quatro marchas e um diferencial de deslizamento limitado 4.10 com suspensão reforçada, o que faz do carro um sonho de direção para entusiastas da velocidade como eu.

Os bancos originais de vinil foram trocados por dois de couro preto com cintos de corrida de quatro pontos, a lateria foi pintada de preto com uma faixa de corrida branca no meio, o interior e o exterior foram embelezados com detalhes cromados que brilham sob o sol.

Resumindo, é o carro perfeito.

E é todo meu.

Enquanto você pode pisar no acelerador e chegar a 140 no meu Belezinha, o carro de Brinley ainda está pensando em arrancar, mesmo com o pedal empurrado até o talo.

— Quer ficar sozinho com sua mão e um tubo de lubrificante? Responda à porra da minha pergunta, babaca, e pare de pensar no seu carro.

Sou arrancado de meus pensamentos pela voz irritada de Priest e dou uma olhada para ele, sorrindo.

— Como você sabe que eu estava pensando no meu carro?

— Porque você fica com esse olhar perdido cada vez que menciona a coisa.

Eu rio.

— Bem, sendo assim, você tem lenço de papel ou uma meia velha para eu pegar emprestado para usar junto com o lubrificante?

Priest apanha uma chavezinha inglesa ajustável em cima da mesa e a atira em mim com tanta força que mal sou capaz de me esquivar da ferramenta. Ela atinge o drywall perto da minha cabeça com um baque alto, deixando um buraquinho antes de cair no encosto do sofá.

— Responda à porra da pergunta.

— Que pergunta? — devolvo, rindo ao ponto de balançar os ombros quando jogo a chave inglesa de volta para ele, que a apanha em pleno voo.

— É claro que você não estava me ouvindo, porra. O que quer que eu faça depois de sabotar o carro para você? Ficar por ali com o dedo enfiado no cu enquanto aguardo mais instruções? Ou tenho permissão para ir embora? Tenho merda melhor para fazer com o meu tempo do que ajudar vocês a sequestrar uma mulher aleatória.

— Ela não é aleatória — corrijo-o, ainda me recusando a dar mais informações sobre Brinley.

Pelo menos por ora.

— E não vamos sequestrar ninguém.

Ele revira os olhos e coça a nuca, provavelmente para aliviar a tensão.

— Como é possível vocês, seus filhos da puta, continuarem me arrastando para essas merdas?

Tomo outro gole de refrigerante, gostando demais da frustração dele. É bom não ser o único puto pra cacete com essa missão dos infernos.

HERESIA

— Não sei responder isso, mas estamos nessa já tem um tempão. E quanto ao resto das minhas instruções, espera até que repassemos tudo. Não vai ser uma noite normal, e os detalhes precisam estar alinhados para que possamos terminar o mais rápido possível.

Ele resmunga e termina a garrafa que está segurando.

Sorrio, termino o refrigerante e estimo que tudo vai terminar em vinte e quatro horas, talvez menos.

Brinley parece o alvo mais fácil que o Inferno já teve até então.

Ela é tímida.

É protegida.

O tipo de pessoa que não faz ideia de como navegar nos jogos que eu sei jogar.

Não estou nada preocupado com essa partida em particular.

Que dificuldade uma mulher como Brinley pode criar?

Brinley

Você alguma vez já parou para pensar que somos todos pré-projetados para cumprir um papel específico nessa vida? Não predestinados como a maioria das pessoas pensa que seja o caso. E não de um jeito religioso nem nada disso.

Mas pré-projetados.

Tipo peças de quebra-cabeça, se preferir, todos os nossos lados moldados de uma forma específica para que em algum momento os encaixemos no lugar certo, nossa constituição inteirinha formada por uma mistura de genética, ancestralidade e localização.

Isso não define apenas como será nossa aparência. Nossos traços físicos são apenas uma pequena parte dos detalhes que faz de nós quem somos. Em vez disso, define tudo o que há em nós: personalidade, sonhos e esperanças, temperamentos e pesadelos, objetivos e aspirações... assim como a habilidade de conquistar tais aspirações quando, e se, a hora chegar.

Não estou dizendo que as pessoas nascem para ter sucesso ou para fracassar, só parece que, às vezes, não importa como a gente se defina em um mundo com bilhões de pessoas, o destino nos leva sempre ao mesmo lugar, não importa o quanto lutemos para mudar isso.

Pelo menos é o que parece para mim.

O destino sempre foi uma droga de máquina de pinball na minha vida, um caminho claramente delineado de onde eu terminaria.

Não importa o quanto eu lute para escapar do inevitável ou o quanto me desvie desse caminho, algo sempre surge para me colocar de volta no rumo certo, eu querendo estar nele ou não.

Talvez eu tenha nascido para simplesmente ser chata e previsível.

Posso conviver com isso. Dormir bem, apesar disso. Passar pelos meus dias seguindo rotinas e padrões que me mantém quietinha na minha zona de conforto onde nada perigoso ou inusitado acontece porque a bolha que meu pai construiu para mim é uma defesa contra as ciladas da vida.

Não tenho certeza de que é mental ou emocionalmente saudável passar tanto tempo na minha cabeça igual eu passo. Mas aonde mais posso ir para experimentar algo diferente das paredes brancas e chatas do meu quarto no dormitório, em meio a fileiras e mais fileiras de livros técnicos e de literatura na biblioteca da faculdade ou às páginas de cada livro que devorei com voracidade em busca de algo que não fosse os confins da minha vida amena e tediosa?

— Estou feliz por você estar indo hoje, Brin.

Um espartilho de couro sintético preto atinge meu rosto, seguido pela calça combinando. Duas batidas ao meu lado na cama parecem ser das botas plataforma pesadas, bem provável que sejam pretas também.

É o uniforme padrão de Ames para seu trabalho de dançarina. Pelo menos nas noites em que Granger não reclama e pede para ela mostrar um pouco mais de pele.

— Faz tempo que você não fica na Myth depois que me deixa lá.

Empurro as roupas para longe da minha cabeça, olho para cima e vejo Ames remexendo o armário, com uma toalha envolta ao redor do peito e água pingando das pontas do seu cabelo azul esvoaçado.

Ela não pretendia me enterrar com suas vestimentas, só está ocupada demais desmantelando o guarda-roupa em busca de algo para terminar de compor o modelito que está criando.

Como sempre, eu a levarei para o turno dela na Myth, o último lugar que experimento durante minha rotina padrão e, no todo, o único passinho que consigo dar para fora da minha bolha de proteção.

Desde a briga, estou nervosa de ir lá.

E, por causa da briga, fui lançada de volta à minha bolhazinha. É por isso que na maioria das noites eu a deixo lá na frente, vou embora, depois volto para levá-la para casa, caso Granger não possa.

Mas hoje vou me aventurar para longe do meu quarto e da biblioteca. Só porque me sinto mais segura agora com as mudanças que eles fizeram na boate. E mais, todos os empregados me conhecem e vão ficar de olho em mim. Patrick sempre assegura que o lugar continua basicamente tranquilo e livre de perigo. A noite da briga não foi culpa dele, e um único homem não foi o bastante para contê-la.

Naquela noite, Granger teve que ligar para a polícia pela primeira vez na história da Myth. Tenho pesadelos só de lembrar de como Ames e eu ficamos presas no meio de tudo e não foi por culpa nossa.

Você gosta de mim...

Uma risada sacode meu peito, a descrença ainda me envolve devido à insistência do Otário que começou a briga de eu querer ter algo com ele.

Como se eu fosse me associar a alguém assim. O cara é o exato tipo de homem sobre quem meus pais sempre me precaveram.

Não o vi desde aquela noite, e graças a Deus por isso. Mas, se ele mostrar as fuças de novo, vou insistir para que Ames arranje outro trabalho... ou outra carona para chegar lá.

Seria má ideia ele tentar aquela proeza de novo.

Por causa daquela noite, mais quatro seguranças foram contratados. Dois para a parte de cima e dois para a de baixo, todos os quatro tão grandes e capazes quanto Patrick para lidar com qualquer um que esteja arrumando encrenca.

— Eu vou com você todas as noites — respondo, tendo o cuidado de usar o polegar e o indicador para afastar a calcinha de renda que Ames joga no meu colo sem nem perceber.

Ela se vira para me olhar, um sorriso luminoso esticando seus lábios e uma sobrancelha perfeitamente curvada se arqueando.

— Você me larga lá. Não é a mesma coisa. — Ela me olha da cabeça aos pés, e a desaprovação altera seu semblante. — Eu poderia encontrar outra coisa para você vestir. Com certeza vai ser melhor que a camiseta e o jeans que você usa em qualquer lugar a que vai.

Discutir com Ames por causa desse assunto é quase uma rotina noturna, mesmo que eu não vá ficar depois de deixá-la lá.

— Jeans e camiseta são confortáveis, tá bom?

— Sua vida é confortável demais — ela rebate. — Seria bom para você agitar as coisas.

Confortável demais.

É claro que ela diria isso.

Ames é um cartaz que grita livre e descontrolada.

Mas não posso ser igual a ela. Ou igual a muitas pessoas do seu convívio, diga-se de passagem.

Caramba, Ames e eu nem seríamos amigas se ela não tivesse quase reprovado em uma matéria e se arrastado para a biblioteca, desesperada atrás de um tutor.

HERESIA

77

De alguma forma, a gente se encaixou quando fui eu a pessoa que foi a seu socorro, apesar de sermos tão diferentes. Ela se tornou uma irmã para mim desde então.

— Tudo bem. Só se apresse e se vista para a gente poder ir.

Com um revirar dos olhos violeta, ela largou a toalha e apanhou as roupas na cama para se preparar para o trabalho. Ames não sentia vergonha nenhuma de ficar completamente nua na minha frente.

Eu jamais poderia agir assim... com ninguém.

Minha autoimagem vai em queda livre cada vez que dou uma olhada no espelho e vejo o cabelo castanho-claro sem brilho que deixei ficar longo demais. O rosto comum que nunca usa maquiagem, e a camiseta larga e o jeans que uso para esconder as imperfeições do meu corpo comum.

Chata e previsível.

Isso deveria estar tatuado na minha testa.

— Você acha que a sua gente vai aparecer hoje?

Meu foco é arrastado de volta para Ames quando ela faz a pergunta. A animação envolve suas palavras, porque, na verdade, ela gostou da noite que a Myth irrompeu em caos por causa da briga.

— Espero que não. E eles não são a minha gente.

Ela sorri ao inclinar a cabeça e conferir se fechou o espartilho direito.

— São, sim. Por que mais você estaria em uma festa com eles na mansão do governador?

— Eu não fui convidada para a festa, Ames. Só fui lá para deixar o pen drive.

— Mesma coisa. — As palavras foram ditas com um dar de ombros quando ela fechou o último botão.

E olhou para mim, balançando o cabelo azul para cair em suas costas em ondas bem marcadas agora que secou naturalmente.

— Além do que — adiciono, porque ela se recusa a parar de fazer essa pergunta noite sim, noite não —, estou feliz por eles não terem aparecido na boate de novo. A gente poderia ter morrido naquela noite.

Sua expressão se contorce em confusão.

— O gêmeo apareceu.

— Oi?

A pergunta de uma palavra só se arranca da minha garganta, surpresa demais para o meu gosto.

— Você está de sacanagem. Eu não vi o cara.

LILY WHITE

Pulando enquanto veste a calça justa, Ames ri.

— Por que eu brincaria com algo assim? Mas como você poderia saber? Nas noites que ficou por poucas horas, sempre esteve ocupada demais na mesa dos fundos com a cara enfiada em um livro ou outro. Você não teria notado nem se Jesus em pessoa tivesse entrado lá, mesmo se ele estivesse despertando os mortos e transformando água em vinho.

— Provavelmente não.

Tento um argumento muito fraco ao me apoiar nos cotovelos.

— Mas isso é obrigação do bartender. Ele que faz as bebidas. Por que eu prestaria atenção?

Ela ri mais ainda ao ir para o banheiro fazer a maquiagem. Felizmente, a garota tornou o processo uma ciência, e não vou ficar muito tempo sentada aqui.

A voz dela preenche o quarto, ligeiramente abafada pelo zumbido do ventilador do banheiro.

— Que bobagem, Brin, e você sabe. Precisa olhar mais o mundo à sua volta. Prestar atenção nos arredores. Viver, aproveitar o presente e tudo isso.

O que ela está dizendo é que é bobagem.

Eu presto atenção ao meu entorno.

Um pouco demais, na verdade.

Não que seja culpa minha. Fui criada para estar sempre alerta pelo que poderia ser a próxima ameaça. Como se a qualquer momento alguém fosse me atacar para cortar a minha garganta, me assaltar ou pior.

Se perguntar ao meu pai, o mundo todo é um barril de pólvora de desgraça e violência esperando para explodir, cada pessoa carrega a capacidade pouco contida de atacar e machucar qualquer um.

É uma questão de tempo com todo mundo, de acordo com ele.

Às vezes, me pergunto por que o homem me deixou sair de casa.

Não que eu possa usar isso contra ele. Minha mãe morreu em um acidente de carro quando eu tinha doze anos, e o sócio dele do que meu pai chamou de circunstâncias misteriosas. A polícia disse que foi um simples acidente automotivo, mas meu pai acredita que há mais nessa história.

Ele nunca mencionou a razão de achar isso nem quem ele pensa que está envolvido. Só que é o que ele acha. Não o pressionei para conseguir mais informações. Quanto menos eu souber dos antigos negócios dele, melhor.

Mas ainda tem as regras que ele deve ter sussurrado para mim desde que eu nasci, a primeira delas é jamais confiar em ninguém além de mim mesma.

Então, apesar do que Ames pensa, eu presto atenção ao meu entorno. Só que em vez de procurar caras gatos igual ela faz, procuro o próximo desastre prestes a acontecer.

Não é fácil viver assim, mas suponho que é o que me manteve viva até então.

Ainda assim, as regras do meu pai e a forma como me vejo nesse mundo não fizeram de mim uma vítima, não importa por que ângulo eu olhe. E também não sou do tipo que força a barra. Posso ficar na minha mais do que a maioria das pessoas e evito multidões, mas se encarar uma situação perigosa ou uma pessoa tentando tirar vantagem, sei como me defender.

É isto que boa parte das pessoas não sabe sobre mim: eu posso me esconder do mundo, mas não permito que o mundo se esconda de mim, e nem que me dê uma rasteira.

— Pronta?

Tão pronta quanto o possível para outra noite na boate.

Fico de pé e pego as chaves na cama, onde as deixei mais cedo.

— Vamos nessa.

O trajeto até a Myth foi feito em um silêncio confortável. Não sei bem o que está se passando pela cabeça de Ames. Os pensamentos dela podem ser um pouco esquisitos e descabidos às vezes, então sempre tenho medo de perguntar.

Estamos a cerca de meio quilômetro da boate quando ela finalmente põe para fora o que está pensando:

— Você deveria largar o livro hoje, Brin. Se misturar com os outros. Conhecer mais gente que não os autores metidos que você está sempre lendo.

Reviro os olhos e suspiro. O clique ritmado e lento da seta do carro soa quando esperamos para virar à esquerda na rua da Myth.

— Para começar, eu não leio os autores. Eu leio os livros. E mais, geralmente são apostilas ou leituras para a aula. Sabe, para estudar? Essa coisa que você espera até o último minuto para fazer enquanto entra em pânico.

Uma risadinha sacode seus ombros.

— Tá. Tudo bem. Você deveria fazer menos isso hoje.

O tiro dela saiu pela culatra. Eu já tinha planejado fazer menos isso. Na verdade, hoje vou me encontrar com duas colegas de classe. Claro, vamos conversar sobre o próximo trabalho enquanto bebemos. Mas, tecnicamente, é socializar.

— Brenna e Naomi vão hoje. Elas já devem estar lá quando chegarmos.

Imensos olhos violetas disparam para mim.

— Você fez amigas? — Ela bate palmas, e quero dar um tapa nela. — Estou tão orgulhosa.

Bem, não amigas.

Conhecidas.

Colegas de classe.

Mas talvez elas possam se tornar amigas. Não tive muito tempo para ver qual é a delas. E já que não sou o tipo que simplesmente confia em todo mundo que conheço, costuma levar tempo para eu me abrir e ficar à vontade perto dos outros.

Não posso dizer o mesmo da minha amizade com Ames. É como se no segundo que aceitei ser tutora dela, a garota levou uma chave para a porta da minha bolha e simplesmente entrou no meu santuário antes de se coroar minha melhor amiga.

Extrovertidos são assim, infelizmente.

— É — concordo, sem atualizá-la com toda a verdade. — Vai ser divertido.

Ela está sorrindo de orelha a orelha quando viramos à esquerda e seguimos em uma velocidade segura na direção da Myth. Não consigo deixar de notar que estou dez quilômetros acima da velocidade permitida, então piso no freio para acabar não sendo parada.

— Vocês precisam dar um pulo lá em cima em um dos meus intervalos para que eu possa conhecê-las. Sabe, ver qual é a delas e garantir que são dignas da minha melhor amiga.

— Tá, tá — respondo, me perguntando como vou conseguir impedir que Ames saiba que essas *amigas* são só algo da faculdade.

Não tenho muito tempo para imaginar a situação, porque nos aproximamos da Myth em questão de minutos, o estacionamento está praticamente lotado, então preciso parar longe da porta.

Depois de desligar o motor, tiro a chave da ignição.

— Estamos só dez minutos atrasadas hoje. Granger vai ficar feliz.

Ames ri.

— Ele nunca fica feliz com nada.

Ela não está errada. Mas não aperta o passo enquanto atravessamos o estacionamento e acenamos para Patrick quando ele abre a porta para nós.

Como sempre, Ames corre para se arrumar, e fico feliz por ver que Brenna e Naomi já estão me esperando na mesa perto da pista de dança. Faço sinal para que elas me deem um segundo e me aproximo do bar para pedir uma bebida.

HERESIA

81

— O de sempre? — Harrison pergunta e seus olhos encontram os meus, enrugando nos cantinhos.

— Na verdade, vou tomar algo alcóolico.

A surpresa transparece na sua expressão.

— Está crescendo, pelo que vejo. Alguma ocasião especial?

Geralmente, sou do tipo que só bebe refrigerante, mas concluí que é seguro o bastante tomar uma bebida de menina e água pelo resto do tempo. Assim Brenna e Naomi não vão se sentir esquisitas por serem as únicas bebendo.

— Nenhuma. — Tento pensar no que quero beber, mas não me surge nada. — Não sei o que quero. Aceito qualquer coisa com um guarda-chuvinhas.

Meu pedido era para ser uma piada, mas Harrison leva a sério, e se vira para misturar alguma coisa antes de eu conseguir impedi-lo.

Dou de ombros e olho ao redor da boate. Há rostos familiares de clientes assíduos, mas, no todo, ainda não está lotado.

É sexta-feira, então é provável que isso vá mudar em poucas horas.

— Aqui está. Um blue hawaiian por conta da casa.

Meu olhar dispara para ele e depois volta para a piscina olímpica que ele colocou na minha frente.

— É gigantesco.

Como é possível alguém beber essa quantidade de álcool? A droga do copo é maior do que a minha cabeça, e o guarda-chuvinha rosa mal se agarra à borda. Cubos de gelo flutuam por lá como icebergs em miniatura, a superfície brilhante saltita acima da linha do líquido azul resplandecente, como se esperasse o Titanic passar para que o afundem.

Se eu tropeçar sem querer e derramar a bebida, vou precisar de um bote salva-vidas para não me afogar no tsunami.

E depois que terminar de beber, não só estarei embriagada, como vou precisar de uma ambulância para me levar ao hospital para fazer lavagem estomacal e tomar soro.

— Pedi uma bebida, Harrison, não uma tigela de água. Como eu bebo isso? Com lambidelas?

Ele ri e balança a cabeça.

— Tem canudo.

Ele cutuca o canudo rosa minúsculo com o dedo e usa a outra mão para empurrar a bebida para mim.

Eu a empurro de volta, o líquido balança precariamente perto da borda.

— De jeito nenhum. Não consigo beber tudo isso.

— Então não beba — ele insiste, empurrando a bebida de volta. — Mas é de graça, e você não vai ferir meus sentimentos se não tomar tudo.

Encurralada pela justificativa dele, aceito a bebida. Preciso das duas mãos para pegá-la, e um pesado cobertor de nervosismo se assenta sobre meus ombros quando me viro e me desvio com cuidado dos outros clientes que estão vindo nessa direção, seja para o bar ou para a pista de dança.

De alguma forma, consigo chegar à mesa sem derramar bebida na minha blusa, e fico aliviada quando coloco a taça na mesa.

Os olhos de Brenna e Naomi se arregalam quando veem o tamanho da coisa, Brenna abre um sorrisão ao passo que Naomi toma um gole da sua bebida muito mais administrável.

— Eu sei que você disse para tomarmos alguma coisa enquanto conversamos, Brin. — A voz de Brenna não faz nada para esconder a graça que ela acha da situação. — Mas não pensei que você fosse pedir para nós três.

Naomi ri, e eu reviro os olhos.

— Eu não fazia ideia do tamanho dessa coisa.

— É claro que não, meu bem. Não tem problema. Não vamos dizer nada.

Eu me largo no assento e, com cuidado, puxo a bebida para a minha frente. Dou o primeiro gole, e não foi uma escolha terrível. Apesar do tamanho ridiculamente grande, é bem gostoso.

Olho para as minhas colegas e abro um sorriso satisfeito.

— Obrigada por virem.

Elas trocam olhares antes de me avaliarem com curiosidade. Naomi é a primeira a falar:

— É isso que você costuma usar quando vem aqui?

Olho para a minha camiseta velha e o jeans, e esfrego as mãos nas coxas como se isso fosse passar o amarrotado da calça.

Claro, não estou usando uma blusinha estilosa e brilhante que atrai olhares, igual a delas, e meu cabelo não está arrumado nem a minha maquiagem feita.

Acontece que eu não quero chamar atenção. É quando você capta olhares de todos ao seu redor que as pessoas erradas te notam.

Se eu me misturar bem, jamais serei um alvo.

Pelo menos, é o que meu pai me ensinou.

Ou para o que fui pré-projetada...

Chata e previsível.

Ótimo. Agora voltei a me sentir uma merda.

Solto um suspiro, olho para elas e abro um sorriso vacilante.

— Estamos aqui para decidirmos sobre o trabalho, né? Não vi razão para mudar a roupa que eu já vestia.

Elas trocam outro olhar, mas deixam o assunto para lá sem emitir uma palavra, e começamos a repassar os detalhes do projeto.

A noite passa bastante depressa enquanto discutimos o papel que cada pessoa assumirá para completar a pesquisa sobre o papel e a influência do filósofo alemão Friedrich Nietzsche na filosofia contemporânea, incluindo as críticas e elogios do público, os pontos de vista e o estilo de vida dele e também os temas e estilo da sua vertente de pensamento.

Para mim, o projeto é simples. Sempre gostei do trabalho de Nietzsche e leio coisas dele desde a época da escola. No entanto, pela reação das minhas colegas ao conteúdo, é de se pensar que elas nunca ouviram falar dele nem sentem o mínimo interesse.

Se estivéssemos no primeiro ano, eu até entenderia elas não o conhecerem.

Quem pega filosofia no início geralmente a considera um trampolim para outros cursos, tipo Direito. Muita gente não quer passar pelas obrigatórias-padrão dos primeiros anos de Direito, e acaba optando por algo diferente em que se destacar quando se inscrever na pós-graduação.

Mas não conhecer Nietzsche quando se está cursando filosofia é meio estranho. Guardo aquilo para mim, e continuo tagarelando sobre o que sei e que áreas penso que serão boas para as minhas colegas explorarem.

Depois de poucas horas, tanto Brenna quanto Naomi terminaram de beber e estão inventando desculpas para ir embora.

Eu esperava que pudéssemos ficar um pouco mais, para que a conversa se desviasse para outros assuntos, tipo nossa vida pessoal, namorados ou sobre o que mais elas quisessem falar, mas parecem cansadas depois da minha palestra exaustiva sobre o assunto do trabalho.

Elas insistem para ir embora, e talvez seja culpa minha. Eu costumo falar demais quando o assunto me interessa, e não tenho o hábito de deixar o assunto aberto para uma conversa mais leve.

O óbvio desejo delas de ir embora não me chateia. Não é como se eu fosse ficar completamente sozinha. Tenho uns livros lá no carro e posso ler enquanto Ames se apronta para ir embora.

Começamos a nos despedir, e só consumi um quarto da minha bebida quando Ames aparece na nossa mesa, com um sorriso travesso curvando seus lábios.

— Ei, não posso ficar para conversar, mas tenho carona para casa hoje. Você está livre para ficar com suas amigas aqui ou para ir quando quiser. Sei que a Myth não é o seu lugar preferido.

Brenna e Naomi dão desculpa de novo para ir para casa, as duas fingem bocejos e dizem que estão cansadas, apesar de ainda ser cedo.

Meu coração desaba um pouquinho por causa daquilo, mas sorrio mesmo assim. Ames, no entanto, dá uma olhada para as duas que deixa bem claro que ela não está engolindo aquela.

Minha amiga abre a boca para dizer o que pensa, mas seguro seu braço e a detenho. Uma cara puta se vira para mim, mas ela logo deixa pra lá e me olha com simpatia.

Ames sabe que é difícil para mim fazer amigos. Não sou igual aos outros. Todo mundo tem algo único e interessante que os faz brilhar, já eu... sou só eu.

— Está tudo bem, Ames. Eu também estou um pouco cansada, então acho que já é hora de ir para casa dormir. Tenho um monte de coisa para estudar esse fim de semana, por causa da prova segunda.

Ela não comprou aquela conversinha, mas assente mesmo assim.

— Te ligo amanhã.

Sorrio, me despeço e consigo sair da boate antes de Brenna e Naomi. Meus passos estão um pouco mais rápidos que o normal, porque estou com vergonha por ter sido dispensada, e meus braços envolvem minha cintura conforme me aproximo do carro.

Entro, prendo o cinto e verifico os retrovisores. Tudo está no lugar, já que sou a única que dirige o veículo, mas é uma das regras do meu pai, e sou meticulosa ao cumpri-las. Na minha família, segurança é a preocupação número um. Ao comprovar que tudo está no lugar, enfio a chave na ignição e a viro.

Só que... nada acontece.

Nem um estalo.

Nem um zumbido.

As luzes acendem, mas nada mais.

O motor não faz nada.

Minhas sobrancelhas se franzem em confusão, e tento a chave de novo mais algumas vezes.

Nada ainda.

Ah, puta que pariu...

É a última coisa de que preciso essa noite.

Abro a porta, saio do carro e vou até a parte da frente. Leva um minuto para eu encontrar o trinco, mas, depois de abri-lo, ergo o capô para dar uma olhada no motor.

Nada parece fora do lugar, então começo a checar os fios e as mangueiras, com a esperança de que algo tenha se soltado e que eu não vá ter que ir atrás de uma bateria nova ou, pior, uma peça nova, essa noite.

Meu pai me ensinou uma coisa ou outra sobre carros, o suficiente para me virar caso algo dê errado, mas minha bateria não está completamente morta, e o motor não está cheirando a óleo queimado nem a borracha derretida. Todos os fios e mangueiras parecem estar no lugar certo.

Não estou entendendo.

Xingo baixinho e bato o capô fechado.

Que porra eu vou fazer agora?

Tenho grana para chamar o socorro, se necessário. Mesmo um guincho, se o problema for sério, mas isso vai raspar todo o dinheiro que meu pai deposita para mim para as despesas do mês.

Talvez se eu ligar e explicar a situação, ele cuidará da despesa caso seja necessário um conserto.

— Você está bem? Parece que precisa de ajuda.

Eu me viro para a voz profunda, esperando ver Patrick, já que ele está sempre lá fora, de olho no estacionamento, mas minha tentativa de sorrir logo vira uma careta no instante em que meus olhos se prendem nele.

O Otário.

De todas as noites para esse filho da puta aparecer, tinha que ser na que eu não tenho a mínima esperança de dar o fora de lá.

— Só pode ser sacanagem.

Empurro os ombros para trás e cruzo os braços.

Ele se aproxima, com um sorriso encantador nos lábios. Não posso negar que ele é lindo, mas é necessário mais do que aparência física para fazer alguém ser bonito, e pelo que vi espiar por debaixo desses olhos azuis, ele é uma pessoa tão feia quanto eles indicam.

— Parece que você está com problemas com o carro?

Jura?

Não, eu só levantei o capô porque é divertido.

Ao que parece, ele é tão idiota quanto é feio, declarando o óbvio como se aquilo fosse me aplacar ao ponto de o deixar me ajudar.

— E parece que você é um babaca arrogante — por fim, disparo a resposta.

Ele se crispa com o tom mordaz da minha voz.

Que estranho ele parecer genuinamente confuso com minha reação.

Ele achou que eu esqueceria o que fez comigo em questão de poucos meses?

— Acho que você me confundiu com outra pessoa. Eu só estava passando e te vi...

Ao que parece, ele acha mesmo.

"Pode não saber ainda, mas com certeza vamos nos esbarrar de novo agora que sei onde te encontrar. E aí você vai saber."

Bem, ele não estava errado quanto a nos vermos de novo. Mas com certeza absoluta eu ainda não gosto dele. E, pelo que parece, ele nem sequer se lembra de quem eu sou.

Sorrio, porque não posso acreditar que é possível alguém ser babaca assim.

— Na verdade, não. Eu me lembro perfeitamente bem de quem você é, mas está óbvio que você, não.

Como é possível isso me fazer me sentir pior?

Não quero que ele se lembre de mim.

Não quero ter nada a ver com ele.

Mas sua falta de memória só confirma o quanto eu sou comum e esquecível.

— Você me confundiu com outra pessoa — insiste.

Balanço a cabeça e rio.

Lembrando a ele tudo o que já sei de sua pessoa, enumero os detalhes com os dedos.

— Você é desbocado; um galinha, pelo que pude ver; e ou é muito absorto ou não se importa com as pessoas ao seu redor, se não se lembra de mim.

Ele não responde nada.

Porque, sejamos francos, o Otário não tem nem o que responder.

— Então vou te dizer uma coisa: por que você não volta para a boate e me deixa cuidar disso sozinha? Não tenho o mínimo interesse em lidar com problemas automotivos e com um babaca arrogante na mesma noite. O primeiro problema é um saco, e o segundo... também conhecido como você, é um aborrecimento de que não preciso. Obrigada por se oferecer para ajudar, mas, no que me diz respeito, você pode dar meia-volta e ir dar em cima de alguma mulher ingênua. Não sou idiota o bastante para cair na sua conversinha.

Vou na sua direção, tentando dar a entender que estou me aproximando dele, então me desvio bruscamente do cara. Ele é a última pessoa de que preciso na minha vida nesse momento, e não tenho problema nenhum em deixá-lo no lugar em que está agora: às minhas costas.

Seria de se pensar que o babaca seria inteligente ao ponto de ficar quieto, que me deixaria sem dizer uma única palavra.

Em vez disso, ele ri. Igual fez na noite em que foi preso.

— Me diz o que você está sentindo de verdade — ele grita para as minhas costas.

Eu já fiz isso.

Sigo na direção da boate sem nem me dar o trabalho de olhar para trás, vou dizer a ele, e mostrar a ele, o que eu acho.

Ergo os braços e lhe mostro os dois dedos do meio.

— Passar bem, imbecil! Boa sorte com a próxima garota!

Seria de se pensar que acabaria ali, que o desdém óbvio das minhas palavras impediria que o idiota fosse atrás de mim. Achei que tivesse acabado ali, e é por isso que consigo sorrir para Patrick quando ele abre a porta para mim, e eu entro na Myth.

A essa altura, minha preocupação mais forte é chamar alguém para me ajudar com o carro, mas, infelizmente, não conheço nenhum mecânico que possa me ajudar.

Se eu estivesse na Georgia, ligaria para o meu pai me dar uma ajuda, mas, bem, a vida nem sempre está ao nosso favor.

Graças a Deus, já sou bem grandinha e sei cuidar de mim mesma.

Tiro o telefone do bolso e entro na internet para procurar o guincho mais próximo. Ligo para o número e levo o celular ao ouvido.

Acho que está chamando, e acho que alguém atende.

O único problema é que a música na boate está alta demais para eu ter certeza.

Precisando de um lugar mais tranquilo, me aproximo do bar e aceno para Harrison na esperança de que ele me deixe ir até o escritório de Granger lá nos fundos para eu terminar de falar.

A boate está mais lotada agora que algumas horas se passaram, e estou sendo empurrada pelas pessoas dos meus dois lados enquanto Harrison ergue o dedo e me pede um segundo.

Assinto para dizer que vou esperar, e sou atingida por trás, meu peito bate com força na barra do balcão.

A mão de alguém pousa no meu ombro para me puxar para trás, e eu giro para dar de cara com o Otário de novo.

— Qual é a sua?

Grito para ser ouvida, a irritação na minha voz obviamente descartada. Ele sorri em vez de dar o fora, conforme eu queria.

O Otário se inclina para mim, e minha paciência chega ao limite. Logo me movo para me afastar dele, abrindo caminho em meio a um grupo de mulheres à minha esquerda. Elas gritam comigo por forçar passagem, mas eu nem paro para pensar. Estou me movendo o mais rápido possível para escapar do idiota que não sabe captar uma indireta.

Sigo adiante, e estou quase no fim do balcão quando um homem mais ou menos da minha altura se vira com quatro cervejas na mão. As canecas frias estão precariamente equilibradas, e sua boca se abre em aviso quando duas delas deslizam na minha direção.

Cerveja espirra na minha cabeça, enxarca meu jeans e há uma poça gelada se formando sob meus sapatos, minha irritação agora dispara a uma altura que eu não ficaria surpresa se meu rosto estivesse vermelho igual a um pimentão e se houvesse fumaça subindo do meu cabelo.

Por que isso continua acontecendo comigo?

Olho para cima e rosno para o homem que agora tem duas cervejas a menos. Eu me viro e fico frente a frente com o Otário de novo.

Seus olhos azuis prendem os meus por apenas um segundo, mas logo viajam pelo meu corpo. Sua expressão muda quando ele olha para cima e sorri.

— Puta que pariu! Você estava certa. Eu te conheço, sim. Acabo de lembrar.

É o que basta para me fazer gritar.

É claro que ele se lembra de mim assim.

Sempre fico molhada quando ele está por perto...

Ou seja o que for que ele disse para mim naquela noite.

Ele pode ir se foder.

Sem esperar a permissão de Harrison, vou pisando duro na direção do escritório de Granger, empurrando em meio a multidão de corpos com o Otário colado em meus calcanhares.

Chego à porta em tempo recorde, ignoro todas as pessoas me xingando por empurrá-los sem nem pedir licença. Que se fodam. Não são elas

89

que estão cobertas de cerveja, com o carro quebrado e um imbecil colado nelas que só se lembra delas quando vão participar de outro indesejado concurso da camisa molhada.

Sem saber se o Otário está atrás de mim, bato a porta, esperando que tenha sido na cara dele e com força o bastante para quebrar seu nariz no processo.

O silêncio impera.

Bem, não silêncio completo. Ainda há a batida abafada da música lá fora, mas é silêncio o bastante para que eu consiga fazer uma ligação e chamar um guincho para vir me salvar dessa noite horrorosa.

Aperto ligar, levo o celular ao ouvido e ando para lá e para cá na frente da mesa do Granger.

— Oficina do Mitchell, em que posso ajudar?

A voz da mulher parece um canto de sereia. Só porque significa que estou bem perto de ir embora da Myth e provavelmente nunca mais voltar agora que o Otário se lembra de quem eu sou e onde pode me encontrar.

— Oi, sim, meu nome é Brinley Thornton, e meu carro está quebrado no estacionamento do petshop West Hill. Acho que preciso de uma chupeta ou de um reboque.

Por que pet shop? É que, tecnicamente, a Myth não existe.

As pessoas passam por ali todas as noites e veem o estacionamento cheio? Sim.

Eles sabem que dentro do sofrido pet shop de dois andares há, na verdade, uma boate?

Não.

Para ser sincera, não sei como a Myth ainda impede que as pessoas a descubram, mas conseguem, e agora não é hora de fazer conjecturas.

— Por que você está no velho pet shop? — A mulher deixa a pergunta escapar com um tom bastante confuso.

— Meu carro simplesmente morreu, e foi o lugar mais próximo para estacionar.

Não é a melhor mentira, mas se me fizer conseguir um guincho mais rápido, melhor.

— Ah, entendi. Felizmente, estamos bem perto daí. Já, já mandaremos alguém. Qual é o seu carro?

— É um Toyota RAV4 azul. Está nos fundos do estacionamento, mais afastado do prédio.

Ela ri.

— A gente não vai ter dificuldade para encontrar o seu carro. Assim, quantos pode haver no estacionamento de um pet shop fechado a essa hora de uma sexta-feira?

Ela não faz ideia.

Mas não aproveito para lhe contar a verdade.

Só vou acenar para o motorista do reboque quando ele chegar.

Desligo, olho para as minhas roupas de novo e vou até o banheiro de Granger para me limpar o melhor possível.

Não há como tirar o cheiro de cerveja da minha blusa e do meu jeans, então, depois de secar a minha pele o melhor que consigo, respiro fundo para voltar para a boate e evitar o Otário de novo.

Conhecendo-o, ele vai estar me esperando do lado de fora da porta só para me cercar assim que eu sair.

Faço uma pausa antes de abrir a porta, mas aí a puxo, a música alta entra, assim como o burburinho da conversa da multidão.

O Otário não está em lugar nenhum.

Olho ao redor para ver se ele está ali por perto, e fico feliz quando não o encontro.

Talvez a porta batendo na sua cara tenha sido a dica de que ele precisava me deixar em paz.

Meus ombros relaxam de alívio quando atravesso a boate às pressas, em direção à porta da frente, o ar frio da noite roça meu rosto quando chego lá fora.

— O que foi com o seu carro? — Patrick pergunta.

Olho para cima e minhas sobrancelhas franzem em confusão.

— Como você sabe que aconteceu alguma coisa com o meu carro?

Não falei nada quando entrei correndo. Talvez ele tenha me visto tentar ligá-lo?

Com um gesto do queixo, ele direciona meu olhar para o estacionamento.

Um guincho já está no estacionamento, luzes laranja piscam lá em cima quando o motorista prende as correntes na frente do veículo e o puxa para a plataforma.

— Caramba, chegou rápido. Eu acabei de falar com eles.

Patrick dá de ombros.

— Acho que você deu sorte e não vai ter que esperar muito. É melhor correr até lá e garantir que ele pegou o carro certo.

Por que ele não pegaria o carro certo? Quantos poderiam estar quebrados no estacionamento à noite?

Aceno para me despedir de Patrick, corro e chego bem a tempo de o cara pressionar um botão, e o mecanismo ranger um pouquinho quando as correntes puxam meu carro para cima.

— Ei! O carro é meu. Então o problema não é a bateria?

O motorista vira para mim, e recuo ao notar o quanto ele é gato. Claro, não é o tipo de cara de quem eu iria atrás. Nada na barba, nos piercings, nas tatuagens e na correntinha da carteira gritam *seguro* para mim, mas sua estrutura facial é perfeita para o visual abrutalhado, para o corpo forte e sarado por debaixo da camiseta branca simples e do jeans.

A boca dele se repuxa em um sorriso enviesado.

— É, infelizmente, acho que vai precisar passar um tempo na oficina. Pode levar um dia para que possamos verificar qual é o problema.

Esses caras são bem rápidos, ao que parece. Ele já devia estar passando por aqui se teve tempo de olhar o motor e começar a rebocar o veículo enquanto eu me limpava no banheiro de Granger.

Eu digo isso, e covinhas aparecem por baixo da sua barba por fazer quando ele sorri.

— Tudo em uma noite de trabalho — responde ele. — Vá em frente e suba no caminhão, eu te dou uma carona.

Ele não precisa dizer duas vezes.

Precisa de força para me içar para o banco do passageiro, mas consigo. O caminhão chacoalha um pouquinho e ouço alguns ruídos, que credito às correntes e cadeados que ele está prendendo lá atrás.

Dentro de dois minutos, ele se senta no banco do motorista.

Antes de engatar a marcha, o cara se vira para mim.

— Para onde?

— Eu moro nos dormitórios da faculdade aqui perto. Tudo bem?

Outro dos seus sorrisos encantadores antes de ele dar uma piscadinha e dizer:

— Claro. A oficina deve entrar em contato esse fim de semana para falar do seu carro.

Aquilo me faz me sentir um pouco melhor com tudo isso. Mas ainda é frustrante. Odeio ficar sem carro. Também há o pequeno pormenor de que não vou conseguir arcar com o conserto.

A gente sai do estacionamento e seguimos por uma rua secundária, afastando-nos da Myth, quando ele volta a falar.

— Qual é o seu nome?

Estou tão frustrada por causa dessa noite que nem passa pela minha cabeça que ele já deveria saber disso, já que falei para a mulher da oficina.

— Brinley.

Ele assente, e sacoleja no banco quando a gente atinge um buraco.

— Que nome bonito. O meu é Priest.

— É um prazer te conhecer, Priest.

Bem quando as palavras escapam da minha língua, noto outro conjunto de luzes laranja vindo na nossa direção. Eles se aproximam e observo um segundo guincho passar, indo na direção da Myth.

— Que esquisito. Será que outro carro quebrou essa noite?

Talvez tenha sido isso que Patrick quis dizer quando falou que eu deveria ver se o cara estava levando o carro certo.

Priest sorri e vira o volante para pegar a rua principal.

— É provável. Ou pode ser também que alguém tenha dado uma viajada e despachado dois guinchos para o mesmo trabalho. Acontece com frequência, na verdade.

— Deve ser um saco — comento.

A risada sacode os seus ombros.

— Você não faz ideia.

capítulo dez

Shane

É igual roubar doce de criança.

Assim... sério.

Assumir o controle do carro de Brinley é uma das coisas mais fáceis que eu já fiz na vida.

Tudo bem. Na verdade, foi mais o Priest, porém fui eu quem puxei as cordinhas da marionete. Eu fui o cabeça. A mente brilhante por trás do plano para deixá-la na palma da minha mão.

É uma sensação boa não ferrar tudo para variar.

Até o fim do dia, terei todas as informações de que preciso para encontrar o pai dela. Vou ser capaz de passar tudo para os caras, e também de me livrar desse problema mais uma vez.

Tarefa concluída.

Minha vida vai voltar à programação de sempre.

Nem mesmo Tanner pode encontrar motivo para torrar a minha paciência dessa vez.

E pensar que nem precisei sequestrar a garota para cumprir a missão... Tanner e Gabe podem aprender umas coisinhas comigo. Enquanto eles levaram semanas para encurralar Luca e Ivy, ou anos, se você quiser ser específico, eu levei menos que umas poucas horas para deixar Brinley na exata posição que eu precisava.

Ajudou eu ter esbarrado com a garota outra vezes?

Não.

Isso dificultou um pouco mais a minha vida.

Mas foi divertido eu tê-la conhecido antes?

Pode apostar que sim.

Ver a mulher com mais bebida entornada na blusa foi simplesmente recompensa para um dia de merda.

De todas as mulheres com quem eu poderia voltar a encontrar, tinha que ser a garota da mansão do governador. Eu sabia que a tinha visto antes, mas foi quase impossível recordar. Pelo menos até a cerveja ser entornada na sua camiseta e ela ter se virado para mim com uma expressão que me catapultou de volta para aquela porra de festa de noivado.

A expressão dela ficou consternada da mesma forma que ficou naquela noite, e a lembrança bateu na minha cabeça como um asteroide atingindo as águas abertas da porra da minha mente.

Sendo sincero, o encontro com ela na festa de noivado tinha sido a melhor parte daquela noite. Além do que, agora que sei quem ela é, tenho mais informação para passar para o Tanner...

Não só ela é filha de Jerry Thornton, mas ainda tem algo se passando com o governador. O que quer dizer que o pai dela ainda está envolvido com o homem. E isso não é interessante?

Ela estava zanzando para lá e para cá naquela festa, bem debaixo do nosso nariz, e não tínhamos ideia de por que ela estava lá.

Mas não podemos nos culpar por ter deixado a garota passar despercebida naquele dia. Os servidores ainda estavam no guarda-volumes de Luca naquela noite, e Jerry Thornton ainda não tinha ido para Deus sabe onde.

Não consigo deixar de me perguntar se a razão para Brinley estar na festa naquela noite tinha a ver com o sumiço de Jerry, em vez de ele ter desaparecido por causa da ligação de Luca para falar dos servidores.

São perguntas demais. E, felizmente para o Inferno, talvez eu tenha as respostas para várias delas na palma da mão.

Farei o necessário para arrancar as respostas dessa garota, queira ela ou não.

Até hoje, os outros caras têm seguido certas regras para conseguirem o que querem. Um código, mais ou menos, que dita a distância que estão dispostos a ir e o que estão dispostos a fazer para conseguirem o que precisam.

Talvez seja por isso que Tanner e Gabe levaram tanto tempo para controlar as mulheres deles. A ética dos dois, embora não fosse exatamente aceita pela sociedade moderna, ainda era bastante precária mesmo quando entrava na área cinzenta.

As ações deles eram perdoáveis; os métodos, digeríveis. As mulheres se apaixonaram por eles apesar de tudo o que fizeram.

Mas eu sou o porra-louca do grupo, e não sou conhecido por seguir as regras. Andar na linha da ética e da moralidade não tem valor nenhum quando envolve conseguir o que quero.

Há coisas que fiz de que nem mesmo o Inferno sabe. E a verdade é que, se descobrirem, nem mesmo eles me perdoariam.

Mas fiz aquelas coisas por uma razão.

E as faria de novo se tivesse a chance.

É por isso que espero que Brinley obedeça a tudo o que eu pedir hoje, e com um sorriso no rosto. Vai facilitar para mim. Mas, principalmente, vai facilitar as coisas para ela também.

Eu odiaria ver o quanto estou disposto a descer dessa vez para cuidar do problema.

Disco o número, me apoio no cotovelo e o colchão se afunda sob o meu peso no que o sol mal roça o horizonte. A razão para eu estar acordado cedo assim é uma puta de uma bobagem, mas dois é melhor que um quando a infelicidade está envolvida.

— É melhor haver uma boa razão para você estar me atazanando a essa hora da porra da manhã.

— Senti saudade.

Priest desliga na minha cara, o silêncio súbito força uma risada a escapar dos meus pulmões.

Retorno no mesmo instante.

— Mas que inferno, Shane. Qual é a porra do seu problema? São... — Ouço os cobertores da cama dele farfalharam quando ele provavelmente vira para verificar as horas. — Ainda são seis da manhã. Que tipo de problema de cabeça você tem que te faz ser idiota o bastante para cogitar que pode me ligar a essa hora? Eu vou te dar uma surra com a porra de uma chave de roda da próxima vez que te vir.

Eu o ignoro, me ergo para me sentar na beirada da cama, minhas pernas vão para o lado e meus pés pisam no chão. Estou me sentindo estranhamente animado em uma hora ridícula dessas.

— Preciso que você vá para a oficina e ligue para a Brinley passar lá.

Alguns segundos de silêncio antes de:

— São seis da manhã, seu merda. O que você não conseguiu entender ainda?

Afasto o aparelho da orelha quando ele dá essa resposta, e mal consigo evitar que meus tímpanos estourem. Quando Priest fica bravo, ele fala alto.

Volto o telefone assim que meus ouvidos param de zunir quando ele grita:

— Seis da porra da manhã, seu filho da puta.

Ao que parece, Priest precisa de um ou dois segundos para se acalmar.

Espero pacientemente enquanto o nervosinho bufa e resmunga, os cobertores se movem de novo antes do som do pescoço dele estalando ser seguido pelo que suponho serem outras juntas fazendo o mesmo.

Antes de virar mecânico, ele era dublê automotivo que batia carros para ganhar a vida. Embora tenha sobrevivido para contar a história, o trabalho não fez maravilhas pelo seu corpo.

— Ok, estou melhor.

Desconfiado, levo o telefone de volta ao ouvido.

— Tem certeza?

— Não muita, mas estou de pé, então me diga direitinho o que é antes que eu volte a gritar.

Odeio soar como um disco arranhado, mas há apenas uma razão que posso dar a ele:

— Porque preciso que você vá até a oficina e ligue para a Brinley passar lá.

Mais gritos. Afasto o telefone bem a tempo.

— Por quê? Por que tem que ser a essa hora da manhã?

Por alguns segundos, eu me pergunto quem ganharia uma disputa de gritos, Tanner ou Priest, e então levo o telefone de volta ao ouvido antes de explicar.

— Porque é melhor para mim. E aí posso terminar logo com essa merda e dispensar a garota o mais cedo possível.

Não me entenda mal. Brinley é uma gracinha, ainda mais quando fica brava. Não consigo nem entender como consegui a proeza de esquecer completamente a garota antes de voltar a vê-la ontem à noite. Costumo ser melhor que isso. E mantê-la por perto por alguns dias, ou talvez mesmo uma semana, não seria ruim. Mas já há alguns problemas com essa ideia.

Primeiro: ela é um alvo.

Segundo: ao que parece, ela me odeia.

E terceiro: se as coisas hoje não forem tão tranquilas quanto espero, ela vai me odiar ainda mais.

Espero que o terceiro ponto não seja um problema. Mas sempre tem a chance.

É difícil levar uma mulher para a cama quando ela está puta igual a um gato mostrando os dentes e tentando arrancar seus olhos. E sempre há a possibilidade de isso acontecer.

Talvez eu vá só fazer tudo no automático. Deixar as opções em aberto. Vai ser babaquice, mas eu ainda seria capaz de dormir bem à noite.

Passa pela minha cabeça deixar Priest cuidar do assunto, já que ele e Brinley se entenderam quando ele a levou para casa ontem à noite. Pelo menos pelo que ele me contou, foi o que aconteceu. Mas envolvê-lo mais do que ele já está envolvido é um risco para ele. Daria mais trabalho ainda arrastá-lo para a merda com o Inferno… e com o pai de cada um de nós.

Não estou disposto a correr esse risco.

E mais, vamos encarar… Se Brinley não agir como espero que aja, novas táticas precisarão ser usadas, e não sei se Priest está o suficiente do lado errado do que é aceitável para lidar com o que precisa ser feito.

Ele tem regras, apesar de estar disposto a quebrá-las de vez em quando.

Eu, não. E isso faz de mim o melhor jogador nessa partida em particular.

— Tem que ser cedo porque vou sair daqui a pouco para encontrar com Tanner no escritório.

— E daí, porra?

Priest está gritando de novo.

Volto o telefone para a orelha.

— Quer dizer que vou estar daquele lado da cidade.

Afasto o aparelho. Meu braço está ficando cansado.

— E?

Volto o celular.

— E se ela já estiver a caminho da oficina, então posso arrastá-la de lá para o escritório, conseguir o que preciso e tudo terá acabado antes do meio-dia. A sua vida volta ao normal, assim como a minha.

Começo a afastar o telefone de novo e paro quando ele solta um resmungo baixo, xinga baixinho e por fim se conforma com o que estou dizendo.

— Tudo bem — diz ele, com a voz rouca por ter dormido pouco e pela irritação. — O que você quer que eu diga que está errado com o carro dela?

É quando percebo que não cheguei a perguntar o que ele fez com o carro, para início de conversa.

— O que você fez com ele?

— Desconectei o motor de arranque.

Parece fácil o bastante.

— Então é só dizer que ela precisa de um motor de arranque novo.

Mais alguns palavrões resmungados antes de o ouvir coçar a barba.

— Dane-se, babaca. Deixa comigo. Mas você vai ficar me devendo.

As palavras são familiares. Priest soa mais e mais com alguém do Inferno a cada dia que passa.

— Qual é o preço para esse favor? — pergunto, só porque é divertido ter o jogo virado para variar.

Ele pensa.

— Ainda não sei. Mas esteja ciente de que está em dívida comigo, e que ela será cobrada no devido tempo.

É. Igualzinho a nós.

Rindo disso, desligo e me levanto para tomar banho e me vestir.

Em meia hora, estou saindo do elevador privado que leva ao andar de Tanner no escritório, e ignoro Lacey quando ela tenta me parar quando passo pela mesa dela. Vai saber a razão para a mulher estar aqui em pleno sábado, mas tenho certeza de que tem a ver com Tanner não dar a mínima para o que ele faz à pobre mulher.

Mas, bem, pelo salário que ela ganha agora que Gabe lhe deu vários aumentos ridiculamente grandes para mantê-la como funcionária, tenho certeza de que um sábado ou outro no escritório valem o iate novo que ela pode comprar com o nosso dinheiro.

Nem me dou o trabalho de bater quando invado o escritório de Tanner, meus passos possuem ritmo no chão de pedra quando me aproximo dele.

De onde está com os pés sobre a mesa, ele afasta a atenção do computador e se concentra em mim.

— Finalmente deu o ar da graça, te liguei já tem mais de uma hora.

Largo meu peso na cadeira diante da mesa dele.

— E por que você está aqui tão cedo, caralho?

Suspirando, Tanner bate alguns dedos no teclado antes de relaxar no assento e me prender de novo com aqueles olhos verde-musgo.

— Porque Jase passou a noite tendo um chilique, e eu precisava ficar longe dele antes que o matasse.

Lembro da mensagem que recebemos quando estávamos na Myth ontem à noite, falando de Everly, e assinto em compreensão.

— Mas por que vir para cá?

Uma risada baixinha sacode seu peito.

— Porque é o último lugar em que alguém pensará em me procurar. Eu odeio pra caralho vir aqui.

Ele tem razão.

No que diz respeito às atividades de rotina de um escritório de advocacia, o membro do Inferno no comando é o Gabe. Como ele consegue isso, ninguém faz ideia, mas talvez tenha a ver com o cara se sentir confortável em um negócio que coordena uma rede de mentiras.

— E por que eu estou aqui?

Tanner bate a caneta no tampo da mesa. Com o cabelo bagunçado e vestindo uma camisa preta simples, ele parece ter acabado de se arrastar da cama.

— Estou enjoado de ouvir a porra da voz do Jase, e você — ele aponta a caneta para mim — é exatamente de quem eu preciso para fazer o cara calar a boca.

Não é como se eu nunca tivesse pensado em estrangular Jase e acabar com a infelicidade dele. Até o momento, essa conversa está seguindo um bom rumo.

— Eu deveria matar o Jase primeiro, ou me poupar do problema e simplesmente enterrar o homem vivo?

Os olhos verde-escuros se estreitam em mim.

— A gente não vai matar o Jase, Shane.

— Seria a solução mais fácil.

Ele bate a caneta de novo.

— E você está certo. Já passou pela minha cabeça quando ele age feito um menininho chato e chorão, mas ele tem família, e a gente não mata famílias.

Como eu disse antes, Tanner e Gabe têm regras.

Que as regras se fodam.

Outra batida quando Tanner tira os pés da mesa e se senta erguido na cadeira de couro estilo presidente.

— Everly apareceu de novo. Sei que você sabe, porque todo mundo recebeu mensagem falando disso ontem à noite. Todo mundo respondeu, menos você. Você ignorou. Não estou surpreso.

— Eu estava ocupado na boate, cuidando de Brinley.

Jesus. De quantas coisas eu devo dar conta por causa desse otário?

Girando a caneta entre os dedos, Tanner se recusa a ir com calma com a torrente de perguntas. Ele as lança em rápida sucessão.

— E como foi? Já sabe onde Jerry Thornton está? Onde a Brinley está agora? Você a trancou em algum lugar? Quando a gente vai poder interrogar a garota?

— Não cheguei tão longe ainda — falo alto, interrompendo-o.

Ele se recosta na cadeira. Me fitando. Aquela bendita caneta ainda gira entre seus dedos.

— Então você ferrou com tudo, é isso que está me dizendo. Por que não estou surpreso?

Estou prestes a tomar a caneta da mão dele e cravá-la em seus olhos.

— Não. Não ferrei com nada. Depois que eu sair daqui, vou até a oficina onde Brinley estará, e vou conseguir a informação com ela lá.

Ele estreita os olhos.

— Por que ela estará na oficina?

Finco a mão pelo cabelo, descendo-a pela nuca, e aperto os músculos tensos do pescoço. É sempre frustrante pra cacete lidar com Tanner quando ele está assim.

Que é basicamente o tempo todo.

— Porque Priest e eu fomos capazes de pegar o carro dela ontem à noite e levá-lo para a oficina. Priest já ligou para ela e mentiu dizendo que o carro precisa de conserto e que ela tem que autorizar. Vou conseguir a informação enquanto ela estiver lá.

Parecendo satisfeito, sua expressão volta ao normal, e ele bate a caneta na mesa de novo.

— Preciso de mais informações que não envolvem só o pai dela. Depois de pensar no assunto, Gabe e eu estamos com a impressão de que Brinley talvez saiba do paradeiro de Everly também. Faz sentido, considerando que o governador estava ao telefone com o pai dela quando Everly foi mencionada. Pelo menos de acordo com o que Ivy nos contou na cabana. Parece que os três estão conectados de alguma forma e, por isso, Brinley talvez também esteja.

Para variar, estou um passo à frente de Tanner. A sensação é ótima.

— Já pensei nisso — digo a ele, e o orgulho se esgueira em cada palavra. — E é porque sei de algo que você não sabe.

Pauso, para efeito dramático, mas meros segundos de silêncio fazem Tanner subir pelas paredes. Não tem paciência nenhuma esse daí.

— Que é?

Estendo as pernas diante de mim e cruzo os tornozelos.

— Brinley estava na festa de noivado de Emily e Mason. Eu esbarrei nela perto de um dos bares do lado de dentro e derramei bebida na garota. Ela ficou puta, e é por isso que me lembro do que aconteceu. A menina tem uma boca e tanto.

Outra pausa, que só faz Tanner voltar a subir pelas paredes.

Ele gira a mão no ar, fazendo sinal para eu continuar falando.

Foda-se. Posso muito bem parar de cantar vitória por saber mais do que ele e cuspir o que estou pensando.

— O fato de ela estar lá naquela noite me faz me perguntar se Jerry sumir com os servidores tem tudo a ver com o governador e nada a ver com Luca ligando para ele. Ele pode ter planejado tudo. Admito que não tinha feito a conexão com Everly até você mencionar, mas talvez tudo esteja ligado.

Tanner joga a caneta em mim. Mal consigo me desviar.

— Isso mesmo, babaca! Acabei de explicar para você. Então agora que tem Brinley em um lugar que consegue pegá-la, você precisa arrancar a informação sobre o pai dela e sobre Everly.

Ele para, pega outra caneta e começa a batê-la na mesa.

— Quer saber? Talvez seja melhor que você não cuide disso. Não sei se posso confiar em você para cumprir a tarefa. Talvez seja melhor deixar comigo e com Gabe.

— Você e essa sua declaração podem ir se foder. Eu ainda não pisei na bola com o Inferno. Você só não gosta dos meus métodos. Na pior das hipóteses, concluo tudo antes que qualquer um de vocês, seus filhos da puta.

Ele ri disso, e revira os olhos ao se recostar na cadeira.

— Você pode conseguir concluir a tarefa, Shane, mas nos deixa no escuro até a porra do último minuto. Até lá, deu tanta merda que a gente acaba com uma bagunça ainda maior para limpar. Por que você não pode seguir as instruções para variar?

Porque sou Heresia, mas não digo em voz alta.

Nós nos encaramos pelo que parecem alguns minutos. Na verdade, foram meros segundos. Eu falo primeiro:

— Só porque você me diz como algo deve ser feito não significa que eu concorde contigo. Me passe a tarefa, Tanner, e deixe que eu a cumpra. Você vai ter o que precisa quando eu acabar.

A irritação pinta a ponta de suas orelhas de vermelho, a pressão dele está nas alturas.

— Acaba logo e não ferra com tudo. Se você perder a Brinley, a gente perde Jerry Thornton e talvez até mesmo a Everly. Estou falando sério, Shane. Vê se não fode com tudo.

Com isso, eu me sinto dispensado, a atenção dele volta para o computador.

— Considere feito.

Fico de pé e saio de lá a passos rápidos.

Às vezes, parece que não consigo me afastar desse palhaço rápido o bastante.

102   **LILY WHITE**

capítulo onze

Brinley

— Nossa. Vocês são bem rápidos. Estou chocada por já terem localizado o problema.

E um pouco irritada, devo confessar.

Que mecânico está acordado a essa hora em um sábado? Assim, claro que ele me disse que daria notícias no fim de semana. Mas às seis e meia da manhã?

— Vocês dormiram? — pergunto, minha voz ainda rouca por ter acordado com o telefone tocando.

É o motorista do guincho de ontem à noite. Posso dizer por causa do sotaque estranho dele. Americano, sem dúvida, mas não sei de que parte do país.

— Sim, senhora, nós dormimos e, pode acreditar, também não estou nada feliz por ter acordado tão cedo. É só que foi fácil achar o problema do seu carro. Vamos precisar que você venha à oficina para autorizar o conserto antes de começarmos.

— É fácil de resolver?

Faço uma prece para o universo para que eu esteja com o carro a tempo de levar Ames para o trabalho hoje.

Ele ri, mas não de um jeito divertido. Mais de um jeito de *você não vai gostar do que estou prestes a dizer*.

Meu coração aperta antes de ele sequer proferir as palavras.

— Se conseguirmos a peça hoje, vai ser simples. Mas é sábado, e o pessoal do autopeças são cheios de coisa e funcionam em um horário próprio.

Porra.

— Cheios de coisa?

Outra risada.

— É. Eles podem estar funcionando, ou estar dormindo depois de uma farra de três dias. Nunca se sabe. Mas o problema mais urgente é que você precisa assinar a papelada. Não vamos poder fazer a encomenda até essa parte estar concluída.

Mas que saco.

— Você tem alguma ideia de em quanto vai ficar?

Ele fica quieto por um segundo, ouço papel farfalhar ao fundo.

— Só vou poder dizer depois de encomendar a peça. O guincho ficou em cento e cinquenta pratas. E colocá-lo no elevador e ver o problema ficou em setenta. A hora de trabalho é setenta e cinco. Se levar duas horas, só o serviço vai ser cerca de trezentos e setenta e cinco.

Gemendo, eu me sento na cama e puxo os joelhos para o peito. Não há como eu arcar com isso hoje, com ou sem a peça. Assim, talvez, mas vou ficar dura.

Porém, que escolha eu tenho?

— Por que preciso passar aí antes de começar o conserto? Posso autorizar por telefone. Para mim está de boa.

Não sei com certeza, mas parece que um suspiro irritado escapa de seus lábios. Ele fica quieto por alguns segundos antes de finalmente explicar:

— Ah, sim, bem... era como trabalhávamos, mas aí as pessoas autorizavam as paradas, a gente começava o trabalho e eles pagavam com o cartão de crédito. Quando víamos, eles contestavam a cobrança e declaravam que não tínhamos nada por escrito, e a gente perdia tudo o que ganhou com o serviço.

— Que horror.

É uma merda quando as pessoas são assim. Dificultam tudo para o resto.

— Tá. A situação toda é um inferno, e nada contra você, mas eu gostaria de acabar logo com isso. Então se você puder vir e autorizar...

Há certa urgência na voz dele, me sinto mal por mantê-lo no telefone por tanto tempo. O cara deve ter coisas melhores para fazer, e eu o estou segurando.

— Tudo bem. Vou me levantar, me vestir e estarei pronta em pouco menos de uma hora. Mas não tenho como chegar aí.

Adicionar a tarifa do táxi a essa conta vai ser impossível, não com o que me resta na conta. Acho que ainda consigo dar um jeito sem ter que pedir mais dinheiro se o preço ficar dentro do que ele já me disse.

Mais papéis sendo remexidos, dessa vez com mais pressa.

— Na verdade, a gente tem um serviço de valet que pode ir te pegar. É de graça, se ajudar.

Feliz por esse mecânico ter sido o primeiro que apareceu na minha pesquisa ontem à noite, não consigo deixar de pensar que eles têm um atendimento excelente.

— Perfeito. Estarei pronta em uma hora.

— Tá. — É tudo o que ele diz antes de desligar.

Agora tenho certeza absoluta de que o cara estava com pressa.

Sem querer deixar o motorista esperando, corro para o chuveiro e então visto uma camiseta preta e jeans. Quando estou amarrando o All Star, uma buzina soa no estacionamento.

Espio pela janela e vejo uma van branca, o mesmo cara de ontem à noite contorna a frente do veículo e se recosta lá. Ele olha para o meu dormitório, óculos escuros cobrem seus olhos.

Pego a bolsa ao sair, tranco a porta e vou lá para baixo. O sol agora terminou de subir no horizonte, mas ainda não está brilhante no céu. Com frio, corro até a van e peço desculpa.

— Sinto muito. Eu pretendia já estar aqui fora quando você chegasse, para não te deixar esperando.

Os cantos dos lábios dele se repuxam para cima.

— Não é você que deveria estar se desculpando.

Antes que eu possa perguntar o que ele quis dizer, Priest abre a porta do passageiro e espera o suficiente para que eu entre antes de batê-la.

Observo o homem dar a volta pela frente, com as mãos enfiadas nos bolsos e os ombros caídos. Ele parece arrasado.

Sinto culpa por ele ter ficado acordado até tarde da noite, me salvando no estacionamento e vindo de manhã cedinho para me buscar.

Assim que ele se acomoda ao volante, me viro para ele.

— Por favor, me diz que não foi você que olhou o meu carro. Parece que você não dormiu nada.

Ele me olha de rabo de olho e ergue uma sobrancelha.

— O que você quer dizer? Não confia em mim para ver o que há de errado com um motor quando estou meio dormindo?

Na mesma hora, me arrependo do que disse, e logo o aplaco:

— Nada disso. Só me senti mal se você teve que fazer todo o trabalho. Sou grata por tudo o que fez, e espero que não tenha incomodado muito.

Priest se acomoda, liga a van e se vira para me olhar.

— Primeiro, não se sinta mal. Pode confiar, a situação é pior para você do que para mim. Segundo, você é um incômodo, mas não é culpa sua. Eu tenho um... *mecânico*... que é um verdadeiro pela-saco. E terceiro, não agradeça a mim. Tenho certeza de que daqui a uma hora mais ou menos, você vai estar desejando jamais ter me conhecido.

Ele volta o foco para o para-brisa, engata a marcha e sai do estacionamento.

Aturdida com o que ele disse, pisco em confusão, por fim volto a mim o bastante para perguntar que merda ele quis dizer.

— Por que vou desejar jamais ter te conhecido?

Um raio de energia nervosa me sobe pela espinha, e por um breve momento me pergunto se vou ter que saltar de um veículo em movimento só para escapar do cara. Tudo o que posso ouvir são os avisos do meu pai repassando no fundo da minha mente, sua insistência em que o mundo está só esperando eu dar bobeira.

Pessoas são sequestradas o tempo todo, e nunca mais são vistas, o destino delas não é nada mais que um sussurro que outras jamais ouvirão.

De repente, estou repensando minha decisão de ter entrado por livre e espontânea vontade naquela van. De tudo o que está envolvido em um sequestro, uma van branca geralmente é a primeira da lista.

Minha mão alcança puxador quando tomo a decisão de que vou pular de lá no próximo sinal vermelho, mas Priest olha na minha direção antes que isso aconteça, e um sorriso amigável estica seus lábios.

— Porque quando você descobrir o preço que vai pagar pelo seu carro, tenho a sensação de que vai odiar todos os envolvidos. Ninguém gosta de despesas inesperadas.

O alívio me inunda, uma risadinha sacode o meu peito quando dou um sorriso amarelo em resposta.

— Ah, é. Isso. Bem, não é culpa sua.

— Não — ele confessa —, não é. Mas ainda estou envolvido, sabe? É só você lembrar que sou um cara legal e que me sinto mal por você estar passando por isso. Não desejaria para ninguém.

Ok, essa conversa está estranha. Mas algumas pessoas não se comunicam muito bem. Estou começando a acreditar que Priest tem passado mais tempo com carros e ferramentas do que com pessoas.

— Sério — asseguro a ele —, está tudo bem.

Resmungando, ele sorri:

— Se você acha.

Ao que tudo indica, o cara está levando o problema do meu carro mais a sério que eu. Talvez ele esteja no ramo errado, se o azar dos outros o afeta desse jeito. Seria de se pensar que como mecânico e motorista de guincho, a única vez que ele conhece gente nova no seu trabalho é quando a pessoa está tendo um dia ruim. Ele deveria estar acostumado com isso.

Deixo a conversa para lá, desvio o olhar para a estrada e assisto aos prédios passarem enquanto o sol continua a subir por trás deles. Tão perdida em pensamentos que nem passa pela minha cabeça que o trajeto está demorando mais do que deveria, meu foco finalmente volta para o presente quando ele atravessa a ponte e entra na cidade.

— Pensei que estivéssemos indo para a oficina?

Uma olhada rápida na minha direção antes de voltar a se concentrar no trânsito.

— Estamos. Para a minha oficina. Fica a cerca de cinco minutos daqui.

— Sua oficina?

Verifico o histórico de navegação do meu telefone. Algo não faz sentido.

— Pensei ter ligado para a Mitchell's Auto Shop. A mulher disse que eles ficavam perto do petshop onde você me pegou.

Aquela energia nervosa começou a circular de novo, minha voz está um pouco desesperada demais para o meu gosto.

— Seu sobrenome é Mitchell?

Por favor, que seja Mitchell…

— Não — confessa, afundando cada esperança que eu tinha na poeira. — Mas fique feliz por ter acabado comigo. A oficina do Mitchell é conhecida por depenar as pessoas a torto e a direito por consertos desnecessários.

Priest balança a cabeça.

— Sério, aqueles filhos da mãe nem se dão o trabalho de consertar o problema que existe. Só dão uma tapeada para que o carro pare de fazer barulho por tempo o suficiente para ser tirado da oficina. Passa uma semana, e a coisa estraga de novo. E isso porque eles fodem de propósito com algo para que da próxima vez o serviço seja mais caro.

Apesar da explicação, a suspeita agora me estrangula com mais força.

— E como eu acabei com você? Eu liguei para a Mitchell.

Um longo suspiro escapa de seus lábios. Ele olha na minha direção e de volta para a pista, seus ombros despencam em resignação.

— A verdade?

Minha resposta é um estalo de chicote.

— Sim. A verdade.

A van acelera quando pegamos a esquerda na Main Street, o trânsito está tranquilo porque está bem cedo e é sábado. O silêncio enquanto espero pela resposta é tão denso que a tensão é sufocante.

— Roubei seu carro antes que o outro motorista pudesse te pegar.

Volto a levar a mão ao puxador, decido que atingir o concreto em qual seja a velocidade que estamos indo é um destino melhor do que o que qualquer cara planejou para mim. A essa altura, tenho quase certeza de que fui sequestrada.

Ele passa a mão pelo rosto.

— Olha, são tempos difíceis, e é meio que um segredo do mercado esses tempos de que oficinas roubam clientes uma das outras. Muitos negócios estão usando o telefone para ligar para os guinchos, mas alguns ainda usam rádio. A frequência que eles usam não é exatamente segredo.

Convencida de que ele está me levando para alguma espelunca em algum lugar com um colchão de solteiro manchado no chão e correntes espalhadas por lá para usar em mulheres ingênuas, estou prestes a saltar para a liberdade, ou para a morte, quando ele faz uma curva fechada no estacionamento de uma oficina.

Priest's Auto Body está escrito em letras garrafais na fachada, a porta de aço aberta me dá uma visão perfeita do meu carro lá no elevador.

Eu relaxo um pouquinho.

Tudo bem, então não estou sendo sequestrada e vendida para o tráfico humano, *talvez*. Mas ele ainda não tem resposta por ter roubado o meu carro, para início de conversa. Antes que eu possa começar a exigir algumas, ele estaciona e se vira para olhar para mim.

— Vou te dizer uma coisa… eu não deveria ter roubado o seu carro. Sei disso. Então posso fazer o trabalho de graça, se compensar as coisas com você? Seu carro vai estar funcionando de novo, e você não vai me dever nada por tudo o que eu fizer.

Estreito os olhos para ele, ainda não consigo deixar a suspeita de lado.

Mas trato é trato.

Desde que seja um trato mesmo.

— Você é dono da oficina?

Ele assente.

— Sou.

— E não vou ter que te pagar nada pelo conserto? Nem mesmo a tarifa do guincho?

— Nem um tostão — ele promete.

Isso está se saindo melhor que o esperado. Pagar nada é bem melhor do que raspar a minha conta. Tecnicamente, eu ainda deveria estar puta, mas também não posso discutir com os reparos que ele está disposto a fazer por ter mentido para mim.

Relaxo no assento.

— Você não deveria ter mentido para mim. Mas estou disposta a relevar e aceitar sua oferta.

Outro sorriso, e ele tira os óculos de sol e os joga no painel. Seus olhos encontram os meus no que ele coça a barba.

— Tecnicamente, não menti para você. Só dei declarações gerais que você aceitou como resposta às perguntas específicas que fez.

Surpresa pelo tom astuto dele, repenso minha conclusão anterior de que Priest não é bom com as palavras. Se muito, ele é um filho da mãe dissimulado.

Mas não posso discutir com ele. Depois de repassar as conversas que tivemos, é verdade que ele nunca mentiu.

— Bem, você ainda roubou o meu carro.

— Verdade. — Ele abaixa a cabeça feito uma criança levando bronca.

— E foi errado.

— Foi, sim — concorda.

— Mas estou disposta a relevar porque eu não teria condições de pagar pelo conserto. Você me fez um baita favor.

— Isso ainda está em aberto — resmunga, ao abrir a porta e sair da van.

Eu o chamo antes de ele bater a porta e pergunto:

— Espera. Como assim?

Seus olhos voltam a me encontrar, um sorriso que abaixaria um monte de calcinhas repuxa nos cantos dos seus lábios.

— Vamos entrar, e aí poderemos decidir se você ainda gosta ou não de mim.

A culpa atravessa sua expressão, como mais cedo, e me sinto mal por ele, de verdade.

Não que eu deveria. Essa situação é suspeita pra caralho. Mas o pensamento de não ter que pagar está gritando mais alto para mim que o fato de que eu deveria correr dali.

São tempos difíceis, convenço a mim mesma. Os negócios estão fazendo o que podem para sobreviver. Não sei nada do setor de mecânica e talvez não devesse julgar sem saber os fatos.

Saio da van, fecho a porta e dou a volta na frente do veículo para me juntar a ele a caminho da oficina.

— O que você fez foi errado, mas não deveria se culpar tanto.

Seus ombros sacodem com uma risada silenciosa. Ele coça a nuca e vira a cabeça para olhar para mim.

— É mesmo?

— É. Só não faça isso com outra pessoa. É suspeito pra caramba.

Olho para o meu carro ao passarmos e só volto o foco para Priest quando paramos na pequena recepção.

— Espere aqui — ele me diz ao dar a volta na mesa imunda e seguir em direção à porta. — Vou chamar o funcionário. Assim que tivermos as informações de que precisamos, eu te levo daqui.

— Pensei que você precisasse encomendar a peça primeiro...

A porta bate atrás dele antes que eu possa terminar a pergunta.

Não dá para ter certeza, mas é como se ele estivesse louco para se livrar de mim. Concluo que é porque está envergonhado depois de admitir o que fez, dou de ombros e me viro para olhar o meu carro.

Daqui, parece estar tudo bem, mas, bem, não sei como é um motor de arranque, então não posso dizer se a peça ainda está no carro ou não.

Atrás de mim, vozes abafadas se infiltram pela porta.

— ... *desgraçado filho da puta. Juro... a cabeça no rabo... como se eu fosse algum... estou de saco cheio dessa merda.*

Mal consigo entender o que o cara está dizendo, mas reconheço que não é a voz de Priest. Deve ser o funcionário.

— ... *continuo sendo arrastado para... não sou a porra de um sequestrador... pode começar a assumir a porra do seu papel... minha parte nisso está...*

Aquela foi a voz de Priest, e embora ele esteja falando alto, ainda não consigo entender tudo.

— *Como assim você disse a ela...*

— *Eu me senti mal por ela porque...*

— ... *mas de graça? Como isso...*

— ... *outra pessoa, pensei...*

O funcionário, presumo, responde outra vez, a voz dele está baixa para eu ouvir, porque o que ouço a seguir é a voz de Priest alta o bastante para eu conseguir entender cada palavra.

— *Puta que pariu, só vai lá fora e consiga a informação para que eu possa ir embora!*

Eu me encolho com o tom dele. Talvez estejam brigando por Priest ter confessado que roubou o meu carro. Ele tinha dito antes que o funcionário era babaca, mas acho estranho que algo nisso seja culpa dele.

Priest disse ser dono do lugar. O nome dele está escrito lá na frente. Roubar meu carro deveria ser completamente culpa dele. Ele também deveria ter permissão para fazer o conserto de graça.

Mas talvez seja uma sociedade. Priest talvez seja o testa-de-ferro, mas é esse outro cara que dá as ordens.

Vai saber.

Não tenho muito tempo para ponderar a questão porque, quando dou por mim, ouço um som metálico alto, a porta de aço se fecha rapidamente às minhas costas.

Viro-me e observo-a descer, a luz do sol lá fora rapidamente é substituída pela iluminação brilhante da oficina quando a porta termina de se fechar com um baque.

O medo me afoga, os avisos do meu pai sussurram de novo, cada filme de terror que já vi repassa na minha cabeça junto com o conhecimento agora absoluto de que algo não está certo aqui.

Não, não é um buraco decadente com o colchão manchado e uma única lâmpada balançando acima da minha cabeça, mas a sensação é a mesma.

Meu estômago revira de desconforto, meus ombros se contraem quando do me viro para a porta e a encontro aberta.

Alguém que eu jamais quis voltar a ver está me encarando com um sorriso presunçoso no rosto bonito.

Com um ombro encostado na moldura da porta, ele cruza um tornozelo na frente do outro, os polegares enfiados nos bolsos do macacão azul imundo e o cabelo tão bagunçado que parece que vários pares de mãos passaram por lá.

Uma mancha de sujeira na sua mandíbula chama a minha atenção, ela combina com ele igual ao sangue e os hematomas tinham combinado na noite da briga.

Não faz sentido. Não depois de eu o ter visto de smoking na festa do governador, esses dois lados fazem ser impossível para mim saber quem o cara é exatamente.

Depois do primeiro encontro na mansão, eu poderia ter jurado que ele era outro riquinho filhinho de papai, como todo mundo no círculo social do governador.

Mas, depois da briga, e agora de novo aqui na oficina, a presença dele não é a de um mauricinho que tem uma colher de prata enfiada no rabo.

Ele parece mais normal que isso. Alguém que é igual ao resto de nós, desafortunados que não nasceram na riqueza.

Abaixo mais o olhar e vejo mais sujeira por cima das tatuagens nos antebraços musculosos, o macacão mal cobre a forma do seu corpo.

Meus olhos saltam de volta para o seu rosto, meu ódio por ele se assentando de novo quando vejo a expressão presunçosa atrás dos seus olhos azuis.

Era ele a razão para Priest ter sabido que precisava ir lá e pegar o meu carro?

Talvez depois de me encontrar no estacionamento, ele tenha visto cifrões e um carro quebrado para roubar. E talvez seja por isso que ficou puto por Priest ter dito que faria o trabalho de graça.

Até onde eu sei, esse imbecil estava planejando me enganar o tempo todo.

Cruzo os braços, recusando-me a dizer uma única palavra para ele.

Meu silêncio só o faz sorrir.

— Nós nos encontramos de novo — ele diz, por fim, e o brilho em seus olhos me irrita ainda mais. — E, dessa vez, você conseguiu ficar seca.

A raiva atravessa meus pensamentos como se fosse um filme. Que se foda esse cara e essa oficina.

Por um momento, o rosto dele borra junto com o escritório às suas costas, a mesa suja diante dele e todos os recibos bagunçados e as ferramentas espalhadas.

Não consigo ver as paredes nem o teto.

As luzes ou qualquer outra coisa.

Simplesmente porque, na presença desse otário, tudo o que vejo é vermelho.

LILY WHITE

capítulo doze

Shane

Aqui estamos de novo...

É como uma música se repetindo, Brinley em seu uniforme de sempre de jeans e camiseta, uma expressão que claramente comunica o quanto não me suporta, e eu sem ter a mínima ideia de por que uma única bebida entornada em uma festa ser o bastante para fazer a garota me odiar a esse ponto.

Eu fui babaca com ela?

Sim.

E me orgulho do que disse a ela naquela noite?

Francamente, não me importo.

E pretendo compensá-la por isso agora?

Na verdade, não.

Ainda assim, aqui estamos.

Não vejo necessidade para o ódio dela ser tão profundo ao ponto de eu sentir minha pele escaldar por causa da água fervente que tenho certeza de que ela está imaginando derramar na minha cabeça.

Por um instante, acho estranho a gente continuar acabando nessa. Não tanto no aqui e agora... isso tudo é obra minha, claro. Mas as outras vezes que nos esbarramos foi mero acaso do destino. Não que eu seja um crente fervoroso no destino.

Até onde sei, todas as estradas e caminhos planejados que esperam que a gente tome na vida são um monte de bobagem. Nós fazemos nosso próprio destino quando decidimos lutar contra o que esperam de nós.

Mas, nesse momento, com ela... por alguma razão não consigo parar de pensar que o universo tomou a decisão de limpar todos os obstáculos e nos juntar, independente das decisões que tomamos.

113

Ou talvez eu esteja sendo um idiota. Não é imaginar demais pensar que duas pessoas se esbarrando duas vezes seja mera coincidência. Ainda mais quando essas pessoas transitam pelos mesmos círculos.

Mesmo assim, preciso aparar as arestas, pelo menos para o que preciso no momento.

Intencionalmente, mantenho os olhos fixos nos dela, e resisto ao impulso de permitir que meu olhar passeie pelo seu corpo. Não consigo afastar a necessidade de olhar, minha memória volta para quando dei uma espiadinha através da sua blusa molhada.

Mas estou sendo cavalheiro dessa vez.

Mesmo ela sendo bonitinha pra caralho.

E só faço isso porque preciso de algo dela.

— Talvez devêssemos começar de novo. Uma página nova, por assim dizer.

Mantenho a voz desarmada, abro um sorriso gentil e me preparo para o ódio que tenho certeza de que está prestes a ser cuspido na minha direção.

— Você acha?

Ela faz uma pausa, me olha de cima a baixo e, em seguida, estreita os olhos em uma careta de desgosto ao voltar para o meu rosto.

— Acho que talvez seja um pouco difícil para mim e, ah, muito conveniente para você, considerando todas as vezes que nos esbarramos. Algo suspeito pra caralho está se passando e você é um baita otário quando fala comigo.

É claro que é conveniente para mim. É a razão para eu sequer ter me incomodado com essa merda. Se não fosse conveniente, eu tiraria o carro dela do elevador, daria um tapa naquela bunda dela em formato de coração e a mandaria para casa.

Não suporto mulher cheia de opinião.

Minhas sobrancelhas se erguem em surpresa e, sério, estou orgulhoso dela. A garota não se lançou em uma crítica irritada sobre o que pensa da minha ideia e onde eu poderia enfiá-la. Talvez ela não seja tão geniosa quanto pensei.

Parando para pensar, também estou um pouco confuso com o que ela quis dizer com *todas as vezes*.

Pelas minhas contas, tivemos um encontro ruim na mansão do governador, o que foi culpa minha, e um segundo encontro na Myth ontem à noite. O que *também* foi minha culpa, mas ela não sabe disso.

No entanto, ontem à noite, eu fiquei de boa com isso.

Na verdade, ela estava sendo grossa e me devia um pedido de desculpa.

Incapaz de deixar aquela passar, prossigo:

— Confesso que fui babaca quando nos conhecemos na mansão do governador. Eu deveria ter me desculpado por derramar bebida em você. Mas não fui babaca ontem à noite...

— Não, você só roubou o meu carro.

Ergo um dedo porque... flagrado.

Maldito Priest e sua boca grande.

— Tá, isso pode ser verdade, mas ainda assim não fui babaca contigo...

— Não — ela intervém de novo. — Você foi babaca na Myth na noite que começou uma briga que quase me fez acabar morta.

Eu me afasto da porta e ajeito a postura.

Pisco em confusão, passo a mão pelo cabelo.

— Você estava na Myth naquela noite?

— É claro que você não lembra...

Claro...

Ergo a voz para interromper:

— Bem, sim. Mas ainda não consigo imaginar por que você está brava com isso.

Essa garota não fala coisa com coisa. Tudo bem, tivemos um encontro complicado na mansão do governador, mas por que ela está tão brava pela briga na Myth? Aquilo não teve nada a ver com ela.

A menos...

Um sorriso curioso repuxa o canto dos meus lábios, meu comportamento muda no mesmo instante, o que só serve para irritá-la mais ainda.

— Não me diga que você queria que eu me lembrasse de novo. Porque se for o caso...

Brinley dá um tapa na mesa suja da recepção. Papéis se movem por causa da súbita rajada de ar, ferramentas e outros detritos chacoalham.

— Estou pouco me lixando se você se lembra de mim ou não.

Ela está mentindo.

Consigo ouvir a verdade na sua voz.

— Mas socar um cara bem ao meu lado enquanto os policiais estavam te prendendo, e quase me machucar no processo, é o bastante para deixar um gosto ruim na minha boca.

Ok. Agora fiquei confuso de verdade.

— Você estava lá em cima?

— Não, Otário! Eu estava lá embaixo.

Ela pausa, os ombros giram para trás e os olhos se estreitam mais.

Apoio o peso em outra perna, tiro as mãos nos bolsos do macacão, mas volto a enfiá-las lá. Do que ela está falando?

Um rosnado frustrado troveja em seu peito quando é simples ver que não faço a mínima ideia.

— Você começou uma briga na Myth. O que causou uma debandada pela porra do clube. Fiquei presa perto do bar para evitar ser pisoteada, e quando os policiais finalmente te pegaram e te levaram lá para baixo, algum otário deu um encontrão em mim e me fez derramar a minha bebida em mim mesma.

Luto com um sorriso ao ouvir a parte da bebida, e o tremor nos meus lábios não ajuda em nada no estado atual dela.

Como é possível Gabe conseguir ficar sério em situações como essa? Guardo na cabeça para pedir a ele para me ensinar, dou um passo para a garota, mas ela dá três para trás.

— Não se aproxime de mim.

Dou ouvidos, e permaneço onde estou.

— Tudo bem, então você se molhou de novo, mas não tem como ser culpa minha.

A gente não deveria nem estar falando disso. A razão para trazê-la ali era dar um preço ridiculamente alto pelo conserto do carro e então exigir que ela usasse um avalista para o contrato.

Eu já sei que ela não tem ninguém para vir ao seu socorro senão o pai, conforme a pesquisa de Taylor. Então, obviamente, ela usaria o pai. Eu teria os dados dele, e ela poderia ir embora.

Que se foda a merda com a Everly. Isso é problema de Jase e, apesar das exigências de Tanner, eu não dou a mínima.

Era para o trabalho ser fácil. Então por que não está sendo?

Porque Brinley é bocuda. É por isso.

A parte estranha é que quero muito fazer coisas com aquela boca. Coisas que ela provavelmente não permitiria. Mas coisas que a calariam por algumas horas e que me fariam me sentir muito bem no processo.

Uma pena eu não ver acontecendo.

Nunca.

— Não é culpa sua? — O rosto dela fica de um tom profundo de vermelho, e ainda não sei bem a razão. — Foi você quem começou a briga. Se não fosse por você, a boate não teria irrompido em caos. O cara não teria batido em mim, e eu não teria acabado coberta em outra bebida.

Aff. Seria de se pensar que ela foi imersa em ácido pela raiva que está sentindo.

— Tá, então você ficou brava por se molhar de novo. Estragou a blusa ou algo assim?

As mulheres são estranhas com as próprias roupas. Têm favoritas e tudo o mais. Talvez eu possa só jogar umas notas para ela e substituir a peça e deixar essa discussão ridícula para lá.

— Não. Não é por isso que estou brava. E quem dá a mínima para a minha blusa…

Era o que eu estava dizendo.

— Estou brava por você ter dado um soco no cara por trombar comigo, quase me empurrar para a porra do chão quando o policial saltou em cima de você, e depois a declaração arrogante pra caralho que você fez de que eu ia gostar de você da próxima vez que te visse.

Essa é nova.

Dou um passo para trás, e a avalio.

E então me pergunto que porra estava se passando pela minha cabeça na hora, se o que ela dizia era verdade.

— Eu soquei outro cara?

— Sim — ela responde, praticamente gritando à essa altura.

Isso estava começando a fazer um pouco de sentido, e sempre me perguntei de onde tinha saído aquela oitava acusação de agressão. Damon e eu só brigamos com sete caras, então o número pareceu estranho quando as últimas queixas foram prestadas.

Não que importe.

Minha ficha ainda está limpa, graças aos caras.

Elaboro outro argumento. Um que espero que vá acalmá-la para que resolvamos a papelada, que é a razão para ela estar ali.

— Para mim parece que eu estava te protegendo. De nada, a propósito.

Brinley me fuzila com o olhar. Ela abre a boca para dizer alguma coisa, mas a fecha antes de proferir a primeira palavra.

Ela a abre de novo.

Fecha.

A garota está começando a parecer um peixe.

Ela muda a postura e empurra os ombros para trás.

— Só me dê o meu carro para que eu possa ir embora. Está óbvio que você estava errado por pensar que eu gostaria de você da próxima vez que te visse. Também me lembro de ter acabado coberta de bebida ontem à noite, pela terceira vez. Então, a essa altura, a única coisa que quero é pegar o meu carro e levá-lo para ser consertado em outro lugar, longe de você.

Quando não consigo segurar a risada, sei que ela tem razão.

— Desculpa pela terceira bebida ter sido derramada, porém, mais uma vez, não foi culpa minha. Você deu um encontrão no cara assim como foi comigo na festa do governador. Talvez você devesse prestar mais atenção por onde anda.

— Só devolve meu carro, seu otário!

Encolho-me com o tom da exigência, mas não arredo pé. Não é a primeira vez que uma mulher grita comigo. Nem deve ser a décima ou vigésima vez, diga-se de passagem.

Sério, já perdi a conta.

Mantenho a calma.

A compostura.

Fico racional enquanto ela perde as estribeiras.

— E como exatamente você pretende tirar seu carro daqui? Ele não quer ligar.

Enquanto a garota fervilha, meus pensamentos voltam para o que ela disse. Ela quer gostar de mim?

Posso começar por aí.

— Olha, eu quero de verdade que você goste de mim. Naquela noite, eu tinha bebido demais, e é por isso que não me lembro do incidente, mas a gente ainda pode fazer as pazes...

— Então conserta o meu carro para eu poder ir embora. — Há uma raiva implícita na voz dela agora, um tom frio que me avisa que a levei perto do limite.

Também não vai rolar. Não até ela assinar a papelada, pelo menos. Decido que agora é a melhor hora de dizer isso a ela.

— Tá. Vou consertar o seu carro...

— Obrigada — ela suspira.

— ... mas, antes, preciso fazer o orçamento, e você tem alguns papéis a assinar.

Ela resmunga de novo, e só consigo pensar que o som é muito fofo.

Não há nada de assustador nessa mulher. E se de repente ela me atacar com uma chave inglesa, é bem provável que eu ria e ache uma graça.

Eu a supero com facilidade tanto em peso quanto em altura. E por mais que ela seja protegida, como sei que é, a probabilidade de a garota sequer saber o que fazer em uma briga é quase nula.

O que deixa o som ainda mais bonitinho. É tipo um gatinho mostrando os dentes, sendo que você consegue segurar o corpo da criatura na palma da mão. Ele não tem a mínima chance contra você, mas ainda assim pensa que é o caso.

— Priest me disse que não cobraria pelo conserto, já que vocês roubaram o meu carro. Está me dizendo que ele mentiu? Como vou saber que você não está mentindo para mim agora?

Droga.

Eu sabia que não deveria ter deixado Priest trazer a garota para cá.

Mas era a única opção que eu tinha.

Não é como se ela fosse saltar na van branca por livre e espontânea vontade se eu estivesse no banco do motorista.

— Priest foi embora, e ele não tinha autorização para fazer a oferta. Ele não mentiu, só não sabia do que estava falando. Esse trabalho é meu.

Não é mentira.

— E sou eu quem vai dar o preço do conserto.

Também não é mentira.

— Mas por Priest ter oferecido não cobrar pelo guincho, vou honrar a promessa.

Meio que mentira. Não pretendíamos cobrar por nada disso para início de conversa.

Cacete, eu só preciso encaixar o motor de arranque. A coisa toda é de graça. Só quero que ela me passe as informações. Esse é o preço, e se ela simplesmente pagar esse caralho, o dia será muito menos merda.

Ela sorri. É a expressão de alguém que acha que acabou de ganhar, mas ainda não revelou como. Praticamente consigo ver as engrenagens girando na cabeça dela.

— Talvez eu simplesmente chame a polícia e explique para eles que o meu carro foi roubado…

— Seria idiotice — digo, interrompendo a lógica da garota antes que ela tenha a chance de sair daqui. Eu já tinha pensado na possibilidade, e estou um passo à frente dela.

Os olhos azuis me prendem.

— E por quê?

Dou um passo para frente, ignorando os três que ela recua. Ela pode manter distância. Não ligo. Em algum momento, vai voltar rastejando para mim. Folheio os recibos sobre a mesa, e encontro o mais recente. Eu o ergo e sorrio.

— Porque você assinou um documento ontem à noite quando o Priest te deixou em casa. Ou já se esqueceu? Você autorizou o guincho e que o seu carro fosse trazido para conserto.

Com os olhos arregalados, ela dá um passo para frente, como eu sabia que aconteceria, e tenta arrancar o papel da minha mão. Tiro do seu alcance, só porque acho divertido o fato de ela se aproximar para tentar tomá-lo de mim de novo.

Ela está puta da vida a essa altura, esquecendo que não quer ficar perto de mim, e quando o corpo quase colide com o meu, só então ela percebe o quanto estamos próximos.

Por fim, eu a deixo pegar o contrato e sorrio ao ver que ela não tem pressa de sair do meu alcance.

Ela o lê e faz careta antes de erguer aqueles belíssimos olhos azuis para os meus.

Eu amo de verdade o vermelho puro de raiva que colore suas bochechas. De alguma forma, a deixa mais atraente.

É difícil não imaginar como ela ficaria debaixo de mim, com a boca aberta em um gemido de prazer, os olhos prendendo os meus, surpresos pelas reações que causo nela.

Mas então ela abre a boca de novo, e estraga toda a fantasia.

— Você não só é um otário esquentadinho como também é burro. Eu assinei antes de saber que vocês roubaram o meu carro. Sendo assim, não tem validade.

— Está me dizendo que foi coagida a assinar? Que te forçaram?

Um ligeiro balançar de cabeça.

— Não.

— Então sabia o que estava assinando?

Brinley bufa.

— Bem, sim, mas sob falsos pretextos.

Acho ótimo que ela só veja o mecânico na frente dela e não o advogado ali por baixo do macacão e da graxa.

— Boa sorte para provar isso. É a sua palavra contra a minha, e você poderia ser só uma cliente que está puta e que quer algo a troco de nada.

Acontece o tempo todo. O máximo que os policiais vão fazer é me dizer para liberar o seu carro. E você vai fazer o que depois? Chamar outro guincho? Vai ficar bem caro quando eu te fizer honrar o contrato, apesar do que Priest disse, e aí você vai ter que pagar dois guinchos, o orçamento daqui e mais o que a outra oficina cobrar.

A satisfação envolta nas minhas palavras cimenta na cabeça de cada um de nós o fato de que ganhei essa rodada. Chamar a polícia só afundaria ainda mais o buraco em que ela está.

Se Brinley tivesse dinheiro assim como nós, não seria problema para ela. Mas não é o caso. E a única razão para eu saber disso é porque o pai dela ficou tão quebrado quanto o pai de Luca quando a sociedade deles foi pelo ralo.

Brinley está encurralada, e ela sabe, se sua expressão for qualquer indício.

A derrota faz seus ombros caírem.

— Tá. Vou pagar pelas peças e pela mão de obra. O que for me tirar daqui mais rápido. Onde eu assino?

Já era hora, porra.

Não consigo me segurar. Dou uma secada nela da cabeça aos pés. Estive resistindo por causa do medo de irritá-la ainda mais e alongar a briga. Mas não consigo me conter agora.

Ela não é do tipo que exibe o corpo. A camiseta e o jeans só dão uma sugestão do que está por baixo. Mas eu gosto disso nela. Significa que o que está debaixo dessas roupas foi feito para apenas umas poucas pessoas verem.

De certa forma, é como se a garota fosse um segredo, a caixa em que está embrulhada não mostra nada do presente lá dentro.

Quando ela encontra meus olhos de novo, noto que a secada a deixou puta, mas, para a minha sorte, ela já acabou com o repertório que poderia atirar na minha direção.

— Pervertido do caralho — resmunga ela.

Ou talvez o repertório não tenha acabado...

Dou uma piscadinha para ela, e não consigo não admirar o tom vermelho que cobre suas bochechas.

— Você ama.

— Vai sonhando — responde ela, inofensiva, com os braços cruzados diante do corpo como se aquilo fosse me impedir de apreciar a vista.

Rio, mas ela deixa o insulto para lá quando a conduzo até o outro lado da recepção e tiro um contrato em branco da pasta vermelha.

Bato os papéis na mesa, pego uma caneta e a jogo lá para ela usar.

— Preciso dos seus dados primeiro. Vou dar uma olhada no seu carro, e depois que eu tiver uma boa ideia de com o que estamos lidando, volto para preencher o orçamento.

Ela encara o papel, pega a caneta, mas para. Os olhos voltam para os meus.

— Pensei que vocês já tivessem terminado. Priest disse que eu precisaria de um motor de arranque novo.

— Isso mesmo. Esse foi o problema óbvio. Mas eu gostaria de olhar com mais atenção só para me certificar de que o carro está seguro para você tirá-lo daqui. Temos uma reputação a manter.

— Ah, é mesmo. Como ladrões — resmunga. Brinley pausa por um momento. Me olha de cima a baixo. Mas então suspira e pega a caneta. — Foda-se. Só anda logo com isso para eu poder ir embora.

Eu rio.

— Com pressa de ir para algum lugar?

— Sim — dispara ela —, para o mais longe de você quanto for possível.

É uma pena que tenhamos nos encontrado em circunstâncias tão desagradáveis. Três vezes, ao que parece. Quanto mais fico perto dessa mulher, mais intrigado ela me deixa.

Eu não me importaria de passar algumas horas explorando o que há por baixo do jeans e da camiseta.

Mas, pela forma como me olha, como se me quisesse morto, duvido muito que esse dia chegará.

capítulo treze

Brinley

Ah, esse filho da puta.

Eu soube no segundo que ele saiu do escritório que me passariam a perna. Priest parecia ser um cara legal. Eu me culpo por ter acreditado. Deveria saber que não poderia confiar em ninguém, assim como meu pai me tinha me alertado.

Mas confiei nele mesmo assim, e olha onde isso me deixou.

Shane.

Pelo menos agora eu sei o nome do Otário, não que ele tenha me dito. O emblema bordado do lado esquerdo no peito do macacão, o nome escrito em preto, basicamente representando a cor escura da alma dele.

Mas, bem, por tudo que eu sei, esse pode não ser o nome do cara. Ele pode estar usando o macacão de outra pessoa, mas é toda a informação que tenho no momento.

Tudo isso está me fazendo me sentir um cocô.

Assim... ele nem sequer se lembrava de mim. A gente se esbarrou três vezes, e em cada uma delas eu acabei com a roupa coberta de bebida alcóolica, e em uma delas ele prometeu que eu começaria a gostar dele em algum momento, e agora isso.

Meu sangue ferve só de pensar, sendo que, na verdade, não deveria.

Eu deveria estar brava por causa de um monte de coisa, mas por alguma razão bem distorcida só uma delas me deixa puta da vida.

A noite da briga.

A noite que esse Otário, ou *Shane* como diz o macacão, fez uma única coisa que poderia ser considerada louvável.

Foi a única vez que ele quase fez algo cavalheiresco. É, socar o cara ao meu lado foi uma atitude de merda porque violência nunca é a resposta, mas, supostamente, ele fez isso para me defender.

O que me faz sentir um pouco melhor comigo mesma. Não que deveria. É só que, por alguns momentos, eu me senti especial, não um rosto esquecível no meio da multidão.

Odeio admitir para mim mesma, mas, por um instante, não me senti como se não fosse chata ou previsível.

Mas agora? Agora percebo que eu poderia ter sido qualquer uma. Sua provocação quanto a eu gostar dele foi só porque eu era mulher e tinha um par de peitos.

Não tinha absolutamente nada a ver comigo.

Galinha filho de uma puta.

Não suporto esse cara.

Shane vai até o carro enquanto preencho às pressas a informação no contrato que ele me entregou.

Geralmente, sou caprichosa com a minha letra, sempre me asseguro de que está legível para deixar a vida das pessoas mais fácil quando a leem, mas, dessa vez, não estou nem aí para o que é conveniente para Shane.

Sim, escrever com garranchos é uma mesquinharia com o imbecil que eu estava começando a acreditar que nasceu só para arruinar a minha vida, mas é tudo o que posso fazer no momento.

Para adicionar insulto à injúria, passei informações erradas de propósito, rabisquei e depois escrevi a informação correta com letras minúsculas que precisariam de um microscópio para serem lidas porque foda-se esse cara.

Assim que acabo, amasso o contrato e jogo na direção da pilha de lixo sobre a mesa. É a mesquinharia elevada a outro patamar, confesso, mas, de novo… ele que se foda.

Satisfeita, eu me viro e o observo olhar o meu carro.

Shane estende a mão quando me viro, movendo algo antes de cutucar outra coisa. Movendo-se devagar e com concentração absoluta, ele examina o meu carro, passando os dedos ao longo de uma peça antes de os olhos buscarem outra ou seguir o fio ou circuito.

Fico fascinada com a vista, como alguém ficaria ao observar um artista pintando uma tela.

Fica óbvio que ele é muito diligente com o trabalho que está fazendo, meticuloso e seguro de si, mas há algo mais. Quase como se eu pudesse ver claramente o amor que ele tem por tudo que é cheio de óleo e graxa, as peças de um quebra-cabeça para ele montar ou uma obra de arte que ele não consegue deixar de admirar.

As pernas longas caminham com passadas poderosas conforme ele se move de uma ponta à outra do carro, de lá para cá, por um motivo de que não tenho muita certeza.

Uma coisa é certa: ele está confortável na própria pele. É alguém que possui o espaço ao seu redor. E esse ambiente é basicamente o seu lar. A verdade da afirmação está clara como o dia.

Volto a me perguntar o que um homem como Shane estava fazendo na mansão do governador. O lugar dele não é entre os intelectuais e esnobes. Ele é pé no chão demais, pelo menos quando está trabalhando nos carros.

Sem saber quanto tempo se passa, continuo encarando, e minhas bochechas pegam fogo quando ele se vira de repente e me flagra. O sorriso orgulhoso que inclina seus lábios me lembra por que o odeio.

— Te peguei encarando — ele provoca de brincadeira ao voltar até mim. Sua voz é um ronronar profundo.

— Eu só estava verificando se você não estava sabotando outras partes que fossem deixar o serviço ainda mais caro — minto.

— Claro que sim.

Ele se aproxima da mesa e usa o polegar e o indicador para apanhar o contrato amassado. Um arroubo de riso sacode seus ombros. Com toda a calma, ele alisa o papel antes de pegar a caneta e preencher a parte dele.

Imagine a minha surpresa quando ele me entrega a coisa com uma caligrafia perfeita e legível, apesar de eu não ter tido cuidado nenhum ao preencher os meus dados.

Você também deve imaginar a minha surpresa quando vi o preço.

— Mil e duzentos dólares? — Meus olhos disparam para cima. — O Priest disse que seria...

Ele estende a mão para me cortar e diz:

— Pare de dar ouvidos ao Priest. Não é ele quem vai fazer o serviço.

Meus olhos voltam para o papel.

Shane anotou vários problemas que precisam ser consertados, nunca ouvi falar da maioria deles. Embora meu pai tenha me ensinado uma coisa ou outra sobre carros, ele nunca me ensinou a construir um.

— Não entendi. Precisa fazer tudo isso para tirar o veículo daqui?

Ele balança a cabeça, se recosta na mesa, espalma o tampo enquanto enfia a outra mão no bolso do macacão. Odeio que meus olhes tracem as tatuagens visíveis naquele antebraço musculoso, seguindo por cada dedo comprido, com graxa manchando a sua pele.

Fica bem nele.

Odeio que fique bem nele.

— Seu carro tem o quê? Seis anos? Quando foi a última vez que você fez uma revisão?

A voz grossa interrompe meus pensamentos, e eu paro de olhar os seus dedos, meu coração bate um pouco mais rápido quando o encontro me encarando.

Mas aí me lembro de que não suporto esse cara, e me dou um sacode por causa dessa atração ridícula que sinto.

— Só troco o óleo. Essas coisas.

Ele olha para o carro, depois para mim, muda o peso de um pé para o outro, cruza os braços e planta os pés na largura dos ombros. A postura é um pouco ameaçadora, dado o tamanho dele.

— E já tem muitos quilômetros percorridos. Viaja muito?

Fui e voltei da Georgia algumas vezes, mas isso não é da conta dele.

Antes que eu possa responder, ele diz:

— Você vai precisar consertar essas coisas em algum momento. E por em algum momento quero dizer em breve. — Ele dá de ombros e adiciona: — Você pode muito bem cuidar disso agora antes que acabe com um problema mais grave no futuro.

— Mas a mil e duzentos dólares? Não tem como mesmo.

Ele pega o papel de mim e o coloca na mesa.

— E não é seguro dirigir o seu carro sem que você faça esses consertos. Vou te dizer uma coisa… a gente pode parcelar. Eu me sinto mal pelas circunstâncias pelas quais você acabou aqui, mas te garanto que o trabalho que vou fazer custa o dobro em outro lugar. Pode ligar e descobrir por si mesma se quiser.

Não é má ideia. Eu não deveria nem estar aqui para início de conversa.

Mas aí me preocupo com o problema do carro. Se eu não consertar, vou perder o controle um dia e acabar batendo? E se eu terminar ferida? Ou, pior, ferir alguém?

Segurança é a chave, e talvez isso tudo tenha sido uma bênção disfarçada. Me permitiu descobrir que o meu carro não era seguro sem precisar arriscar a minha vida nem a de ninguém.

— Então vamos parcelar — digo a ele.

Um sorriso mais largo ainda se estende em seus lábios quando dou o aval. Ele pega uma caneta e o contrato sobre a mesa e me entrega.

— Só vamos precisar de um avalista, e vou poder começar a trabalhar. Já, já você vai estar circulando pelas estradas. Geralmente, não peço um, mas só quando o conserto é pago integralmente. Política da empresa e tudo o mais.

Porra...

— Eu não tenho ninguém...

Shane dá de ombros de novo.

— Não importa quem seja. Seus pais, talvez? Você pode ligar para a sua mãe ou algo assim?

— Minha mãe está morta — confesso.

— E o seu pai?

Ficamos em silêncio, o único som é do zumbir das luzes florescentes sobre a nossa cabeça.

Olho para o contrato de novo, e concluo que o meu pai é exatamente para quem eu devo ligar. Pelo menos ele seria capaz de entender o serviço que precisa ser feito.

— Sim — digo, distraída —, vou ligar para o meu pai. Posso ir lá fora para fazer isso? Vai levar só um minuto.

Uma convinha aparece na bochecha de Shane quando ele abre ainda mais o sorriso.

— Claro. A porta é bem ali.

Jogo a caneta na mesa, mas levo o contrato comigo lá para fora. É estranho como eu posso sentir Shane me observar, seus olhos me seguem como foi na festa quando ele tinha uma mulher presa contra as escadas.

Ele tem uma daquelas encaradas que veem tudo de você, como se inspecionasse os músculos e tendões do corpo humano como faria com motores e engrenagens de um carro.

Ignoro a sensação, saio para a luz do dia e tiro o telefone do bolso.

Passo os contatos e aperto "pai". Só que o telefone não chama. Em vez disso, uma voz eletrônica me diz que o número não está mais recebendo chamadas.

Mas que porra?

Faz quanto tempo assim desde que falei com ele? Parando para pensar, faz só um punhado de semanas, talvez um mês e meio. Por que ele trocaria de número?

127

E por que faria isso sem me dizer?

O pânico percorre o meu corpo, cada músculo se retesa de preocupação.

De início, não sei o que fazer. Não é como se eu tivesse muitos parentes, ou alguém que mantivesse contato tanto com o meu pai quanto comigo.

Mas então me lembro de que uma pessoa que talvez saiba.

Com pressa, volto a olhar os contatos de novo e ligo para outro número.

Chama algumas vezes antes de uma mulher atender, a voz dela é profissional e experiente.

— Gabinete do governador Callahan. Genna falando. Em que posso ajudar?

Solto um suspiro de alívio por alguém estar lá em um sábado, aperto o celular com mais força.

— Oi, Genna. É a Brinley Thornton. Meu pai é amigo do governador Callahan…

— Sei quem você é — ela interrompe —, mas o governador Callahan foi passar o fim de semana em casa, e não está recebendo ligações.

Meu pânico aumenta. Eu achava que tinha o número da casa dele quando me encontrou com o pen drive, mas não o adicionei ao celular.

— Entendo, Genna, mas ele vai querer receber essa ligação. Não é sobre trabalho. Você poderia me passar o número da casa dele? Ele já me deu, mas eu não salvei.

Uma voz grossa fala baixinho ao fundo, Genna responde a uma pergunta que não ouvi.

— É Brinley Thornton.

A voz grossa soa de novo, mas não consigo entender o que ela diz.

Felizmente, não preciso esperar muito para descobrir.

— Por favor, aguarde, Srta. Thornton. O governador Callahan estará na linha em breve.

Em casa o meu rabo.

Tenho certeza de que é uma mentira que ela conta para um monte de gente.

Mas, bem, em sua linha de trabalho, é possível que o telefone jamais pare de tocar, e se atendessem todas as vezes, jamais fariam nada.

— Brinley, notícias do pen drive?

Há urgência na voz dele, expectativa. E, infelizmente, no que diz respeito a isso, não tenho novidades para ele. O assunto não foi abordado nos dois meses em que entreguei a cópia do arquivo para o irmão da Ames, e penso comigo mesma que vou ter que perguntar a ela da próxima vez que a vir.

— Hum, não. Não estou ligando por causa do pen drive.

Ele fica quieto por um instante, depois pergunta, com tato:

— Então por quê?

Lágrimas ameaçam verter dos meus olhos. Talvez seja estresse com os problemas do carro ou talvez porque já perdi a minha mãe e a minha mente já traça o pior cenário possível com o meu pai, mas mal consigo conter o fluxo. Uma escapa antes que eu tenha a oportunidade de responder.

— Estou ligando para o meu pai. Tentei o número dele, mas não está recebendo chamadas. Eu estava esperando que o senhor soubesse como entrar em contato com ele. Só quero saber se ele está bem.

Mais uma vez, o governador Callahan fica quieto, os segundos passam como se fossem uma bomba relógio. Preparo-me para as más notícias e fecho os olhos com força para protegê-los da luz do sol.

— Não sei o número novo do seu pai — admite, por fim, com o tom ainda cuidadoso. — Mas, se está preocupada com ele, posso te assegurar de que ele está bem.

Solto um suspiro de alívio. Fungo, seco uma lágrima e obro os olhos de novo.

— Está tudo bem, Brinley? Você parece preocupada.

É claro que estou preocupada, inferno. Não é do feitio do meu pai sumir da porra da face da terra.

Guardo o pensamento para mim, seco outra lágrima e pigarreio.

— Sim, está tudo bem. Só estou tendo problemas com o meu carro e preciso de um avalista para parcelar o serviço com a oficina. Eu esperava que o meu pai...

— Em que oficina você está?

Ele pergunta um pouco rápido demais, mas deixo o pensamento de lado para responder:

— Priest's Auto Body. Fica...

— No centro. — Ele termina o meu pensamento. — Escuta, Brinley, e isso é extremamente importante. — Seu tom fica desconfortável de repente. — Você precisa dar o fora daí o mais rápido possível. Não faça o conserto nesse lugar. Só entre no seu carro e vá embora. Seja educada. Agradeça, mas diga que não, e venha direto para o meu gabinete assim que sair daí.

Não gosto nada disso, poupo minhas perguntas de por que ele está dizendo isso e explico a situação.

— Não posso. Meu carro não quer ligar.

Ele xinga baixinho. Ouço um digitar que parece vir de um teclado, o ranger do couro quando ele se move em seu assento. O fone roça no seu rosto por alguns segundos antes de ele voltar a falar.

— O Scott está na área. Vou pedir para ele te pegar. Ele chega em menos de cinco minutos. Onde você está? Dentro ou fora da oficina?

Isso tudo é um incômodo.

Primeiro o problema com o meu carro, e agora a insistência na voz dele para que eu dê o fora desse lugar imediatamente. Talvez eu não esteja errada quanto ao tráfico humano. Dada a urgência nas palavras do governador, parece que minha vida depende do que ele está dizendo.

— Fora?

— Que bom. E onde estão os empregados?

— Dentro — respondo.

— Sabe o nome deles? Com quem você está tratando?

Engulo o nó na minha garganta e olho para a loja.

— Shane, eu acho. Pelo menos é o que uniforme dizia.

— Tem mais alguém com ele? Amigos, talvez?

Dou outra olhada para trás, meio que esperando que Shane dispare pela porta atrás de mim.

— Não. Só ele.

— Certo. Ótimo. Fique no telefone comigo até o Scott chegar aí. Se o Shane sair, fique fora do alcance dele.

Puta merda. O cara é perigoso assim?

— Estou encrencada? Posso começar a correr se a minha vida estiver em perigo. Encontro o Scott na rua ou...

— Só fique onde está, o Scott está quase chegando.

Ouço o rugido de um motor na rua, meus olhos esquadrinham o trânsito até um Rolls Royce preto aparecer. Afasto-me alguns passos da oficina, tento controlar a respiração, mas o pânico não faz nada para acalmar meu coração.

Juro, estou prestes a desmaiar, suor escorre devagar pela lateral do meu rosto conforme o trânsito escorre tão lento quanto melaço. O tempo passa em ritmo de tartaruga, e continuo olhando para trás, com medo de Shane atravessar a porta a qualquer momento.

Com a esperança de conseguir correr mais rápido que ele quando isso acontecer, fico na linha com o governador e meu coração bate mais rápido a cada segundo.

Por fim, o Rolls Royce para na entrada da oficina, a seta brilha laranja quando ele indica que vai virar.

Mas, assim que as rodas da frente tocam o estacionamento, a porta atrás de mim se abre, e eu giro e vejo Shane sair.

— Está tudo bem? — pergunta ele; seu olhar vai de mim para o carro se aproximando e ele franze as sobrancelhas.

— Afaste-se dele, Brinley — instrui o governador. — Comece a ir na direção do carro de Scott.

Faço o que é dito, e quase tropeço nos meus próprios pés. O pânico agora me fez de refém, e não consigo fazer meu corpo reagir como deveria.

Parece que estou na Myth de novo na noite da briga. Como se eu estivesse sendo encurralada com o perigo ao meu redor. Como se eu fosse ser pisoteada se desse um passo em falso.

Estou quase no carro quando Shane começa a vir na minha direção.

— Espera — ele chama, sua passada larga é mais rápida que a minha, ele estende a mão para me pegar quando chega mais perto.

A única coisa que o impede de fazer isso é Scott. Enquanto eu estava de olho em Shane, Scott tinha parado o carro e saído, movendo-se rápido o bastante para se postar entre nós.

Solto o fôlego que não percebi estar segurando, fico na ponta dos pés para olhar por cima do ombro do homem.

Ele e Shane agora estão presos em uma encarada letal, e pelo que parece de onde estou, o encontro está prestes a irromper em uma briga.

capítulo catorze

Shane

Que crossover é esse de *Rambo* encontra *Nascido para matar* encontra *Psicopata americano* que está acontecendo aqui?

Em um segundo, estendo a mão para pegar Brinley quando ela vai em linha reta para um Rolls qualquer, e no próximo, tem um babaca sociopata me olhando de cima que tem cara de quem mata os outros bem devagar e causando muita dor só por diversão.

Talvez eu o tenha descrito de um jeito ameno demais.

Eu o avalio rapidamente, e tenho certeza de que o cara come filhotinhos no café da manhã enquanto segura a AK com força, com o dedo no gatilho coçando por causa dos filmes de propaganda militar que ele devora para relaxar nas poucas horas de lazer que tem.

Mais ou menos da minha altura, e ligeiramente mais forte, o cabelo escuro do filho da puta é cortado bem rente, seus olhos também são escuros e inexpressivos e uma carranca bem-treinada faz as minhas bolas murcharem para dentro do corpo.

Não é que eu esteja com medo do cara, é só que dou valor suficiente à minha vida e ao meu corpo, e zoar com ele sem ter uma arma na mão provavelmente vai me custar um ou dois membros e talvez deixar algumas marcas permanentes de mordida na pele.

Dou um passo para trás, um passo bem largo, e reavalio a situação.

Sem entender de onde o filho da mãe saiu, olho ao redor do estacionamento para me certificar de que ele está sozinho. Não há ninguém mais além de nós três, e estou me arrependendo seriamente de ter dito a Priest que estava tudo bem ele ir embora mais cedo.

Um bando de corvos chama a minha atenção quando alçam voo de onde estavam empoleirados nos fios de luz. Não consigo deixar de imaginar que são uns covardes por me deixarem lidar com isso sozinho. Eles grasnam em uníssono em seu caminho, provavelmente dizendo para eu salvar o meu próprio couro, enfiar o rabo entre as pernas e voltar para a oficina.

Eu até faria isso, mas, infelizmente, o Psicopata aqui está diante de algo que eu preciso, e alguém que não posso deixar ir embora.

Como se lesse meus pensamentos, o esgar do Psicopata se transforma em um sorriso de quem entendeu tudo quando o encaro de volta.

— A Srta. Thornton vai comigo — diz ele, não deixando espaço para discussões.

Só que eu tenho perguntas.

Muitas delas.

Primeira:

— E quem é você?

— Não é da sua conta. Estou levando a Srta. Thornton e já estamos de saída. Sugiro que você se esconda na sua oficina antes que eu te enfie lá.

Me enfie lá?

O ego do desgraçado é tão grande quanto as armas que ele carrega nos braços. Eu o examino novamente e percebo que talvez ele tenha direito àquele ego. Mas mesmo assim isso não vai me deter.

Segunda e terceira:

— Brinley, sério que você está indo embora com esse psicopata? E o carro?

Ela espia por cima do ombro gigantesco, o medo estampado em sua expressão. Pigarreia e abre um sorriso vacilante.

— Sim, estou indo, e vou pedir a alguém para pegar o carro.

Alguém?

Ah, puta que pariu.

Estou me afogando em confusão a essa altura, minhas mãos cerradas, porque preciso impedir que ela faça isso apesar do ciborgue que a está protegendo.

— Sugiro que se afaste, Sr. Carter.

Quando ouço meu nome, minha atenção se volta no mesmo instante para o psicopata.

— Como...

O esgar se curva ainda mais.

— O governador Callahan envia seus cumprimentos.

É só o que ele precisa dizer para eu entender que fui desmascarado.

E, porra, esse é um problema do caralho.

Por detrás da muralha de loucura, a voz de Brinley flutua no ar. Não que eu consiga vê-la; ela é facilmente tapada pela arma-secreta do governador.

— Obrigada por nada, Shane. Não sei por que você roubou o meu carro, ou quem você é, mas é melhor rastejar de volta para o esgoto de onde saiu. Eu não quero ter nada... — Ela fica na ponta dos pés para que eu possa vê-la de novo por cima do ombro dele. — *Nada* mesmo, a ver com você nunca mais na vida.

Então seus lábios franzem em um sorrisinho bizarro como uma garota malvada te negando um lugar na mesa, e que se foda. O pior é que ela nem consegue fazer a cara direito. Lidei com essas cretinas malvadas a vida toda. Sei como elas são. Brinley jamais será uma delas.

O que é um bom sinal.

Só é uma pena para o psicopata que está me impedindo de chegar a ela.

Sabendo que é melhor eu não tentar enfrentar esse cara sozinho, dou outro passo para trás e estendo os braços.

— Tudo bem. Você ganhou.

Essa rodada, não adiciono.

Porque vai ter outra rodada.

Assim que eu descobrir como o governador Callahan acabou envolvido nessa.

Scott assente uma vez, como se eu tivesse tomado uma boa decisão, mas ele não me tira de vista.

De alguma forma, ele se move, mantendo Brinley às suas costas e fora do meu alcance, e fixa os olhos escuros em mim enquanto a escolta até o carro.

Mesmo com ela em segurança lá dentro, o cara continua me encarando ao se dirigir para o lado do motorista. Juro que a batida da porta depois que ele entra soa como um grandessíssimo vá se foder vindo daquele motorista psicopata e do governador Callahan.

Cascalho é esmagado sob os pneus do Rolls Royce, que sai devagar do estacionamento e se junta ao trânsito; meu corpo se recusa a sair do lugar, porque meus pensamentos estão presos na percepção de que Brinley foi embora.

E eu não tenho a informação.

E vou ter que encarar o Tanner de novo para dizer a ele.

Por que tudo nesse grupo precisa se transformar em uma reunião de família? Juro, nada consegue ser uma simples conversa tipo "e aí, cara, caguei feio", tendo uma resposta tipo "que merda, o que eu posso fazer para ajudar?"

Não.

Tem todo um protocolo.

Uma exibição ou grande produção.

Um espetáculo, dando a cada membro do Inferno um assento na primeira fileira do que Tanner julga ser digno de atenção.

Basicamente toda cagada nossa.

E geralmente é Damon ou eu quem está na berlinda.

Tipo agora.

Um ombro cutuca o meu, e encontro os olhos ambarinos de Damon me encarando.

Geralmente, a expressão dele é animada e resplandecente, desde que não seja ele que esteja sendo espremido por Tanner ou Gabe. Mas, desde que o pai morreu, há algo instável nele. Mesmo agora quando ele abre um sorriso e se ajeita no sofá ao meu lado.

Ele se inclina na minha direção e mantém a voz baixa:

— E aí? O que você aprontou agora?

Balanço a cabeça e olho ao redor da sala de estar de Tanner. Os únicos que chegaram além de nós foram Ezra, Taylor e Jase. Presumo que Tanner ainda esteja no escritório dele ali na casa, e o resto dos caras a caminho depois de receberem a mensagem dizendo: *Reunião de família. Shane é um idiota.*

Assim, sério?

Como eu saberia que Brinley, de alguma forma, acabaria envolvendo o governador e que ele enviaria um bendito Exterminador para pegar a garota?

Eu apostaria no fato de que de todas as formas que os caras pensaram que eu perderia o controle dessa situação, essa reviravolta em particular não era uma delas. Ninguém jamais imaginaria a probabilidade.

Mas eu ainda vou ouvir conversa fiada por causa disso?

Pode apostar que sim.

Não importa quantas vezes Tanner perdeu o controle de Luca, e Gabe o de Ivy.

Essas não importam.

Mas, de alguma forma, esta, sim.

A coisa toda é uma palhaçada, e odeio ter assumido essa tarefa.

— Me deixa adivinhar — Damon continua, apesar de eu ter ignorado sua primeira pergunta. — Brinley destruiu a oficina e fugiu com o seu carro.

Rio do absurdo daquilo. Se alguém tocasse o meu Belezinha, eu estaria caçando a pessoa, e não ali na casa do Tanner, esperando levar esporro como se fosse uma criança idiota.

— Isso seria chato demais — respondi. — Ivy já pregou essa peça no Gabe.

Damon bufa ao lembrar.

— Falando do diabo.

Ele aponta o queixo para a porta, indicando as duas recém-chegadas.

— Desde quando Luca e Ivy fazem parte das reuniões de família?

Damon balança a cabeça quando uma terceira mulher entra na sala.

— Emily também.

Falar que ele está descontente com a presença constante dela é dizer pouco. Claro, ele fez as pazes com o fato de ela ter ficado com Ezra no final. E Damon está genuinamente feliz pelo irmão. Mas ainda lhe dá coceira ver o feliz casal.

Emily é família agora, e um lembrete constante de que o relacionamento a três que uma vez existiu é agora uma parceria exclusiva em que Damon foi rejeitado.

Cutuco seu ombro com o meu.

— De boa?

Depois de observar Emily ir se sentar ao lado de Ezra, ele me olha e assente uma vez. Não que eu acredite.

Mas é tudo o que vou conseguir por ora, porque mais gente entra na sala. Mason, seguido de perto por Sawyer e Gabe.

Mason e Sawyer se sentam em um sofá, ao passo que Gabe avança para se largar ao lado de Ivy, os dois têm uma rápida discussão em que nenhuma palavra é dita antes de voltarem o foco para mim.

Desvio o olhar, nada interessado na simpatia que querem oferecer, ou na bobagem que têm a dizer sobre a situação.

Tanner aparece por fim, é claro, porque, como o cabeça, ele precisa de uma entrada triunfal. E finalmente podemos acabar logo com essa merda.

Ele se recosta na parede que fica de frente para nós, cruza os braços e esquadrinha com aqueles olhos escuros o rosto de cada um de nós antes de fazer a sua declaração:

— Shane fodeu com tudo.

Reviro os olhos e rebato:

— Essa merda não foi culpa minha. Pode parar de jogar a culpa toda em mim.

Os olhos dele prendem os meus.

— Você estava ou não responsável por encurralar Brinley e conseguir informações sobre o pai dela?

— E sobre a Everly — Jase adiciona.

Mostro o dedo do meio para Jase enquanto ignoro a palhaçada dele e encaro Tanner.

— Estava.

Tanner assente, há um brilho maligno em seu olhar que diz que ele sabe que está me encurralando agora, e sério, eu deveria simplesmente desistir.

— E você conseguiu?

A essa altura, todo mundo ali é capaz de responder à pergunta porque convocaram uma reunião de família. É claro que não consegui a porra da informação.

Não preciso responder.

Em vez disso, saio em minha defesa.

— Não foi culpa minha. Como eu ia saber que o governador Callahan acabaria envolvido e que mandaria um mercenário bombado para pegar a garota?

Da direção em que Gabe e Ivy estão sentados, vêm uns arquejos audíveis.

— Meu pai foi envolvido? Como ele sequer sabia onde encontrar a Brinley?

— É o que eu gostaria de saber.

Observo Ivy com suspeita, já que foi o pai dela quem ferrou com tudo, e a vejo jogar o cabelo louro-platinado para o lado e se virar para Gabe.

Foco-me nele, e noto a preocupação dirigida a Ivy antes de a boca do homem se retorcer em um sorriso de quem entendeu tudo, poucos segundos se passam antes de ele perder o controle da risada que vinha tentando esconder.

O cara nem se dá o trabalho de olhar para mim, se limita a continuar olhando para Ivy ao dizer:

— Parece que o seu bulldog está a solta de novo, amor.

O comentário capta minha plena atenção, minhas sobrancelhas franzem quando Ivy responde:

— Scott não é tão ruim assim.

— É sim — Gabe e eu dizemos ao mesmo tempo.

Nós nos olhamos antes de Gabe se levantar e seguir até seu lugar preferido da sala.

Ele pega um copo de cristal, põe um pouco de gelo, o retinido preenche o cômodo silencioso antes de ele erguer a tampa da garrafa para servir uma bebida. Depois de dar um gole, vira-se para Tanner.

— Shane não pode levar a culpa por isso. Já enfrentei Scott, e dizer que o cara não teria problema nenhum em arrancar o pau de Shane e colar a coisa na testa dele como se fosse um chifre de unicórnio seria dizer o mínimo.

— Ele não é tão ruim assim — insiste Ivy.

— É sim — Gabe e eu respondemos ao mesmo tempo de novo.

Damon e Ezra se remexem no assento. Eles trocam olhares antes de Ezra pigarrear e adicionar:

— Na verdade, Gabe e Shane não estão errados. O filho da puta parece letal e mesmo eu pensaria duas vezes antes de ir mano a mano com ele.

O olhar astuto de Gabe pousa em Ezra.

— E como exatamente você sabe disso? Não sabia que você teve a chance de conhecer o sujeito.

O silêncio volta a cobrir a sala, Ezra, Damon, Ivy e Emily fazem questão de olhar para qualquer lugar menos um para o outro.

Os olhos de Gabe se estreitam.

— Há algo que os quatro queiram nos dizer?

Ivy estremece e abre a boca para falar alguma coisa, mas a voz trovejante de Tanner a engole.

— Quem dá a mínima para quem conhece quem e sobre como estamos relacionados? O que eu quero saber é qual é o relacionamento que há entre Brinley e o governador Callahan e como vamos conseguir pegar a garota de novo agora que ela está com ele?

Os olhos verdes dele prendem Ivy.

— Quem é esse tal de Scott?

Devagar, Ivy muda o foco para Tanner, nada afetada pelo tom da voz dele. A maioria das pessoas tremeriam sob o escrutínio do filho da puta, mas Ivy simplesmente joga o cabelo para trás de novo e abre um sorriso educado.

Eu sempre a admirei por isso. Ela não teme nada nem ninguém.

— Scott era o meu motorista particular.

A expressão de Tanner se contorce de desgosto.

— Você está de sacanagem comigo? Por que estamos com medo de um motorista?

— Ele está mais para um cão raivoso — Gabe intervém, as palavras são ditas antes de ele tomar outro gole de sua bebida.

Ivy ri.

— É sério, ele não é…

— Tão ruim assim — termino por ela. — Só que ele é, e o fato de você não perceber isso me preocupa.

Ela descarta meu comentário com um aceno de mão e revira os olhos azul-piscina.

— Tipo, sim, ele serviu no exército, mas, sério, o cara é um ursinho gigante.

Gabe termina a bebida com uma bufada e se serve de mais.

Um suspiro alto escapa dos lábios de Tanner quando ele se afasta da parede, enfia as mãos no bolso e caminha para lá e para cá na nossa frente.

— Serviu o exército. — Ele se vira para Ivy. — Por que o seu pai arranjou um ex-soldado para te levar por aí?

De onde Gabe está, uma risada irrompe pela sala. Todos nos viramos para ele, que nos olha por cima do ombro, completa o copo e se vira inteiramente para nós.

— Algum de vocês conhece a Ivy? Com a merda que ela faz, estou surpreso pelo pai não ter arranjado um esquadrão completo para vigiar esse rabo bonito que ela tem.

Ela olha feio para ele, que dá uma piscadinha em resposta.

— Não é um insulto, amor. A gente admira a sua astúcia. Mas você tem que admitir que o seu pai teve uma boa razão para escolher o Scott.

— Que é?

A pergunta de Tanner troveja pelo cômodo, chamando a nossa atenção de volta para ele.

Ele encara todos nós, mas fixa o olhar irado em Taylor.

— Quem é Scott, caralho? Quero cada detalhe.

Sem nem pestanejar, Taylor pega seu notebook de confiança, os dedos se movem rápido sobre as teclas enquanto ele invade os sites do governo federal, estadual, municipal e do condado e qualquer outro que ele use para rastrear as pessoas.

Leva alguns minutos até ele finalmente olhar para cima e explicar:

— Ele se chama Scott Jeremy Clayborn. E é…

— Mas que porra? — Jase interrompe Taylor, antes que ele tenha tempo de dizer outra palavra.

Virando-se para Tanner, a expressão de Jase é de pura frustração, sua pele ficando de um tom de rosa que presumo ser por causa do aumento da sua pressão arterial.

— O sobrenome da Everly é Clayborn. Os dois são parentes, porra?

Taylor assente em resposta.

— Parece que sim. Scott nasceu na Georgia, filho de Gary e Constance Clayborn, se alistou aos dezoito anos, desapareceu pouco depois enquanto ainda estava em serviço, o que me diz que estava envolvido com operações especiais, depois reapareceu aqui, aos trinta anos, prestando serviços para o governador Callahan.

Tanner passa a mão pelo cabelo.

— Certo. Isso está ficando ridículo.

Ele se vira para Luca.

— Como todas essas pessoas estão relacionadas? Você morava na Georgia, e todos parecem girar em torno de você e do negócio do seu pai.

Assim como Ivy, Luca não se deixa intimidar pelo temperamento de Tanner nem pelo seu tom de voz. Sua expressão continua neutra quando ela dá de ombros.

— Não olhe para mim. Eu basicamente fui mantida longe dos negócios do meu pai enquanto crescia, e nunca vi Everly na vida antes de ela se tornar minha colega de quarto em Yale.

Tanner se vira para Ivy.

— Tudo bem, então vamos falar do que você sabe. Está claro que você conhece Brinley e Scott, mas já se encontrou com a Everly?

Ela balança a cabeça.

— Não. A única razão para eu saber o nome dela é por causa de uma conversa que ouvi entre o meu pai e o Jerry. Não fazia ideia de que Scott tinha uma irmã.

Todo mundo faz silêncio. Ao ponto de ouvirmos o gelo tilintar no copo de Gabe quando ele toma outro gole e o golpe rítmico dos dedos de Taylor no teclado do notebook.

Por fim, eu falo, já que fui eu que ajudei a formar essa confusão, e maldito seja eu se não for o responsável por resolvê-la. Vai ser só mais uma coisa para Tanner usar contra mim, e tivemos desentendimentos suficientes nos últimos anos para arriscar outro.

— Brinley vai precisar voltar para a faculdade. Com as notas e as matérias que pegou, ela não pode ser dar ao luxo de faltar mais do que uns poucos dias. Ela é uma nerd de proporções épicas.

— E aonde você quer chegar? — Tanner pergunta. Ele nem olha para mim, seu rosto está inclinado para os pés ao passar a mão pela nuca.

— Vou aparecer no dormitório dela, na aula ou na porra da biblioteca em que ela hiberna e arrastá-la de lá se for necessário.

Ao que parece, eu tenho uma regra, percebo. Não pego mulheres contra a vontade delas. Mas estou disposto a quebrar essa para terminar logo com isso, assim como fiz com cada uma das que quebrei no passado.

Tanner para um instante para pensar no que eu disse, e balança a cabeça.

— Não vai dar certo. Agora que o governador sabe que estamos de olho nela, vai colocar alguém para vigiar a garota. E talvez seja esse tal de Scott de quem todo mundo tem tanto medo. Você vai ter que jogar uma isca. Não dá para simplesmente capturá-la.

Ezra discorda:

— Não tenho medo do Scott, é só que...

— Não estou nem aí, Ez — suspira Tanner, a frustração está montada em seus ombros.

Ele olha para cima e cruza olhares com Gabe, e eles têm uma conversa silenciosa antes de assentirem como se tivessem chegado a um acordo. Mas antes de nos deixarem saber o que pensam, Ivy pigarreia.

— Acho que todos precisamos aceitar que a regra de ouro se aplica a esse momento, e vocês, seu bando de idiotas, estão tendo dificuldade de perceber isso.

Virando-se para ela, Gabe ergue uma sobrancelha.

— Como quereis que vos façam os homens, da mesma maneira lhes fazei vós?

Ela ri.

— Não. Não essa regra de ouro. A outra que homem nenhum jamais aceitará por se aferrarem tanto ao patriarcado.

Ah, puta que pariu. Não tenho tempo para a palhaçada feminista da Ivy agora.

Ela continua:

— Já que vocês, homens, fracassaram em cumprir a tarefa, a situação requer um toque feminino para ser resolvida. Como sempre.

Gabe sorri.

— E desde quando isso é uma regra, amor?

Ela faz "shh" para ele.

— Desde sempre. Então, já que conheço a Brinley, por que não me aproximo dela e a atraio para esse ninho de cobras? Aí vocês podem interrogar a garota e acabar logo com isso.

Não é uma ideia ruim, penso.

— Que ideia horrorosa — Tanner diz, quando começa a andar para lá e para cá de novo. — Para começar, tenho certeza de que o seu pai a precaveu quanto a todos nós. — Ele olha para Ivy. — Isso inclui você, agora que ele sabe que você está com o Gabe. E, dois…

— É aí que você se engana, como sempre — Ivy interrompe.

Os dois entram em uma batalha de encarada. Não que Ivy dê a mínima. Ela simplesmente prossegue com seu raciocínio.

— Meu pai pode alertar a Brinley sobre o Inferno. Você tem razão nesse ponto. Mas ele não arriscaria a própria reputação ao admitir que estou envolvida com vocês. É informação pessoal demais para ele arriscar com Brinley. Vai colocar alguém de olho nela? Bem provável. Mas vão estar procurando vocês nove. Não a mim.

Com outra bebida na mão, Gabe atravessa a sala para se sentar ao lado dela.

— Não gosto disso. Seu pai pode querer pôr as mãos em você por ter roubado o pen drive.

— Quer saber? — grita Jase, perdendo a paciência ao se levantar. — Estou cansado dessa merda. A verdade é que essa vaca dessa Brinley tem informações sobre Everly, o que quer dizer que vou fazer o que o resto de vocês tem medo demais de tentar e vou eu mesmo pegar a garota, porra.

Um lampejo de raiva protetora irrompe em mim, de onde ela vem e por que razão, não faço ideia. Mas é o que me faz ficar de pé e marchar pela sala para ficar frente a frente com ele.

— Não toca na Brinley, porra.

Ele sorri.

— E o que é isso agora? Não é como se você fosse capaz de controlar a garota. Talvez ela até prefira a mim em vez…

Eu o ataco antes que ele possa completar a frase, a sala toda explode em uma movimentação de corpos. Ezra e Damon me arrastam para longe antes de eu poder desferir o primeiro soco; ao mesmo tempo, Mason e Sawyer seguram Jase.

— Crianças! — Gabe grita, mas a voz dele é facilmente engolida pela de Tanner.

— Vocês dois, se acalmem, caralho! Jase… — ele aponta para o outro —, você é o único neste cômodo que sente um tesão descomunal pela Everly, e nenhum de nós dá a mínima para isso. Então, a menos que possa dar uma boa razão para ela ser mais importante que a Brinley e aqueles servidores a essa altura, só cale a boca.

Ele se vira para mim e vem na minha direção, a ponta do seu dedo cutuca o meu peito.

— E você, segura a onda, porra, e pare de brigar com os seus irmãos. Brinley vale isso?

— Ah — respondo, incitando-o —, olha só quem fala. Me lembro muito bem da noite lá em Yale quando você estava correndo atrás da Luca...

— Cala a porra da boca — ele ordena.

Deixo para lá, mas não porque Tanner manda em mim. É aí que ele sempre se engana. Opto por deixar para lá e falo do que é mais importante para mim no momento.

— Se alguém vai atrás da Brinley, serei eu. Não vou abrir mão disso.

Damon se aproxima para sussurrar no meu ouvido:

— Se precisar, estarei aqui para ajudar.

Faço que não. Isso é entre Brinley e eu. Ela é minha para encontrar e minha para roubar assim que puser as mãos nela.

Tanner recua, me olha por um instante e anui.

— Você tem uma semana. Depois disso, não me importo com quem vai concluir a tarefa. Só quero que seja resolvida.

Ele se vira antes que eu possa responder, a raiva vibra em sua pele quando ele vai na direção da porta.

— Reunião de família encerrada. Taylor, descubra tudo o que puder sobre o Scott. E, Shane, ponha a cabeça para pensar e resolva isso.

Ezra e Damon me soltam assim que Tanner sai da sala. Um a um, todo mundo se levanta e vai embora, até mesmo Emily, depois de lançar um olhar preocupado na direção de Ezra.

Quando ficam apenas os gêmeos e eu, ambos me viram para ficar de frente para eles.

— Você está bem? — Ezra pergunta, sua energia calma em guerra com o caos que me consome.

— Sim. — Dispenso a preocupação dele, passo a língua pelos dentes e tento controlar a respiração. — Sim, estou bem. Só preciso dar um jeito nisso.

Os ombros de Ezra balançam em uma risada silenciosa.

— Certeza? Porque parece que você estava prestes a arrancar a cabeça de Jase só pela ideia dele encostando um dedo em Brinley.

— E não é que é — Damon fala, mal segurando a risada contida em suas palavras. — Nunca te vi agir tão possessivo por causa de uma garota.

Meus olhos reviram por causa da acusação.

— Não estou sendo possessivo com ela.

Ezra dá de ombros e luta contra a risada.

— Se você diz.

Não.

Recuso-me a aceitar.

Ezra e Damon só estão me acusando dessa merda porque foram idiotas o bastante para se apaixonarem por Emily.

— Não estou sendo possessivo, e não sou igual a vocês, seus otários. Uma mulher não vai me prender como Emily fez com vocês dois.

Foi um golpe idiota. Ainda mais para Damon, mas não vou engolir a palhaçada deles quanto a esse assunto.

Nem fodendo eu estou sendo possessivo com Brinley. Só não quero que Jase a toque nem que chegue perto dela. Isso não me torna possessivo nem protetor. Só quer dizer que…

Inferno.

O que quer dizer?

Talvez tenha tudo a ver com ela sendo um alvo fácil, e eu só estou preocupado com o que ele faria com a garota.

Convenço-me disso e peço desculpa a eles pelo que disse.

Em vez de ficarem chateados comigo, ambos sorriem, a expressão é perturbadora por causa da forma idêntica com que se movem.

— Tudo bem — Damon diz —, está de boa. Todo mundo perde a cabeça quando a mulher que quer está envolvida.

Olho para Damon, e disparo minha melhor cara feia para ele.

— Estou falando sério. Ela é uma tarefa. Nada mais, nada menos.

Depois de trocarem um olhar, ambos assentem ao mesmo tempo, cada um com um olhar de descrença no rosto idêntico.

Felizmente, eles deixam pra lá.

Em vez de insistir no assunto. Damon captura meu olhar e repete o que disse mais cedo:

— Se precisar de ajuda, estou aqui. Entendeu?

Balanço a cabeça de início, prestes a recusar a oferta, mas é quando me ocorre.

— Na verdade — digo, uma ideia se consolida na minha cabeça, algo que tornaria mais fácil a recaptura de Brinley —, acho que você pode ajudar, e eis a razão.

capítulo quinze

Brinley

É, aconteceu de novo. Aquela droga de máquina de pinball me fazendo voltar para os trilhos, plantando meus pés no caminho estreito dos justos.

O medo me faz congelar por tantas razões que não sei que rumo tomar. E, para piorar, estou quase feliz por não estar mais com o meu carro, porque isso me dá uma desculpa para me esconder, para limitar meu trajeto entre o dormitório e a biblioteca sem Ames ou qualquer um tentar me convencer a voltar para o mundo exterior de novo.

Meu pai estava certo.

O mundo está só aguardando para me pegar desprevenida.

Por razões que nada têm a ver comigo e tudo com ele.

Não é de se admirar ele ter sempre me avisado. Depois do que o governador explicou, há uma razão boa demais para o meu pai ter querido me fazer ter medo da minha própria sombra, ele se preocupava com que eu fosse descuidada demais e acabasse causando a minha própria morte.

Por causa dele.

Por causa do negócio que ele escolheu para si desde antes de eu nascer.

Só é uma pena ele jamais ter se incomodado em me explicar a profundidade dessa fossa antes de me despachar para a faculdade.

Dois dias se passaram desde que fui resgatada da oficina em que Shane tentou me prender. Dois dias desde que eu saltava com qualquer barulho do lado de fora do meu dormitório e mantinha plena atenção em cada um que atravessava as portas da biblioteca enquanto eu estava estudando.

Eu me recusava a ir comer no refeitório, e usei o pouco que tinha no banco para pedir comida com as instruções de que deixassem o pacote e fossem embora antes de eu sequer abrir a porta.

É um saco ser assim, mas, como o meu pai, o governador só me deu informações suficientes para me assustar pra caralho, mas não o bastante para eu ter qualquer ideia do que fazer agora que acabei envolvida nisso.

E por que motivo?

Eu não sei de nada.

Não tenho nada a ver com os esquemas do meu pai e ainda não faço ideia de onde encontrá-lo.

O governador Callahan garantiu que meu pai estava vivo e bem, mas, para além disso, o homem ficou de bico fechado. Só me disse para evitar nove caras que eram membros de um grupo chamado Inferno. Ele me mostrou fotos deles, e reconheci os gêmeos e Shane.

O governador também me avisou para ficar longe da Ivy, a filha dele.

Ao que parece, o Inferno se apoderou dela há poucas semanas, e ela não falava com ele desde então. O governador está tentando encontrá-la, mas ainda não deu sorte. E se um homem poderoso como ela não pode sequer resgatar a própria filha, que merda vai acontecer se me pegarem?

Vou acabar presa, sem ajuda nenhuma.

É isso que vai acontecer.

De jeito nenhum vou correr esse risco.

Só que hoje é segunda de manhã, o que quer dizer que preciso me arrastar de debaixo da segurança das cobertas e ir para a aula. Apesar de querer me esconder no meu quarto pelo resto da vida, ainda tenho responsabilidades. E minhas notas são as mais importantes delas.

Felizmente, meus pais foram inteligentes o bastante para começarem a juntar dinheiro para a faculdade quando eu nasci, mas há muito pouco espaço de manobra para reprovação e recuperação. Se eu quiser terminar o doutorado e me tornar professora universitária, tenho que fazer certo da primeira vez.

Eu me arrasto da cama, tomo um banho apressado e me visto, meu cabelo uma bagunça molhada e minhas roupas amarrotadas quando pego a mochila e saio correndo do dormitório, indo em direção ao campus.

Felizmente, a distância não é longa, e coordenei tudo para eu entrar na sala logo que a aula começasse.

Acomodo-me em um dos lugares vazios, e esquadrinho rapidamente a sala para me assegurar de que não veja ninguém conhecido, e me acalmo somente quando me convenço de que estou segura.

Tenho outra aula após essa, mas, depois, dou o dia por encerrado e vou passar o resto do tempo na biblioteca. Sinto-me segura lá, principalmente porque há câmeras tanto dentro quanto fora do prédio. Se algo acontecer, pelo menos terão uma gravação de quem me levou.

Sei que não é muito e que não mostrará onde eu acabei, mas já é um começo para a polícia poder usar para me encontrar.

O governador Callahan também explicou que os homens com quem devo me preocupar têm um escritório de advocacia no centro e não vão me pegar em um lugar aberto, onde qualquer um pode ver.

Por isso, na minha cabeça pelo menos, contanto que eu fique em lugares públicos às vistas de todas as pessoas, vou ficar segura.

O professor começa a aula, um lento arrastar de informações sobre os apologistas e o papel deles na filosofia religiosa. Geralmente, eu ficaria envolvida pelo tema e pela discussão, mas não consigo evitar que meus pensamentos voltem para a oficina e para Shane.

Ele é advogado?

Jamais teria imaginado que por debaixo daquele macacão e da graxa havia um advogado. Com certeza não sob o sangue e os hematomas na Myth. Mas agora faz sentido a presença dele na festa do governador.

Ao contrário do que dava a entender, Shane nasceu na elite endinheirada, e a colher de prata dele existe, apesar do que me mostrou.

Isso me faz gostar ainda menos dele... ainda assim, não consigo parar de pensar no cara.

Não consigo afastar o fascínio com a forma como ele avaliou o meu carro. E sei que parece idiotice. Ele era só um mecânico fazendo o que mecânicos fazem. Só que havia algo mais nele naquele momento. Como se uma cortina tivesse sido puxada e, por alguns minutos, eu conseguisse ver a pessoa dentro dele que sabe como amar.

Claro, ele estava amando um objeto inanimado, mas ainda era amor. Adoração até. Admiração e apreço por algo que ele julgava digno da sua atenção.

E, enquanto ele estava lá fascinado com o maquinário cheio de graxa, eu fiquei lá fascinada por ele.

Mas só por um minutinho.

Cada encontro que tive com o cara foi um inferno, e é por isso que sou idiota por estar pensando nele.

A aula termina, e percebo que não prestei a mínima atenção. Irritada comigo por isso, tento me concentrar na aula seguinte, mas acabo perdendo essa também.

Espero ser capaz de focar lá na biblioteca, mas mal presto atenção ao meu entorno quando uma voz conhecida chama a minha atenção.

— Já era hora de eu te encontrar. Onde você se meteu esses dias?

Tenho um sobressalto com a voz, minha mão segura com força a alça da mochila quando olho para o rosto conhecido.

Não aqui.

Não agora.

Ames me encara cheia de preocupação. Ela tenta sorrir, mas não consegue, então inclina a cabeça quando não respondo de imediato.

Sem saber o que contar a ela, opto por uma desculpa esfarrapada.

— Meu carro quebrou. Eu te falei. Desculpa por não ter podido te levar para o trabalho.

Esse é outro problema também. Eu vinha evitando as ligações e as mensagens da Ames. Depois de entrar em contato uma vez, assim que cheguei em casa, para dizer que não poderia dar carona para ela, evitei de propósito entrar em detalhes.

Independente do que ela pense de si mesma, Ames tem a mente afiada, sua habilidade de captar lorota é forte. A garota parece um detector de mentiras humano, e é por isso que preciso evitar falar demais. Não quero que ela se envolva nessa merda. Não posso colocá-la em um perigo desses.

Ela enfim consegue abrir um sorriso animado ao caminhar ao meu lado até a biblioteca.

— Não esquenta — diz —, Granger me emprestou o carro dele. Como você acha que vim aqui te ver?

Eu estanco. Como não pensei nisso?

Ames geralmente teria que pegar ônibus para vir aqui ou gastar o pouco dinheiro que tinha com um táxi. Ela não tem aula hoje, então sua presença no campus não é normal.

Como é possível eu estar deixando tudo passar hoje? Estou presa demais nos meus pensamentos. Preocupada demais e distraída demais. E é o pior estado para alguém sendo caçada.

— Você não deveria estar aqui, Ames. Tenho certeza de que Granger não te emprestou o carro para você ficar dando voltinhas.

Retomamos a caminhada, e ela se inclinou para cutucar meu ombro com o seu.

— O que Granger não vê, ele não sente. — Ela ri. — Além do que, não acho que ele dê a mínima para o que faço com o carro. É o *extra* dele. Ele só se importa que eu chegue na hora do trabalho.

— Então por que você está aqui?

Ela estende o braço e me para antes de me virar para olhar para ela.

— Porque você não está atendendo o telefone e estou preocupada contigo. Então imaginei que você teria terminado de assistir às aulas e vim te pegar para comer alguma coisa.

Não.

É o que pipoca na minha cabeça.

Uma clara recusa de sair do campus.

E mais, como vou conseguir esconder essa merda toda dela se eu for forçada a encará-la por tempo o bastante para comer?

Lendo os meus pensamentos, ela me agarra pelos ombros e me sacode de levinho.

— Não aceito não como resposta, Brin. Ou você vem comigo ou eu ligo para o trabalho dizendo que estou doente e passo o resto da noite te azucrinando. Você decide.

Quero implorar para que ela vá embora, mas sei que não vai adiantar. Ames é teimosa a esse ponto. Assim que põe algo na cabeça, ela segue em frente, não importam as consequências.

— Você não pode faltar o trabalho. Precisa do dinheiro para pagar o aluguel.

Um sorriso travesso curva os seus lábios.

— Pois é. Então ou você vai comer comigo ou pode muito bem ir me ajudar a juntar meus trapinhos quando eu for despejada.

— Ames…

— Não vou aceitar não como resposta.

É só um almoço, né? Uma hora no máximo longe do campus. Me convencendo de que estou sendo ridícula ao pensar que sou um alvo em qualquer lugar que eu for, me lembro do que o governador Callahan disse sobre o Inferno não atacar em público.

Restaurantes são bem públicos, então solto um suspiro e aceito o convite.

— Tudo bem. Mas quem vai pagar?

Ela tira o cartão de crédito do bolso e dá uma piscadinha.

— Granger.

— Como…

Me empurrando, ela me interrompe:

— Não faça perguntas, e me deixe te mimar para variar. Vou explicar tudo no caminho.

A essa altura, não há nada que eu possa fazer além de deixar Ames me levar até o carro de Granger.

Chegamos ao estacionamento e, para um carro *extra*, aquele ali é bem legal. Bem melhor do que o que eu dirijo, pelo menos.

Ames se acomoda no banco do motorista da Mercedes prateada, em seguida aciona a tranca eletrônica para que eu possa abrir a minha porta e me acomodar ao seu lado. O interior tem cheiro de couro, cada detalhe é preto e cromado.

— Ele deixou você ficar com isso aqui? — Surpresa envolve a minha pergunta.

Seus olhos violeta cintilam à luz do sol infiltrando-se pelo para-brisa.

— Dá para acreditar? Aquele homem está dando duro para me fazer chegar ao trabalho.

Jogo a bolsa no banco de trás e volto a me ajeitar.

— Sem dúvida nenhuma tem dureza envolvida — insinuo.

Ela me ignora, pigarreia e aponta o queixo para o meu cinto.

— Põe o cinto.

Franzo a testa com o lembrete.

Eu deveria ter feito isso logo que entrei. Sempre faço.

Só que ando tão distraída com tudo o que está rolando que estou esquecendo as porras das medidas mais básicas de segurança.

— Obrigada pelo lembrete — murmuro ao puxar o cinto. Depois de ter atravessado a coisa no corpo e fechado, ela dá a partida e sai do estacionamento.

Em vez de ir em direção a onde fica a maioria dos restaurantes, Ames vira à direta.

— Para onde vamos?

Antes de responder, ela remexe o console central, pega os óculos de sol, então os coloca e mantém o foco na pista.

— Granger me levou a esse lugar há pouco mais de uma semana. Fica perto de onde ele mora. A comida é boa pra cacete, e fica a quinze minutos da cidade. Você vai amar. Prometo.

Tudo bem. Isso é estranho. Nunca estive em um carro com Ames dirigindo. Não consigo deixar de espiar o velocímetro e vejo que ela está vinte quilômetros acima do limite de velocidade.

— É melhor você desacelerar, Ames. Vai acabar levando uma multa.

Ela ri.

— Nessa estrada? Brin, quase não há nada quando a gente se afasta um pouco mais do campus. Duvido muito que a polícia esteja escondida atrás

150   **LILY WHITE**

das árvores, esperando para capturar os apressadinhos.

Olho ao redor, e logo percebo que ela não está errada.

Depois de dez minutos dirigindo, os prédios ao longo da rua começam a ficar mais esparsos, e o asfalto é ladeado por uma ou outra árvore. De vez me quando passa um carro, mas praticamente não tem movimento nenhum.

Começo a relaxar pela primeira vez desde que estive na oficina.

— Então — começa ela, perturbando a minha paz —, por que você andou se escondendo? Aconteceu alguma coisa? E quando você vai pegar o seu carro?

Mentir para ela seria idiotice. Ela veria na hora, então, em vez disso, penso em uma forma de responder às suas perguntas específicas com respostas genéricas. Dessa forma, tecnicamente, não serão mentiras.

Priest me ensinou o truque, não que eu seja grata por ele ter feito isso.

— Há um monte de coisa errada com o meu carro, então não faço ideia de quando ele vai ficar pronto.

Assim que termino de dizer isso, duas motos aparecem atrás de nós, o motor é bem barulhento e desagradável. Ames não os nota. Está ocupada demais me espremendo por respostas.

— Ok, então isso explica o seu carro. Mas por que você não está atendendo o telefone?

Outra resposta vaga. Algo com o que ela não possa discutir.

— Eu tinha muito a estudar. A faculdade sempre me mantém ocupada.

Ela me olha, mas então verifica o retrovisor.

— Aquelas motos estão se aproximando muito. Mal consigo te ouvir por cima do motor delas.

Verifico o retrovisor lateral, e só consigo ver uma delas. Me viro no assento para olhar para trás. As motos estão dividindo a pista, andando lado a lado.

— Vou acelerar para colocar um pouco de distância entre nós.

A gente já está correndo, então a aceleração me deixa nervosa. Olho o velocímetro de novo, engulo o nó na garganta e vejo Ames passar cinquenta quilômetros do limite.

— Desacelera, Ames.

— Está tudo bem — diz ela, com uma olhada rápida na minha direção. — Olha, as motos já ficaram mais para trás, já consigo te ouvir.

Ao longe, um carro preto se aproxima do lado oposto. Não está perto o bastante para ver bem, mas a luz do sol brilha no capô. A única razão para eu notar é o som do motor alto se juntando ao rugido das motos atrás de nós.

— Falta quanto para chegar ao restaurante? — Aquele maldito nervosismo está dando as caras de novo.

— Estamos quase lá. Então, como eu estava perguntando, que merda é essa que está te incomodando, Brin? Você está esquisita.

Incapaz de me concentrar na pergunta, seguro com força a alça de segurança do teto, meu corpo se preparando por causa da velocidade que ela continua atingindo.

— Sério, Ames. Vai devagar.

— Mas aqueles motoqueiros desgraçados vão se aproximar de novo.

O pânico está fazendo meus pensamentos entrarem em curto-circuito, meu estresse está tão alto que minha cabeça lateja.

— Por favor.

Ela me olha de novo, mas sinto o carro começar a desacelerar. O velocímetro digital mostra que estamos perto da velocidade permitida de novo quando as motos se aproximam o bastante para colar na traseira do carro.

— Viu? Esses motoqueiros não se afastam do para-choque traseiro. Se eles chegarem mais perto, vão acabar subindo no carro.

Não consigo mais superar o pânico. O mundo está se fechando sobre mim. Cada problema que estou tendo se combina com uma toxina poderosa que envenena as minhas veias e nubla meu juízo.

— É só deixar que eles te passem, Ames. Reduza mais para que eles ultrapassem.

Não era minha intenção estourar com ela, mas não aguento mais. Não sem o meu carro. Não com o meu pai desaparecido. Não com um grupo de otários a solta por aí querendo me pegar. Nem com nada disso.

Mais uma coisa, e eu entro em colapso.

Pronto.

— Ah, eles estão ultrapassando.

O alívio escorre para o ensopado tóxico nas minhas veias, meus músculos relaxam só um pouco para ouvir o motor das motos ficar mais alto conforme eles vão para a outra pista para fazer a ultrapassagem.

Assim que ficam paralelos ao carro, Ames mete a mão na buzina.

— Puta merda — ela grita.

Viro a cabeça para olhar pelo para-brisa bem a tempo de ver o carro que estava se aproximando se desviar das motos e entrar na nossa pista.

Com exceção do mato à direita da estrada, não há para onde ir para evitar a colisão.

LILY WHITE

capítulo dezesseis

Shane

A Mercedes prateada guina para o terreno baldio um segundo antes que o necessário. À velocidade que estávamos indo e com a distância entre nós, elas tinham ainda mais uns duzentos metros antes que uma colisão ocorresse.

Não que eu esteja reclamando. O trabalho está feito, e o carro delas diminui a velocidade até parar enquanto salta ao longo dos pequenos sulcos no gramado, levantando poeira.

Damon e Ezra desaceleram a moto até parar, ambos chutam o descanso antes de descerem. Eles correm para o carro antes de eu parar no acostamento.

Antes de sair, espero os dois tirarem a motorista da Mercedes, colocarem um saco sobre a cabeça dela e a segurarem.

Com o capacete ainda no lugar, ela não vai conseguir ver o rosto deles e não vai ser capaz de identificá-los. E por estar sendo contida, não vai conseguir ver meu rosto também.

Em poucos segundos, teremos Brinley de novo, e a amiga só vai ser capaz de descrever que viu dois motoqueiros e talvez o carro. Felizmente, estamos conduzindo os veículos que Priest podia nos emprestar lá da oficina e não os nossos. Não há parte alguma que possa ser usada para nos identificar.

Foi tão fácil quanto eu esperava.

Mas, bem, pensei isso da última vez que lidei com Brinley. Vou me certificar de ser mais cuidadoso com ela dessa vez.

Mas encurralá-la não é a parte difícil. Colocá-la no meu carro será.

Alongo o pescoço para lá e para cá conforme me aproximo, meu olhar vidrado na lateral da Mercedes. Brinley não tentou sair para ajudar a amiga.

Ela também não tentou fugir.

É estranho observá-la paradinha lá, e não consigo deixar de me perguntar o que ela pretende fazer. Saio correndo para chegar mais rápido.

Abro a porta, esperando que ela vá atacar ou resistir de alguma forma, mas, em vez disso, ela se curvou toda, os ombros e as costas se movem com as arfadas, uma das mãos está fechada sobre o peito e a outra no cinto de segurança ainda afivelado.

— Não consigo respirar — ela grita, a dor é tão óbvia que sua voz mal passa de um suspiro. — Eu... não consigo...

Porra.

Eu me ajoelho ao lado dela, movendo as mãos como se fosse tocá-la, mas com medo de como ela vai reagir.

— Você está machucada? — pergunto, mas ela não responde. Brinley só se balança no lugar, mal repetindo a mesma queixa, minha preocupação chega à estratosfera.

Levanto-me completamente, e encaro Damon e Ezra por cima do teto do carro porque eu estou pirando. Isso não fazia parte da porra do plano.

— Ela não consegue respirar — grito, por cima do capô, esperando que algum deles saiba o que fazer.

Quando nenhum dos dois responde, estou prestes a perder a porra da cabeça porque que merda devo fazer?

— Ei, idiotas! Que porra eu faço?

— Ela está tendo um ataque de pânico — a amiga grita por debaixo do saco, por incrível que pareça, está ajudando apesar de estar presa contra o carro e com a cabeça coberta.

— Ok? Essa é uma boa hora para você me passar mais informação.

A amiga resmunga alto.

— Nunca lidou com alguém tendo um ataque de pânico?

Ela está de sacanagem?

— Não! Não costumo fazer isso. Então que merda eu faço?

— Acalme a garota.

— Como?

Entendo que ela está tentando ser útil, mas não está sendo. Uma coisinha aqui e outra ali não vai resolver o problema. Preciso de mais informação.

— Não sei... talvez parar de tentar sequestrar a gente?

Certo.

Essa merda acaba aqui.

Agora.

Não estou parado no meio da porra da beirada de uma estrada discutindo com uma garota sobre o capô falando de como eu devo sequestrar alguém.

LILY WHITE

Volto a me ajoelhar, avanço com a mão e abro o cinto antes de tirar Brinley de lá. As pernas dela não aguentam seu peso e ela está hiperventilando. Quase desejo ter outro saco para segurar sobre seu rosto porque ouvi dizer que ajuda quando as pessoas ficam assim.

Passo o braço pelas suas penas e a pego no colo. Abaixo a cabeça, e falo no ouvido dela.

— Não vou te machucar, Brinley. Você precisa se acalmar e respirar mais devagar, tudo bem? Respire comigo. Siga o ritmo da minha respiração. Você consegue?

Devagar, ela assente, e começo a respirar o mais profunda e lentamente possível. De início, ela resiste, socando meu peito de leve. Mas continuo, porque a última coisa que quero é que algo ruim aconteça com ela.

— Respira — lembro a ela, meu coração desacelera quando seu corpo para de tremer e sua respiração se acalma.

O fato de ela ser capaz de conseguir isso é testemunho da sua força. Sim, o acidente a fez ter um ataque de pânico. Poderia acontecer com qualquer um. E, sim, talvez ela tenha surtado com o sequestro também. Mas, ainda assim, ela está se acalmando.

Apesar de tudo, a garota está lutando da única forma que sabe.

Na minha opinião, isso exige força.

Agradeço, porque ainda estou surtado por ter tido que recorrer a isso para início de conversa.

Começo a andar enquanto o ataque dela vai passando. E fico preocupado que ela comece a espernear quando a mente por fim sair dessa e o lado racional assumir.

É bem provável que ela resista. Estou preparado para isso. Mas não vou conseguir dominá-la sem que a machuque, desde que o coração e os pulmões não parem de funcionar devido ao ataque de pânico.

A adrenalina a percorrendo deve ser estimulante. E talvez com tudo isso eu consiga ensinar a ela uma coisinha ou outra sobre adrenalina. Talvez impeça esse tipo de reação de se repetir.

Chegamos ao carro, e a coloco no banco de trás, segurando o pedido de desculpas pelo que fiz. Não posso me desculpar. Não agora, não por isso.

Brinley não tenta resistir, o que volta a me preocupar. Quanto mais rápido eu puder levá-la para Tanner, melhor.

As meninas devem saber o que fazer... pelo menos quando pararem de me perturbar por ter feito isso para início de conversa.

155

Fecho a porta com uma batida e então me viro para olhar Ezra e Damon. Dou um aceno de cabeça para eles, avisando que estou indo e que eles podem soltar a amiga de Brinley.

A dançarina não é importante aqui, e não há necessidade de a levarmos também. Desde que os caras fiquem com o capacete quando voltarem para as motos, ela pode tirar o saco da cabeça e ainda não conseguir qualquer informação para nos identificar.

É o crime perfeito.

Uma pena eu estar me sentindo um merda por fazer isso.

Já fiz um monte de coisa ruim na vida. E carrego uma culpa que jamais vou ser capaz de superar. Mas isso leva o prêmio de todas as merdas que já fiz.

O percurso até a casa de Tanner é silencioso. Também é rápido, considerando a velocidade em que conduzo. Ao atravessar os portões do condomínio em que ele mora, dou uma olhada em Brinley mais uma vez e a encontro ainda deitada no banco de trás.

Quando chegamos à casa dele, ela não se moveu nem disse uma palavra. Isso me preocupa mais do que deveria.

Estaciono, dou a volta no carro para abrir a porta dela. Assim que minha mão toca seu tornozelo para tirá-la de lá, Brinley volta à vida.

— Seu idiota filho da puta!

Ela chuta, com força. Com tanta força, na verdade, que a dor explode no meu pulso, meus dedos a soltam rápido quando salto para trás, chocado.

A garota ergue a cabeça e se vira para me olhar por cima do ombro. Um olhar vil de desgosto macula sua expressão, o cabelo castanho-claro é um emaranhado de nós em seu rosto.

— Eu deveria ter sabido que era você. — Ela se senta e me estapeia quando tento pegá-la de novo. — Toque em mim, e vou bater em você.

Não consigo prender o riso que estica os meus lábios. A gatinha eriçada está de volta, e estou muito feliz por vê-la.

Recosto-me na porta aberta do carro, de olho nela. Mais por ela ser muito bonitinha, mas também porque é melhor manter o oponente às vistas, ainda mais quando gritam ameaças.

— Você vai entrar como uma boa cativazinha se eu prometer não te tocar?

— Vai se foder — ela grita.

É.

Voltamos à velha Brinley.

Pelo menos a que eu conheci.

Cruzo os braços.

— Se você não vai sair, e eu não posso tocar em você, como sugere que te tiremos do carro e te levemos para dentro da casa?

A voz dela fica muito meiga, e a garota inclina a cabeça para o lado.

— Ah, eu não sei. Que tal você sair da porra da frente para que eu possa sair daqui sozinha e aí eu decido para onde ir?

É... não.

Não vai rolar.

Ela sairia em disparada para uma das casas vizinhas, o que causaria um espetáculo.

Não que eu me importe com isso.

Só não preciso de um nesse momento em particular.

— Você vai entrar na casa, Brinley. De um jeito ou de outro. Se eu tiver que te obrigar, eu vou.

Os lábios dela se repuxam em um sorriso feroz.

— Tem certeza de que ganharia a briga?

Assim... com certeza.

Ela tem quase metade do meu tamanho.

E considerando o quanto amo uma luta, duvido muito que ela tenha a mesma experiência que eu.

Não que eu queira isso.

Ainda mais com ela.

— Alguma possibilidade de você voltar a ser a mulher aterrorizada no meio de um ataque de pânico? Acho que preferia você daquele jeito.

Brinley rosna em resposta.

— Vou interpretar como não.

O rosnado se aprofunda.

Suspirando, lembro do que Ivy disse na reunião de família e peço a Deus, Buda e ao menino Jesus que uma das minhas armas secretas esteja aqui.

Levo a mão ao bolso e sorrio quando Brinley recua. Não, não é uma faca nem uma arma, o que ela provavelmente acha. É algo muito mais letal.

Pego meu telefone, mostro a ela, e não consigo disfarçar a graça que acho da sua reação confusa.

Pressiono a discagem automática, bato o pé no concreto quando toca vezes demais para o meu gosto, mas então ela atende.

— O que você quer, Shane? Estou ocupada agora.

HERESIA

Ivy não parece feliz por falar comigo, e começo a imaginar que bicho a mordeu essa manhã. Não fiz nada com ela... ainda.

— Preciso de um favor — explico — e é meio que urgente.

Ivy suspira.

— O que é?

— Por acaso você está no Tanner no momento?

— Sim, Luca e eu estamos almoçando. Por quê?

Perfeito.

Sorrio para Brinley apesar do ódio dando voltas no seu olhar, e mantenho a voz neutra quando digo:

— Ótimo. Preciso que vocês duas venham aqui fora.

Brinley franze a testa em confusão.

O medo se derrama em sua expressão, aquela careta letal some rapidinho.

Desligo, e não posso deixar de pensar que Ivy estava certa.

Essa situação não precisa do toque de um homem. É melhor mesmo deixar uma mulher limpar a barra.

capítulo dezessete

Brinley

Confesso.
Entrei em pânico.
Perdi a cabeça.
Congelei feito um animal acuado quando Ames e eu fomos forçadas a sair da estrada.

Mas eu esperava algo pior do que simplesmente ir parar sacolejando na lateral da estrada.

Assim que saímos do asfalto liso, pensei que bateríamos em uma árvore, que o carro capotaria e explodiria, que o vidro quebraria e que seríamos esmagadas pelo motor.

Nada disso aconteceu, é claro, mas a ameaça foi verdadeira o bastante para eu me encolher toda como se tivesse que proteger o meu corpo dos danos.

Quando Ames foi tirada do carro, nem mesmo o guinchar minúsculo que abandonou meus pulmões me alertou do fato de que ela havia sido capturada. Eu não conseguia me concentrar em nada. Meu coração parecia sair do peito, e meus pulmões estavam tão espremidos que não conseguia respirar direito.

Por um momento, eu poderia ter te jurado que estava morrendo.

Não ajudou em nada a minha porta ter sido aberta logo depois e quem eu esperava que fosse um estranho verificando nosso bem-estar acabou se revelando a última pessoa que eu precisava ver.

A voz de Shane só piorou o ataque de pânico. Eu me vi impotente para fazer qualquer coisa que não fosse ficar sentada ali. Impotente para fazer qualquer coisa exceto permitir que ele me tirasse do banco.

O fato de que ele estava tentando me ajudar embaralhou ainda mais os meus pensamentos.

Shane é um monstro.

Pelo menos de acordo com o governador, é o que ele é.

Mas, naquele momento, e até ele me tirar do carro, tudo o que eu quis fazer foi me agarrar a ele porque sua respiração profunda e as palavras sussurradas estavam me acalmando mais rápido do que qualquer pessoa já conseguiu.

Ataques de pânico não são novidade para mim. E é por isso que Ames soube dizer a ele o que estava acontecendo. Muitas pessoas já tentaram me fazer voltar de um.

Então por que foram os braços fortes de Shane que mais me acalmaram? Algo no toque dele me fez me sentir… *segura*.

Eu não queria considerar aquilo nem a sensação de quando ele disparou pela estrada em direção ao lugar para onde estava me levando. Em vez disso, me forcei a me lembrar de por que o odiava.

À altura em que ele abriu a porta, eu estava pronta para lutar com unhas e dentes para escapar dele. Não importava que ele tenha conseguido me acalmar. Não importava que a sensação de seus braços era segura.

Talvez fosse o pânico que fazia essas coisas desabrocharem em mim. Talvez sobreviver ao que pensei que poderia ter sido uma batida feia foi o que acalmou o meu coração.

Não podia ser ele.

Porque, no fim das contas, e com ele, eu não estou segura.

Agora estou tão no limite que minhas mãos estão cerradas, e estou pronta para espernear, esmurrar e arranhar o rosto dele, se for o necessário para me livrar desse cara.

É impossível que esse homem, que está envolvido em todos os traumas recentes da minha vida, possa ser meu amigo.

Então por que tenho que me lembrar disso todas as vezes que olho para ele?

Ao desligar o celular, Shane o guarda no bolso, e seus olhos azuis fitam os meus. Eu esperava que alguma provocação idiota escapulisse de seus lábios, mas, em vez disso, ele espera pacientemente. Pelo quê, não faço a menor questão de saber.

Incapaz de continuar em silêncio, eu o preencho com uma pergunta.

— Você acabou de pedir reforços? Está com medo de não conseguir lidar sozinho com uma mulher?

Um sorrisinho inclina só um pouco o canto de sua boca, mas, antes que ele possa responder, a porta da mansão se abre às suas costas, e duas mulheres saem correndo.

— Talvez — ele provoca ao olhar para elas. Encolho-me quando ele me encara de novo. — Mas elas conseguem.

Ergo o corpo para olhar ao redor dele, e logo reconheço uma das mulheres vindo para o carro.

Ivy Callahan.

É impossível aquele cabelo louro-platinado dela passar despercebido.

É a marca da garota.

E preciso confessar que, para uma mulher que supostamente foi sequestrada por este imbecil e seu grupo de amigos, ela está maravilhosa demais.

Quantos anos faz desde que falei com ela?

Dez, pelo menos.

Shane se afasta do carro quando Ivy e a outra mulher nos alcançam, a expressão delas é bastante amigável.

Para ser sincera, pela forma como me olham, seria de se pensar que sou um animal ferido que acabou de ser retirado da floresta, pronto e disposto a arrancar a cabeça das duas se chegassem perto demais.

E talvez eu seja.

Todos nós somos animais quando se trata do modo como fomos feitos. Meus instintos de sobrevivência são tão fortes e perigosos quanto os de um leão, ou de um urso, ou de um búfalo imenso, ou de um lobo.

— Brinley — diz Ivy. — Quanto tempo. Você cresceu, mulher, olha só. Está deslumbrante.

Ela pode se poupar da falsa lisonja.

Meu cabelo está todo emaranhado e minhas roupas estavam amarrotadas quando saí do dormitório hoje de manhã. Agora que assisti a duas aulas, passei por um acidente de carro e um sequestro, duvido muito que eu pareça sã, que dirá *deslumbrante*.

Viro o foco para a mulher ao lado dela, e a encaro talvez por alguns segundos a mais. Ela interpreta como um convite para dar o seu melhor naquela palhaçada.

— Oi, Brinley.

A voz dela é um pouco meiga e esganiçada demais para o meu gosto. Meio como se ela estivesse falando com uma criancinha ou com um cachorrinho que trouxe para casa.

— Nossos pais se conheciam, mas nós, não. Sou Luca. Filha de John Bailey.

Por um segundo, sinto muito por ela. Ainda há a questão de como o pai dela morreu. Recordo-me do que meu pai e o governador disseram, e mordo a língua para evitar trazer o assunto à tona no momento.

É meio falta de educação conhecer alguém e em seguida mencionar que o pai dela provavelmente foi assassinado pelo pai do namorado.

Não que eu me importe muito em ser mal-educada na situação presente. Acho que é um pouco de falta de educação elas não terem ligado imediatamente para a polícia e avisado que fui forçadamente roubada.

Enquanto as duas me encaram como se eu fosse uma apresentação secundária do circo, acomodo-me na outra porta, puxo as pernas para o peito e passo os braços ao redor dos joelhos. Não é muito uma defesa, mas me permite me afastar o máximo possível deles.

— Podem poupar a conversa-fiada. Sei que vocês fazem parte do Inferno, ou qualquer que seja a porra do nome que usam. — Meus olhos se fixam em Ivy. — Seu pai me contou tudo.

Surpresa oscila em sua expressão.

— Sério? Eu poderia ter jurado que ele manteria esse detalhe para si por causa do risco de que manchasse sua reputação.

Reputação? Por que ele seria mal-visto pelo sequestro da filha?

— Ele está te procurando, sabia? Em algum momento, vai encontrar a gente e vamos nos livrar desses imbecis.

Lanço um olhar aguçado para Shane, deixando bem claro quem são os imbecis.

Shane revira os olhos e se afasta do carro enquanto Luca e Ivy piscam, confusas.

— Meu bem — Ivy diz, com a voz cuidadosa, mas não mais falsa —, preciso saber o que o meu pai te contou. Porque tenho a sensação de que foi um monte de mentira que tinha a intenção de fazer você pensar que nós somos os vilões dessa história.

Aponto para Shane.

— Esse cara acabou de forçar minha amiga e eu a sairmos da estrada e depois me sequestrou. Acho que isso o qualifica como vilão.

A voz de Luca volta ao normal quando ela pergunta:

— Ele fez o quê?

Ambas se viram para olhar feio para ele.

162   **LILY WHITE**

Ivy é a primeira a falar:

— O que você fez exatamente?

Shane dá de ombros e abre a boca para responder, mas Luca o interrompe:

— Não posso acreditar que você fez isso, Shane. Quer merda há de errado contigo? A garota deve estar aterrorizada.

Sem pensar, assinto, mas em seguida paro o movimento porque isso tudo é só encenação, e eu não deveria estar concordando com elas.

É um ardil batido.

O cara grande e malvadão não consegue fazer a cativa se comportar, então traz as cativas mais antigas que passaram por uma lavagem cerebral para fazer com que ela se sinta segura e confortável, tornando-a, assim, mais flexível e disposta a colaborar.

Eu quero bocejar, porque, sério mesmo? Não vou cair nessa.

Elas continuam encarando Shane por vários segundos antes de Luca apontar para ele e avisar:

— Vou contar para o Tanner.

Os olhos de Shane se arregalaram com o aviso.

— Que se foda o Tanner. Ele queria isso resolvido. E foi o que eu fiz.

— Você não pode sair por aí tirando as pessoas da estrada para pegá-las — grita Ivy, e realmente há raiva no tom dela.

A mulher é boa atriz. Preciso reconhecer.

Shane joga as mãos para o alto e anda para lá e para cá, a frustração é uma nuvem ao redor dele que mesmo daqui eu consigo sentir.

— E de que outra forma eu ia conseguir? E como é diferente do que Tanner e Gabe fizeram com vocês duas?

Ambas congelam onde estão.

— É muito diferente — responde Luca, com a voz nada convincente. Viu?

Eu sabia.

Elas são velhas cativas.

— Então me diz como — Shane exige saber, batendo o pé no lugar ao olhar feio para as duas.

Sinto-me como se fosse um cachorro assistindo a uma partida de tênis, minha cabeça se move de um lado para o outro, só esperando a chance de sair correndo e catar a bolinha amarela.

Caramba, não sei nem se eu deveria estar por dentro dessa conversa, mas foda-se. Eu também gostaria de saber a diferença. Pode ser um assunto bem sensível para se discutir, mas estou interessada no momento.

Ivy começa a enumerar nos dedos.

— Um, Gabe e eu nos conhecemos desde crianças.

Antes que ela possa chegar ao dois, Luca se intromete.

— E Tanner e eu nos conhecemos desde Yale.

Ok. Elas tinham razão.

Shane e eu não nos conhecemos de verdade. Para mim, ele é só o Otário que começa brigas, derrama bebidas em mim e rouba meu carro... Ah, e eu. Não posso esquecer de adicionar o meu sequestro recente à lista.

— E o que isso tem a ver com qualquer coisa? — Shane rebate. — Eles destruíram a vida das duas ao pressioná-las e depois arrastaram vocês para cá. Fui bem legal com a Brinley ao pular a primeira parte.

Ele também tinha razão.

Descontando as merdas que ele fez até o momento, minha vida não tinha sido destruída. Mas, bem, minha vida basicamente se resume à faculdade. E seria uma merda se ele fizesse algo para foder com isso.

Que inferno!

Eu não deveria estar concordando com ele.

Qual é a porra do meu problema?

Deve ser assim que eles agem. A coisa da síndrome de Estocolmo. Não vou cair nessa. Recuso-me a ter empatia por qualquer um deles. No que me diz respeito, nenhum deles é confiável.

Principalmente Shane.

As duas mulheres gaguejam com o que ele diz, parece que não conseguem pensar em uma resposta.

Satisfeito com a vitória, Shane cruza os braços e as encara, desafiando-as a dizer outra palavra em defesa.

Ivy é a primeira a tentar.

— Gabe só inventou um noivado falso. Ele não chegou a arruinar a minha vida.

Interessante...

Luca vem logo depois.

— E Tanner não destruiu nada...

— Ele destruiu o seu carro — rebate Shane.

Ela parece genuinamente surpresa com isso.

— Hã? Foi o Priest.

Priest.

É claro.

Eu deveria saber que ele estava envolvido.

Cara legal o meu rabo.

Felizmente, esses idiotas estão me dando um monte de informação.

Continuo quieta e ouvindo enquanto eles se digladiam, a discussão me esclarece quanto aos casais do grupo e como todos estão envolvidos.

Informação é bom.

É uma arma.

Uma que em algum momento vou usar para escapar desses psicopatas.

Mais alguns minutos se passam antes de os três se lembrarem de que estou no carro. Luca e Ivy ajeitam a postura, abrem um sorriso falso e se viram para mim.

— Desculpa por fazer você ouvir tudo isso — Ivy se desculpa. — É só idiotice de família. No momento, a gente precisa se preocupar com como vamos te convencer a sair do carro e entrar na casa. Tenho certeza de que você tem um monte de perguntas e ficaremos felizes de...

Ao fundo, ouço a voz de Shane:

— Quer saber? Que se foda.

Ivy o relanceia brevemente antes de virar aqueles olhos azul-piscina para mim.

— Então, eu sugiro que...

A porta se abre atrás de mim antes de ela terminar a frase, meu corpo de repente cai para trás. Capturada por um par de braços fortes, praticamente sou lançada e girada como se fosse uma líder de torcida, minha barriga pousa no ombro largo enquanto esperneio.

Soco as costas de Shane e rosno para ele me pôr no chão e tirar as mãos de mim.

— Shane! — grita Luca, mas ele não dá ouvidos.

Marcha em torno do carro e da casa, me segurando firme.

— Tentei essa idiotice de *deixar as mulheres limparem a barra*, e estava demorando demais. Então agora vamos fazer do jeito do *homem* e simplesmente levar Brinley para onde eu a quero.

— Shane!

Não sei qual das duas gritou com ele dessa vez, mas não surte efeito nenhum. Estou quicando enquanto ele sobe um lance de degraus largo e circular que leva à porta, minha tentativa de resistir é inútil.

Ele é forte demais.

Ele chuta a porta e empurra, seus passos são firmes e decididos conforme atravessa o foyer, sobe as escadas e depois percorre um longo cor-

165

redor com Ivy e Luca atrás de nós.

Entramos em outro cômodo, e sou largada feito um saco sobre uma cama e, não. Isso não está acontecendo.

Apoio-me nos braços para saltar de lá, mas sou derrubada pelo braço de Shane.

Ele me prende, a sua força supera em muito a minha, mas meu pai me preparou para esse momento quando eu era novinha.

Preciso me acalmar e lembrar dos cursos de defesa pessoal que fui forçada a fazer quando era adolescente. Há formas de compensar a força dele usando o movimento do meu corpo para obrigá-lo a se afastar.

O único problema é que não consigo recordar nenhuma dessas aulas, então dou tudo de mim, contando só com o instinto para me guiar.

Enquanto Shane luta para prender os meus braços, consigo me libertar, meu punho atinge seu queixo, fazendo-o recuar um passo.

Ele esfrega a face machucada, sorri e vem para a cama de novo. Empurro as pernas para plantar os pés em seu peito bem quando ele larga todo o seu peso.

Felizmente, minhas pernas são fortes. Sou capaz de empurrá-lo com ambas e o afasto de novo, dessa vez longe o bastante para eu ter espaço para ficar de joelhos.

Ele esfrega o maxilar de novo, me lança um sorriso feroz, como se estivesse gostando disso.

Psicopata.

Sabia.

A voz dele é um arrulhar grave.

— Eu deveria ter sabido que você não é tão indefesa quanto finge ser.

Meus olhos se arregalam com isso, mas não tenho tempo de responder, pois ele avança de novo, passa os braços por baixo de mim, ergue meu corpo todo e então me derruba no colchão, o peito colide com o meu, estamos ofegando quando ele me prende.

Da porta, vem um pigarro.

— Ora, ora se o passado não está voltando com tudo.

Shane e eu paramos de lutar e olhamos para a porta.

Um homem que reconheço das fotos que o governador me mostrou está recostado lá. Alto, com cabelo ondulado e olhos verdes e brilhantes, ele sorri de um jeito que derreteria o coração de qualquer um.

Ao contrário de Shane e de seu macacão sujo, esse homem parece mesmo um advogado.

A roupa está impecável, a calça social cinza-ardósia combinada com uma camisa branquíssima. Embora ele não esteja de paletó e gravata, ainda lembra um erudito endinheirado que eu esperaria ver na mansão do governador.

Shane e eu congelamos onde estamos, uma gota de suor escorre da lateral do rosto dele, enquanto sou contida ali no colchão.

— Eu me lembro de ver exatamente a mesma cena com Luca e Tanner. Mas eles estavam a cinco segundos de trepar quando brigavam.

Tomando um gole da bebida na mão, os olhos muito verdes encontram os meus.

— É um prazer te conhecer, Brinley. Sou o Gabe, e me disseram que tínhamos um problema aqui. Acho que Ivy e Luca esperavam que eu pudesse te resgatar.

— Seria ótimo — mal consigo piar com Shane pesando no meu peito.

Shane olha para mim, sua voz rouca devido ao esforço.

— Se eu te soltar, você vai ficar sentada, sem brigar, por tempo o bastante para ouvir o que temos a dizer?

Estreito os olhos para ele.

— Acho que já passamos e muito do ponto de pedidos educados. Não acha?

Luto com ele e desisto quando o homem larga o corpo sobre o meu de novo, pesado demais para eu sequer me mexer.

Fico irritada por nosso coração bater no mesmo ritmo, e ainda mais pelo perfume dele estar se infiltrando no meu nariz com seu aroma inebriante.

A lembrança dele avaliando o meu carro surge na minha cabeça, e aquela droga de fascinação que senti borbulha à superfície.

Ele não é um vilão... quero pensar.

Mas a merda que está fazendo agora diz outra coisa.

Luto de novo.

— Sai de cima de mim!

Shane abaixa o rosto até o meu, a proximidade da nossa boca é tanta que meu fôlego fica preso na garganta.

Quando seus olhos capturam os meus, percebo que são da cor de um oceano turbulento, uma mistura de azul profundo e verde-musgo, um pouquinho de cinza intercalado com sombras violetas ondulantes.

Sua voz é uma carícia de um sussurro em meu ouvido, e amaldiçoo o tremor que aquilo força em mim.

— Não até você aceitar ouvir.

Nós dois ficamos parados ali, com os olhos dele mantendo os meus prisioneiros, enquanto nosso fôlego quente se mescla e nossos lábios estão perigosamente próximos.

Gabe ri de onde está.

— Vejo que os dois precisam de um momento em particular. Já que está claro que não estão morrendo, não sou necessário aqui. Vou dar uma saidinha para vocês resolverem seus problemas.

Ele continua rindo ao se afastar, deixando Shane e eu a sós.

Olhos azuis cintilam com algo que lembra excitação, e Shane abaixa ainda mais a cabeça.

A boca roça na minha quando ele fala:

— Você parece um gatinho mostrando os dentes, sabia? Mas gosto disso em você.

Eu me recuso a desviar o olhar ou deixar transparecer um grama de medo. Verdade seja dita, estou aterrorizada, mas não vou deixar esse imbecil saber disso.

— Não há uma única coisa de que gosto em você.

Praticamente rosno as palavras, mas isso só o faz sorrir.

— Mentirosa.

Meu corpo desiste nesse momento, cada resistência que eu ainda tinha sumiu. Tentar derrubar o cara é inútil. Ele tem duas vezes o meu tamanho, e está ciente disso.

Avaliando o meu olhar, ele pergunta:

— Promete que vai ouvir quando eu levantar?

Quero balançar a cabeça dizendo que não. Gritar. Me recusar terminantemente. Mas que bem faria? Ainda estou presa dentro dessa casa com um número desconhecido de pessoas. Mesmo se ele me deixar sair deste quarto, não há para onde eu ir.

Mas ele que se foda.

— Não vou prometer nada.

— Que bom — diz ele, me surpreendendo ao apoiar as mãos nas laterais do meu corpo para se afastar do colchão.

Assim que fica de pé, ele oferece a mão para me ajudar a sentar, mas a afasto com um tapa. O que só o faz rir.

— É um saco você me odiar tanto, porque acho que eu poderia ter me divertido muito contigo — ele provoca. — Você tem fogo. Mesmo escondendo por baixo dessas roupas largas e desse seu olhar irritado.

Ergo o corpo, assim fico sentada e não deitada, e me recosto na parede que há na lateral da cama.

Cansada ao ponto de ter dificuldade de respirar, encaro Shane com desgosto puro.

— Por que você fez tudo isso? Não tenho nada para te dar.

Ele inclina a cabeça para a esquerda, o olhar me avalia.

— Você é uma amolação na minha vida. É por isso.

— Ah, legal. Pelo menos temos isso em comum. Eu não te suporto.

Para isso, ele balança a cabeça.

— É o que veremos. Mas, até lá, aguente firme e veja se consegue superar esse seu temperamento de merda.

Ele se vira para sair do quarto, eu digo:

— Aonde você vai?

— Embora.

De repente, sinto a necessidade de me afastar dessa parede e ir atrás dele. É um pensamento irracional, percebo. Mas quem ele pensa que é para me dispensar desse jeito, cacete?

— Por quê?

— Você está sendo punida.

Punida?

Punida, caralho?

Ah, mas nem fodendo...

— Pelo quê?

Não há dúvida quanto a isso. Cada um deles é completamente pirado.

— Por não ouvir e fazer da minha vida um inferno.

Ele não pode estar falando sério.

A vida dele?

E a minha?

Eu que fui trazida para cá contra a minha vontade.

— Você é louco? Só pode. Não há outra explicação.

Sem se dar o trabalho de responder, ele olha para mim por um breve momento. O canto dos lábios se repuxa e ele balança a cabeça de novo.

— Malditas mulheres — resmunga para si mesmo. — Sempre causam uma caralhada de problemas.

E, então, bate a porta, me deixando sozinha para imaginar que merda essa gente planejou para mim.

Shane

Foi por pouco. Mais alguns segundos em cima dela daquele jeito, e eu teria perdido todo o controle. Minha boca estava tão perto da sua. Só teria sido necessário mais um centímetro, e nossos lábios se encontrariam.

E isso não pode acontecer.

Não quando ela pensa que sou o diabo encarnado.

E com certeza não enquanto ela ainda me odiar.

Não que eu queira beijar a garota, claro. Não uma garota igual a Brinley.

Ela é do tipo que se apaixona com facilidade demais e aí faz olhinhos pidões quando te implora para ligar no dia seguinte.

Não sou o tipo, não tenho tempo para essa palhaçada. Então foi necessário que eu saísse antes de cometer um erro que acabaria magoando-a.

Consigo ser legal quando quero.

Viro-me para entrar na sala e estanco ao encontrar Luca, Ivy, Gabe e Tanner esperando por mim.

Não fico surpreso. Eu sabia que, no minuto que tirasse Brinley do carro e cuidasse da porra do problema de carregar aquele traseiro irritante dela para dentro, tanto Luca quanto Ivy correriam para dar com a língua nos dentes.

Estou de saco cheio da gracinha deles, e quero acabar logo com isso. Então, em vez de participar do joguinho que planejaram dessa vez, faço uma pergunta simples:

— Qual é o plano para ela?

Largo-me no assento de frente para eles, ignoro a cara preocupada de Luca e Ivy, a forma como os ombros de Gabe sacodem com a risada silenciosa e o olhar irritado de sempre de Tanner não é nem de longe tão bonitinho quanto o de Brinley.

O dela pelo menos é engraçado.

O de Tanner faz parecer que enfiaram um pau no meu rabo, no seco, sem nem avisar.

Estico as pernas e cruzo os braços por trás da cabeça. Estou sentado que nem um rei na cadeirinha do esporro, e não estou nem aí.

Por quê?

Porque eu fiz o que tinha que fazer, não importa se gostaram do método que usei para concluir a tarefa. E já que estou satisfeito pelo trabalho bem-feito, nada do que eles disserem pode me incomodar.

Gabe é o primeiro a tentar.

— Acho que a primeira pergunta a que precisamos responder é se vamos fazer algo com uma mulher viva ou com um cadáver. Um necessita de um pouco de finesse, e o outro precisa de uma pá.

— Finesse, algo que aparentemente te falta — adiciona Tanner, mal disfarçando a raiva.

Sorrio disso.

Ninguém adicionou finesse à lista de requisitos.

Só que eu encontrasse Brinley e a levasse para onde pudéssemos falar com ela.

Fiz a minha parte.

— Não vejo qual é o problema. Você precisava falar com Brinley. Eu a trouxe para cá.

O rosto de Tanner fica de um tom preocupante de vermelho.

— À força! Qual é a porra do seu problema? Não é assim que fazemos as coisas!

Cruzo um tornozelo sobre o outro, me acomodo na poltrona ainda mais, nada abalado ou irritado com essa merda, por enquanto.

— Meu trabalho era pegar Brinley. — Inclino a cabeça para as escadas. — E ela foi pega. Agora todos vocês podem falar com ela e conseguir a informação que quiserem.

Todos os quatro me encaram.

Tanner dá um passo na minha direção, mas para. Ele ajeita o punho da camisa, devagar, um a um, depois olha para mim.

Não sei dizer se gosto da expressão dele, mas ainda assim não vou me deixar abalar.

É quando ele sorri que inclino a sobrancelha, curioso.

— Seu trabalho era encurralar Brinley e conseguir a informação você mesmo. E, não sei se você se lembra, mas temos preferências quanto ao método usado, e elas não envolvem jogar mulheres de um lado para o outro.

Aquela é a maior bobagem que já ouvi na vida.

Tiro uma das mãos da parte de trás da cabeça e aponto para ele.

— Você tem preferências. São as *suas* regras. — Aponto para mim mesmo. — Eu não tenho regras. E tenho métodos diferentes. Não é culpa minha você não aprovar a forma como cuido das coisas.

Outro sorriso de Tanner, um que é mais um aviso do que amigável. Atrás dele, Gabe ergue as sobrancelhas e luta com um sorriso. Em vez de entrar na discussão, ele se vira e vai até o bar.

Com a voz cuidadosa, Tanner explica:

— Acho que você deve ter deixado uma coisa passar.

— Não deixei passar nada. Você me deu uma tarefa, e eu a concluí. No que me diz respeito, está encerrado e posso voltar a fazer o que quero.

— Mas acontece que você está errado.

Tanner enfia as mãos nos bolsos e encarna o comportamento de advogado que ele usa em cada tribunal enquanto examina a testemunha.

Sem olhar para mim, ele anda para lá e para cá, como se estivesse refletindo. E quando para, se vira para mim e me olha nos olhos, por fim entendo como as testemunhas se sentem quando são interrogadas por ele.

— O que você tinha que fazer Shane?

Suspiro.

— Capturar Brinley.

Ele assente uma vez, tira uma das mãos do bolso e bate os dedos na lateral da perna.

— Errado. Era para você encurralar a Brinley. Talvez fazer um favor para ela. Pedir algo em troca.

Mais uma vez, as regras deles.

Não as minhas.

— Tentei. Não deu certo. Então pensei em algo diferente.

Outro aceno de cabeça.

— Ainda não terminei. Qual era a segunda parte da sua tarefa?

Ainda nada impressionado com o teatrinho dele, sigo no jogo.

— Conseguir informações sobre o pai dela.

Olhos verdes encontram os meus.

— E você conseguiu?

Pisco uma vez, porque já vejo aonde ele vai chegar com isso.

— Não.

Gabe avança e para ao lado de Tanner, o gelo tilinta no copo quando toma um gole. Em seguida, ele assume:

— Então creio que você já deveria saber quais são os planos para Brinley.

Ah, mas nem fodendo.

— E o que seria?

É a vez de Tanner de novo.

— Você vai conseguir a informação.

Sento-me direito na poltrona, fuzilando esses filhos da puta com o olhar.

— Ela não me suporta. Não depois do que fiz. Não há a mínima chance de ela me dar essa informação.

Ambos sorriem, e quero arrancar a idiotice deles a base do tapa.

Gabe toma outro gole, a garganta dele se move ao engolir, a cabeça balança ligeiramente em descrença.

— Não é problema nosso — diz ele. — Se você tiver que virar babá dela por alguns dias, vai conseguir o que precisamos. Sugiro que volte correndo lá para cima e seja bonzinho. Brinley ainda é basicamente problema seu.

Babá dela?

Vai levar uma eternidade e um dia para que ela volte a falar comigo.

Digo isso e eles dão de ombros.

— Repito — diz Gabe —, não é problema nosso. Você tem as suas próprias regras e métodos, lembra? Se eu fosse você, daria um jeito.

E, simples assim, sou dispensado. Os quatro vão para a cozinha enquanto sou deixado ali na sala para pensar em uma forma de resolver o meu problema.

— Há alguma razão para você ter me arrastado para cá?

Olho para Brinley por debaixo de onde estou trabalhando no carro dela. Além do motor de arranque, havia mesmo problemas de desgaste que precisavam ser consertados, então imaginei que, se eu tinha que fazer a ela um favor como Tanner exigiu, podia muito bem ser esse.

— Você planejava bancar a boazinha comigo e meus amigos na casa? Ela desdenha.

— Não. Não vou cair nessa. Seus amigos homens são todos criminosos, e as mulheres são cativas em quem vocês de alguma forma fizeram lavagem cerebral para gostarem de vocês.

Essa garota precisa parar de assistir *Criminal Minds* ou qualquer merda psicopata a que ela consegue acesso. Está começando a influenciá-la.

— Foi por isso que te trouxe para cá.

Ela me encara de onde a coloquei na cadeira com a ameaça de amarrá-la caso ela movesse um dedo sequer. Felizmente, ela deu ouvidos, para variar, e não precisamos recorrer a isso.

— Eu não entendo.

Solto um longo suspiro e me viro para ela.

— A verdade?

Ela revira os olhos e assente.

— Se você for capaz, claro.

Ignoro a indireta e passo os dedos pelo pé de cabra que estou segurando.

— Não suporto ficar naquela casa. Ainda mais quando estão todos lá. Prefiro aqui, é mais silencioso... Bem, além da música, das ferramentas e dos caras xingando quando estão lutando com um motor. Mas, ainda assim, é silencioso.

Brinley me encara por mais alguns segundos, como se tentasse me entender.

— Você se sente mais à vontade aqui.

Não gosto do jeito como ela tenta bancar a psicanalista para cima de mim, então viro minha atenção de volta para o carro.

— Eu me sinto à vontade em muitos lugares.

— Tipo?

Outro suspiro escapa de mim.

— Tipo em corridas e exposições de automóveis. Em uma moto quando há uma reta interminável e nenhum trânsito. Quando meu pau está tão enterrado na...

— Já deu — ela diz, me interrompendo.

Meus lábios se contorcem com aquilo, e dou de ombros.

— Você queria a verdade.

Alguns segundos de silêncio abençoado e então:

— Isso ainda não responde por que estou aqui.

Eu a olho por cima do meu ombro.

— Bem, se você tivesse me deixado terminar a última parte...

Os olhos dela se estreitam do jeitinho que pensei que aconteceria. Estou começando a amar aquele olhar raivoso um pouco demais.

Atravesso até a mesa, largo o pé de cabra lá em cima, me viro e me recosto lá. Meus dedos se curvam na beirada do tampo e encaro Brinley.

— Porque eu sou sua babá.

O queixo dela cai ao ouvir isso; em seguida, fecha a boca e me lança um olhar de descrença.

— E por que eu preciso de babá?

Uma risada escapa do meu peito.

— Porque você não sabe brincar com as outras crianças, e aí ninguém te quer no parquinho. Então estou preso contigo.

— Deve ser um inferno ser você — ela pensa alto.

— É sim.

Pego mais algumas ferramentas de que preciso, volto para o carro dela e me preparo para mexer na junta homocinética.

— O que você está fazendo no meu carro? — Ela não me dá tempo de responder antes de: — Me deixa adivinhar, está destruindo de vez para poder vender as peças.

Sério mesmo. Ela assiste televisão demais.

Quase rio do absurdo daquilo. Como se esse carro valesse o trabalho. O máximo que eu conseguiria seria uns vinte dólares pela lataria e um olhar desconfiado do cara do ferro-velho quando eu dissesse que qualquer parte daquilo era valiosa.

Sem nem me dar o trabalho de olhar para ela, pergunto:

— Por acaso seu carro solta um barulho raspado bem alto quando você vira uma esquina? Talvez um clique ou uma vibração estranha?

A garota fica quieta, e sei a resposta antes de ela admitir. Permito que Brinley processe a porcaria que deve estar passando por sua cabeça e sigo com o que estou fazendo sem pressioná-la a dizer qualquer coisa.

Só leva uns três minutos para ela responder:

— Talvez.

A peça está quebrada, então eu a tiro, graxa pinga das minhas mãos por causa do esforço.

— As juntas homocinéticas do seu carro estão ruins. Estou substituindo.

Ela fica quieta de novo e a voz fica baixa quando pergunta:

— Era perigoso?

— Era. Se tivesse se desgastado completamente, dirigir seu carro teria sido impossível, e se isso acontecesse enquanto estivesse dirigindo, você poderia ter sofrido um acidente. — Olho para ela. — Algum outro barulho ou vibrações de que deseja falar?

Lá está o olhar de novo, e o meu pau acorda só de vê-lo. Essa garota é perigosa do jeito dela, então viro para o carro porque é muito mais seguro do que encará-la.

Como ela consegue essa proeza é algo que ainda não consegui descobrir. Talvez seja por ela não segurar a língua, o que vai contra tudo o que já admirei em uma mulher.

Geralmente, essa merda me deixa louco da vida, mas embora eu quisesse que boa parte das mulheres do meu passado calassem a porra da boca, meu pau fica duro a cada vez que a Pequena Miss Nerd ali cospe alguma farpa, insulto ou outra merda dessas para mim.

— Pensei que fosse coisa normal de carro — ela admite por fim.

Minha cabeça cai e tento acreditar que ela pode ser ignorante a esse ponto.

Viro-me para encará-la, capturo seu olhar e ignoro a fagulha que salta entre nós.

— Qual é o seu QI?

A pergunta a faz se remexer no assento e exibir uma cara de indignada.

— O que te faz pensar que eu sei o meu QI?

— O fato de você ser uma nerd que gosta muito da faculdade e essas merdas intelectuais.

Ela joga o cabelo para trás e sorri.

— E qual é o problema? Você teve dificuldade para passar de ano na escola e precisou pagar os outros para fazer as suas provas?

Meus lábios se repuxam em um sorriso.

— Eu me formei em Direito em Yale. E foi sem ajuda nenhuma.

A surpresa substitui a indignação. Como se tivesse sido flagrada fazendo merda, ela olha para qualquer lugar, menos para mim.

— Meu QI é cerca de 155.

— Foi o que pensei.

Dou alguns passos na direção dela, meu movimento a faz esticar o pescoço para se em focar mim, aqueles olhos azuis me observam com atenção, como uma cobra esperando para dar o bote.

— Você é inteligente o bastante para saber que tem muitas coisas erradas com o seu carro. E devido ao tanto que você é paranoica, estou surpreso por não ter levado essa coisa a uma oficina todo fim de semana só para fazer inspeções de segurança.

A expressão dela despenca, e um instante de pesar atravessa seus olhos.

— Eu sabia que havia algo errado com ele. Só não tinha dinheiro para consertar, e não queria pedir mais para o meu pai. Ele não pode arcar. Não depois...

Ela se detém e afasta o olhar.

Ah, puta merda.

Talvez Tanner estivesse certo sobre seu método de trabalho.

Um pretenso favor que estou fazendo para ela, e gotinhas de informação vazam.

Deixo o assunto para lá e tento outro, com medo demais de pressionar para saber do pai dela, temendo que ela vá calar a boca e parar de falar.

— E por que você é tão paranoica?

Aquilo chama sua atenção. Os olhos disparam de volta para mim, a irritação substitui o pesar.

— Eu não sou paranoica.

— Que mentira — provoco. — Continue assim, e acho que vai acabar no mesmo nível que a Ivy e o Gabe.

As sobrancelhas dela se erguem de curiosidade, e continuo falando dela enquanto ignoro o tópico sobre os meus amigos.

— Você se esconde, Brinley. Nas roupas que sempre veste. Atrás dos livros. Enfiada na biblioteca de faculdade. Caramba, até mesmo na Myth, suponho. O que faz ser estranho você sequer ir lá. Parece um pouco público demais para uma garota igual a você.

Ela me olha feio de novo. Não consigo prender o sorriso.

— O que você acha que sabe sobre mim? Você e seus amigos bizarros andaram me vigiando por bastante tempo ou algo assim?

Ela me encara por um bom tempo antes de parte da verdade que ela pensa que sabe flutuar pelos seus pensamentos.

— Na verdade, acho que sim. Pelo menos de acordo com o que o governador Callahan me falou. Aposto que você pretendia esbarrar em mim na festa dele. É tudo parte de algum plano bizarro.

Eu deveria contar a verdade agora ou só permitir que ela acredite que teria nos levado esse tempo todo para encontrá-la, já que a gente se importava com ela na época?

Não estou surpreso pelo governador a ter precavido quanto a nós. Está óbvio que há algo que ele está tentando esconder ou proteger.

Mas essa conversa não tem nada a ver com a tarefa que Tanner me passou, a informação sobre o pai dela ou o que o governador disse.

A conversa tem a ver com ela.

Com o que eu tinha notado.

E o que não entendo.

Danem-se os outros envolvidos.

Estou fazendo essas perguntas porque quero respostas.

E não sei como me sinto, ou o que penso, quanto ao assunto.

capítulo dezenove

Brinley

Não importa o que ele diz, o que pergunta ou o que faz. Ele não vai conseguir me influenciar.

Foi exatamente contra isto que meu pai sempre me precaveu: os monstros que espreitam nos cantos, as pessoas neste mundo que fingem estar ajudando quando só estão tentando te usar para alguma coisa.

O que eu faço e como levo a vida não tem nada a ver a com a razão que ele tem para tudo o que fez comigo. E se esse cara pensa que consertar o meu carro vai me fazer gostar mais dele, tem muito a aprender.

Não tenho medo de encarar esse otário e dizer exatamente o que penso dele. Não importa a punição idiota que ele possa inventar nem o tempo que pretende me manter refém.

— Pode parar de pensar que sabe alguma coisa sobre mim. Tenho certeza de que você ou os seus amigos vasculharam a minha vida. Caramba, tenho certeza de que você pode me dizer quanto tem na minha conta bancária até o último tostão, minha média na escola, os nomes de cada animal de estimação que já tive e onde eles estão enterrados e que tipo de calcinha eu mais gosto de usar.

Suas sobrancelhas se erguem ao ouvir isso, mas ele não responde.

— Mas porra nenhuma importa. O que você não sabe e o que não pode achar na internet, nem me seguindo por aí ou vasculhando meu quarto é o que penso e o que sinto. E se acha que bagunçar com a minha cabeça é tão fácil quanto me acusar de alguma merda qualquer, pode enfiar a sua opinião no cu e sair quicando. Não estou nem aí.

As sobrancelhas dele se erguem mais ainda, os cantos dos seus lábios tremulam com o que penso ser uma tentativa porca de disfarçar o sorriso.

Eu rio, um sonzinho de nada enquanto cruzo os braços.

— O que eu gostaria de saber é por que você fez tudo isso comigo para início de conversa.

Um pensamento cruza minha cabeça na mesma hora. Outra preocupação que tem apunhalado meu coração e minha mente desde o momento que ele me trancou naquele quarto na casa do amigo dele.

— E eu também gostaria de saber o que aconteceu com Ames. Vocês deram um tiro na cabeça dela e a enterraram em uma cova rasa? Ou talvez a tenham espancado até a morte e aí fizeram aquele acidente de carro parecer pior do que realmente era. Como é que conseguiram achar a gente? Qual de vocês estava nos seguindo?

Shane finalmente perde a briga com aquele sorriso idiota. A boca se estende de ambos os lábios e uma covinha aparece em apenas uma bochecha.

Balançando a cabeça, ele vai até um dos carrinhos de metal espalhados pela loja, larga as ferramentas lá com um barulho alto que ecoa pelo espaço massivo.

Ele está de costas para mim quando enfim responde:

— Para começar, não sei que tipo de calcinha você prefere.

É claro que essa seria a primeira coisa que ele responderia.

— Mas se quiser me mostrar, vou ficar muito feliz de dar uma olhada.

Meu queixo cai, cada nervo fica à flor da pele com o desejo de apanhar uma das muitas ferramentas por ali e tacar na cabeça dele.

— Isso — digo, enfatizando a palavra — nunca vai acontecer. Você não passa de um jato de merda insuportável e jamais vai chegar nem perto da minha calcinha.

Quando se vira para olhar para mim, ele está rindo tanto que envolve os braços na cintura.

Praticamente curvado, ele se recompõe, mais uma vez controlado, então se endireita em toda a sua altura, lágrimas de riso brilham naquele mar tempestuoso que são os olhos dele.

— Desculpa, mas de que você me chamou?

Atirando para ele um olhar que cortaria vidro, repito:

— Jato de merda insuportável.

Ele está rindo de novo, e enxuga os olhos quando as lágrimas escorrem.

— E o que isso quer dizer?

— Quer dizer que você não é bom o bastante para ser um bosta. A bosta é bem-formada e sólida. Um sinal de saúde, o que você não é. Então você é um jato de merda. Diarreia. Do tipo que faz a pessoa suar frio quando se senta no vaso, com o intestino doendo, o banheiro girando em torno dela. Você é o tipo de merda pela qual as pessoas rezam para qualquer divindade em que acreditam simplesmente para livrarem o corpo delas de você. É isso o que eu quis dizer.

Ah, ele está descontrolado agora.

Praticamente uivando.

Só o deixa mais atraente, de alguma forma. Há pura alegria no que talvez seja seu sorriso verdadeiro, seu corpo se sacode quando ri. Os olhos cintilam por debaixo das luzes resplandecentes dali.

Imagino que seja assim que Shane ficaria se amasse de verdade o lugar em que está e o que faz, se ainda havia um grama de pureza a encontrar dentro dele depois que a perdeu.

Por um momento, ele parece livre, e odeio ter visto o cara assim.

Faz dele mais humano.

Mais real.

E mais parecido com alguém que talvez eu fosse querer conhecer se as circunstâncias fossem diferentes.

Leva quase um minuto inteiro para ele recuperar o controle, seus olhos ainda brilham por causa do riso quando ele se vira para remexer as ferramentas e responder mais das minhas perguntas.

— Segundo, sua amiga está bem. Nós a soltamos, já que não era ela quem queríamos.

Meus músculos relaxam um pouco ao descobrir que ela não está morta em algum lugar, que sua vida não tinha sido tomada antes de ela ter a chance de viver.

— Terceiro — diz ele, e seus olhos encontram os meus quando termina de fazer o que quer que seja com as ferramentas e se vira de novo na minha direção —, como a gente te encontrou não tem importância nenhuma.

— Não consigo ver por quê, mas dane-se.

Com uma passada larga e quase arrogante, Shane atravessa o lugar e para diante de mim. Ele está tão perto que tenho que curvar o pescoço para olhar para ele.

— E quarto, você precisa parar de assistir a tanto seriado de crime. Sua imaginação está quilômetros a frente de você nessa situação toda.

Seguro o impulso de bater o pé feito uma criança pirracenta e mantenho o olhar fixo no dele.

— Eu leio livros. Não suporto televisão.

Como se isso importasse.

— Então pare de ler tanto — ele se corrige.

Vários segundos se passam, o peso da presença dele me esmaga. Não faz sentindo alguém tão atraente quanto Shane ser tão feio por dentro.

Ou talvez faça.

Eu me lembro de falarem de o diabo ser a mais bela das criações de Deus, e olha só o que foi dele.

Shane estende a mão para mim, e me encolho. Ele faz muito bom uso da paciência, não avança para me pegar nem grita que não estou obedecendo. Ele só deixa a mão parada entre nós, e fica evidente que está achando graça.

— Não vou morder.

Examino sua mão, e me vejo seguindo as linhas de sujeira e graxa de novo, observando com atenção para ver os calos que ele ganhou por ser mecânico, o uso constante das ferramentas o marcaram por causa daquilo que ele ama.

Incapaz de suportar o fascínio que sinto por ele, desvio o olhar.

— Não vou pegar a sua mão.

— Isso pode ser bom. Ela pode não morder, mas dá uns tapinhas.

Filho da puta. Recuso-me a dar uma resposta para aquilo.

— Tudo bem — diz ele, ao recolher a mão e dar um passo para trás. — Então se levante sozinha sem a minha ajuda. Mas vai se levantar mesmo assim.

Talvez Shane esteja certo sobre uma coisa: eu me escondo mesmo. E com certeza estou fazendo isso agora ao cobrir o meu rosto com o cabelo.

— Aonde a gente vai?

Ele solta um suspiro frustrado.

— Se você se recusa a me deixar te influenciar, então vou te mostrar o que sei do assunto.

Balanço a cabeça em recusa.

— Não vou a lugar nenhum com você.

Alguns segundos desconfortáveis se passam e então:

— Posso te jogar sobre o meu ombro de novo, se preferir. Talvez você tenha gostado muito da primeira vez, e é por isso que está sendo teimosa feito uma mula agora.

Fico em pé na mesma hora, por dentro brigo comigo mesma por ser tão obediente. Mas o último lugar em que quero estar é sobre o ombro dele. Sua mão ficou um pouco confortável demais na parte de trás das minhas coxas da primeira vez, e não vou deixar que me toque de novo daquele jeito.

Felizmente, ele não me provoca nem joga piadinha por causa da minha súbita disposição de segui-lo.

Em vez disso, Shane mantém aquela boca grande dele fechada enquanto sai da oficina e vira em um depósito nos fundos que é fechado por um alambrado alto.

Ele pega um molho de chaves no bolso, destranca o portão, abre-o de par em par, em seguida dá um passo ao lado para que eu vá na frente.

Depois de arriscar uma olhada para o cara, esquadrinho a área cercada. Parece um galpão para os carros em que estão trabalhando, todos perfeitamente estacionados em várias fileiras, como em qualquer outro lugar.

Duvidando muito de que algo vá saltar na minha direção, vou adiante e me viro de novo quando ouço rodas girando sobre o concreto.

Shane havia trancado o portão menor e agora está indo em direção à porta maior que ficava mais para o lado. Meio parecida com um portão, as rodinhas na base fazem ser mais fácil empurrá-la.

Ele inclina a cabeça para a esquerda, indicando que eu deveria segui-lo.

Sem muita escolha, eu o deixo me levar até um reluzente carro preto com uma faixa branca o atravessando desde o topo do porta-malas até o capô.

É um carro lindo. Não posso negar. Antigo, também, mas não faço ideia de que ano seja. É um beberrão, sem dúvida nenhuma. Isso eu sei dizer.

— Você sabe o que é isso?

Dou a resposta óbvia.

— Um carro.

— Sim — disse ele, com cuidado, e um quê de irritação na voz —, é um carro. Mas não é um carro qualquer.

Nada impressionada com o veículo, eu o encaro sem dizer nada.

O que me impressiona é o olhar do cara enquanto ele percorre as linhas da coisa, a forma como os dedos afagam as curvas da carroceria como se fosse o toque de um amante. E preciso parar de pensar nisso agora mesmo. A última coisa que quero é imaginar qual seria a sensação desse toque.

— É um Chevy Chevelle 1970. Ou o meu Belezinha, como o chamo. Eu o encontrei bem ruim há pouco mais de um ano e passei meses restaurando-o até ficar bem parecido com o original, exceto pelas poucas modificações que fiz no interior.

É interessante como até mesmo a voz dele se suaviza ao falar de nada mais que um carro. Seria de se pensar que ele tem uma relação íntima com a coisa, uma em que sussurros suaves só deveriam ser trocados sobre um travesseiro dividido em um quarto escuro.

E lá vai a minha mente de novo.

Talvez ele esteja certo sobre parar com a leitura.

Principalmente a de livros safados.

Volto a mim.

— E aonde você quer chegar?

Como se tivesse se libertado da linha de raciocínio em que estava preso, ele olha para mim por cima do capô, e sua voz volta ao normal.

— Ao fato de que vamos dar uma volta neste carro.

— Por quê?

O canto de sua boca se retorce.

— Porque sim.

Ele contorna a frente do veículo, passa por mim para ir até o lado do passageiro e abre a porta.

— Entra.

Sei que é melhor não discutir, então reviro os olhos em vez disso e faço o que foi pedido.

Afundo-me em um assento de couro, e estremeço quando ele estende a mão, com a boca um pouco mais curvada em um sorriso enquanto me prende com um cinto que mais parece um arnês. Não tenho tempo de perguntar do que aquilo se trata, pois ele logo fecha a porta e corre ao redor do carro para entrar no lado do motorista.

Ele encaixa a chave na ignição e dá a partida. É um rugido, bem mais alto que o meu, o ronco do motor treme através do meu assento.

Shane precisa erguer a voz para ser ouvido por cima do som.

— Com que frequência você tem ataques de pânico como os que teve hoje?

Preciso erguer a voz também.

— Por que você quer saber?

— Só responde.

Não é uma resposta que eu quero dar. Meus ataques de pânico sempre foram motivo de vergonha para mim, mas estou curiosa para ver onde ele quer chegar.

— Não são frequentes — confesso. — Só quando sinto que a vida parece estar fora de controle. Como se uma parede estivesse se fechando ao meu redor, e tenho medo de ser esmagada.

184 **LILY WHITE**

Ele assente, pisa no acelerador só o suficiente para dar ré. Meu coração bate mais alto só de ouvir. O carro é potente. Até demais.

— Sabe que a causa do ataque de pânico é porque adrenalina está sendo bombeada no seu organismo? É por isso que você fica ofegante e o coração acelera.

Olho para ele.

— Sim. Já li sobre o assunto. Até fui a médicos, mas não quero tomar os remédios que eles prescreveram.

Outro aceno de cabeça.

— É psicológico, Brinley. Porque uma descarga de adrenalina também pode ser boa. Quase como uma droga pela qual as pessoas estão fissuradas. Tudo se resume à forma como você olha para algo e a como reage.

Ele não está lá muito errado. E, é claro, é tudo coisa da cabeça. Mas o pânico geralmente nasce do medo, enquanto a descarga de adrenalina vem da animação.

— Por que a gente está falando disso? — pergunto, confusa com o que ele tenta provar.

Recostado no assento com uma das mãos pegando de qualquer jeito o volante, ele gira a cabeça para olhar para mim.

— Por causa do que eu te disse na oficina. Você se esconde. Em tudo o que faz. Na forma como se veste, ao sempre estar na sua bolha de segurança. Você tem medo. E precisa parar de esquentar tanto.

Ele não está errado, e odeio que enxergue isso em mim. Mas, independente de o cara saber ou não, ainda me recuso a admitir.

— Me deixa te perguntar uma coisa... Por que você dirige o seu carro? O que te fez comprar aquele modelo?

E que merda isso tem a ver com qualquer coisa? Shane é confuso pra cacete.

— Porque o consumo dele é eficiente.

Ele bufa e depois resmunga:

— Eu sabia.

— E porque as classificações de segurança são excelentes.

Ele aponta para mim ao responder:

— E aí está. Bem aí. Sua preocupação com a segurança está em tudo o que você faz. Não tenho que pesquisar nada sobre você para saber disso. E já passou da hora de você parar de fugir da própria sombra e começar a viver um pouquinho.

Ah, puta que pariu. Agora ele está agindo feito um guru ou um coach que vai resolver todos os meus problemas com alguma lição secreta e antiga.

— Tá. Que tal você me soltar, e aí eu vou poder ser um pouco menos medrosa? A gente pode começar por aí.

Ele ri, volta a olhar para a frente e troca a marcha.

— Que tal eu te mostrar?

— E que merda isso quer dizer?

O carro dá um tranco, e o avanço fica mais suave quando ele sai do estacionamento e entra no trânsito.

Ele não responde à minha pergunta enquanto percorremos a cidade, a luz dos postes se movendo por nossa pele conforme passamos. Depois de atravessarmos algumas pontes e fazer conversões aleatórias ali e acolá, ainda não faço ideia de onde estamos, e é quando perco a paciência.

— O que exatamente você está me mostrando?

Assim que faço a pergunta, Shane faz uma curva fechada e pega uma reta que parece ter quilômetros de extensão. Há menos postes iluminando o caminho do que havia na cidade, e só duas faixas em ambas as mãos.

O motor ronca quando ele desacelera, só o bastante para olhar para mim e dar o seu aviso:

— É melhor se segurar firme, Brinley. Você está prestes a dar um belo de um passeio.

Sem mais, ele pisa no acelerador, o carro ruge e um grito rasga a minha garganta quando disparamos noite afora.

capítulo vinte

Shane

Sabe o significado de ser livre?

Não estou falando da habilidade de simplesmente fazer as próprias escolhas quanto às coisas simples da vida. Sua escolha quanto a com quem sai ou deixa de sair, se vai fazer bacharelado, tecnólogo ou nada disso, onde vai trabalhar ou onde vai morar.

Isso está batido. É corriqueiro. Chato.

Uma imitação barata de liberdade que nos é concedida como seres humanos nesse mundo de cão. E nem todo mundo, nem mesmo quanto a isso, tem as mesmas escolhas.

Sério, os limites da liberdade neste planeta são numerosos e diferentes demais para discutir, então vamos usar o local em que moro como exemplo.

No geral, as pessoas acreditam que têm a liberdade de ir e vir e de fazer as próprias escolhas. Até mesmo isso é discutível dado fatores diferentes que envolvem quem elas são, mas, bem, não é disso que estou falando.

O fato é que nunca somos verdadeiramente livres. Nem sempre.

Ainda temos responsabilidades. Contas para pagar, casas para limpar, filhos para criar, problemas para resolver independente da vida que se leva, problemas de saúde que nos fazem sentir dor. Todo santo dia.

Sempre tem alguma coisa.

E depois de alguns anos dessa rotina, acabamos criando hábitos, nossa energia é drenada até chegarmos ao nosso leito de morte nos perguntando por que desperdiçamos a vida e nos recusamos a enxergar que éramos prisioneiros dela.

Isso não é liberdade, e também não estou falando sob o ponto de vista político. Pode relaxar aí. Não quero nem ouvir.

O significado que dou à liberdade é a habilidade de viver em um momento em que não há dor, não há preocupações nem responsabilidades, nem negatividade, nem contensão. É só você e o vento, ou a chuva em uma tempestade violenta ou voando pelo ar. O que quer que te deixe chapado ou excitado, é dessa liberdade que estou falando.

É um momento em que mesmo a vida e a morte não são uma preocupação porque a própria vida não pode te conter.

Ela simplesmente não importa.

Só a sensação que você está perseguindo.

Momentos como o que eu estou vivendo agora. Atrás do volante do carro que eu amo. Com o pé afundado no acelerador até quase tocar o assoalho. O ronco de um motor tão alto que mal consigo ouvir Brinley gritar.

Este momento.

Esta libertação

Esta sensação de sair da minha pele e me tornar parte do que me rodeia.

Um monte de gente quer declarar que experimentou algo assim, que se libertou, mas a triste verdade é que não é o caso. Sempre há certa preocupação, um pouco de cautela. Uma dose de medo de que a mínima perda de controle lhe cobre um preço que não está disposto a pagar.

Assim, seja sincero consigo mesmo.

Já houve algum momento em que um pouco de preocupação quanto a uma coisinha ou outra não ficou martelando aí nessa sua cachola?

Não houve.

Não assim.

Não em uma estrada que se estende feito uma serpente preguiçosa em sua extensão, o asfalto é um zumbido baixo sob seus pneus e um sorriso de orelha em orelha fixado em seu rosto porque a sensação é quase dolorosa demais de tão resplandecente.

Você não conhece a liberdade até estar mais apaixonado por um momento e por um sentimento do que por tudo que veio antes, e o que vier depois, não tem significado.

Essa é a droga que escolhi.

É melhor que álcool.

Melhor que brigar.

Cacete, melhor que sexo.

É isso, só isso.

E é uma pena que é exatamente o que aterroriza e imobiliza de medo pessoas que vivem igual a Brinley.

É o que quero mostrar a ela. Que quero que ela experimente. Quero dar a ela como se fosse um presente embalando com um imenso laço vermelho em cima se ela somente parasse de gritar por tempo suficiente para desfrutar a experiência.

Sem tirar os olhos da estrada, ergo a voz o bastante para ser ouvido por cima do motor.

— Já está se divertindo?

— Nãããããããão! — grita ela.

O som daquele simples "não" é carregado pelo que parece uma eternidade, os "ãs" são deixados em algum lugar do caminho.

Quando ela enfim consegue colocar aquela simples resposta para fora, estou sorrindo feito um lunático, a risada esmurra minhas costelas e balanço a cabeça em descrença.

Ela faz várias tentativas para recuperar o controle de si mesma, quase todas em vão, e há uma pergunta na ponta da sua língua que ela não parece ser capaz de pôr para fora.

Com uma das mãos agarrando a alça de segurança e a outra o arnês do cinto de segurança, ela fecha os olhos com força e abre e fecha a boca algumas vezes até conseguir encontrar a própria voz.

— A que velocidade estamos indo?

Ela grita um pouco mais alto que o necessário, mas deixo para lá.

— Hum. — Olho para o velocímetro. Ele só vai até cento e noventa, mas sei que o meu Belezinha vai a pelo menos mais cento e dez.

— Perto de trezentos — respondo a ela, o grito que rasga seus pulmões me faz desejar poder afundar o pé. Mas não vou fazer isso com ela. A garota mal está mantendo a sanidade agora.

— Sh-Shane, p-por f-favor v-vá m-mais de-devagar. A-a gente v-vai m-morrer.

Olho para ela dessa vez, só porque não acho que ela perceba quanto tempo levou para ela fazer essa declaração. É um monte de palavra cuspida e interrompida pelas golfadas de ar que ela lutava para pôr para dentro.

— Nada. Isso não é nada, Brin. Já ouviu falar da velocidade que os foguetes alcançam para ir ao espaço? Eles precisam treinar por meses só para aguentar a força dela, e sobrevivem.

— Não somos astronautas, seu imbecil! Diminua a velocidade da porra do carro!

— Só depois que você estiver se divertindo — grito de volta.

Gostaria de garantir a você que tenho pleno controle do carro. Eu não colocaria Brinley em perigo, e com certeza não andaria com ela a essa velocidade se já não tivesse feito isso um milhão de vezes. Conheço essa estrada como à palma da minha mão.

Ela é popular para corridas por causa da reta. As curvas são abertas e não muito perigosas.

Somos só nós e quilômetros desertos que se estendem infinitamente à frente sem uma porrada de buracos ou outros percalços que causariam problemas a essa velocidade.

— Eu estou me divertindo — mente, mas o som da sua voz é patético.

— Não acredito em você, Brin. Não ouvi um uhuuul.

Ela faz careta quando abre os olhos por um milésimo de segundo para ver a paisagem passar voando, engole em seco falando um "uhuul" mais patético ainda.

Pelo menos ela tentou me enganar, mas a cor está sendo drenada de seu rosto, entregando o que ela sente de verdade.

Solto o acelerador, mas não piso no freio. O motor do Belezinha se acalma ao chegar a uma velocidade mais aceitável.

Um pouquinho de tempo passa até Brinley sentir coragem o suficiente para voltar a abrir os olhos, suas juntas estão brancas por terem apertado as mãos com muita força. Ela reúne coragem para olhar o painel, e os olhos se arregalam ao ver que só baixamos uns cento e vinte quilômetros por hora.

— Qual é o limite de velocidade aqui?

Cogito dizer a verdade, mas é melhor não.

— Quem se importa?

— Eu! Eu me importo!

— Por quê?

— Porque eu quero viver.

Vê? É aí que ela se engana.

— Você está viva. Bem aí. Nesse exato momento. Pare de se preocupar com o que pode acontecer, só aproveite o passeio.

A essa velocidade, mal estou forçando o meu Belezinha. O carro está quase tão entediado quanto eu, o motor quer se abrir de novo para podermos voar.

Brinley não vê dessa forma.

— Como é que isso é viver?

Sorrio, porque sei de algo que ela não sabe. Ou pelo menos vi algo que ela ainda não percebeu.

— Você está em pânico agora? Consegue pensar direito e se comunicar? As paredes estão se fechando?

Ela congela no assento, o sangue volta para as juntas conforme abre os dedos. Não se engane, ela ainda está esperando pelo pior, mas uma semente foi plantada em seus pensamentos, só um gostinho da liberdade que tenho perseguido desde que consigo me lembrar.

— Não — responde, por fim —, mas este carro pode bater se não formos mais devagar.

Rio disso, já que estava planejando desacelerar de qualquer forma.

Estamos nos aproximando de um parque que os gêmeos e eu encontramos anos atrás, enquanto corríamos por esta estrada. Um pouco mais de uma hora da cidade, mas à velocidade que fomos, fizemos o percurso em metade do tempo.

Ao me aproximar da entrada, piso no freio para ir mais devagar, arrisco olhares discretos para Brinley e noto que seu corpo relaxou e que suas mãos não agarram mais a alça de segurança e o cinto com tanta força.

— Obrigada — diz, com o que parece entusiasmo.

Percorremos devagar uma estrada estreita que por fim se abre em um pequeno estacionamento.

Além, há um lago imenso e uma margem arenosa com pouca iluminação além da lua e das estrelas.

Quando Brinley nota a paisagem pela primeira vez, seus olhos azuis se arregalam de surpresa e satisfação.

Ela se vira para mim, o medo do percurso e o ódio por mim momentaneamente esquecidos.

— Onde estamos?

Abro meu cinto, em seguida me inclino sobre o console central para ajudá-la com o dela. A garota se crispa de início, mas logo relaxa de novo ao notar o que estou fazendo.

Com ela, estou começando a aprender que é preciso ir um pouco mais devagar para que sua mente entenda o que está acontecendo, a preocupação instantânea que sempre sente se dissolve assim que entende.

— Tenho a sensação de que você não vai ficar feliz a menos que saiba tudo.

Os olhos dela se estreitam em mim, mas eu não disse aquilo como insulto.

Apoio o ombro no encosto do assento e fico virado na direção dela.

— Quis dizer que você não é do tipo que gosta de surpresas.

Sem pensar, ela sorri. É o primeiro sorriso verdadeiro que já vi nela, bem, no tempo que a conheço.

Ela balança a cabeça e cora.

— É tão fácil assim de notar?

Assinto em resposta.

— Não estou dizendo que é ruim. Acho que um monte de gente gosta de saber o que esperar. Podem se preparar melhor para o que está por vir. De certa forma, faz de você uma estrategista. Uma pessoa que, se tiver acesso aos fatos antecipadamente, será uma oponente e tanto.

Ela me olha estranho, e esconde aqueles globos azuis de mim de novo ao desviá-los para o lago.

— Estamos em um parque.

Assim, é. Acho que está óbvio, mas não vou provocá-la por causa disso enquanto ela ainda não se lembra de que não me suporta.

Ajeito-me no banco e encaro o para-brisa.

— É. Os gêmeos e eu costumamos vir muito aqui. Claro, para apostar corrida um com o outro por aquela longa estrada, mas também para escapar da cidade. Eles são bem parecidos comigo.

— Parecidos como? — ela pergunta, a voz suave e o foco ainda fixo no lago.

Dou de ombros.

— A gente não gosta da cidade. Assim, crescemos lá, mas é barulhenta demais. Nenhum de nós suporta ser advogado, cada vez que vestimos um terno é como se estivéssemos nos enfiando em uma camisa de força. Eles gostam de moto tanto quanto eu amo carros. E bem...

Rio, porque sei que admitir isso vai avivar memórias, e adiciono:

— E eles gostam de brigar tanto quanto eu.

Seus olhos viram para os meus, a boca se abre só um pouquinho para ela puxar o fôlego.

As fagulhas estão lá de novo.

Eu as sinto também.

E há tantas que é errado de minha parte sentir qualquer coisa.

— Tipo brigar na Myth?

Relutante, assinto de novo.

— É. Aquela dificilmente foi a nossa primeira briga e provavelmente não será a última.

Espero que ela tente arrancar mais informações de mim, mas, em vez disso, volta a atenção para o lago.

— Só vamos ficar sentados aqui ou a gente pode sair e olhar o parque?

Abro a minha porta e ponho um pé para fora antes de olhar para ela.

— Promete não sair correndo nem fazer nenhuma gracinha? Não estou a fim de ir atrás de você.

Ela sorri de novo, e que porra é essa? Eu estava esperando uma daquelas olhadas fofas. Parece que vou ter que me esforçar mais para consegui-las agora.

— Mesmo se eu correr, não tenho ideia de para onde ir. Não é como se estivéssemos perto de pessoas que pudessem me ajudar.

Ela não está errada. Satisfeito com a resposta, termino de sair do carro, dou a volta pela frente para abrir sua porta. Estendo a mão, mas Brinley a encara sem aceitá-la.

— Ainda não chegamos lá, né?

Ela balança a cabeça.

— Nem perto.

— Bem, pelo menos você não me bateu dessa vez. Vou encarar como progresso.

Ela ri.

— Se você diz. Ainda vou discordar, mas se isso te faz se sentir melhor...

Senso de humor.

Essa é nova.

Não me leve a mal. Brinley tem respostas e insultos para dar e vender. Mas este lado dela, pelo menos para mim, é novo.

Permito que ela vá na frente e a sigo a passo de tartaruga para que não se sinta ameaçada. E mais, de onde estou, consigo observá-la com mais atenção, avaliá-la em um habitat em que ela parece se sentir à vontade.

A rigidez constante de seus músculos se foi. Consigo ver mesmo por debaixo das roupas largas que está usando.

A garota pisa com cuidado na areia conforme nos aproximamos do lago, só parando bem na borda onde a água bate de levinho na margem.

Parece gelo preto lá de tão parada, o luar refletido de uma forma que parece um mundo diferente. Um espelho perfeito, sério, e mesmo eu sou tomado pela beleza da cena.

— Gostei desse lugar — murmura Brinley.

Ah, cacete. Não consigo me controlar.

— E agora gosta de mim também?

— Não — responde, no mesmo instante.

— Caramba. Valeu a tentativa.

Outra gargalhada baixinha escapa. Sorrio ao ouvir. Ela pode não admitir que gosta de mim, mas acho que está começando a simpatizar.

Depois de encarar o lago por alguns minutos, vira-se para me olhar.

— Por que você me trouxe nessa corrida? Foi para me assustar? Acha engraçado?

Chuto o chão com a ponta da bota, minhas mãos enfiadas nos bolsos.

— Sim e não.

Brinley inclina a cabeça, questionando.

— Sim, foi para te assustar, mas não acho engraçado. — Pauso, reunindo meus pensamentos. Explicar a minha lógica pode ser difícil. — Eu estava mostrando a você que coisas ruins nem sempre acontecem. Está tudo bem correr riscos. É como eu disse na oficina: você se esconde e fica na sua bolhazinha de segurança. Acho que essa bolha precisa ser estourada. Porque as coisas não tem que ser assustadoras o tempo todo.

Ela pisca, depois disso ergue as sobrancelhas, como se o que eu disse fosse absurdo.

— Me tiraram da estrada hoje e fui sequestrada. Acho que é algo digno de se ter medo.

— Não se você soubesse a razão.

— Não estou te entendendo, Shane. Até onde sei, você é um desconhecido imprevisível que está me perseguindo e que finalmente decidiu me pegar e me levar sem nem cogitar o que eu acho disso.

Certo, quando ela diz assim, vejo que é uma merda de situação.

— Não sou o vilão. Sei que o pai da Ivy enfiou um monte de informação na sua cabeça para te fazer acreditar que é o caso, ou que os meus amigos são, mas ele mentiu.

— E como vou saber que você não está mentindo?

Ela joga os braços para cima, frustrada, e se vira de novo para o lago.

— Mas que inferno, como é que acabei envolvida nisso? Não sei nada dos negócios do meu pai. — Brinley se vira para mim. — É por isso, não é? Tem algo a ver com o negócio dele e do John? Por que não perguntar para a Luca? Ela é filha do John.

Solto um longo suspiro e explico:

— Não é assim tão simples.

Fico surpreso quando Brinley avança e para bem diante de mim, o medo com que ela geralmente se cerca se foi.

Sei que em algum lugar dentro dela há uma guerreira à espreita. Mas algo na vida dessa garota a sufocou. Quero ver seu lado guerreiro, e não faço a mínima ideia da razão.

— Se você diz que estou errada quanto a tudo isso, e que o governador mentiu, então precisa me convencer do contrário agora. Neste segundo. Porque estou cansada de toda essa confusão.

Seria fácil cuspir tudo e esperar convencê-la a cooperar, mas, porra, eu sou um megaoportunista.

— Que tal uma troca de informações?

O que estou fazendo?

A boca dela forma uma linha fina, aquele olhar que eu amo aparece um pouquinho.

— Que tipo de informação?

Eu não deveria fazer isso.

Prendo o seu olhar, desafiando-a.

— Quero saber por que você tem medo da própria sombra. E você quer saber o que está se passando entre a família de cada um de nós, seu pai e o governador. Vou trocar com você um detalhe por outro.

Isso está muito longe da tarefa que me foi dada, mas não estou nem aí. Algo nela me deixa genuinamente curioso.

Que se foda o favor como moeda de troca.

Quero mais que isso. Mesmo que não deva.

Só estou de babá dessa garota.

Só preciso descobrir o paradeiro do pai dela.

E também preciso abrandar o que fiz mais cedo para que ela não vá correndo para a polícia.

Mas descobrir mais sobre ela? Descobrir o que a faz ser assim? Isso vai além dos problemas com que devo lidar.

A questão é que não consigo me segurar. Não com ela. Não agora. Eu quero saber. A merda é que quero tanto saber que estou com medo pela primeira vez na vida.

Com medo de estar cometendo um erro.

Com medo de que vou acabar machucando a garota.

E com medo de estar dando a porra de um passo para algo que jurei deixar para trás desde que me lembro.

capítulo vinte e um

Brinley

Ele está tramando alguma coisa. E tudo isso aqui é só uma forma de baixar a minha guarda. Não faz sentido o Otário se importar com os meus problemas ou com quem eu sou.

Eles querem alguma coisa.

Simples assim.

Mas jogo é jogo, e vou entrar nele por ora.

No fim, talvez eu consiga reunir mais informações sobre eles do que Shane conseguirá arrancar de mim.

— Tudo bem — concordo, torcendo para que o tremor que ainda perdura na minha voz por causa do que aconteceu hoje não seja ouvido facilmente. — Um detalhe por outro. Você começa.

Shane assente e morde o lábio inferior. Ele está pensando demais, e me viro de novo para o lago, recusando-me a assistir ao seu teatrinho.

— Estamos procurando o seu pai. — Ele faz uma pausa, espera uma resposta. Quando não dou nenhuma, ele continua: — E esperávamos que você nos dissesse onde encontrá-lo.

Uma risada baixa faz meus ombros se sacudirem.

— Mesmo se eu tivesse essa informação, não daria a vocês. Sei o que o pai de cada um de vocês fez com o de Luca. — Quando Shane fica calado demais, olho por cima do ombro. Lanço para ele um sorriso debochado e pergunto: — O que foi? Era algo que você esperava que eu não soubesse?

Culpa cintila na sua expressão, aparece e some na mesma velocidade. É tão rápido que fico impressionada com a habilidade dele de fazer aquilo.

Meus olhos voltam para o lago.

Nada se move naquelas águas escuras, nem mesmo uma onda para atrapalhar o reflexo do céu.

— Foi o que pensei.

O silêncio nos cobre por mais alguns minutos até ele voltar a falar, com o tom cuidadoso.

— Estamos procurando pelo seu pai por causa do que aconteceu ao pai de Luca. A gente não se dá muito bem com a nossa família. E por muito bem quero dizer que os odiamos.

Bem provável.

Claro, ele negaria estar do mesmo lado que as pessoas que o criaram.

Viro-me para o cara, cruzo os braços sobre o corpo. Não é proteção suficiente para a queda de temperatura que vem com o sopro suave do vento.

Quando meus olhos encontram os dele, Shane abaixa a cabeça e esfrega a nuca.

Ele dá de ombros, solta um suspiro profundo e olha para mim.

— Para ser sincero...

— Sabia que, quando alguém começa uma frase com "para ser sincero", é sinal de que a pessoa está prestes a mentir?

Shane gagueja ao tentar dar uma resposta, mas desiste, os lábios se curvam em um sorriso quando ele chuta a areia. Deve estar tentando recuperar o prumo agora que o acusei de mentir antes mesmo de abrir a boca.

Nossos olhos se encontram.

Odeio que meu coração dê um tranco nesse momento.

Só uma menina idiota se apaixonaria por ele.

— É, então, você não é tão indefesa quanto dá a entender. Talvez eu estivesse errado sobre as observações que fiz sobre você.

Pisco em resposta, bem devagar, minha expressão neutra porque não vou reagir.

— Você é um amor — respondo. — Quando não está sendo babaca, entornando coisas em mim, me culpando, caçando briga, roubando meu carro, me sequestrando ou me fazendo morrer de medo.

— Obrigado? Eu acho.

Minha cara nem treme.

— De nada. Mas isso não vai te levar a parte alguma. Só para que você saiba.

Sem saber de onde essa força interior acabou de sair, continuo olhando para ele. O cara está agitado. Nervoso. É uma mudança interessante de poder.

— O que mais?

Ele balança a cabeça e faz com a mão que está fechando os lábios. É uma pena que ele não chegue mesmo a calar a boca.

HERESIA

— Sua vez. Fizemos um trato.

— Que vocês estão procurando pelo meu pai?

Ele assente.

— Tudo bem. Estou procurando pelo meu pai também. Sua vez de novo.

Ele abre a boca para discutir, mas aqueles lábios esculpidos se repuxam em um sorriso.

— Você é um pé no saco.

— Não sou eu quem tem uma longa lista de transgressões. Quer que eu recite tudo de novo?

Ele ri.

— Não. Estou de boa. Captei a mensagem da primeira vez.

Cansada desse toma lá dá cá, vou até ele e paro quando ficamos frente a frente.

— Cansou de fingir que está tudo bem nessa situação aqui? Já está enchendo o saco. Só me diga o que você quer para que eu possa pensar em te dar, se eu for capaz, e depois poder ir para casa.

E chamar a polícia, não adiciono.

Shane passa a mão pelo cabelo, aquela droga de covinha aparece quando ele olha para o céu em vez de para mim.

Observo-o lutar com o que vai dizer ou fazer. Como se nunca tivessem tirado satisfações com ele antes. Como se ninguém tivesse sido capaz de enxergar de verdade o homem parado diante de mim.

Quantas pessoas? Eu me pergunto.

Quantas almas foram espremidas porque esse otário queria algo que elas não estavam dispostas a dar?

Shane não se mostra como realmente é. Mesmo agora, usando aquela camiseta preta básica com o jeans rasgado e manchado. A barra parece ter sido pisada de propósito, certos lugares estão desgastados por serem longos demais.

Mas, bem, talvez a calça não fosse ficar desse jeito se ele não a usasse tão baixa nos quadris. Não faço ideia de por que estou tão fascinada com a peça agora.

Cometo o erro de olhar para baixo para verificar o caimento de suas roupas, e a única coisa em que reparo é no físico que foi abençoado pelos deuses.

O corpo dele é o que mulheres imaginam em suas fantasias, e é só mais uma arma que o cara usa, não apenas física, mas também mentalmente.

Fisicamente pela forma como ele luta, mentalmente ao chamar e reter a atenção de mulheres, porque ele é o que as pessoas veem como a versão perfeita e esculpida de um homem.

Ele não é grande e musculoso, está mais para esguio e sarado. Mas são seus braços, peito e ombros que chamam a atenção, as tatuagens lhe fechando braço são um complemento artístico ao bíceps volumoso, a largura de seus ombros fortes e a expansão de seu peito.

Todos esses ângulos levam a uma cintura em forma que, pelo que vejo por debaixo de sua camisa, é bem-definida e durinha.

Talvez tudo o que ele faz nos carros e seja o que for mais que conserte ou construa na oficina tenha lhe abençoado com esses atributos requintados, mas foi genética pura que o abençoou com o rosto que é tanto de menino maroto quando ele ri ou sorri quanto com o maxilar firme e as maçãs do rosto salientes que não consigo parar de encarar quando roubo uma olhadela em sua direção.

Jamais acredite no sorriso maroto. Por baixo dele há uma sensualidade carregada, uma masculinidade agressiva e uma alma lutadora que não acredito que possa ser domada.

Resumindo, ele é espetacular.

O tipo que te faz parar de supetão.

E é isso que o torna perigoso.

Preciso me lembrar disso, mesmo durante esse teatrinho ridículo de que ele se importa de verdade comigo. Se fosse o caso, me soltaria. Mas, não. Ainda estou aqui.

Capturada.

Até eu dar a informação que eles querem sobre o meu pai.

Shane não é do tipo que se importa.

Ele é do tipo que te leva para a cama, usa e depois joga fora.

Tenho certeza de que há dúzias de mulheres só nessa cidade que poderiam confirmar a declaração.

Tenho certeza absoluta de que não serei uma delas.

Por fim, ele ordena os pensamentos, deixa para lá o fato de que tentei enquadrá-lo e volta a atuar.

— Preciso de um detalhe verdadeiro. — Ele captura meus olhos enquanto faz a exigência silenciosa, sinceridade fingida gira naquelas ondas turbulentas de seu olhar estonteante. — Sobre você. Sobre a razão para você ser tão protegida e feliz.

Feliz?

Quero vomitar.

Ele não sabe nada sobre como é se preocupar o tempo todo com todos os monstros contra os quais tanto lhe precaveram.

Reviro os olhos e encaro atrás dele, a extensão do parque. Estamos parados no meio da margem, a areia que provavelmente foi posta lá está se infiltrando nas laterais do meu All Star, mas não é isso que importa.

O que importa é que distância consigo correr para me afastar dele. Ele seria rápido o bastante para me capturar?

No fim, ainda estou aqui contra a minha vontade. E embora não haja uma viva alma à vista, tenho a mínima chance de escapar.

Talvez se eu jogar direitinho.

— Meu pai era dono de uma firma de segurança...

— Eu quis dizer sobre você — ele interrompe.

Eu o encaro e me recuso a recuar.

— Se me deixar terminar, vou te esclarecer o que isso tem a ver comigo.

Preciso dar um jeito de escapar dessa. Ganhar a confiança dele de algum modo.

— Podemos nos sentar? — pergunto, esperando que ele caia na minha. — Foi um dia bem longo e minhas pernas estão cansadas. Minhas costas doem. — Suspiro. — Estou exausta.

Ele aponta o polegar por cima do ombro, na direção do carro, e responde:

— É, claro. A gente pode voltar para lá. Eu posso...

— Estou falando daqui. Na areia perto do lago. Esse lugar é agradável.

Shane olha do carro para mim, confusão faz a pele entre os seus olhos franzir.

— Mas você está com frio. Consigo te ver tremendo.

Abro um sorriso educado, passo as mãos pela pele arrepiada dos meus braços.

Ele não está errado.

Está frio.

Mas ele esqueceu algo sobre a adrenalina quando deu seu discurso mais cedo.

Quando ela começa a pingar nas suas veias e continua se avolumando até praticamente você estar afogado nela, muitas coisas acontecem quando não consegue queimá-la.

Você chora.

Rilha os dentes.

Fica enjoado.

Ou treme.

Não estou tremendo de frio, mas ele não precisa saber disso. Estou tremendo porque percebo que talvez essa seja a minha chance de escapar.

Minha glândula adrenal está vazando igual a uma peneira.

— Não ligo para o frio. Só não quero voltar tão cedo para o seu carro. O trajeto me deixou com um medo do caralho.

Ele franze ainda mais as sobrancelhas enquanto me avalia.

— Tuuudo bem. — A suspeita arrasta a palavra, mas ele se larga na areia, cruza as pernas diante do corpo e se recosta nos cotovelos.

— Estou sentado. Me conte o resto.

Fazendo um teste, dou alguns passos lentos para trás, para medir a reação dele. É só uma pequena distância, nada que o preocuparia.

E ele não se move. Só continua encarando o meu rosto, esperando a resposta.

— Meu pai tinha uma firma de segurança, como eu disse. Mas não sei detalhes do negócio. Ele nunca me quis por perto.

— Luca disse o mesmo do pai dela.

Assinto, cruzo os braços sobre o corpo de novo para espantar um tremor. Viro-me para o lago, faço parecer que estou só olhando a água, sendo que, na verdade, estou esquadrinhando os arredores para ver em que direção correr.

— Não fico surpresa — respondo, minhas palavras soam distraídas enquanto calculo mentalmente quanto tempo levaria para chegar à estrada. Ou, melhor ainda, encontrar um lugar onde me esconder.

Não há mais nada, o que significa que vou ter que passar por Shane para ir para o outro lado.

Viro-me de novo para ele e fico onde estou para dar a ele esse detalhe.

— Tudo o que sei é que meu pai estava sempre em contato com ex-militares. Eram meus tios honorários quando apareciam em festas de família e tal.

Ele pensa em algo, o mais leve dos inclinares de cabeça entrega o fato. Ao notar, ergo o olhar por sobre sua cabeça para além dele.

— Bem, meu pai e alguns desses tios me ensinaram que eu sempre devo estar em guarda. Que, em um piscar de olhos, algo terrível pode acontecer.

Pronto.

Vejo uma trilha que leva à floresta.

Não tenho ideia se a mata é fechada ou até onde ela vai, mas deve haver muitos lugares para se esconder devido à escuridão. Se eu chegar lá, talvez tenha uma chance.

— Então eles te ensinaram que você deve ficar com medo o tempo todo? Parece uma criação de merda para mim.

Incapaz de me impedir, troco farpas.

— Ensinar seu filho a roubar, brigar e sequestrar os outros me parece uma criação de merda também.

Com raiva agora, ele estreita os olhos só um pouco quando encontra uma pedrinha ou uma concha, olha para a água e a atira lá. Ondas perturbam o que antes era uma tranquilidade perfeita.

— Eu não queria o que meu pai me ensinou. Mas obrigado por abordar o assunto. — E me olha e pergunta: — Você é grata pelo que seu pai te ensinou? A temer tudo?

Ele não me ensinou só isso. Ele também me ensinou que se monstros me encontrarem, devo lutar ou correr para bem longe.

Não consigo enfrentar Shane em uma luta.

O que só deixa a outra opção.

A adrenalina no meu corpo jorra com esses pensamentos.

Mas é agora ou nunca.

Dou um passo em sua direção, me movo como se finalmente fosse me sentar. Ocorre-me que ele não chegou a perguntar por que não me sentei na areia bem ao seu lado quando fui eu quem deu a ideia para início de conversa.

Ele me encara como se estivesse me guardando na memória, meu rosto, minhas roupas, meus sapatos. É um predador à espreita. E não consigo suportar isso.

Em vez de me largar ali, me movo rápido para deter aquele olhar.

Minha mão se fecha em um montinho de areia, meu braço a atira direto naqueles olhos turbulentos. No momento em que ele cobre o rosto, grita algo que estou ligada demais para entender.

Estou correndo agora. Não dou a ele tempo para pensar. Não ligo que vez ou outra meu tornozelo vire na areia fofa. Só sigo em frente. Um pé diante do outro, minha passada fica mais larga quando chego à grama e acelero.

Passos pesados soam às minhas costas, e sei que ele tirou a areia, se levantou do chão e agora está atrás de mim. Vou mais rápido. Me forço mais. Meus braços parecem pistões ao meu lado.

Mais rápido.

Mas não importa. Ele está se aproximando. Seus passos pesados estão ficando mais altos.

Bem quando parece que ele está próximo o bastante para estender o braço e me alcançar, outra lição que aprendi vem à tona.

É uma última tentativa, mas me viro para olhá-lo, minhas mãos agarram o seu braço quando ele corre para cima de mim.

Puxo com o máximo de força que consigo, uso seu próprio impulso contra ele, e o cara dá de cara com a grama, me dando outra chance.

— Filha da puta — ele grita, mas não paro. Não com as árvores tão próximas que consigo sentir o gosto da liberdade.

Passos pesados soam atrás de mim outra vez, e sei que ele está de pé de novo e me perseguindo.

— Brinley, para, porra!

Eu não paro. A adrenalina agora me afoga. Meu coração bate rápido, meus pulmões se expandem para captar o ar. Não estou em pânico. Só me entreguei ao instinto.

Ataques de pânico são um mecanismo de reação ao estresse agudo: lutar ou fugir. Não consigo lutar com alguém igual a Shane, então vou ter que fugir.

Embora, dada a rapidez com que ele está me alcançando, até mesmo essa tentativa está sendo frustrada. Penso em me virar para ele de novo, usar o que aprendi nas aulas de defesa pessoal. Mas, quando enfim consigo formular um plano para pôr aquilo em prática, é tarde demais.

Seu corpo atinge o meu, seus braços envolvem o meu peito e nós dois caímos.

Um jogador de futebol americano não teria me derrubado tão bem assim, só que, nesse caso, Shane consegue virar nossos corpos para que suas costas absorvam o pior do impacto, seus braços me prendem junto a ele.

Leva só um milésimo de segundo antes de ele nos virar de novo e me prender. Seus olhos estão lacrimejando e vermelhos por causa da areia ainda presa lá.

— O que você está pensando? Para onde pensou que poderia ir?

Lágrimas escapam pelo canto dos meus olhos porque a adrenalina ainda está em ação, mas não tenho como gastá-la.

— Fugir. O que pareceu? Não percebe o que você fez?

Pela primeira vez, Shane está com raiva, os lábios dele se esticam em uma careta, os olhos se estreitam com fúria.

— Eu poderia ter te machucado. Não percebe isso?

— Você está me machucando — devolvo.

Ele inclina a cabeça.

— Estou? O que está doendo?

O meu coração.

A minha mente.

A minha dignidade.

Não tenho chance de listar nenhuma dessas coisas. Ele está irritado demais, agitado demais.

— Você tem ideia de quem eu sou?

—Não. É exatamente esse o problema, Shane. Não faço ideia de quem você é, porra, e essa merda em que você finge querer conversar comigo e se importar comigo é só encenação. Eu consigo ver tudinho.

A expressão dele fica mais constrita, a perda total de controle está bem ali à espreita. Ele mal consegue segurar.

— É por isso que não sou um conversador igual ao Tanner ou o Gabe. Não fui feito para essa merda. Tudo bem? Sou o cara que eles chamam quando coisas ruins precisam ser feitas. Sempre fui essa pessoa. As coisas que eu já fiz...

Seu maxilar tem um espasmo quando ele range os dentes, interrompendo aquela linha de raciocínio. Ou talvez só estivesse impedindo que verdades demais fossem reveladas.

De qualquer forma, ele balança a cabeça e solta o fôlego, forçando-se a se acalmar.

— Você e eu somos completos opostos quanto a praticamente qualquer coisa, mas, em uma em específico, somos parecidos. Nenhum de nós se saiu bem por causa das merdas que nossos pais ensinaram para a gente. Só seguimos caminhos opostos. Aprendemos coisas diferentes. Você acabou se tornando um anjo aterrorizado enquanto eu...

Ele se interrompe de novo, me encara por vários segundos antes de se levantar e me arrastar junto.

Shane me leva em direção ao carro.

— Para onde a gente vai?

Ele fica quieto por muito tempo, mas por fim responde:

— Cansei de ser sua babá. Mulheres são mais problemáticas do que precisam ser. Eu já sabia. Sabia que isso seria um saco. E isso. Não vou continuar com isso. Tanner e Gabe podem lidar com você e conseguir a informação que querem. Eles gostam de falar. Eu, não. Então, desisto.

— O quê? Desiste? Você não pode desistir.

O que eu estou dizendo?

Sim! Desista! Deixe-me ir embora!

Eu me lembro de Gabe. Mas não conheci Tanner, e pelo que Shane, Ivy e Luca discutiram lá na frente da casa, não acho que queira conhecer o cara.

Shane me coloca no carro, prende o meu cinto e, com o olhar, praticamente me desafia a tentar fugir de novo.

Sento-me lá, sabendo que a tentativa seria um desperdício de energia. Além do que, já fiquei sem ela depois de tudo o que aconteceu.

Shane se acomoda atrás do volante, dá a partida sem dizer uma única palavra e conduz pela estrada estreita que leva para fora do parque, em direção à rodovia principal que nos trouxe até aqui.

Leva quinze minutos para chegarmos à casa do amigo dele. Acho que ele bateu trezentos e cinquenta quilômetros por hora em certo momento. Mas não consigo ter certeza, porque mantive os olhos fechados o caminho todo.

capítulo
vinte e dois

Shane

Que se foda essa merda.
Ela que se foda.
E que o Tanner se foda.
Foda-se. Que todo mundo se foda.
Tanner, Gabe, Damon, Ezra, Taylor, Sawyer, Jase e Mason.
Que todos vão para o inferno.
Porra, que se fodam Luca, Ivy, Ava e Emily também.
Vou até jogar Priest no meio só para garantir.
Estou puto com essa situação a esse ponto.

Estou puto com cada um deles, e tudo o que quero é sumir daqui, ir para casa, dormir até essa merda passar e ficar o dia inteiro na oficina amanhã.
Sozinho.

Encosto em um canto escuro do gramado perto da garagem de Tanner, desligo o motor, saio do carro, dou a volta no capô então tiro a cativa do assento e entro com ela na casa.

Estacionei nos fundos e vejo que quase todos os carros estão lá, e é por isso que tive que parar tão longe.

É a primeira coisa que me deixa puto. Mas também estou puto porque estão todos aqui. O que significa que vai virar outra merda de reunião de família.

Só que, dessa vez, serei eu a convocá-la. Tanner pode dar licença com a merda de humor dele e abrir espaço para o meu.

Arrasto Brinley comigo em um ritmo acelerado, me recuso a me sentir mal com as reclamações escapando de sua boca ou com a forma como ela tropeça nos próprios pés.

Ainda estou com areia na porra dos olhos e dói pra caralho cada vez que pisco. Sem mencionar que a merda está na minha boca também, e é irritante pra cacete o triturar cada vez que ranjo os dentes.

LILY WHITE

O que parece estar acontecendo demais no momento.

Praticamente o tempo todo.

E por quê?

Porque a Pequena Miss Nerd não vai dar informações sobre o pai. Algo de que sei que não é capaz se ela foi minimamente sincera lá no lago.

Ah, ela é protegida, disseram eles.

Um alvo fácil, disseram eles.

Tem medo do mundo todo, disseram eles.

Até mesmo ela afirmou isso.

E adivinha só?

Não, ela não é.

Nem mesmo um pouco.

É um pesadelo em pele de nerd.

Pessoas assustadas não atacam o próprio sequestrador. Pessoas protegidas não discutem como se a vida delas dependesse disso. Alvos fáceis não são a maior aporrinhação com que já me deparei na vida.

É por isso que Brinley não é problema meu assim que a soltar, e conhecendo sua propensão a sair correndo, não vou tirar um único dedo de seu braço até ela estar sentada no meio daquela reunião.

Que eles a persigam quando ela sair em disparada de novo. Já fiz a minha parte.

Paro com a mão na maçaneta.

Todos eles, menos o Jase. Se aquele mulherengo cabeça quente colocar um dedo nela, acabo com ele. E isso porque sou um cara legal, não porque me importo com ela, nem mesmo por um segundo.

Ao me convencer disso, marcho pela casa com Brinley a reboque, atravesso a cozinha cheia de pessoas extremamente confusas, então, quando estou a caminho da sala onde o resto dos filhos da puta confusos estão, grito alto o bastante para todo mundo me ouvir.

— Reunião de família, caralho. Agora mesmo.

A cabeça de Tanner estala na minha direção, sua boca se abre para dizer "o quê?". Não faço a mínima ideia, caralho. Porque antes que ele possa dizer uma única palavra, eu perco o que restava da porra da minha paciência.

— Cala a porra da boca e senta.

Quando a última palavra sai da minha boca, ele fecha a dele, e levo Brinley até o sofá e a largo no assento do meio. Boazinha e acomodada, então peço a Luca e a Ivy para se sentarem uma de cada lado dela para mantê-la ali.

E isso não é porque não quero outro cara sentado do lado dela. Principalmente o Jase. E, mais uma vez, estou tentando me convencer disso.

Todo mundo se acomoda, provavelmente mais por choque que por obediência.

Recosto-me na parede de Tanner.

No todo, todo mundo parece perplexo.

Menos Gabe.

Ah, não. Os lábios dele estão tremendo com um sorriso óbvio que tenta esconder. Talvez seu autocontrole não seja tão bom quanto pensei de início.

— Qual é a graça? — ataco.

Ele bufa, a risada quase escapa antes de ele se recompor, suas bochechas ficam de um tom interessante de vermelho.

— Ela te fez chorar?

Enxugo os olhos que ainda estão lacrimejando, e me encolho de dor quando só empurro a areia ainda mais fundo. Então mostro o dedo do meio para ele.

— Não. Ela não me fez chorar. Ela é a porra de uma ninja. — Aponto para ela feito uma criancinha delatando o culpado.

Agora todos os caras estão tentando virar a cabeça, cobrindo a boca ou apertando os lábios para não rir ou gargalhar.

Todos, menos Damon.

Ele simplesmente cai na gargalhada ao ponto de seus olhos vermelhos e lacrimejantes combinarem com os meus.

Puxando respirações rasas, ele segura a barriga e tenta falar, mas sai entrecortado.

— Não… cara, você está dizendo… Não tem como.

— Só desembucha — exijo.

— Está dizendo que levou uma surra de uma garota?

Ah, é o que abre as comportas. Agora todo mundo está rindo.

Tento revirar os olhos, mas dói demais.

— Não levei uma surra de uma garota. Ela está sentada no sofá, não está? Ficou óbvio que eu ganhei.

Depois de olhar feio para ela sentada lá toda inocente, esquadrinho o resto da sala.

— Ela não sabe onde o pai está. A firma de segurança envolvia ex-militares. Essa é a informação que vocês queriam. Meu trabalho está feito. E eu vou para a porra da minha casa.

Afasto-me da parede para sair de lá com a dignidade que me resta, e paro quando Ezra e Damon se movem para bloquear a passagem.

Temos a mesma altura, nós três. Então não preciso me esforçar muito para olhar os dois no olho.

— Saiam ou vou fazer vocês saírem.

Damon ainda está rindo.

— Você vai ficar. Que merda aconteceu?

— É o que eu gostaria de saber — Tanner diz às minhas costas.

Viro-me e vejo que ele me seguiu e que agora está bem perto de mim. Ele segura o meu ombro, mas tiro sua mão de lá.

— Pergunte a Brinley o que você quer. Depois disso, solte-a. Ela é problema seu agora.

Ivy fala de onde está sentada ao lado da nerd problemática.

— Brinley, o que exatamente você fez com ele? Nunca vi um desses caras fugir desse jeito. Pode ser uma informação útil para se usar no futuro.

Minha pressão aumenta.

— Corta essa, Ivy.

Ela me mostra o dedo.

Essa reunião de família está fantástica.

Tanner, por incrível que pareça, continua calmo.

— Ok, pessoal, relaxem. Vamos falar como adultos e descobrir como aparar as arestas. Shane, sente-se.

Ele começa a se afastar, mas para.

— Damon e Ezra, fiquem na porta. — Estou a caminho de um assento vazio quando Tanner adiciona: — No caso de o Shane ficar com medo e tentar fugir de novo.

Um rosnado sai da minha garganta quando risadinhas são ouvidas ao redor da sala.

Eles que se fodam.

Esses caras não têm ideia do que está sentado no sofá com Luca e Ivy.

Uma arma secreta sob roupas largas e um gênio ruim.

O pai deve ser elogiado pelo que suponho ser outra parte do treinamento dele. Toda mulher deveria saber se defender. Só é um saco para mim no momento Brinley ter aprendido essas lições.

Viro-me e vejo-a me fuzilando com o olhar, e devolvo um igual para ela.

Estamos há um minuto imersos na encarada quando Tanner pigarreia.

— Se vocês puderem parar de se comer com os olhos por alguns…

— Não vai rolar — respondemos ao mesmo tempo, virando a cabeça por tempo suficiente para olhar para ele antes de voltarmos a nos fulminar.

— O que não vai rolar? A parte de comer ou a de olhar?

— Os dois — respondemos juntos de novo.

Gabriel ri e dá um gole na sua bebida.

— Não tenho certeza, Tanner, mas acho que as coisas não foram bem essa noite.

Eu me recuso a afastar o olhar de Brinley.

— Vai se ferrar, Gabe.

Ele ri mais.

Sinto o cheiro da marola da maconha. Olho para Sawyer e balanço a cabeça.

— Sério mesmo?

Ele se recosta no assento e a fumaça escapa de seus lábios.

— O quê? Tipo, essa merda é engraçada e tal, mas também é estressante.

A gente sossega quando a paciência de Tanner finalmente chega ao limite e ele grita:

— Chega.

Depois de lançar a cada um de nós um olhar de aviso, ele se fixa em mim.

— O que você acabou de dizer sobre ex-militares?

Aceno na direção de Brinley, e respondo:

— Pergunte a ela. Se — olho feio para ela de novo — ela responder.

Ezra e Damon estão achando isso divertido demais, se o sorriso idiota deles for algum indício.

Ignoro os dois.

— Ex-militares, tipo o Scott? — pergunta Taylor.

A cabeça de Brinley vira na direção dele.

— Vocês conhecem Scott?

Nosso foco vira para ela. É Jase e a boca grande dele que falam primeiro.

— Sim, Scott. Scott Clayborn. Também conhecido como irmão de Everly Clayborn. O que você sabe sobre eles?

Brinley o encara, sem reação. Então se cala.

— Nada.

— Você sabe alguma coisa — ele exige saber.

— Nada mesmo — ela rebate, e pela primeira vez não me sinto tão sozinho ao lidar com ela.

Jase sai de onde está e parte para cima dela. Saio de onde estou para

210　　　　　　　　　　　　　　　　　　　**LILY WHITE**

dar uma surra nele só por se atrever a atacá-la. Mas antes de ele chegar nela, Brinley surpreende todo mundo ao chutar com ambos os pés, dando um golpe certeiro no meio das pernas dele.

Paro onde estou quando um gemido de dor se arrasta da garganta do cara, a mão vai para o saco quando ele cai de joelhos diante da garota.

Por mais estranho que seja, sinto-me um pouquinho orgulhoso.

— Falei que ela é uma ninja.

Ivy sorri.

— Ah, meu bem, você precisa muito me ensinar isso. Agora sei o quanto pode vir a calhar no futuro com esses meninos.

Gabe atravessa a sala para pegar Ivy e tirá-la de perto de Brinley.

— Ela não vai te ensinar nada, amor. Mal consigo lidar contigo do jeito que você é.

Tanner passa por mim, pega Jase e o coloca de pé.

— Vai sentar e pare de passar vergonha.

Meu olhar e o de Brinley se encontram de novo. Ela espera algo de mim, mas não acho que é o que dou a ela.

— Bom trabalho — digo, com um aceno de aprovação.

Um sorriso começa a repuxar seus lábios. Ela o prende, ainda com raiva, apesar do elogio.

Luca começa a falar enquanto atravesso o cômodo para voltar ao meu lugar.

— Eu não sabia que a empresa do meu pai estava envolvida com militares. Pensei que fosse algo mais técnico.

Brinley ainda se recusa a falar.

Um suspiro carregado escapa dos lábios de Luca.

— Sei que esta não é a melhor das situações, Brinley. Mas acho que você não entende o que está se passando. Meu pai morreu. Ele tentou me passar informações para acessar os servidores. Não sei por que, mas o governador acabou em posse do pen drive que meu pai pretendia mandar para mim.

Com isso, algo estranho atravessa a expressão de Brinley. Ela vira a cabeça ligeiramente para olhar para Luca, sua atenção foi capturada.

— Meu pai queria que eu visse algo naqueles servidores. Mas não conseguimos decifrar o código do pen drive, e suspeitamos que os servidores em si foram roubados pelo seu pai há algumas semanas. Assim que perguntei por eles, o homem trocou de número, e os servidores desapareceram do armazém na Georgia onde meu pai mantinha tudo.

211

A expressão de Brinley se suaviza mais. Ainda assim, ela não diz nada. Luca se vira em seu assento, tentando olhar Brinley nos olhos.

— Não estamos procurando o seu pai. Estamos procurando os servidores.

A curiosidade parece levar a melhor. Depois de pensar por alguns tensos instantes, ela responde, por fim:

— Por que vocês estão procurando os servidores?

— Porque há algo lá que o pai de cada um de nós deseja — responde Tanner, cuidadoso.

Ao olhar para ele, a expressão de Brinley fica neutra de novo. Preciso reconhecer, a garota é boa pra cacete ao esconder o que está pensando.

— Então é exatamente por isso que não posso, nem vou, ajudar vocês.

— Por quê? — suplica Luca.

— Porque, até onde sei, os pais de todos eles são criminosos.

— Eles são — admite Luca. — E cada um aqui nesta sala os odeia. Queremos descobrir o que tem naqueles servidores para que possamos detê-los.

Brinley mastiga o lábio inferior. Arrisca olhar para mim, depois estuda Tanner, Ivy, Luca e Gabe.

— O governador me disse...

— Brin, para — Ivy a interrompe. — Confie em mim, tenho certeza de que meu pai encheu a sua cabeça com um monte de coisa, mas ele está envolvido de alguma forma. Para começar, foi ele quem roubou o pen drive da Luca.

Outra coisa estranha aparece na expressão de Brinley. Ninguém mais nota, porém, ao contrário de mim, eles não passaram o dia com ela. Não a observaram de perto para saber que algo nela está esquisito.

— E, além disso, está óbvio que você conhece o Scott. Você praticamente torceu o pescoço para olhar para Taylor quando ele mencionou o nome do cara. Ele foi meu motorista por anos. Supostamente, parou de trabalhar para o meu pai, mas foi te pegar na oficina do Priest. A irmã dele foi colega de quarto da Luca em Yale, e ouvi meu pai dizer que a colocaram lá de propósito. Então, seja o que for que o meu pai está fazendo, envolve o pai da Luca, a própria Luca, seu pai e agora, ao que parece, Scott e a irmã...

— Everly — conclui Brinley.

Ivy assente.

— Então preciso que você pare um pouco com essa merda de *o governador me disse*. Ele está tão envolvido nisso quanto todo mundo.

Há um silêncio prolongado no cômodo pontuado pelo tilintar do gelo da bebida de Gabe, o som de Sawyer dando uma tragada profunda em seu baseado e o relógio antigo no corredor batendo cada segundo.

Brinley olha ao redor e pigarreia, o longo cabelo castanho cai de um lado de seu rosto. Ela não consegue se esconder assim, não com todo mundo ali, mas está tentando.

— Não sei onde meu pai está. O governador... — ela para, olha para Ivy, dá de ombros e termina de falar: — O governador disse que ele está bem, mas não deu nenhuma informação além dessa. Não falo com o meu pai há pouco mais de dois meses. Achei tudo isso muito suspeito.

É minha vez de adicionar mais informações à discussão, fazer outra conexão.

— Eu te vi na casa do governador na noite da festa de noivado de Emily e Mason. Por que você estava lá? Foi convidada?

Brinley balança a cabeça.

— Não. Eu fui entregar uma coisa. Nem sei quem são Emily e Mason.

De onde está sentado ao lado de Ava no sofá de dois lugares, Mason ergue a mão.

— Eu sou o Mason.

Emily faz o mesmo de onde está recostada em Ezra.

— Eu sou a Emily.

Confusão enruga a pele entre os olhos de Brinley.

Antes de ela perguntar, explico:

— É uma longa história, e não vem ao caso. O que você foi entregar?

Seus olhos encontram os meus, pânico se infiltra no azul. Com Brinley, estou começando a reconhecer os sinais. Quando ela está preocupada, é como se seus olhos se apagassem, escurecendo para um tom profundo de cinza.

— Não sei se devo dizer.

— Não estamos tentando machucar você ou o seu pai — Luca assegura a ela, mas Brinley, obviamente, está presa entre dois lados, sem saber em qual depositar sua lealdade.

Ela olha para mim de novo, como se pedindo ajuda, e isso não é estranho? Eu deveria ser a pessoa ali que ela menos suporta.

Seu foco volta para Luca.

— E como eu vou saber? Até o momento, meu carro foi roubado, fui tirada da estrada e sequestrada. Ainda não sei se Ames está bem...

— Ela está bem — Damon intervém.

Todos olhamos para ele, que ergue a mão em falsa rendição.

— Ah, mas que inferno. Isso não tem nada a ver comigo. Mas já que Ezra e eu fomos os responsáveis por liberar a garota, só estou afirmando que ela está bem. — Ezra olha o gêmeo com bastante atenção. Damon simplesmente dá de ombros e diz: — Ok, de volta ao monte de merda que aconteceu com Brinley.

Luca solta um suspiro profundo e confessa:

— Infelizmente, esse grupo não é muito bom em se apresentar do jeito certo. Você não quer saber pelo que tive que passar com o Tanner. Mas posso te prometer que a intenção deles não é ruim.

Brinley olha para mim de novo. Ela não consegue se decidir. Por que eu sou seu porto seguro nessa?

Quando ela não diz nada, Gabe pergunta:

— O que podemos fazer para provar que não estamos do lado errado?

— Quero falar com Ames para ter certeza de que ela está bem, para começar.

Gabe inclina a cabeça.

— E depois?

Teria sido muito legal saber a resposta, mas uma explosão lá fora rouba a nossa atenção, o estouro é tão alto que chacoalha as janelas e sacode as paredes.

Já estamos de pé quando a segunda acontece.

capítulo vinte e três

Brinley

— Não. Ah, porra. Belezinha.

A voz de Shane está carregada de dor quando ele se esquiva do fogo para disparar pela garagem e ir até a área cheia de carros queimando para olhar o dele.

Vários amigos tentam contê-lo, mas ele é determinado, se desvencilha deles com facilidade como se estivesse correndo para um prédio em chamas para salvar alguém que ama.

O resto de nós fica lá, estupefatos e confusos pelo que parece uma eternidade, até que Tanner, um dos gêmeos e Jase partem para a ação.

Eles entram correndo na casa e voltam com extintores na mão. Mas são forçados a recuar quando outro pneu estoura, seguido por um airbag.

Parece uma zona de guerra, falta só as sirenes de ataque aéreo e os tiros que geralmente se seguem. Ou talvez minha imaginação esteja saindo do controle como costuma acontecer.

— Que merda está acontecendo? — grita um deles, a voz irada conforme as chamas dançantes cobrem e destroem cada carro na garagem e ali fora.

— Você foi avisado — diz Luca, de onde está parada ao meu lado.

Perturbada pelo que ela disse, me viro em sua direção, só para vê-la apontando para a imagem pichada de qualquer jeito com tinta preta na entrada lateral da casa de Tanner.

Ela leu toda a mensagem.

Só isto:

VOCÊ FOI AVISADO...

De quê?

Alguém teve o bom senso de ligar para os bombeiros, sirenes soam a distância, aproximando-se conforme a imensa garagem de Tanner começa a queimar junto com os carros.

— Ah, graças a Deus, porra! — A voz de Shane ecoa de longe. Presumo que, apesar de os outros carros estarem queimando, o dele está bem.

Por algum motivo, isso me faz me sentir melhor, não que algo nessa situação seja normal ou tranquilizante. Mas aquele carro é importante para o cara. E suspeito que nenhum outro objeto, pessoa ou lugar tenham o mesmo valor para ele.

A razão de eu me importar é outra questão, mas me forço a sair do meu mundinho para assistir à cena.

Todo mundo está agitado quando os caras analisam a mensagem escrita com spray, e as meninas se amontoam, o fogo é uma dança de luzes e sombras no rosto deles.

Quando Emily chora, um dos gêmeos a encontra e a puxa para perto, enterrando o rosto dela em seu peito e descansando o queixo em sua cabeça. As mãos dele afagam de levinho suas costas, consolando-a.

Acho estranho ela estar se aconchegando nele já que, supostamente, está noiva de Mason. Mas deixo aquele mistério de lado. Agora não é hora de perguntar isso.

Gabe vai até Ivy, com a bebida ainda na mão.

Ele se inclina, sussurra algo para ela que a faz sorrir. Ela balança a cabeça, então envolve um braço ao redor dele bem quando o caminhão dos bombeiros chega e eles começam a tentar apagar as chamas.

Leva uma hora até apagar tudo e os bombeiros irem embora. Eles interrogam Tanner, tiram fotos da cena, dizem que sentem muito pela destruição e pedem que envie quaisquer imagens que possam ter sido capturadas pelas câmeras de segurança. Tanner promete que vai enviar assim que as analisar.

Depois que o fogo é apagado e tudo o que resta é fumaça e a carcaça do que antes era uma frota impressionante de carros e uma moto de luxo, ficamos ali como um grupo, examinando o estrago.

Shane não se aproxima de mim.

Reparo nisso.

Então fico de lado, sozinha, desejando que alguém pelo menos me fizesse companhia, mesmo que só ficando parado ali.

LILY WHITE

— Preciso ir olhar as câmeras — Tanner diz por fim, com a voz tensa. Seus olhos se recusam a encontrar os nossos quando entra em casa.

Gabe, Luca e Ivy seguem Tanner, quatro dos outros caras também vão depois de olhar os carros por mais alguns segundos.

Assim que tudo é dito e feito, só Shane e os gêmeos continuam lá fora, Emily ainda está agarrada em um deles, com a bochecha pressionada no peito do cara.

— Quem você acha que fez isso? — o outro gêmeo pergunta.

Queria saber quem é quem, mas diferenciar um do outro é praticamente impossível.

Shane passa a mão pelo cabelo, os olhos avaliam o dano enquanto ele se vira em um círculo lento e analisa a destruição.

— O governador? — arrisca. — Nossos pais? Quem sabe, porra?

Algo que os bombeiros e a polícia foram capazes de nos dizer é que não foi um acidente. Foi um ato bastante deliberado de incêndio criminoso.

De alguma forma, encontro minha voz para interromper a forte tensão e faço uma pergunta:

— Por que os pais de vocês fariam isso? E também o governador, diga-se de passagem?

Shane olha para mim, com a mandíbula cerrada.

— É o que estávamos tentando te dizer. Não somos os vilões.

Abro a boca para argumentar, mas ele me corta.

— Sim, apesar da minha lista de transgressões, sou um sujeito decente. O que fiz contigo foi uma merda. Nós somos um monte de merda. Mas temos nossos motivos.

— É, e o método de vocês também é uma merda — adiciono.

Ele passa a mão pelo rosto, a exaustão é evidente em sua voz.

— É. Isso provavelmente é verdade.

Mais uma vez, não há muitas opções. Claro, ele poderia ter falado comigo. Contado suas suspeitas sobre o meu pai, o de Luca, o governador e todo o resto envolvido, mas eu teria ouvido?

Ou teria perguntado ao governador mesmo assim e recebido a mesma informação?

Esquadrinhando a cena diante de mim, percebo que esses caras estão envolvidos com algo sério.

Isso me faz me preocupar com o meu pai.

Onde será que ele está?

Está seguro?

Será que está vivo?

Preciso saber.

O gêmeo abraçando Emily suspira.

— Bem, não podemos fazer merda nenhuma quanto a isso. Acho que vamos todos ficar por aqui.

— Nada. Preciso cuidar de uma coisa — responde Shane, e seus olhos encontram os meus.

Espantada por ele ter olhado para mim ao fazer a declaração, não digo nada, porque não faço ideia do que ele planejou.

É uma troca silenciosa que dura alguns segundos, o que se torna uma trégua tácita e temporária.

— Você pode se comportar se eu te levar a um lugar público?

Me comportar?

Detesto as palavras que ele escolhe, mas reflito.

— Como assim? Não vou concordar sem saber com o quê.

— Sempre um pé no saco — resmunga.

Os gêmeos riem baixinho, mas se viram para continuar encarando o que restou dos carros.

— Você queria falar com a sua amiga. Pode ligar para ela?

— Para a Ames? — pergunto, um pouco surpresa por ele se lembrar disso depois das explosões que encerraram a discussão.

— Se é esse o nome dela, sim. Pode ligar para ela?

Balanço a cabeça e peso minhas opções.

— Ela está no trabalho. É dançarina na…

— Myth — ele termina por mim.

Quero perguntar como ele sabe disso, mas aí me lembro de que eles passaram tempo me vigiando.

— É o que pensei. Então, se não pode ligar para ela e quer ver como ela está, precisamos ir à Myth.

Surpresa por ele sequer ter feito a oferta, respondo:

— Então o seu carro está em condições de ser dirigido?

Um sorriso surge em seus lábios. Não consigo não admirar a expressão dele. O cara já é lindo, mas quando sorri…

— Sim, meu Belezinha saiu ileso. Não devem ter visto o meu carro, já que está estacionado no escuro.

— Que sorte, seu filho da puta — resmunga um dos gêmeos. Ele se vira para Shane. — Mas, sério, estou feliz por isso. Aquele carro é único.

Não é um carro qualquer...

Agora as palavras dele fazem sentido, a reverência que demostrou por algo tão comum quanto um carro quando o mostrou a mim lá na oficina.

É maravilhoso, preciso reconhecer. O cara não deixou passar um único detalhe ao restaurá-lo. Mas, ao ouvir o quanto é raro, percebo que o veículo deve valer uma fortuna.

Estou começando a suspeitar, no que diz respeito a Shane, que a fortuna que ele vale não é só um valor monetário, mas há algo mais naquele carro antigo que o fez se apaixonar.

— Vocês vão à Myth? Vou junto.

Nós nos viramos e vemos um dos gêmeos vindo em nossa direção. O outro fica com Emily, e qualquer dia desses, preciso aprender a diferenciá-los.

Algo não dito passa pela expressão de Shane, mas ele bate o punho com o do gêmeo e diz:

— Tudo bem. Mas você vai atrás.

O gêmeo resmunga, mas aceita seu destino, e nós três começamos a caminhar sem pressa conforme passamos pela carnificina da garagem e seguimos em direção ao carro de Shane.

Queria poder te dizer que Shane toma mais cuidado no tráfego da cidade do que na estrada. Queria mesmo, do fundo do coração, poder te dizer isso.

Mas quando chegamos à Myth, pela forma como minha mão agarra qualquer superfície disponível e como meus olhos estão fechados com tanta força, eu estaria mentindo se te dissesse que ele teve qualquer cuidado.

Acho que esse percurso foi pior que o primeiro e o segundo. Não que ele tenha sido capaz de ir mais rápido, mas porque ele tem reflexos que nunca vi na vida e troca de pista o tempo todo, quase dando com a traseira de um carro, então vai para a faixa ao lado e corta outro.

Mas chegamos ilesos, então é isso.

O gêmeo, Damon, conforme ouvi no trajeto, adorou. Ele riu o caminho todo, tão chocado quanto Shane por aquilo não ser divertido para mim.

Felizmente, sobrevivemos, apesar da forma como minhas pernas tremem quando nos aproximamos da Myth pelo estacionamento.

Patrick sorri para mim, mas os lábios se comprimem quando vê os dois homens me seguindo.

Ele estica o braço e bloqueia nosso acesso.

— Sem querer te ofender, Brinley, mas seus acompanhantes não são bem-vindos aqui. Ainda mais juntos.

Shane para ao meu lado.

— Nós vamos nos comportar dessa vez, Pat. — Ele tira a carteira do bolso de trás e pega três notas de cem dólares. — Eu tenho tudo isso para apostar.

Patrick encara Shane depois olha para Damon.

— E quanto você tem para apostar? Você se mete em mais encrenca do que ele.

Damon sorri e pega a carteira.

— Os ingressos andam bem caros esses dias.

Ambos entregam várias centenas de dólares para Patrick, que inclina a cabeça e abre a porta para a gente.

— Comportem-se, os dois. Vou odiar ter que chutar a bunda de vocês daqui… de novo.

Deve ser legal, penso.

Mal consigo me sustentar com o que meu pai me manda. Enquanto isso, esses dois gastam centenas de dólares só para entrar em uma boate.

Sem me importar com nada lá embaixo, vou em disparada para as escadas.

Damon e Shane me acompanham, a presença deles é o bastante para fazer a multidão se dispersar diante de mim.

Não vou reclamar. É tipo ter guarda-costas. Pela primeira vez, consigo passar sem empurrar ninguém e murmurar *licença*.

Ao subir as escadas, tropeço nos meus próprios pés, Shane segura um dos meus braços para me impedir de cair.

Ele pressiona a boca no meu ouvido e ignoro o arrepio que percorre a minha espinha. Tem que ser por causa de tudo que ele fez comigo hoje e não por outra razão.

Estou começando a acreditar que, quando Shane aparece na sua vida, é melhor considerar que tem algumas atrocidades cármicas para você compensar.

Minha pergunta é: que merda eu fiz em alguma vida passada que foi tão ruim assim para merecer esse cara?

— Cuidado, Brin. Não há razão para se apressar e quebrar o pescoço só para ver que ela está bem.

Não é só por isso que estou correndo. Se Ames não estiver bem, eu vou perder a cabeça bem aqui no meio da boate e exigir que chamem a polícia para vir em meu resgate.

Foi idiotice dar a eles o benefício da dúvida, para início de conversa. Mas a forma como o carro de cada um deles queimou? O aviso que foi deixado?

Todo mundo está envolvido em algo, e se isso significa encontrar o meu pai para assegurar que ele está vivo, vou me juntar a qualquer equipe necessária.

Ficou claro que o governador não estava disposto a me passar qualquer informação. Não sobre meu pai, pelo menos. Talvez seja um sinal de que Shane e o resto deles não está mentindo.

Chegamos lá em cima e meus músculos relaxam quando vejo Ames na gaiola de sempre, dançando.

Ela parece não ter uma única preocupação no mundo, o cabelo azul escorre por suas costas e aquelas asas falsas de anjo se movem a cada passo que dá.

Ela está usando um espartilho decorado e um short que parece três tamanhos menor. Mas é assim que Granger gosta.

Falando em Granger...

Inclino-me para Shane para não ter que gritar por cima da música. Seu braço desliza ao redor da minha cintura, e outro arrepio assola o meu corpo.

— Vou ter que falar com ela a sós. Granger vai me deixar passar. Mas se vocês dois vierem comigo, ele vai agir feito um idiota e não vai permitir que nenhum de nós se aproxime dela.

Ele me avalia com os olhos turbulentos cheios de suspeita, assente e me solta.

Ele e Damon vão até o bar para ficar me supervisionando enquanto subo correndo os degraus que levam à gaiola de Ames.

Ela me vê antes de Granger, para de dançar ao acenar e descer correndo. Ele finalmente se vira para mim, com a careta de sempre a postos, mas permite que Ames tire um intervalo de dez minutos para falar comigo.

— Puta merda, Brin. Você está bem? O que rolou hoje? Eu estava tão preocupada.

Preocupada?

Só preocupada?

Se fosse o contrário, eu estaria perdendo a cabeça.

— Você ligou para a polícia? — perguntei a ela. — Informou o meu sequestro?

Assentindo, ela afasta uma mecha de cabelo do rosto.

— É claro, mas não tinha muito a dizer a eles. Publicaram o anúncio de pessoa desaparecida e investigaram o acidente. Não aconteceu nada com o carro. E eu não cheguei a ver os caras. Devo ligar para eles agora e dizer para virem para cá? Quem te levou? Como você escapou? Você está machucada?

Ela passa as mãos pelos meus ombros e braços, procurando machucados.

— Estou bem, Ames. Ninguém me machucou.

Seu relato sobre o acidente traz memórias de volta. E o problema só aumenta quando me permito pensar no que aconteceu.

Para variar, eles não estavam mentindo.

Ames foi liberada e está bem.

Mas então me lembro do que aconteceu lá: o meu ataque de pânico, a delicadeza com que Shane me tirou do assento e se preocupou o bastante para me acalmar.

Psicopatas não libertam as testemunhas.

Também não dizem para você respirar com eles.

De início, presumi que fosse porque ele precisava de mim viva para lhe dar informações. Mas, ao ver que Ames está bem, reconsidero.

Olho para os dois no bar, e começo a duvidar do julgamento que fiz deles.

É possível que o governador estivesse mentindo o tempo todo e que Shane e os amigos estão sendo sinceros?

Por que o governador Callahan acabou com aquele pen drive? E como?

Quanto mais eu descobria, mais perguntas surgiam.

— Terra para Brinley. — Ames acena na frente do meu rosto. — Devo ligar para a polícia?

Nossos olhos se encontram antes de eu fitar Shane de novo.

Ela segue o meu olhar, e um pequeno arquejo estoura de seus lábios.

— São quem eu acho que são? — Ela segura o meu queixo para virar meu rosto e poder olhar dentro dos meus olhos. — Foram aqueles caras que te levaram?

Suspiro, e espero não me arrepender da minha decisão.

— Não ligue para a polícia, Ames. Eu cuido disso. Essa coisa toda foi um baita mal-entendido. Eles… — pauso, sem saber o que dizer a ela. — Hum, são meus novos amigos.

O queixo dela cai.

— Então eles são a sua gente? Eu sabia, porra. Por que andou escondendo isso de mim? Vamos lá falar com eles. Me apresente.

Nunca deixo de me impressionar com o fato de que Ames consegue sobreviver perfeitamente a um trauma. Como se nada tivesse acontecido.

Talvez tenha a ver com o modo como ela foi criada. Me faz pensar que o trauma que ela viveu desde que me conhece não é nada se comparado com o que enfrentou ao crescer.

LILY WHITE

Sei de alguns detalhes, porém, quanto mais fico perto dela, mais acredito que ela passou por situações com que a maioria das pessoas jamais poderia lidar, muito menos escapar ilesa.

Ao puxar meu braço, Ames não espera uma resposta. Simplesmente me arrasta até Shane e Damon.

Quando chegamos lá, ela vai logo em direção a Damon. O gêmeo, percebo, de quem ela não parava de falar quando voltamos da festa. É o seu favorito.

Enquanto ela se apresenta a Damon, Shane me puxa de lado.

— Estamos de boa agora?

Odeio dizer isso.

Ainda acho que sou uma idiota por dizer isso.

Mas precisa ser dito.

— Vou te dizer o que sei sobre tudo. E vou confiar que você vai ser sincero comigo. Mas, se eu te ajudar, preciso que me ajude também.

Ele sorri, o mar tempestuoso em seus olhos se acalma. Sob essas luzes, eles quase cintilam.

— Do que você precisa?

Respiro fundo, e não posso acreditar que vou dizer isso.

Mas aqui estamos nós. Neste momento.

Posso muito bem continuar no jogo até ele acabar.

— Preciso de ajuda para encontrar o meu pai.

O sorriso que ele dá em resposta é ofuscante.

— Tudo bem.

Shane

Já era hora, porra, penso, ao entrar no escritório da casa de Tanner e largar o meu peso na cadeira que fica de frente para a mesa dele.

Estou tão feliz por Brinley finalmente estar cooperando que sorrio animado na direção daquele otário, ignorando a forma como Gabe me encara da cadeira ao lado, e a cara de poucos amigos de Jase para mim de onde ele está recostado na parede.

— Por que você está tão feliz? — pergunta Tanner, com a voz mais tensa que o comum.

Coloco os pés sobre a mesa dele, me recosto na cadeira e ignoro o aviso em seu olhar.

— Porque meu trabalho está concluído. Brinley vai nos dizer o que sabe desde que ajudemos a encontrar o pai dela. E se o encontrarmos, encontramos os servidores. Problema resolvido.

Tanner simplesmente me encara. Gabe ri.

Quando Tanner pega uma caneta e começa a clicá-la sem parar, sei que está irritado.

Falando com calma e um pouco devagar demais, ele pergunta:

— Você não acha que se a gente pudesse encontrar o Jerry, teríamos precisado da Brinley?

Paro para pensar.

E, caramba. Ele tem razão.

Gabe se intromete.

— Tudo bem, então Brinley obviamente não vai ser de ajuda nenhuma. Ela não tem a informação de que precisamos. Qual é o próximo passo?

Tanner taca a caneta do outro lado da sala, perdendo a cabeça.

— Eu não faço ideia. Ainda não podemos encontrar o Jerry, e agora temos operações especiais rolando na minha casa e ateando fogo na porra dos nossos carros.

Aquilo chama a minha atenção. Tiro os pés da mesa e me sento direito.

— Operações especiais?

— De acordo com as minhas câmeras, sim. Havia quatro. Todos de preto e usando máscara. Tudo coordenado enquanto corriam pelo estacionamento dos fundos, cuidavam dos carros, pichavam a mensagem na minha casa e saíam em menos de três minutos.

Gabe de novo:

— Achamos que Scott pode estar envolvido e que o governador estava enviando um bilhetinho de amor.

Porra...

— Talvez Brinley ainda seja útil — ofereço. — Ela me disse que está disposta a nos dizer o que sabe desde que a ajudemos a encontrar o Jerry, o que significa que ela sabe mais sobre isso do que admite.

Os dois me encaram como se tivesse brotado outra cabeça em mim.

Tanner faz careta.

— Você poderia ter começado com isso, Shane. Onde ela está?

— Na sala. Vim aqui chamar vocês dois antes de falar com ela. E, se você parar para pensar, babaca, vai perceber que eu comecei falando isso.

Eles não se deram ao trabalho de responder.

Tanner e Gabe se levantaram e foram para a porta. Jase e eu os seguimos, meu passo um pouco mais lento porque estou exausto depois de hoje.

Estou de pé desde as seis, e já são quase uma e meia da manhã. Se eu não dormir um pouco e logo, vou desmaiar onde for que estiver parado.

Encontramos Brinley lá embaixo, sozinha no sofá.

Todo mundo foi embora dez minutos antes de eu voltar e chamaram um Uber, já que os carros foram queimados.

Ezra e Emily esperaram por Damon, e foram embora logo que ele chegou.

Luca foi esperta e partiu para a porra da cama, assim só restamos nós quatro para seguir com o interrogatório.

Tanner e Gabe se acomodaram nas duas únicas poltronas da sala, me deixando com o sofá de dois lugares ou perto de Brinley. Entre os dois, opto por me sentar perto de Brinley, forçando Jase a ficar no sofá.

Não confio nele para não perder a cabeça. E vai ser um Deus nos acuda se ele partir para cima dela de novo.

Felizmente, a garota é muito menos volátil, e posso me sentar sem me preocupar que ela vá estender o braço e dar um golpe na minha garganta.

Nerd Ninja.

Deveria ser nome de super-herói.

Tanner está perdendo as forças, o cabelo dele apontando para todos os lados por causa do número de vezes que ele passou a mão lá.

Encarando Brinley com a exaustão pesando sua expressão, ele vai direto ao ponto.

— O que você pode nos contar sobre tudo isso?

Brinley também está exausta, não há animação em seu rosto e a voz está cansada.

Por vinte minutos, ela explica por que estava na festa do governador, o pedido do pai para entregar o pen drive, os amigos tentando descriptografar o dispositivo, a amizade com Scott e Everly... tudo. É um despejo de informações que nenhum de nós previu, mas é útil.

Quando ela termina, todos ficamos em silêncio, sem ter a menor ideia do que fazer.

Alguns segundos se passam antes de ela soltar a última bomba:

— Vocês são a razão para Everly estar fugindo?

Os olhos de Jase disparam na direção dela.

— Fugindo?

Ele parece estar prestes a se levantar, mas o encaro em aviso. Não me importo de ele falar com Brinley, mas é melhor ele ser bastante respeitoso ao fazer isso, porra.

Brinley relata a noite na Myth quando era para Everly encontrá-la e como a minha briga e de Damon com Paul a afugentaram. Ela também explica que tentou ligar para o número que Everly usou para entrar em contato com ela, mas a linha já tinha sido desconectada.

Ficamos quietos de novo.

Gabe fala primeiro, sua voz mal passa de um sussurro.

— Que merda está rolando?

Tanner passa a mão pelo cabelo de novo, seus dedos puxam as mechas.

Ele larga o braço com tanta força que dá um tapa na coxa, ele parece derrotado.

— Não sei. E não vou conseguir pensar em nada se não dormir. Vamos encerrar por hoje e nos reunir de manhã.

O telefone de nós quatro começa a apitar, como se pegasse a deixa.

Uma mensagem seguida de mais duas, depois outra.

Claro, essa porra desse dia não terminaria sem a porra de um *grand finale*.

A casa de Mason foi atacada.

A casa de Damon e Ezra foi atacada.

A casa de Taylor foi atacada.

A casa de Sawyer foi atacada.

Cada um ao chegar em casa nos enviou a notícia, mais as fotos do estrago.

Não preciso ir para casa para saber que a minha foi atacada, e Jase também.

Gabe se recosta no assento depois de passar as fotos.

— Não tive notícias de Ivy. Espero que isso signifique...

Nossos telefones apitam de novo.

A casa de Gabe, apesar de ser bem fora de mão, foi atacada.

Todas foram danificadas de alguma forma: janelas quebradas, quintal destruído, carros incendiados. Nenhum de nós saiu ileso. Cada uma com o mesmo aviso pichado na lateral.

— Filho da puta — rosna Tanner.

A esse ritmo, ele vai acabar careca antes da hora. Está arrancando o cabelo com ambas as mãos agora.

Ele se levanta, começa a andar para lá e para cá, as engrenagens na sua cabeça girando enquanto pensa no próximo plano de ataque.

A deslealdade está de volta e, pelo tom marcado de suas passadas e os espasmos nas bochechas que faz parecer que o cara masca chiclete, Tanner está pronto para a caçada.

Por fim ele para, e o foco de todo mundo se concentra nele quando se vira para nos olhar.

— Shane, você precisa dormir. Leve Brinley para a casa dela e pegue roupas para pelo menos quatro dias. Depois vá para a sua casa. Arrume suas coisas e descanse por algumas horas. Quando acordarem, vocês vão.

Confuso, olho para Brinley, depois para ele.

— Para onde?

— Georgia.

Brinley congela.

— Por quê?

— Procurar o seu pai — responde ele. — É a nossa parte no acordo.

Ela assente e morde o lábio.

HERESIA

227

— Eu tenho aula.

Tanner faz um aceno de pouco caso.

— Não esquenta com isso. Taylor pode operar maravilhas ao te arranjar um atestado ou correção de nota, se for necessário. Isso é mais importante, não é? Seu pai é mais importante, não é?

Ela assente de novo.

— Por que a gente não vai no avião do Gabe? — pergunto.

Gabe solta uma gargalhada cínica e larga o telefone na mesa ao seu lado.

— Depois de repassar as fotos da minha casa, estou me perguntando se o meu avião ainda está com as asas. O governador tirou a gente de combate.

Ivy precisa muito mandar examinar aquela cabeça dela por causa da insistência de que Scott não é tão ruim assim. O filho da puta é um problema. Gigantesco.

Tanner volta a falar.

— Você é o único que tem um carro no momento. Pode ir em frente. O resto de nós vai ficar para resolver o problema com o governador. Assim que eu tiver certeza de que os ataques terminaram, Gabe e eu vamos pegar o avião e te encontrar lá. Podemos levar o que for necessário.

Brinley se remexe no assento, olha para mim e solta mais uma informação.

— Ames disse que ligou para a polícia e registrou o meu desaparecimento. Há alguma chance de o governador ter descoberto e é por isso que causou tanto estrago?

Tanner e Gabe têm outra de suas conversas silenciosas. Decisão tomada, Gabe fala primeiro.

— Alguma chance de você pedir a Ames para se esconder por alguns dias? Estou preocupado, já que ela sabe onde encontrar os garotos descriptografando o pen drive. Se o governador está desesperado a esse ponto...

— Vou falar para ela ficar com Granger — Brinley o interrompe. — Ele não a perderá de vista.

Plano concluído, Tanner praticamente nos expulsa de casa, a frustração dele é tanta que fico feliz por escapar.

Brinley e eu fazemos uma caminhada lenta e estranha até o meu carro, entramos e ficamos quietos até quase chegarmos ao dormitório dela.

Agora que não queremos nos esganar, eu meio que sinto falta. Não do fato de ela ser um pé no saco e de que estrago o dia dela só porque sim. Mas as caretas são muito bonitinhas. As farpas. Os insultos bem pensados que eram lançados com uma pontaria impressionante.

Brinley vai com tudo quando dá seus golpes, e não só os físicos.

— Quando chegarmos ao dormitório, você pode ficar no carro. Vou lá sozinha...

— Não vai rolar — digo, interrompendo-a com um tom que não deixa espaço para discussão.

Não que ela não vá tentar.

É de Brinley que estamos falando, afinal.

Ela vira a cabeça na minha direção, olha a lateral do meu rosto. Mantenho o foco na estrada, mesmo suspeitando que ela está me fuzilando com o olhar. Odeio perder isso.

— É claro que vai rolar, porque é o que estou te dizendo que vai acontecer.

— Não — respondo, alongando o "n".

Ela se remexe ainda mais no assento, como se estivesse se enquadrando no pouco espaço que tem do carro.

Não estou preocupado que ela vá usar suas habilidades ninja. Estou dirigindo e, no mundo seguro de Brinley, distrair o motorista na velocidade que estamos seria perigoso.

— Meu quarto é o meu espaço, se eu digo que você não está convidado, você deve respeitar.

— E respeito.

— Ah, tá, então tudo bem. Aí você fica no carro.

— Não — repito. — Eu disse que respeito. Mas jamais falei que aceitaria.

Chegamos a um sinal vermelho, e assim que o carro para, arrisco olhar para ela.

Ela está fazendo muita careta, com olhos estreitados e tudo. Bonitinho demais.

— A casa de todos nós foi atacada por um bando de mercenários de acordo com as câmeras de Tanner. Até onde sabemos, os ataques foram feitos porque você está supostamente desaparecida, o que significa que o governador está atrás de você. O que te faz pensar que ele não deixou alguém de guarda aqui, te esperando no caso de você voltar?

Ela se ajeita no assento, encara o para-brisa fixamente e se recusa até a me fitar de rabo de olho.

— Posso cuidar de mim mesma.

Ainda tenho areia nos meus dentes, o que não deixa dúvidas de que ela é uma baita amolação, mas duvido muito que jogar areia em alguém como Scott vá detê-lo.

— Vou entrar com você. Assunto encerrado.

Ela fica quieta de novo.

Provavelmente pensando no próximo argumento.

Talvez decidindo onde enterrar o meu corpo.

Mas não vou recuar. Eu a sequestrei com toda boa intenção e passei por poucas e boas para chegar a esse ponto.

Mas nem fodendo que vou correr o risco de alguém levá-la.

Paro no estacionamento, e espero o próximo argumento.

Algum ataque físico com suas habilidades de nerd ninja.

Qualquer coisa.

Mas Brinley não faz nada. Simplesmente abre o cinto, sai do carro e espera que eu me junte a ela.

Fico em guarda no caminho todo até o prédio. Meio que esperando que ela bata a porta na minha cara, me certifico de chegar primeiro e abri-la.

Muito cavalheiresco.

Ela não diz nada, simplesmente entra e vai em direção às escadas, mais uma vez esperando que eu a alcance.

Inclino uma sobrancelha para isso, estou ficando mais agitado. Essa garota não é de desistir sem mais nem menos. Ela tem um plano. Tenho certeza.

Subimos as escadas, em seguida vamos em direção ao quarto dela. Entrego as chaves que peguei de sua bolsa quando a levei. É agora que ela vai dizer alguma coisa.

Olhar feio.

Me xingar.

Qualquer coisa.

Mas ela simplesmente pega as chaves, destranca a porta e as devolve.

Minhas suspeitas se elevam ao ponto de eu esperar um ataque a qualquer momento. Mesmo para ela, isso é estranho.

Assim que entramos, ela pede para usar o banheiro e, não… não vai rolar. Presumo que haja lá uma janela da qual ela possa pular, talvez uma escada de incêndio ou uma treliça que ela possa usar para sair do prédio.

Corro na frente e verifico.

Nada.

Só quatro paredes robustas e as merdas de sempre de banheiro.

— Satisfeito? — pergunta ela, com a irritação estampada no rosto.

Eu sorrio.

— Só me certificando de que ninguém esteja aí dentro esperando para te atacar.

Brinley não engole a mentira.

— Ah, tá. Bem, como você pode ver, a barra está limpa. Posso fazer xixi agora? Ou você tem um penico para eu usar? Sei que gosta de ficar de olho nas coisas.

Em desafio ao que ela disse, me recosto na porta.

— Pode usar o banheiro. Vou ficar bem aqui.

Aquela olhada feia dela está de volta, e eu a amo agora mais do que antes. Resisto ao impulso de pegar o telefone e tirar uma foto para guardar de lembrança, abro um sorriso e me afasto da porta.

— Tudo parece seguro. Você pode mijar em paz.

— Ah, obrigada, meu amo e senhor.

Não tenho certeza, mas creio que havia sarcasmo em sua voz. Recebi outro olhar feio logo antes de ela bater a porta na minha cara. O barulho da tranca foi a cereja na porra do bolo.

Rindo comigo mesmo, olho ao redor do quarto pequeno e decido ficar à vontade.

Curioso com as roupas largas que ela sempre veste, vou até o guarda--roupa e puxo a porta.

Bem o que pensei: um monte de camiseta nos cabides e jeans dobrados na prateleira de cima.

É patético.

Não sou nenhum guru de estilo nem amante de moda, mas até mesmo eu poderia ajudar essa menina a encontrar algo melhor para vestir em vez do uniforme de sempre.

Aposto que você sabe o tipo de calcinha que prefiro...

A lembrança de quando ela me acusou lá na oficina volta com tudo e, na verdade, eu não sei. Mas agora estou curioso.

Vou até as gavetas e puxo a de cima.

As mulheres sempre usam a de cima para guardar os imencionáveis. O que faz sentido, eu acho. Já que é a primeira coisa que põem quando se vestem.

Como eu suspeitava.

A gaveta está abarrotada com sutiãs sem graça de algodão e regatas dobradas. Apanho algo de aparência estranha ao deslizar o dedo por debaixo da alça fina e o ergo. Acho que é um sutiã, mas não exatamente.

As garotas têm tantas opções que não sei se há um nome para esse... o que quer que seja, mas não faço ideia de qual seria.

— Sério mesmo que você está revirando a minha gaveta de calcinha?

Largo aquilo e me viro para ela. Ela abriu a porta tão silenciosamente que não a ouvi sair.

Ela praticamente corre na minha direção com a mão estendida; me esquivo, pensando que estou prestes a levar outro soco. Em vez disso, ela bate a gaveta e me empurra para longe do guarda-roupa.

— Mas que porra, Shane? Existe algo chamado privacidade. Achou que alguém ia saltar da gaveta em cima de mim? Que plantaram uma bomba ou algo assim?

Dou de ombros e abro um meio sorriso.

— Assim… talvez. Não se pode ser cuidadoso demais.

Ela revira os olhos.

— Só me deixe arrumar as coisas em paz. Vá se sentar.

Olho ao redor. Não há muitos lugares para isso, então escolho a cama. Largo meu peso na beirada do colchão, me apoio nos cotovelos e estico minhas pernas longas no chão.

Brinley pega uma bolsa e dá um passo para trás, sem prestar atenção, e quase tropeça no meu tornozelo quando o acerta com o pé.

Ela me olha feio de novo, e estou feliz por termos voltado a isso. Já estava com saudade.

— Você se importa? É a minha cama. Não quero você nela.

Pisco bem devagar, e lanço para ela o meu olhar mais inocente.

— Tem certeza? Não sou o tipo de cara que você leva para casa para conhecer os pais, mas podemos dar um jeito.

Ela vem para cima de mim, e movo uma das minhas pernas para que ela tropece.

Eu a pego, uso meu peso para virar o nosso corpo e prendê-la na cama. Estou pairando sobre ela. Não chego a esmagá-la, mas a mantenho ali.

O rubor das suas bochechas não passa batido.

Bato a ponta do meu nariz no dela, e continuo a provocá-la.

— Você ainda não admitiu que gosta de mim.

— É porque eu ainda não gosto.

— Mas já está começando. Basta admitir. Não vou usar contra você.

Seus lábios formam uma linha fina.

Suspiro, balanço a cabeça em descrença antes de apoiar a testa na dela. A garota mal pisca quando nossos olhos entram em uma batalha de encarada.

— Você tem alguma coisa que não seja quatro vezes o seu tamanho?

Com isso, os olhos dela se arregalam, mas logo voltam a se estreitar.

— São as minhas roupas. Posso escolher o que quiser.

— Porque você está se escondendo — insisto.

— Vamos voltar a isso?

Ela tenta mover os braços, mas os seguro pelos pulsos e os prendo acima de sua cabeça. A única coisa que ela pode fazer agora é pinotear sob mim.

É errado de minha parte?

Provavelmente.

Eu me importo?

Nada, nada.

Irritar Brinley está se provando um dos meus passatempos favoritos.

— A gente não chegou a deixar pra lá. Houve só uma breve interrupção. Agora voltamos aos trilhos.

A tensão em seu corpo cede quando ela para de resistir.

— Por que você se importa?

Paro para pensar e decido que a verdade é a melhor opção.

— Não faço ideia. Mas acho que precisamos fazer uma parada antes de seguir para a Georgia amanhã.

Ela vai me odiar por isso.

Cacete, eu vou me odiar por isso.

Mas vou fazer mesmo assim.

— Uma parada? Onde?

Sorrio de orelha a orelha, movo meu corpo para que ela não sinta o que resolveu acordar. Não entendo, mas não consigo controlar a excitação que sinto ao segurá-la desse jeito.

— É surpresa — respondo.

Outra olhada feia.

Mordo o lábio para conter a risada.

Estou começando a amar aquilo um pouco demais.

capítulo vinte e cinco

Brinley

— De jeito nenhum eu vou usar isso.

— Só experimenta — a vendedora argumenta com ela, o sotaque francês é uma chateação adicional à loja pretenciosa para onde Shane me arrastou de manhã cedinho. — Você vai ficar maravilhosa.

Não gosto do jeito que ela diz *maravilhosa*. Como se fosse me convencer a usar esse vestido preto minúsculo que faria Ames perder a disputa de exibição de pele.

Não sei nem se isso pode ser chamado de vestido.

Pego a etiqueta, a viro e quase caio dura.

— Este vestido custa mil e oitocentos dólares!

A mulher franze os lábios e pisca devagar, como se fosse uma gracinha.

— É trocado para o homem sentado lá fora. Ele disse o que você quisesse. — Ela se inclina e abaixa a voz. — Confie em mim. Você vai querer isso aqui.

Na verdade, não vou.

Olho para o homem em questão, o vejo falar ao telefone, completamente alheio à minha batalha com essa doida. Estou a um segundo de sair correndo e esfaqueá-lo até a morte com aquele cabide chique por ter me levado ali.

Ah, você precisa parar de se esconder...

Vai me agradecer depois quando descobrir que há coisas melhores que jeans e camiseta...

Quem ele pensa que é para julgar as minhas roupas, caralho? Sou eu quem as veste.

Qual é o problema em uma mulher escolher conforto em vez de estilo?

A vendedora interrompe meu conflito interno.

— Você não gosta de preto? Temos em verde e vermelho também.

Arranco o vestido das mãos dela e tento colocá-lo de volta na arara. Ela me detém, totalmente ofendida com a minha recusa.

É durante a nossa disputa que ela esquece o sotaque francês, a voz fica mais baixa conforme me olha como se a própria vida dependesse disso.

— Escuta, posso ver que você não gosta nem do cara nem das roupas. Eu entendo. Você ficaria surpresa com a quantidade de mulheres que são arrastadas para cá por algum ricaço babaca que diz que elas precisam trocar o guarda-roupa. Juro, esses homens precisam arranjar o que fazer. Mas ele me entregou o cartão sem limite dele e, se quiser um conselho, só compre a porra toda. Ele que se foda. Seja o mais cara que puder e derrote o cara em seu próprio jogo. Depois, é só não usar essa merda. Vai irritá-lo mais ainda. Entendeu?

Recuo com a sinceridade repentina dela.

Depois sorrio.

Agora ela está falando o meu idioma.

— E a que valor poderíamos chegar? — pergunto.

Ela sorri.

— Acho que na casa das centenas de milhares.

Conspiração aceita...

Aproximo-me dela.

— Você ganha comissão?

— Ganho — responde —, e é por isso que estou sendo sincera com você. E minha comissão é adicionada à nota. É ele quem paga, não a loja. Entendeu?

Ah, eu entendi.

Não há dúvida de que Shane me trouxe aqui para se divertir.

Então vou deixar divertido.

— Nesse caso, vou levar as roupas mais caras da loja.

Leva menos de uma hora para encher vinte sacolas. Vestidos, jeans, blusas, calças sociais, saias, calcinhas, sutiãs, casacos, sapatos... só apontar. E acaba que não odiei tudo. Há algumas peças que vou usar.

Para ser justa, foi divertido. Mas essa não é a melhor parte. É o infarto que sei que Shane vai ter que vai deixar a experiência ainda melhor.

— Trinta mil, quatrocentos e cinquenta e dois dólares e vinte centavos — minha conspiradora, Francesca, anuncia quando a soma é concluída.

Na verdade, o nome dela é Kelly, mas Shane não precisa saber. Ela só usa o nome chique para enganar os gastadores idiotas desse lugar elegante.

O queixo dele cai, o homem fica pálido.

— Desculpa, o quê?

Ela repete, mas ele a interrompe.

Lançando um olhar confuso na minha direção, ele por fim recupera a compostura, consegue abrir um sorriso sofrido e assente para que ela passe o cartão.

Eu sorrio feito uma idiota.

Kelly tinha razão, e estou feliz por ter dado ouvidos a ela. Esse é o momento em que mais me diverti estando perto de Shane.

Com uma expressão presunçosa, Kelly devolve o cartão dele e os olhos disparam na minha direção só por um segundo. Ela dá uma piscadinha e volta a se concentrar nele.

O falso sotaque francês está de volta.

— Muitíssimo obrigada por comprar conosco. Estamos ansiosos para vê-los novamente.

Ela estala os dedos, chamando o funcionário para carregar as sacolas por nós. Estou um pouco decepcionada com isso. Esperava que Shane fosse carregá-las.

Ainda assim, não deixo de reparar na tensão de seus ombros enquanto seguimos os homens até o carro. Paro logo atrás dele quando abre o porta-malas.

Ao me inclinar, odeio a forma como o perfume dele bagunça com o meu corpo, despertando cada instinto feminino que há em mim. Seu cheiro é tão bom quanto sua aparência. Mas, mesmo assim, aguento firme, só para poder cravar a faca ainda mais fundo.

Ao sussurrar em sua orelha, minha voz mal contém a diversão.

— Que bom que o Belezinha tem um porta-malas tão grande. As sacolas mal cabem aí sendo desse tamanho. Consegue imaginar tentar colocar tudo isso no meu carro? — O rosnado que chacoalha a sua garganta mal é audível. Mas eu ouço. E continuo: — Muito obrigada por me ensinar essa lição, Shane. Não fazia ideia do que faria sem você.

Outro rosnado, e preciso morder a língua para segurar a risada.

— Só entra na porra do carro — ele estoura.

Vou feliz, dou a volta e me acomodo no assento. Ele entra depois de alguns minutos, o motor ruge quando vira a chave.

Nem me importo com a forma como ele arranca do estacionamento e segue pela rua. Depois de ontem, estou acostumada à velocidade.

Um silêncio tenso perdura entre nós, o maxilar dele está cerrado e as juntas dos dedos estão brancas sobre o volante. Não consigo deixar de cutucar a onça.

— Obrigada pelas compras.

— Você já agradeceu — responde. A voz soa como se ele estivesse mastigando vidro.

Eu o cutuco com o cotovelo.

— Vi que você estava ao telefone. Está tudo bem?

Antes de ele responder, o aparelho toca de novo. Ele aperta um botão e o joga no console central.

— Estou no viva-voz.

Uma voz de homem vem do outro lado da linha, mas não tenho ideia de qual amigo é esse.

— Caramba, cara, você está bem? Parece que alguém atropelou o seu cachorrinho ou uma merda dessas.

Sem me importar com quem é, esfrego sal na ferida.

— Ele me levou para fazer compras.

Minha voz está animada demais.

— Ele o quê? Shane? Que merda está acontecendo? Pensei que vocês estivessem indo para a Georgia.

O carro ganha velocidade quando Shane pega a rampa de saída e entra na interestadual.

— Estamos — ele consegue responder, com a mandíbula cerrada e os dentes trancados.

Decido ajudar o cara com a história já que parece que ele não quer falar, e me intrometo de novo.

— Ele gastou mais de trinta mil. Tudo comigo. Dá para acreditar?

Um som engasgado vem do outro lado da linha, seguido por alguns segundos de silêncio mortal.

Por fim, o amigo volta a falar.

— Tudo bem, acho que liguei para o número errado. Eu estava tentando falar com Shane Carter, mas parece que liguei para o número de um pau-mandado. Foi mal.

O rosto de Shane fica de um tom surpreendente de vermelho.

— Que porra você quer, Damon?

Ah. O gêmeo que foi conosco à Myth ontem à noite. Na verdade, eu gosto dele, apesar da energia louca ao seu redor. Não é o tipo de pessoa de que costumo me aproximar, mas o cara faz a gente gostar dele.

— O que aconteceu com a sua casa? Todo mundo mandou foto, menos você.

Os dentes de Shane rangem com mais força. Quase consigo ouvir por cima do ronco do motor.

Quando chegamos à sua casa ontem à noite, ele ficou olhando para ela por uns bons dez minutos, o choque absoluto o congelou. Depois de finalmente aceitar que o estrago custaria cerca de uns dez mil dólares, ele percorreu todo o perímetro, fazendo uma lista de tudo o que tinha sido feito.

— As janelas de todo o andar de baixo foram quebradas. Havia pichações por toda a parte com aquela merda de aviso. Devem ter dado marretadas em cada centímetro de concreto da garagem e da calçada. As portas externas foram arrombadas. Porra, não consigo nem listar tudo.

Quanto a isso, sinto pena dele. O estrago na casa do Tanner foi ruim. Mas Scott tomou ranço de Shane.

— Ai — responde Damon. — Doeu. Sinto muito por isso. Mas, bem, todos estamos odiando a nossa vida no momento. Eles atacaram a minha moto e a de Ezra, o Jeep e a casa. Estava uma bagunça. As suas câmeras pegaram alguma coisa?

Shane relaxa no assento, uma das mãos está no volante e a outra descansa em sua perna.

— Igual ao resto de vocês. Quatro caras de preto usando máscara. Nada que dê para identificar.

Enquanto eles falam, presto atenção na paisagem passando pela janela.

O vento sopra o meu rosto, e fecho os olhos para protegê-los do sol. Se não fosse por tudo o que está acontecendo, teria sido um momento gostoso.

Um guinchado soa lá fora, de início, mal me chama a atenção. Quando se repete, eu franzo as sobrancelhas e inclino a cabeça para ver se consigo ouvir de novo.

Não acontece imediatamente, mas, enquanto seguimos caminho, é intermitente.

Shane desliga com Damon e liga o rádio. Eu o desligo.

— Você ouviu aquele guinchado de agora há pouco?

— Ouvi. Deve ser a suspensão traseira do Belezinha sobrecarregada com a loja inteira que você comprou.

Seguro o riso, dou de ombros e volto a ligar o rádio.

Percebo que Shane teve uns dias bem ruins, mas seu silêncio dura várias horas e passa por vários estados, o que é estranho para ele.

Hoje de manhã, ele não estava de tão mau humor assim, então estou começando a pensar que fui longe demais lá na loja. Não preciso de tudo o que foi comprado, e estou disposta a abrir mão das coisas.

Não que ele mereça.

Por causa dele, tive alguns dias complicados também. Mas não sou eu que está saindo milhares de dólares no prejuízo.

Entre o que gastei e o estrago na casa dele, Shane levou um belo golpe financeiro.

— Tudo bem se você quiser devolver as roupas. Eu não queria nada mesmo. Só estava dando o troco por você ter me obrigado a ir lá.

O carro guincha de novo antes de ele responder.

Viro a cabeça na direção do som.

— Você ouviu isso?

Shane olha na minha direção, depois para a estrada. Ele está distraído e perdido em pensamentos. Isso está óbvio.

— Não ouvi nada, e você pode ficar com as roupas. O valor não me incomodou.

Ele aumenta o volume do rádio, pondo fim à conversa.

Mais algumas horas se passam sem nenhuma palavra ser dita. O guinchado ainda é intermitente, mas os intervalos estão ficando mais próximos.

Escureceu, e estamos atravessando a Carolina do Sul quando uma vibração estranha que eu ainda não tinha notado começa sob os meus pés.

Abaixo o volume do rádio.

— Acho que tem algo errado com o carro.

Shane boceja e estica um braço pela janela aberta.

— Não há nada errado com o carro.

O guincho de novo, mais parecido com algo sendo triturado.

— Você ouviu isso?

Ele balança a cabeça, negando.

Meu coração bate mais rápido quando escuto de novo.

— Nada mesmo. Você não ouve nada?

Por fim, ele olha na minha direção por um breve segundo, com a cabeça inclinada na direção do som.

— Eu ouvi. Mas que porra?

E se repete, a vibração fica um pouco mais forte.

— Acho que é o pneu — digo, e o temor começa a dar as caras por causa da velocidade em que estamos.

Shane não parece nada preocupado.

— Duvido que seja alguma coisa. Talvez o batente. Preciso mijar mesmo, aí a gente encosta na próxima saída e dou uma olhada.

Entro em pânico quando o som se repete, minha cabeça vira na direção. Lá fora, a paisagem continua a passar voando.

— Talvez seja melhor a gente ir mais devagar até ter certeza — sugiro.

Despreocupado, ele dá de ombros e ignora a sugestão.

— O carro está bem, Brin. Eu praticamente o construí. Tenho certeza de que não há nada com o que se preocupar.

Ele está errado.

Eu sei que ele está errado.

Felizmente, a próxima saída fica a dez quilômetros. Praticamente seguro o fôlego até chegarmos ao posto e estacionarmos, e o solto quando abro o cinto e saio do carro.

Shane nem se dá o trabalho de olhar. Sai andando pelo estacionamento e entra na conveniência para usar o banheiro, presumo.

Olho em volta do carro, mas não sei o bastante para dizer se há algo errado. Não há nada que eu possa fazer senão ir atrás dele.

Depois de ambos usarmos o banheiro e pegar bebidas e algo para comer, sigo Shane de volta para o carro. Ele deixa a sacola lá em cima e se ajoelha para olhar lá embaixo.

Quando ele volta a ficar de pé, chuta o pneu da frente do lado do passageiro e sai verificando o resto deles.

Ele me olha por cima do teto.

— Não tem nada de errado. Entra no carro e para de pirar. Belezinha está firme e forte.

Isso me faz me sentir um pouco melhor. Ainda assim, há uma vozinha na minha cabeça dizendo que há algo errado.

Assim que voltamos para o carro, agarro o descanso de braço da porta, meu coração acompanha o ritmo do carro ganhando velocidade. Noto que a vibração ainda está lá, meu foco está no máximo e espero pelo barulho de novo.

Eu o ouço de novo. E de novo. E de novo. A cada vez, eu abaixo o volume do rádio só para Shane me dizer para que estou me preocupando demais antes de voltar a aumentar a música.

Mais meia hora se passa.

Estamos na rodovia indo a pouco mais de duzentos e quarenta por hora.

E aquela pequena vibração e o som acelerado se transformam em uma vibração imensa, a frente do carro guina para a esquerda, depois para a direita, Shane luta para controlar o volante.

— Encosta — grito, conforme ele tenta se desviar dos carros, porque, é claro, o que quer que tenha acontecido foi enquanto estávamos na pista do meio.

Shane mantém a calma, direciona o carro para o canteiro, os pneus passam pelas canaletas profundas enquanto damos solavancos.

Quando finalmente paramos, meu coração está na garganta, o pânico me ataca em ondas e ouço Shane bater a porta enquanto tento me convencer a abrir os olhos.

— Puta que pariu.

Engulo o medo, abro os olhos bem quando ele abre a minha porta com um puxão. Me lembra de quando eles tiraram Ames e eu da estrada, de propósito.

— Brin, você está bem?

Não estou.

Nem um pouco.

— Brin?

A voz dele some, e sou deixada com as batidas do meu coração e o medo ofuscante que faz meus pulmões não puxarem ar o bastante para eu sobreviver.

O ataque de pânico assumiu, e toda a razão foge do meu controle, meu corpo inteiro está tremendo enquanto encaro, sem nem piscar, a miríade de luzes ao nosso redor.

— Brin!

O som parece estar há quilômetros de distância, uma vozinha afogada pelas batidas do meu coração.

Um xingamento murmurado, em seguida meu cinto é aberto e sou puxada para fora do carro e embalada junto ao seu peito.

Eu sei o que está acontecendo.

E sei que preciso me acalmar.

Mas diga isso ao meu corpo.

Convença a minha mente.

Às vezes, é como se eu fosse partida ao meio, e o lado racional observa o aterrorizado assumir as rédeas.

— Respira comigo, Brin. Profundo e devagar. Você precisa se acalmar.

A gente quase morreu.

Eu sei.

Ele não pode me convencer do contrário.

Mas então acontece a mesma coisa que aconteceu da última vez que ele me pegou no colo.

Um cobertor de segurança é envolvido ao meu redor, meu coração e pulmões obedecem à sua voz calma e desaceleram para combinar perfeitamente com os dele.

Não sei por quanto tempo ele fica comigo no colo e quanto leva para o ataque de pânico passar. Talvez minutos. Não mais que uma hora. Ou talvez sim.

— O que aconteceu? — pergunto, enfim, imaginando o pior. — O pneu esvaziou?

Shane está quieto demais.

Abro os olhos e o encaro.

— A gente poderia ter morrido, né? O pneu estourou?

Os lábios passam por cima um do outro, e lá está a raiva em seus olhos cor de oceano. As ondas estão praticamente de ressaca agora, a tempestade dentro dele é um caos absoluto.

— É pior que isso — admite. — E você estava certa. Algo estava errado.

Não sei nem se quero saber, mas pergunto mesmo assim.

— O que poderia ser pior?

Outra onda de raiva... consigo sentir o aperto do seu peito e dos bíceps.

Devagar, ele fecha os olhos e volta a abri-los, os dentes rilham quando ele responde:

— O pneu não estourou. A gente quase *perdeu* os pneus da frente. Havia só dois rebites, mal impedindo que eles saíssem por completo.

Confusão nubla meus pensamentos. Não sou mecânica, cacete, então não entendo bem o que ele está me dizendo.

— Então você fez merda quando construiu seu precioso Belezinha?

Ele balança a cabeça, o olhar dispara para o carro antes de voltar para mim.

— Sem chance. Eu me certifiquei de que tudo estivesse em ordem. Verifico tudo quase todos os dias.

— Então como a gente quase perdeu um pneu, Shane?

Ele fica quieto por um tempo. Quieto demais. Aquela tempestade dentro dele agora está violenta com raios e vendavais.

— Alguém deve ter afrouxado as porcas. Fez o aro se soltar e a maioria dos parafusos quando elas caíram.

— Por que alguém faria algo assim?

Os dentes dele agora estão cerrados, e a mandíbula tão tensa que dói.

— Porque estavam tentando nos matar.

capítulo vinte e seis

Shane

Scott acaba de assinar seu atestado de óbito.

Não estou nem aí se ele era do exército.

Não estou nem aí se ele era o fodão das operações especiais.

Estou cagando e andando para o fato de que o homem pode quebrar o meu pescoço em menos de um segundo só com uma das mãos enquanto equilibra um prato em uma vara com a outra e faz malabarismo com oito bolas usando os pés.

Eu vou acabar com ele. Só preciso descobrir como.

A primeira ligação que faço é para o guincho. Quanto menos tempo eu passar no acostamento, melhor. A segunda é para Tanner.

Ele atende no terceiro toque enquanto Brinley e eu estamos encostados no meu carro ali na interestadual.

— Já está na Georgia, ou levou a Brinley para fazer uma transformação, as unhas e massagem para acompanhar o novo guarda-roupa de trinta mil dólares?

Eu detesto a velocidade com que as notícias trafegam nesse grupo. Felizmente, estou puto demais para dar a mínima.

— Eu vou matar o Scott — respondo a ele, ignorando sua tentativa de me insultar.

A voz de Tanner fica séria.

— O que houve?

Explico o problema com o pneu e a possibilidade muito real de o governador não estar apenas querendo danificar propriedades, mas tramando situações letais.

Se eles quisessem ferrar com o meu carro, teriam feito isso. Mas afrouxar as porcas? Isso leva tempo para ter resultado, e só quando se está dirigindo.

Veja bem, o problema de perder uma roda da frente enquanto está em alta velocidade é que você também perde a capacidade de conduzir. Inevitavelmente, acaba sendo levado na direção que o carro quer tomar, não importa o obstáculo que houver.

Em questão de segundos, você pode se ver com a cara em uma árvore, e o motor na porra do seu colo, ou debaixo de um caminhão, a postos, só esperando para ser esmagado sob os pneus.

— Jesus — Tanner suspira. — Mas por que você? Eles estão levando essa coisa toda a outro patamar, sem dúvida, mas principalmente no que envolve você.

Aquilo já passou pela minha cabeça quando vi o estrago que foi feito na minha casa.

— Só consigo pensar que é porque sou uma ameaça direta a Brinley. Scott a pegou na oficina, então sabem com certeza que estou em contato com ela.

— Mas se você é a ameaça direta, e eles acham que ela está desaparecida, presumiriam que a garota está com você. O que quer dizer que se você sofresse um acidente...

— Ela teria morrido também — concluo por ele.

Eu também já tinha cogitado aquilo. E é por isso que o meu sangue está fervendo.

Atentar contra a minha vida é uma coisa, mas ferir ou matar Brinley? Não é só uma sondagem, é ir longe demais. Eles se embrenharam tanto no território inimigo que acabaram despertando uma besta dentro de mim que está furiosa, com sede de sangue e que já descascou a camada de civilidade até restar só o caos da minha mente.

Tanner deve intuir aquilo. Ele me conhece há tempo o bastante para saber direitinho como estou agora e exatamente que rumo a minha mente está tomando.

— Não faça nenhuma idiotice — avisa. — Primeiro, precisamos descobrir por que eles a querem morta. São os amigos dela que estão descriptografando o pen drive. Sem ela, estão de mãos atadas igual a nós.

— A menos que peguem a Ames — lembro a ele. — Brinley disse amigos, mas ela acabou de confessar que esses amigos são o irmão mais velho de Ames e o amigo dele.

— Então se eles pegarem a Ames...

244   **LILY WHITE**

— Isso mesmo.

De longe, luzes alaranjadas piscam na estrada. Só mais alguns minutos até eu ter que desligar e lidar com a tarefa de pôr Belezinha na carroceria.

Espero que cheguemos rápido à Georgia depois de consertar o meu carro. E talvez a gente tenha sorte e encontre o Jerry.

Assim que fizer isso, vou derrubar aquele filho da puta e enfiar o pé na sua garganta, pronto e disposto a esmagar a sua traqueia se ele não contar cada detalhe que sabe sobre o governador Callahan e seu cão raivoso, Scott.

Ah, e também sobre os servidores. Mas eles não são minha prioridade.

Brin talvez não concorde, e vai voltar a me odiar por isso. Mas, se for para proteger a vida dela, mato quem for.

Não seria nem a primeira vez. Infelizmente, já tirei uma vida por menos... uma de que me arrependo, e a outra eu mijaria em cima do túmulo se tivesse a oportunidade.

— Pegue a Ames — digo a Tanner. — Mande o Damon. Ela o conhece e vai acreditar nele já que sabe que está ligado a Brinley. Assim que a tivermos sob controle, o governador vai nos atacar diretamente de novo para pegar uma delas.

O guincho para no acostamento.

— Preciso desligar. O guincho está aqui. Dou notícias quando chegar na Georgia.

Desligo, vou até lá e aperto a mão do motorista.

— Acha que a gente consegue consertar o carro em poucas horas?

Ele assovia impressionado quando se aproxima do carro. E em seguida balança a cabeça de uma forma bem menos encorajadora.

— Olha, é um clássico — diz ele, com um sotaque tão carregado que é difícil de entender. — O que eu não daria por um carro desses.

Ele vai até o lado do passageiro e se abaixa para verificar o estrago.

— Vai ser difícil de consertar.

Obrigado, Sr. Óbvio...

— Eu sou mecânico — digo a ele. — Só me dê um espaço na oficina e eu mesmo cuido disso. Cacete, um estacionamento, e me viro para arranjar peças, ferramentas e o que for necessário.

Ele balança a cabeça de novo e me olha de rabo de olho.

— É difícil arranjar peças por essas bandas. A loja mais próxima fica a algumas cidades daqui e só vende coisas mais simples. Você está sentado em um...

— Eu sei em que tipo de carro estou sentado. Fui eu que fiz a restauração. Posso mandar as peças virem em um avião particular se for necessário. Só me arranje um espaço e um endereço.

— Vai precisar de ferramentas — menciona, obviamente sem ouvir nem entender o quanto é fácil para eu arranjar essas coisas.

Dinheiro é muito conveniente nessas cidades pequenas.

E é em uma dessas que estamos, infelizmente. No meio da rota do banjo da Carolina do Sul. Onde o único cheiro que você sente é do escapamento da interestadual e da lama dos pântanos.

— Só preciso de um espaço para trabalhar. Tem alguma oficina em que eu possa fazer isso?

Ele me olha de rabo de olho de novo, de cima a baixo; sou taxado e dispensado como o garoto da cidade com dinheiro de mais e inteligência de menos para consertar um carro.

— Tem certeza, garoto? Parece que deu merda quando você restaurou o carro. O que aconteceu? Esqueceu de apertar as porcas?

Ignoro o fato de ele ter me chamado de garoto, decido que é jeito de falar, e preciso bancar o bonzinho para conseguir o que quero.

— Vou apertar dessa vez. Só preciso de espaço, meu velho.

Ele ri disso.

— Não vai ser problema. Vou te levar para a oficina do Shipley. Eles têm espaço. Mas vai ter que passar a noite aqui, eles só abrem às nove da manhã. Posso levar vocês até um hotel de beira de estrada e ir pegá-los quando a oficina abrir.

Eu bufo. Não ajuda em nada a aliviar a tensão.

— É. Pode ser.

Trinta minutos depois, chegamos a um hotelzinho que mais parece ter saído do filme *Psicose*.

Brinley está nervosa pra cacete, nós dois lutamos para carregar as nossas bolsas e mais as vinte sacolas de compra que me recusei a deixar no carro.

Fazer o *check-in* leva alguns minutos e, felizmente, o recepcionista não dá a mínima para a nossa situação para começar a fazer perguntas.

Ele joga a chave para a gente, em seguida acena na direção do quarto, carregamos as coisas lá para fora e seguimos por um corredor escuro cheio de teias de aranha e mata-moscas até chegarmos ao quarto.

O lado de dentro não é muito melhor.

Tem uma cama de casal, uma poltrona velha com as molas escapando do assento, uma janela minúscula que não abre e uma luminária que pisca eventualmente porque a lâmpada é velha demais.

Ótimo pra caralho.

Largo as bolsas, abro e fecho os dedos para afastar as cãibras por carregar as sacolas, em seguida me recosto na parede perto da porta.

— Pode ficar com a cama. Vou dormir no chão, isso se eu conseguir pregar o olho.

A expressão de Brinley é duvidosa enquanto verifica a cama. A garota ergue os lençóis e os olha com atenção, puxa o de baixo e inspeciona o colchão.

— O que você está procurando? Um cadáver?

Ela ri.

— Percevejos.

Pior ainda.

— Sinto muito por não ser um cinco estrelas, mas...

— Serve — ela assegura. Seus olhos encontram os meus. — E não precisa dormir no chão. A gente pode dividir a cama.

Fico surpreso, e balanço a cabeça.

— Brin, está tudo bem. Eu durmo na poltrona ou algo assim.

— Você vai cair da poltrona só de tentar. — A expressão dela amolece. — Olha, a gente teve uns dias bem ruins e ambos estamos exaustos. Consigo ver no seu rosto. Então podemos nos comportar como adultos e dividir a cama.

Um sorrisinho repuxa o canto dos meus lábios. Não consigo me segurar.

— Só se você admitir que gosta de mim.

A olhada que ela me dá me faz rir e, caramba, eu precisava disso. Ajuda a aliviar um pouco da raiva que está me esmurrando por dentro como se fosse uma marreta.

— Vou admitir que você não é tão ruim quanto pensei de início.

Sorrio para isso e faço que sim.

— Aceito.

Agora, não tenho bem certeza, mas acho que um rubor coloriu as suas bochechas. Levando em consideração que ela se virou rápido demais para voltar a olhar a cama, acho que sentiu e tentou esconder.

Quero insistir no assunto, mas preciso cuidar de alguns detalhes antes.

Faço algumas ligações e consigo fazer Priest me mandar as peças e as ferramentas de que preciso para consertar Belezinha. E, felizmente, o avião de Gabe não foi atingido e está funcionando.

Embora os caras não estejam prontos para vir, Gabe oferece o avião para trazer as peças até uma transportadora lá perto. Se tudo sair conforme o planejado, espero estar de volta à estrada ao meio-dia.

Brinley já está recostada nos travesseiros do seu lado da cama quando me largo ao lado dela e me estico.

Sinto seu quadril pressionar o meu ombro e tento ignorar o sangue correndo para partes minhas que não podem tê-la.

Independente do que sinto, não vou cair na mesma armadilha em que Tanner, Gabe, Mason e agora Ezra pisaram todos felizinhos. Não tenho tempo para nada mais que uma noite só e, para ser sincero, uma garota igual a Brinley merece alguém bem melhor do que eu.

Ainda assim, viro a cabeça para olhar para ela.

Olhos azuis me observam com atenção quando ela tenta se afastar.

— Desculpa. A cama não é muito grande, e você pesa bem mais que eu. Quando se largou aqui, eu praticamente quiquei até aí.

Mesmo que eu jamais saiba como é estar dentro do corpo dela, ainda posso explorar o que se passa nessa cabeça.

— Você teve outro ataque de pânico.

Ela assente e tenta se esconder atrás do longo cabelo castanho.

— É.

— É comum? Já aconteceu duas vezes nesse tempo que te conheço.

Uma risada baixa escapa de seus lábios, é mais triste do que feliz.

— Três vezes, na verdade, mas você não conseguiu ver o que tive durante a noite da briga na Myth. Mas aquele não foi muito ruim.

— Por que não?

Eu me sinto um idiota por ter sido o responsável pelos últimos ataques de pânico que ela teve. Não que eu soubesse que ela estava na Myth naquela noite, mas ainda foi obra minha.

Ela suspira e larga o livro que tentava ler antes de eu interromper. Ao que parece, ela pôs alguns na bolsa antes de sairmos.

— Sinceramente?

Sorrio.

— Se você for capaz disso.

Ela me olha e faz careta. Não é a olhada feia que eu amo, mas serve.

— Eu tenho bastante medo de carro. Minha mãe morreu em um acidente quando eu tinha doze anos.

— E você estava no carro.

LILY WHITE

Ela balança a cabeça.

— Não, felizmente. Eu não estaria sentada aqui se fosse o caso. Mas o acidente chegou ao noticiário e, apesar de o meu pai tentar me poupar das fotos e vídeos, eu vi tudo. — Ela faz uma pausa e respira fundo. — Só digamos que não sobrou muito do carro. E acho que não sobrou muito da minha mãe também.

Agora eu me sinto um babaca por ter forçado a barra com ela no carro ontem à noite. Caramba, não só ontem à noite. A cada vez que ela se sentou no banco do carona.

— Tudo bem, sou um completo idiota. Eu não fazia ideia.

Ela dá uma olhada na minha direção e volta a se esconder por trás do cabelo extremamente macio. Minhas mãos se fecham com o desejo de entrelaçar os dedos nele.

Não, Shane.

Você não tem o direito de tocar nela.

Quanto mais fico perto dessa garota, mais preciso me lembrar disso.

E não é uma merda?

Priest e os gêmeos não me dariam paz se descobrissem.

— Você não me conhece — diz ela, por fim, interrompendo minha batalha interior. — Como poderia saber por que sou do jeito que sou?

Está cada vez mais difícil para mim conhecê-la. Ainda mais porque há algo nela de que não gosto. Ela fala demais, sim. Geralmente é algo que detesto. Mas, com Brinley, aquela boca está se transformando rapidamente em algo que quero provar e morder para que eu possa calá-la.

Será que se eu a beijar agora ela vai me olhar feio? Não sei se eu suportaria.

Preciso tirar a mente da sarjeta.

— Por que você persegue a morte? — ela me pergunta.

Fico tão surpreso que viro a cabeça de supetão e quase estiro um músculo.

— Não persigo.

Aqueles olhos azuis encontram os meus, uma sobrancelha castanha se ergue.

— Tem certeza? Você é imprudente ao volante. Briga por diversão. Creio que seja descuidado com quem escolhe trepar e até mesmo com a frequência com que fica bêbado. Há alguma parte da sua vida com que você se importe o suficiente para ter cautela?

Eu fui cauteloso com ela.

Não que eu consiga admitir, e talvez não desde o início.

Mas desde que comecei a conhecê-la, sim.

Não estou agindo como eu mesmo. Estou sendo cuidadoso com algo pela primeira vez na vida, e não posso nem falar disso. Revelaria coisas demais.

E talvez começasse algo que não sou capaz de sustentar.

— Não há muito com que eu me importe para ser cauteloso. Não penso igual ao resto das pessoas. Além do que, tenho muito pelo que responder nessa vida, e se a dona morte decidir que chegou o meu dia, ela talvez esteja fazendo um favor ao mundo.

— Tipo o quê? — Ela se move para ficar deitada de frente para mim, dobra um braço e apoia a cabeça na mão. Brinley fica estonteante desse jeito. Relaxada, apesar do entorno. — O que poderia ser tão terrível para você não merecer viver?

Matar duas pessoas. Ferrar com a vida de tantas que não sei nem quantas. Não posso contar quantos ossos quebrei em brigas. As despesas com hospital que custei aos outros. Mulheres que fiz chorar. Grande parte por diversão.

Porra?

Tenho vergonha de admitir a maioria para ela. Ou medo.

Contar as piores partes a mandaria de volta para o lugar em que ela me odeia.

— Só confie em mim, Brin. Não sou um cara legal. Não sou nada parecido contigo, ou com qualquer outra pessoa, diga-se de passagem, então por que eu deveria me importar se vivo ou morro?

Com isso, ela simplesmente pisca aqueles olhos lindos e me abre um sorriso divertido.

— Comigo? O que eu sou que você não pode ser?

— Boa — respondo. — Decente. Alguém que, apesar de ser a maior pela-saco que eu já conheci, tem o coração de ouro. Você se importa com as pessoas. Com o que acontece a elas. Sei disso só de ficar perto de você. E isso faz você ser o que há de mais contrário a mim quanto é possível.

Vou ficar de cara se ela não desistir.

— As pessoas mudam.

— Ah, nem vem. — Rio. — Esse não é um daqueles momentos *de você faz de mim alguém melhor.*

— Por que não?

Teimosa pra caralho essa aí.

Encarando-me com uma sinceridade ofuscante, ela declara:

— Se eu admitir que, na verdade, gosto de você, e até mesmo que aceito ser sua amiga, é possível que eu te ajude a parar de se odiar tanto?

— Eu não me odeio.

É como se ela soubesse o quanto estou lutando para ficar perto dela, e força ainda mais.

Ela estende a mão e toca a lateral do meu rosto. Para piorar ainda mais a situação, inclina o rosto para perto do meu e fala tão baixinho que o meu pau ganha vida.

— Acho que você se odeia, sim. E também acho que em algum lugar aí dentro há uma pessoa meio decente escondida debaixo desse exterior de grosseirão.

Eu deveria afastar a mão dela, mas estou gostando disso um pouco demais.

— Nunca a conheci.

O sorriso dela me distrai demais.

A sinceridade dele.

Um anjo me espia por trás de seus olhos, e sei que, se me fosse dada a chance, eu arrancaria suas asas fofas e estragaria sua auréola.

— Eu, sim — diz ela.

Uma risada escapa do meu peito.

— Agora você está delirando. Precisa dormir.

— Um cara ruim não daria a mínima por eu estar tendo um ataque de pânico, em duas ocasiões, e não tentaria me acalmar. Não do jeito que você fez, pelo menos. Um cara ruim não teria socado outro só por quase ter me derrubado.

— E aí que você se engana. Eu gosto de brigar e de tirar vantagem quando surge a oportunidade.

— Uhum. Vamos acreditar nisso. Mas então me explica por que um cara ruim se importaria por eu me esconder. Por eu ser tão medrosa. Um cara ruim não usaria isso a seu favor e exploraria meus medos mais profundos para conseguir o que quer?

Um sorriso inclina os meus lábios.

— Estou em choque.

Brinley afasta a mão, e quase seguro o pulso dela para fazê-la voltar para a minha bochecha, onde é a porra do seu lugar.

Que merda está errada comigo por eu estar pensando desse jeito?

— Com o quê?

— Por você admitir que se esconde. Eu estava certo.

Quando ela olha feio para mim, cada gota de sangue do meu corpo escorre para o meu pau. Estou com um tesão filho da puta por algo tão bobo que praticamente vibro. O que ela causa em mim não é natural.

Nerd Ninja Bruxa.

É o novo nome de super-heroína dela.

Não há outra explicação.

O silêncio entre nós é ensurdecedor no momento, dura demais, e estou começando a me coçar para ela dizer alguma coisa, ou vou perder a cabeça.

É isto que me deixa mais louco sobre ela: nunca se sabe o que essa garota está pensando.

Com Brinley, a gente pode jurar que ela está prestes a virar à esquerda e, em um piscar de olhos, ela te surpreende e guina para a direita.

E eu consigo descobrir qual é a de praticamente cada pessoa. Basta cinco minutos de observação e já posso detalhar gostos e desgostos, do que se orgulha e o que a envergonha. Eu poderia dizer o que ela está pensando, sentindo, que decisões tomou ou pelo que passou na vida.

Porque pessoas são fáceis.

Mas não Brinley.

Ela pode se esconder, mas a vida lhe deu a habilidade de chocar e surpreender alguém tão observador quanto eu.

Ela me choca mesmo agora, e então faz algo que é tão perigoso para nós dois que eu seria um cara legal se pulasse desta cama e me afastasse.

— Isso é esconder?

Ela se aproxima e pressiona os lábios nos meus. O toque é suave de início, hesitante, curioso. Fico parado, com medo de que, se eu sequer mover o mindinho, ela vai sair correndo.

Mas então a ponta da sua língua lambe a junção dos meus lábios, e perco a habilidade de pensar.

Se tiver uma bomba dentro de mim, essa mulher acabou de detoná-la. E sem me fazer de rogado, sem cautela alguma, sem dar a mínima para onde isso vai parar ou o que significa, entrelaço os dedos em seu cabelo com tanta força que ela solta um gritinho, e puxo sua boca para a minha.

Brinley

Acaba que eu talvez seja uma idiota.

Apesar do tanto que tenho sido cautelosa.

Apesar de seguir as regras do meu pai.

E apesar de me esconder por trás dos livros e por baixo de roupas largas.

Fiz todos os esforços na minha curta vida para não ferrar com nada nem cometer um erro. Para tomar as melhores decisões. Para trilhar o caminho que me conduziria ao melhor emprego que eu poderia arranjar quando terminasse os estudos e crescesse.

Mas *neste* momento, com *este* homem, estou indo contra o sino de aviso esmurrando a minha cabeça e fazendo a escolha que sei que só vai me magoar no final. Estou disposta a experimentar esse lado da vida que eu sempre soube que levaria à destruição.

Shane ainda não se enganou quanto a mim. Não é algo que eu esteja disposta a confessar para ele ou para qualquer um, diga-se de passagem. Dá vergonha. Mas tenho medo da minha própria sombra, me preocupo o tempo todo, e o preço que isso tem cobrado da minha mente e do meu corpo ao longo dos anos vem sendo mais alto do que qualquer estrago que levar uma vida livre causaria.

Não sou de todo inocente. Já tive namorados e fiz sexo. Fui a festas e bebi. Estive em bares, boates e shows onde de tudo poderia acontecer.

Mas nunca aproveitei nada disso.

Estava com medo demais.

Sempre preocupada.

Enquanto todos ao meu redor se divertem, eu espero que tudo dê errado e imagino que, a qualquer minuto, o pior aconteceria.

É estranho quando paro para pensar agora. Nunca fui tecnicamente uma prisioneira. Tinha a liberdade de seguir com a vida do jeito de sempre. Mas nunca cheguei a viver um segundo porque meus pensamentos estavam presos, e meus medos e temores eram a irrevogável prisão.

Ninguém que já me conheceu reparou nisso.

Ninguém, exceto Shane.

Enquanto eu sou assustadiça, ele é destemido.

Enquanto me preocupo, ele não está nem aí.

Enquanto ele é livre para fazer as próprias escolhas e que se danem as consequências, eu calculo cada passo, com medo até mesmo de fazer escolhas.

Enquanto ele pensa e age diferente de todo mundo, eu tenho lutado para ser o que todo mundo quer de mim.

E odeio isso.

Então qual é a coisa mais irresponsável que posso fazer?

Isso.

Beijar *este* homem.

E não estou nem aí para o rumo que isso pode tomar.

Quando rocei a boca na dele, não esperava que seus lábios fossem tão macios. Ele não se moveu. Caramba, ele ficou congelado igual a uma estátua, permitindo que eu me acostumasse com a sensação. Que eu explorasse.

É quase como se ele estivesse com medo de me afugentar, e talvez estivesse certo de se sentir assim. Fui tímida de início. Insegura.

O aroma de seu perfume me seduz naquele momento, só a ponta da minha língua escapa dos meus lábios para descobrir se o gosto dele é tão bom quanto o cheiro. Tudo nele foi desenhado para seduzir.

Temo que ele possa se provar um vício.

Mas é isso o que eu faço.

Sinto medo.

E no momento que eu teria me afastado, temerosa demais de levar esse erro mais além, ele fecha a mão no meu cabelo e me puxa para mais perto, assumindo o controle sem um grama de cautela para detê-lo.

Ele é exatamente do que eu preciso.

Nossas línguas se chocam em um beijo que arranca o ar dos meus pulmões. E eu simplesmente gosto do jeito como ele conduz, acelera as coisas até eu estar gritando para ele ir devagar.

Não que eu queira.

Não de verdade.

Puxo a cabeça para trás, assim meu pescoço fica dolorosamente arqueado e exposto, Shane passa a boca pela minha pele, a barba por fazer em seu queixo me arranha, a ponta de seus dentes é um aviso sutil de que talvez eu tenha começado algo com que não fui feita para lidar.

Ele assume pleno controle, de alguma forma o cara é terno e agressivo quando sua boca alcança o espaço entre meu ombro e o meu pescoço.

Tremo descontroladamente quando ele morde.

Um som sai de sua garganta, cem por cento masculino, cheio de satisfação e conquista.

Com a outra mão, ele passa dedos possessivos pela lateral do meu corpo, envolvendo as minhas costelas de forma que seu polegar quase resvala na lateral do meu seio.

Eu me sobressalto, superestimulada demais. Sabia que não deveria ter começado isso, mas, caramba, estou feliz por ter ido adiante, porque meu coração nunca bateu com tanta força na vida.

Tenho outro sobressalto quando seu polegar contorna a curva do meu seio, e ele ri no meu pescoço, e aquela língua dele lambe a ferroada de sua mordida.

— Com medo? — pergunta, com a voz tão profunda que me abala até a alma.

— Nem um pouco — consigo pôr para fora.

Outra risada.

— Mentirosa.

Ele não está errado.

É exatamente o que eu sou.

Mas Shane não tem medo. Não quando me vira de costas e seu peso me prende conforme solta meu cabelo e se apoia nos cotovelos.

Dando uma longa e lenta analisada no meu corpo, ele balança a cabeça.

— Preciso te tirar dessas roupas largas. — Seus olhos encontram os meus, a cor de oceano revolto, as ondas batendo. — E tacar fogo nelas.

Abro a boca para rir, mas ele rouba outro beijo violento, a língua sai para capturar a minha, seu peito desaba no meu quando puxa meus braços para o alto da minha cabeça e me prende.

Ele para o beijo e suspira.

— Brin, tem certeza...

— Não — exijo, interrompendo-o. — Não estrague o momento. Quer me mostrar o que significa viver? Então deixe de lado essa palhaçada de querer saber se estou bem e simplesmente me mostre.

Um piscar de olhos, e ele começa a discutir, mas eu o calo ao capturar sua boca, só porque não sou capaz de libertar as mãos.

Falando por cima dos meus lábios, ele ainda tenta me lembrar de que:

— Um cara legal iria…

Enfio a língua ainda mais fundo para calá-lo de novo, depois a tiro e mordo seu lábio.

Nossos olhos se encontram naquela pequena batalha, meus dentes ainda prendem a sua boca quando respondo:

— Que bom então que você não é um cara legal.

Ao que parece, é tudo o que preciso dizer, sua disposição de resistir se vai e seu corpo vem à vida acima de mim.

Ele estende a mão por trás da cabeça e tira a camisa, nosso corpo se contorce para que ele possa se libertar da peça, a palma das minhas mãos encontra sua barriga e traça o abdômen trincado quando ele joga a camisa na cama.

Shane me olha de cima, e juro que se ele abrir aquela boca para fazer algo que não seja me beijar, vou perder a porra da cabeça.

A gente está se encarando, ele busca algo no meu rosto, e minha expressão se transforma na melhor cara feia que consigo fazer.

Aí ele sorri.

— Eu amo quando você…

— Dá pra parar de falar?

— Nossa. Sim, senhora.

— A melhor resposta possível — digo, e ergo a cabeça para que ele possa beijar o meu maxilar. — Para tudo.

Ele aperta ainda mais os meus pulsos, e os ossos se movem ligeiramente com uma fisgada de dor. Isso de alguma forma me faz querê-lo ainda mais.

— Não vai rolar depois que isso acabar — é a resposta rosnada dele. Shane prende ambos os meus pulsos com uma das mãos e usa a outra para começar a puxar a minha blusa.

Minha camiseta rasga por causa do desespero com que ele a remove, e uma risada escapa da minha garganta ao pensar que não vai fazer falta.

Que ele a rasgue toda.

Picote, não me importo.

Desde que ele faça esse erro valer a pena.

Indo rápido com o meu jeans, ele o desabotoa e puxa para baixo, permitindo que eu o chute, desesperada para me livrar da barreira.

Pele com pele, exceto pela minha calcinha e sutiã, Shane solta minhas mãos para plantar as dele de cada lado de mim. Ele se ergue para olhar o meu corpo. É como se estivesse memorizando cada detalhe, um turista hipnotizado encarando uma das maravilhas do mundo.

— Então é assim que você é. Eu vinha tentando descobrir.

— Eu sabia.

Seu olhar aquecido encontra o meu.

— Sabia o quê?

— Que em certos momentos você estava me despindo com os olhos.

O canto de seus lábios se repuxa em um sorriso.

— Só quando você começa a falar demais e faz cara feia para mim.

— Oi?

Ele volta a me beijar, mal me dando tempo para colocar aquela palavra para fora, suas mãos deslizam pelas laterais do meu corpo e seguram firme os meus quadris.

Quando ele aperta, minha cabeça se inclina para trás, minhas costas arqueiam conforme as terminações nervosas rugem à vida, uma linha direta de sensação entre as minhas pernas. É um choque elétrico, mas é prazer em vez de dor.

Todo o meu corpo está preparado, mas esse homem mal começou conforme beija uma trilha lenta até o meio do meu peito, provocando a pele com a língua e a abrasão áspera da barba em seu queixo e bochechas.

Dedos agarram os lençóis, estou me segurando, tentando me impedir de agarrar seu cabelo e puxá-lo para trás.

É quase demais, este momento, a forma como ele adora cada centímetro da minha barriga com mordidinhas e o calor suave da carícia da sua língua. Quando ele chega à pele acima da minha calcinha, seu fôlego quente ali me desfaz.

Consigo sentir sua hesitação, está lá por um momento, e sei que ele quer me perguntar se estou bem.

Eu sei o que estou fazendo?

Estou ciente de que ele não é o tipo de cara que fica mais de uma noite com uma mulher?

Já pensei nisso tudo, e não estou nem aí.

Não depois que já permiti que isso continuasse.

Por dentro, imploro para que ele não diga nada, que não me lembre, que não estrague a decisão que tomei de finalmente me soltar, o alívio me inunda quando ele obedece. Arquejo quando o rosto de Shane vai mais para baixo e ele pressiona a boca na minha calcinha bem *lá*, exatamente onde preciso dele.

Então seus dedos se curvam nas laterais para traçar um caminho lento e tortuoso pelas minhas pernas conforme eles se movem pelo meu corpo para tirar a peça.

Suponho que Shane vá rastejar de volta, ir mais rápido, acelerar esse erro, mas fico surpresa quando ele desacelera, os dedos fortes massageiam meus pés, a boca dá beijos lentos pelo meu tornozelo quando ele pega o outro para abrir as minhas pernas.

Cada centímetro de pele é tocado ou beijado de alguma forma, minutos de provocação e cuidado conforme ele explora minhas pernas, passa por meus joelhos, chega às coxas, a boca em cima enquanto as palmas das mãos acariciam a parte de baixo.

Quando ele chega logo abaixo da minha bunda, os dedos seguram as minhas coxas, e ele aperta de novo, assumindo o controle ao abri-las mais ainda. Sua boca encontra minha boceta, seu fôlego colide com ela antes de ele dar um beijo carinhoso.

Anseio e necessidade me atravessam, a sensação é tão intensa que todo o meu corpo é afetado.

Minhas costas arqueiam mais, o fôlego abandona meus pulmões em uma única respiração.

Tento me libertar, fechar as minhas pernas, porque está se tornando demais, porém ele as segura no lugar enquanto a língua traça um caminho tenro, um toque suave se torna mais forte a cada repetição.

Meus quadris pinoteiam, afoitos por mais, para que ele vá mais rápido, que ponha fim àquele sofrimento sensual, mas ele ri baixinho na minha pele, seus lábios se partem para me provocar uma vez mais.

— Vai admitir que gosta de mim agora?

Sua voz está tão profunda que vibra no meu lugar mais sensível.

É como se aquela pergunta me libertasse de um transe de sedativos. Meus dentes rangem de frustração. Se ele não terminar o que começou, eu vou gritar pra caralho.

— Só um pouquinho — consigo dizer entre arquejos e o meu coração batendo mais rápido que antes.

É só o que preciso.

Não importa onde suas mãos e boca estejam, me recuso a permitir que ele ganhe essa batalha de vontades.

Um som masculino e satisfeito vibra de seu peito, e a provocação termina por fim, sua boca cobre a minha boceta por inteiro conforme sua língua circula meu clitóris.

A onda de prazer que me invade está me puxando, me afogando, cada músculo do meu corpo treme sob sua força. E não há como resistir, não quando suas mãos soltam as minhas coxas para deslizar pela minha bunda, aqueles dedos dele me agarram de novo, as pontas pressionam a musculatura no que ele ergue meus quadris e pressiona a boca com mais força, a língua mergulha em mim para provocar as paredes.

Ele está me devorando.

Saboreando.

Serpenteando caminho acima até me deixar à beira do êxtase.

Ele para, e começa de novo.

Um som de protesto escapa de mim, mas a cada passada de língua no meu clitóris, a cada mergulhada, a necessidade se torna mais intensa até meus quadris estarem se contorcendo em suas mãos.

Estou desesperada.

Devassa.

Completamente perdida para as sensações, com a mente em curto-circuito.

Nada existe além desse sentimento.

Nada mais importa.

Não enquanto estou perseguindo esse barato, esse orgasmo, esse alguém desconhecido vindo à vida dentro de mim e que vai destroçar a Brinley medrosa e preocupada e me deixar fraca e saciada.

Mais protestos escapam dos meus lábios, e estou prestes a implorar, meus dedos deslizam em seu cabelo e apertam forte, eu o puxo para o lugar em que ele precisa estar.

Ele geme em resposta, tão perdido nisso quanto eu.

Com outra passada da sua língua no meu clitóris, finalmente sou empurrada pelo precipício, o nome dele é uma oração nos meus lábios, meu corpo arqueia e estrelas estouram atrás dos meus olhos.

Estou flutuando, e mergulhando, e subindo de novo, e depois caindo.

É uma onda tão poderosa que deixo de existir. No meu lugar há apenas prazer e dor, necessidade e libertação... sensações que são quase brutais e intensas demais para suportar.

Suor escorre pelo meu corpo, gotinhas que se tornam frias sobre o calor da minha pele. Suas mãos as capturam conforme sobem, sua boca dá beijos provocantes na minha barriga, entre meus seios.

HERESIA

Quando seus olhos voltam a encontrar os meus, ele inclina a cabeça. Assombro e fascinação estão por trás daquele olhar me observando voltar daquela onda.

Uma sobrancelha se inclina, curiosa.

— E agora? Já gosta de mim?

Eu rio, o som é gutural e ofegante.

— Talvez um pouquinho mais, porém você ainda não chegou nem ao meio do caminho.

Um rosnado baixo escapa da sua garganta, a voz está profunda quando ele responde:

— Então acho que vou ter que me esforçar mais.

Ele leva a mão às minhas costas, abre meu sutiã e o tira com um puxão forte antes de jogá-lo longe.

— Não vai ser mais necessário.

Ele faz uma pausa e observa meus seios, o apreço é óbvio na sua expressão. Sua voz é um sussurro suave.

— Você é linda, Brin. Precisa parar de se esconder tanto.

De repente, me sinto exposta, um arrepiozinho me atravessa quando ele abaixa a cabeça para beijar o meu seio, círculos lentos e toques leves como pena antes de a boca se fechar sobre o mamilo teso e sensível.

A ponta de seus dentes e o passar da sua língua me fazem empurrar o peito para cima, oferecendo-me para ele, implorando sem dizer uma única palavra para que ele continue provocando o meu corpo.

— Tire a calça — exijo, minhas pernas tremem, minhas mãos trilham pelos músculos de suas costas.

Ele olha para mim, há travessura pura lá, sua expressão faz coisas comigo que jamais deveriam ser permitidas.

Mas ele faz o que peço, chuta a calça e a boxer para longe até estarmos ambos completamente nus. Quando seu peso cai sobre mim de novo, consigo sentir a sua ereção, o comprimento e o calor encostados na minha perna, e não há nada que eu queira mais do que ele dentro de mim.

Rebolo e abro as pernas, observo enquanto Shane fica de joelhos, suas mãos assumem o controle, abrem mais as minhas pernas no que ele entra com a cabeça do pau na minha boceta, só o suficiente para provocar, mas não para dar o que preciso.

Seus olhos capturam os meus, seus quadris avançam só o bastante para que a ponta me penetre antes de se retirar de novo.

LILY WHITE

— Me diz que gosta de mim, Brin.

Minha cabeça cai para o travesseiro.

— Neste exato momento, eu te odeio pra caralho.

Avanço com os quadris, buscando o que preciso, mas ele só se afasta mais, suas mãos seguram minhas pernas e uma risadinha escapa de seu peito.

— Bem, nesse caso, não vou ser bonzinho.

Um gritinho se solta da minha garganta quando Shane me vira, e puxa meus joelhos até eu ficar de quatro na frente dele. Passando uma das mãos pelas minhas costas, ele força o meu peito para o colchão; com a outra, me dá um tapa na bunda.

Minha boca se abre em um gemido silencioso, uma dor ardida lateja na minha pele. Ele afaga o local, o pau provoca a minha boceta de novo.

— Ops, deixei marca.

— Você é tão babaca — arquejo, enjoada e incapaz de falar mais alto.

Erguendo-se para poder pairar sobre mim e falar no meu ouvido, ele sussurra:

— Me diz que você gosta de mim.

Não consigo aguentar mais, não quando preciso dele dentro de mim.

— Tá, mas só por ora.

Outra risada sensual.

— Aceito.

Ele entra em mim, o comprimento e a circunferência do seu pau esticam as paredes da minha boceta, uma estocada lenta que me preenche.

Um gemido deixa os meus lábios, suas mãos são um agarre possessivo nos meus quadris conforme ele se retira até a ponta para arremeter de novo.

Mais suor escorre por minha pele, a velocidade dele aumenta conforme outra onda de prazer começa a se formar.

Assim como antes, ele me empurra para o precipício da explosão carnal, só para reduzir o ritmo e me provocar com outro orgasmo.

Com uma das mãos, agarra meu cabelo e puxa minha cabeça para trás, seus quadris ainda se movendo com os meus, me levando ao ponto da insanidade.

O orgasmo é ainda melhor da segunda vez, uma libertação tão intensa que consigo sentir os músculos da minha boceta ondularem e se contraírem ao redor dele. Meu nome está em seus lábios quando ele perde o controle e goza.

Exaustos, caímos no colchão, a pele encharcada de suor escorregando onde nos tocamos, coração disparado e pulmões se movendo em conjunto.

HERESIA

— Precisamos nos limpar — diz ele, por fim, mas nenhum de nós consegue se mover.

Assinto, meio consciente, meio presa nos remanescentes do meu orgasmo.

Shane desliza seu peso de mim e me vira de costas. Abro os olhos e o encontro me encarando.

— E agora?

Não preciso nem perguntar.

Não dá para dizer que este homem não é determinado.

— Eu gosto de você agora, mas vou te odiar de novo pela manhã.

Com isso, ele ri e me beija, o fogo da paixão entre nós ainda não foi apagado.

Ele roça a boca na minha orelha e sussurra:

— É sempre assim.

Rindo baixinho, eu me movo para olhar para ele.

— Então o que você faz com elas, já que sabe que vai ser uma noite só?

A mão dele abarca o meu seio, o polegar circula o mamilo.

— Eu as pego de jeito uma segunda vez antes de amanhecer. Com você, talvez haja uma terceira.

Shane não estava mentindo.

Ao longo das próximas horas, repeti o erro cometido… de novo, e de novo, e de novo.

É gostoso não estar com medo e preocupada, para variar.

É gostoso estar viva.

capítulo
vinte e oito

Shane

— Tem ideia de mais quanto tempo de estrada você tem?

Tanner está irritado por eu ainda não estar na Georgia. O desgraçado já me ligou três vezes essa manhã.

Enquanto isso, enfio o telefone entre a orelha e o ombro, suor escorre pelo meu rosto, o sol bate em mim como se quisesse fritar o meu rabo no concreto, graxa e sujeira cobrem as minhas mãos por consertar o pneu de Belezinha, e esse otário só está preocupado com *mais quanto tempo*.

Se eu estivesse perto de Tanner agora, pegaria essa merda de chave de fenda e tiraria a babaquice dele a paulada.

— Não sei. Uma hora? Duas? Não estou trabalhando na melhor das condições no momento.

— Bem, talvez não fosse problema se você não tivesse dormido demais.

Sorrio disso, me lembrando da razão para eu ter dormido demais, e faria de novo em um piscar de olhos, não importam os desejos de Tanner.

— É, bem, roubar um carro, sequestrar alguém, fazer a pessoa cooperar, ter minha casa destruída e quase morrer porque alguém tentou tirar meu carro de combate costuma me deixar drenado pra caralho. Mil perdões por não cumprir tudo conforme a porra do seu cronograma.

— Você nunca segue a porra do meu cronograma. E sempre aparece com alguma desculpa.

Talvez eu pague Priest para dar uns tapas em Tanner por mim.

Ele merece essa porra.

— Diz o cara que levou quantos anos mesmo para finalmente ter Luca sob controle?

Tanner fica quieto por um segundo.

— É diferente.

HERESIA 263

— Tá. Bela história. Me conta outra. Não é como se eu não tivesse o que fazer no momento nem nada disso.

Largo as ferramentas no chão, me sento para dar alívio às minhas pernas depois de ficar ajoelhado por uma hora.

— Já cuidou do governador? Do Scott? Ou qualquer coisa por aí enquanto estou longe?

Ele fica quieto de novo, curto e grosso quando finalmente responde:

— Ainda não.

Rio disso e balanço a cabeça.

— Então pare de reclamar do meu cronograma, e cuide das suas coisas.

Uma voz mais suave pode ser ouvida na sala com Tanner, Lacey até onde posso dizer. Quase consigo sentir a irritação emanando dele.

— Só cancele a droga da reunião — ele diz a ela, que responde, e ouço a caneta clicar na mão dele. — Por que eu sou responsável por isso? — Outra resposta baixa. — E daí que sou dono do escritório? Quer saber? — Tanner está prestes a explodir, e eu estou aqui, sentado em uma infernal paisagem sulista, me consumindo. — Shane, tenho que desligar. Me liga quando chegar à Georgia.

A linha fica muda, e solto um suspiro de alívio.

— Posso fazer algo para ajudar?

Ergo a mão sobre os olhos em uma tentativa infrutífera de criar uma sombra, e olho para Brinley.

Hoje de manhã, entramos em uma briga quanto ao que ela usaria.

Revirando as vinte sacolas de roupa, ergui cada opção que comprei para ela, mas a garota riu e recusou cada uma delas, decidindo, em vez disso, colocar o uniforme de jeans e camiseta de sempre.

Algo cintila em seus olhos quando desisto, um segredo que estou determinado a arrancar dela.

— Você é mecânico por acaso?

Ela balança a cabeça e responde:

— Não posso dizer que sim.

— Então não vai ser de muita ajuda.

Estou morrendo neste estacionamento. O cimento deve estar a pelo menos mil graus, e os mecânicos lá na oficina estão me olhando como se fosse a porra de uma piada eu estar sendo forçado a trabalhar aqui fora.

Acontece que o velho Shipley, dono da oficina, não encara bem quando descobre que ele não pode cobrar tarifa cheia por trabalhar no carro quebrado de um viajante cansado que está de passagem.

LILY WHITE

Felizmente, ele me deixou usar o estacionamento para fazer o trabalho, e nada mais. Ainda me custou quinhentos dólares ter uma merda de lugar para isso.

Agora os empregados dele estão de bobeira lá na sombra da oficina, com ventiladores industriais soprando neles, cada um com uma garrafa de água ou refrigerante na mão, agindo como se eu fosse o entretenimento do dia.

Não ouvi um pio de uma chave de impacto, um palavrão por brigar com um parafuso agarrado ou qualquer barulho que indicasse que eles estão fazendo o próprio trabalho em vez de se sentarem ali com o dedo enfiado no cu, me observando.

Priest arrancaria a cabeça desses caras por estarem perdendo tempo assim.

Ah, cacete, conhecendo Priest, ele estaria filmando tudo.

— Estou quase acabando — digo a Brin. — Pode pegar algo para eu beber?

Ela assente e se afasta para fazer a única coisa que pode para me ajudar.

Felizmente, o resto do trabalho só leva mais uma hora, e quando finalmente giro a chave do carro para o motor vir à vida, faço uma prece silenciosa ao universo.

Voltamos para a rodovia depois de parar no posto de gasolina para tomar café e devorar uns donuts, ambos prontos para que o trajeto chegue ao fim e começar a procurar o pai dela.

Brinley não diz muito durante a maior parte do percurso, não que ela tenha falado muito antes da noite passada.

Ainda assim, estou preocupado por ter tirado vantagem dela quando deveria ter feito a coisa certa e a dispensado.

Nós dois sabemos que isso aqui não é um relacionamento.

Não pode ser.

Não com tudo que eu tenho se passando, e ainda mais porque não é da minha natureza ficar.

Geralmente, o silêncio dela não me preocupa, mas a cada hora que passa, e enquanto atravesso a fronteira entre a Carolina do Sul e a Georgia, não consigo mais me segurar.

— Você está brava comigo, né?

Ela me olha por um breve segundo antes de voltar a atenção para a paisagem lá fora.

— Eu tenho muitas razões para estar brava com você, mas não sei bem a qual transgressão você se refere desta vez.

Se houvesse uma forma segura de eu estender a mão e segurar o queixo dela para forçá-la a olhar para mim, faria isso. Mas não na velocidade que estou indo.

Rilho os dentes por ela me forçar a abordar o assunto.

— Por ontem à noite.

Porra. Quando me tornei esse cara. Na maioria das manhãs, eu simplesmente dou um tapinha na bunda delas e digo para irem embora.

— Ontem à noite foi ontem à noite — oferece em resposta. Por fim, me olha de novo. — Você esperava mais?

— Não — minto.

Porque, para ser sincero, eu esperava mais.

Não esperava que Brinley fosse seguir meu ritmo na cama, mas, cacete, a garota quase me derrubou.

Geralmente, lá pela terceira rodada, as mulheres estão me implorando para parar.

Não Brinley, ela só sorriu e envolveu o meu pescoço e segurou firme.

— Ceeeeeerto — digo, alongando a palavra. — Mas não é do seu feitio sair por aí dormindo com as pessoas.

Pode ter certeza de que eu vou seguir por aí.

Pela conversa da manhã seguinte.

Uma que tenho evitado desde o dia em que perdi a virgindade.

Ainda assim, aqui estou eu, tendo uma.

E, feito um idiota, sou eu quem está abordando o assunto.

— Como você sabe que não é do meu feitio?

— Posso dizer — rebato.

— Como?

— Por causa de como você é.

Isso não está indo a lugar nenhum. Ela se recusa a dizer, eu me recuso a dizer.

— E como é?

— Você é do tipo que quer compromisso. Flores. Romance. Essas merdas. Você é cautelosa demais. Como se devesse significar algo.

Ela ri de chorar.

— Puta merda, Shane. Você está me perguntando se ontem à noite significou alguma coisa? Se alguém está saindo do personagem, esse alguém é você. Mal posso esperar para contar para os seus amigos. Primeiro as roupas, e agora isso?

Meus olhos se arregalam com aquilo, porque nem fodendo.

Quando foi que ela mudou o roteiro?

Olho para a nerd ao meu lado.

É como eu tinha pensado... ela é a droga de uma bruxa.

Secando as lágrimas das bochechas, ela me olha e ri mais um pouco.

— É você quem está em cima de mim me dizendo para não me preocupar tanto. Para viver a minha vida ou qualquer que for a merda do seu credo. Então eu vivi um pouco. Fiz algo sem me preocupar. Mas não esperava essa reação.

Nem eu.

E estou me chutando por fazer essas perguntas.

Recuso-me a responder, e ela me encara de novo. É como se seus olhos azuis estivessem abrindo buracos na lateral do meu crânio.

Com um inclinar de cabeça, ela me dá uma olhada, como se sentisse muito por mim.

— Não me diga que você se apaixonou. Vou ter que mandar mensagem para os seus amigos para contar.

— De jeito nenhum. E eu não te devolvi o seu telefone. Não é como se você tivesse o número eles.

Ela fica quieta.

Quieta demais.

— Você tem o número deles?

É melhor não ter. Quem foi idiota o bastante para dá-los a ela está morto assim que pôr as mãos nele.

Meus dedos agarram o volante, me coçando para estrangulá-la quando ela ri de novo.

— Não tenho o número deles.

— Contar qualquer coisa para eles está fora de cogitação. Não vamos passar por essa merda de novo. Sei que você contou sobre as compras de propósito.

Brinley sorri.

— Juro por Deus, não vou dar um pio para os seus amigos de que foi você que perguntou para a garota se ela estava brava com você por causa da transa. Ou se *significou alguma coisa*. Sei o que isso faria com a sua reputação.

— Não perguntei se teve significado.

— Perguntou, sim.

— Não perguntei, não.

Juro por Deus, tem microfones no meu carro porque, nesse momento, meu celular toca.

Lanço um olhar de aviso para Brinley, e praticamente a desafio a dar um pio para quem está do outro lado da linha.

Ela revira os olhos e volta a olhar a paisagem.

Aperto o botão para atender sem me dar o trabalho de olhar quem é, falo por cima do som do motor e do vento entrando pelas janelas abertas.

— Você está no viva-voz.

Sempre gosto de avisar aos idiotas quando tem alguém no carro que possa ouvi-los. Temos segredos demais para correr o risco de tê-los vazados.

— Já está na Georgia?

É Damon, graças a Deus.

Se fosse a voz de Tanner, eu teria arremessado essa merda de telefone pela janela.

— Acabei de atravessar a fronteira. O que é?

Por trás dele, uma voz de mulher fala. Não é ninguém que eu conheça, mas a cabeça de Brinley se vira para mim, os olhos encaram o telefone como se o aparelho fosse deixar que ela visse Damon em vez de só ouvir a voz dele.

— É a Ames? — ela pergunta.

Damon responde a pessoa que está com ele antes de responder a Brinley.

— É por isso que estou ligando, para avisar que ela está comigo, e que estamos indo para a Georgia nos encontrar com vocês.

Pelo menos o plano está dando certo lá em cima. Tanner pode não ter conseguido descobrir nada até quando nos falamos da última vez, mas era de se esperar que Damon não fosse perder tempo para pôr as mãos na dançarina.

— Como vocês vão vir?

— Avião do Gabe. Vai todo mundo amanhã. Taylor acha que tem uma ideia de onde Scott mora, e Tanner está seguindo essa pista agora. Ele quer tantos de nós aqui com ele quanto for possível, só no caso de o tiro sair pela culatra ou para tirar Scott da equação. Mas ele me quer aí com vocês, só no caso de a merda bater no ventilador aí do seu lado.

Brinley franze as sobrancelhas ao ouvir isso.

— O que poderia acontecer aqui? Meu pai não vai fazer nada comigo se a gente o encontrar.

Mais importante:

— O Scott é meu — exijo. — Certifique-se de que o Tanner saiba disso.

É a cara de Damon rir.

— Fiquei sabendo do seu carro. Assim que descobri, imaginei que você despacharia uma pena de morte por isso.

Na verdade, meu desejo de acabar com Scott não tem nada a ver com o carro e tudo a ver com Brinley. Mas não posso dizer isso a Damon. Não posso dizer a ninguém.

LILY WHITE

Para eles, significaria algo que não quero que signifique.

— Estou falando sério, Damon. Fala para o Tanner.

— Tudo bem, cara. Te ligo quando a gente pousar.

Antes de ele desligar, Brinley fala:

— Posso falar com a Ames rapidinho?

Ele coloca Ames na linha.

— Brin! Em que merda você me enfiou, garota?

— É uma longa história. Vou explicar quando vocês chegarem à Georgia. Só queria garantir que você ficaria bem. Como o Damon conseguiu te tirar do Granger?

— Também é uma longa história — Ames responde, depois de uma pausa bastante notável. — Digamos que talvez eu não tenha mais um emprego depois que tudo isso acabar.

Brinley olha para mim, com a expressão maliciosa.

— Sem problema. Vou fazer Shane pagar seu aluguel.

Minha cabeça vira com tudo na direção dela.

— Mas nem fodendo.

— Não dê ouvidos a ele, Ames. Ficou sabendo da quantia que ele gastou comprando roupas para mim?

Estou a um segundo de desligar essa merda de telefone.

Ames solta um som estranho de menina. Não sei nem como chamar, mas todas elas fazem isso quando ficam empolgadas e estão tramando alguma coisa. Me deixa louco da vida.

— Sim! Garota, me conta que magia é essa sua, porque quero um pouco.

É isso que eu queria saber.

E, porra...

Até a Ames sabe das roupas?

Talvez Ezra tenha razão sobre eles enviarem newsletters. As notícias se espalham rápido demais.

— É, mas olha essa... — Brin continua: — A gente fez sexo ontem e ele acabou de me perguntar o que significava. Acho que o cara vai me pedir em casamento em breve.

— Espera. O quê?

Agora já deu.

Eu desligo.

Brinley nem se dá o trabalho de olhar na minha direção. Ela só ri como se fosse engraçada ou algo assim.

Depois de respirar fundo algumas vezes, mantenho a voz calma. Composta, até.

— Achei que tivéssemos combinado que você não contaria a ninguém.

— Foi, sim.

— Ames não se qualifica como alguém?

— Na verdade, se me lembro bem do combinado, dissemos que eu não contaria aos seus amigos. Ames é minha amiga. Assim sendo, não fiz nada errado.

Passa pela minha cabeça que eu deveria encostar o carro e dar uns tapas na bunda dela.

— Sim, mas Ames vai contar para os meus amigos.

Ela dá de ombros.

— Acho que isso vai te ensinar a deixar de ser uma garotinha chata e sentimental e a parar de me fazer pergunta idiota.

Minha frustração com ela chega à estratosfera.

Mas está tudo bem.

Já sei que jogo ela está jogando, e estou disposto a me juntar a ele.

Brinley acha que não só marcou ponto como também deu xeque-mate.

É uma pena para ela eu não estar nem perto de acabar.

Mas agora não é a hora.

Não enquanto estou dirigindo.

Mas não consigo deixar de contra-atacar com plena intenção de acertar em cheio.

— Pelo menos não sou a boba que não só admitiu gostar, mas também dormiu com o homem que derramou bebida em mim, roubou meu carro e me sequestrou. Se me perguntar, isso é bem pior do que fazer perguntas idiotas.

Ela vira a cabeça para mim, os olhos se estreitam naquela olhada feia que eu amo.

— Não gosto mais de você.

— Claro que não, Brin. Vou te lembrar disso da próxima vez que você estiver implorando para eu te comer.

Com isso, o queixo dela cai.

Sem contra-atacar, ela se recompõe, cala a boca e se vira para encarar a janela do carona.

Quase consigo sentir a raiva emanando dela.

Ganhei o jogo, o set e a partida.

Muito satisfeito com a briga, relaxo no banco pelo resto do percurso.

capítulo vinte e nove

Brinley

— Vocês vão ficar no quarto 1407, uma das nossas seis suítes de luxo no décimo quarto andar. Há quatro quartos, dois banheiros, uma estupenda vista da cidade e, é claro, todas as facilidades que nosso hotel tem a oferecer. Posso acompanhar vocês até lá em cima e mostrar tudo, se quiserem.

Sei que não estou imaginando coisas. A mulher está olhando Shane como se ela não comesse há dias e ele fosse uma fatia de torrada com abacate ou um wrap de alface... Ou o que quer que tenha pouca caloria e esteja na moda hoje em dia.

Duas dessas facilidades, tenho certeza, é o serviço de preparar a cama para dormir e a chamada de despertar, cortesias dela. E não creio que ela tenha planos de sair do quarto entre um e outro.

A loura bonita atrás do balcão se recusa a olhar para mim ou reconhecer a minha existência.

Com os olhos fixos em Shane, ela se recosta no balcão como quem não quer nada, não que seja óbvio demais, mas decote suficiente está visível sob o vestido preto de US$ 1.800,00 que reconheci como o que comprei da loja pretenciosa para onde Shane me arrastou antes da viagem.

A única diferença é que ela é um voluptuoso tamanho 44, e eu sou um 36. E enquanto os seios dela são empinados e perfeitamente modelados pela mão de um cirurgião muito caro e competente, os meus são menores e naturais, não tão firmes e chamativos.

A maquiagem dela está no ponto, e não faço ideia de para que servem os pincéis diferentes ou como usar as esponjinhas de maquiar. Ela deve ter o dobro da minha altura devido aos saltos de sete centímetros, enquanto estou usando All Star velho, completado com a areia do lago para onde Shane me arrastou.

Resumindo, ela é uma mulher que quer ser vista, enquanto eu sou só uma rata de biblioteca que se esconde debaixo de roupas grandes demais.

Não sou páreo para ela.

A mulher é linda por si só.

E é isso que está me enlouquecendo.

Ela é o tipo com quem um homem como Shane deveria estar.

Porque ela é tudo o que não sou.

Ela se apresentou como assistente da gerência, Angela Morgan, e praticamente empurrou a recepcionista para longe para poder fazer o nosso *check-in*. Disse ela que é porque pôde ver que Shane era um cliente importante. Que baboseira.

Trajando uma blusa social verde-escuro com as mangas arregaçadas até os cotovelos e a calça jeans suja de graxa que não faz nada para esconder seu físico, Shane usa as tatuagens e o gênio ruim como se fossem um emblema, e ele não é a imagem padrão que alguém imaginaria ao pensar em um ricaço.

O cara é um mecânico, da cabeça aos pés.

Essa mulher não sabia que ele tem dinheiro. Não de início. Ela simplesmente notou que ele é gato. Parada do lado do que, para ela, é um lanchinho noturno, de jeito nenhum vou ser jogada de lado.

Não mais.

E com certeza não por essa nojenta.

— Não precisamos que você nos leve — digo, minha voz tão doce quanto açúcar, apesar da falta da cadência sulista da dela.

Seria de se pensar que, por ter sido criada na Georgia, eu teria sido abençoada com as virtudes do lugar, mas, de alguma forma, perdi o sotaque ao longo do tempo. Embora o do meu pai seja bastante carregado, minha mãe era da Costa Oeste, e nunca pegou o jeito de falar daqui. Apesar de tê-la perdido ainda novinha, ainda falo de um jeito bem parecido com o dela.

— Tenho certeza de que conseguimos encontrar o quarto.

Ela nem me dá uma olhadela. Ignorando-me, a mulher dá a volta no balcão feito um leão à caça de uma gazela, estalando os dedos para chamar os mensageiros. Para o quê, eu não sei.

Shane e eu entramos com nada além das roupas do corpo. Nem uma única mochila, bolsa ou sacola de compras.

Angela dá um passo para Shane, aprumada feito um pavão bonito.

Mas ou ele não percebe o que ela está fazendo ou não está na dela. Tenho certeza de que o cara está bastante acostumado com mulheres se atirando nele, e esta é uma quarta-feira como qualquer outra.

— A gente pode pegar a nossa... — Shane começa a dizer.

— Não vou nem ouvir. — Angela aumenta o esplendor daquele sorriso já medido em megawatts.

Pelo menos não é só de mim que ela está passando por cima feito um rolo compressor; parece que Shane também não consegue dizer nada.

Imaginando que Angela não pensaria duas vezes antes de usar um aríete para derrubar a porta de Shane, ajo com possessividade em vez de questionar por que me sinto assim para início de conversa.

— Com licença — interrompo, um pouco alto demais e com o sotaque mais falso e odioso do sul que consigo conjurar. — Mas, se não se importar, meu marido e eu esperamos ter um pouco de privacidade.

Me enfio entre eles, virando só o suficiente para poder passar a mão pelo peito de Shane. Totalmente confuso, ele sorri com educação antes de me olhar como se eu tivesse enlouquecido.

— Seu — ela olha para ele, depois para mim — marido?

Roubando outra olhada rápida para as nossas mãos, ela procura as alianças.

Eu me esforço para explicar a gafe.

— Ele é mecânico, e eu não suporto joias.

Ela não engole.

— Certo. Bem, se não vão precisar dos meus serviços...

— Ele não vai — asseguro a ela.

Por fim, seu olhar encontra o meu com tanto veneno que quase consigo senti-lo nas minhas veias.

Quando a mulher estende a mão para entregar o cartão-chave a Shane, eu o apanho da sua mão com as unhas muito bem-feitas e o arrasto atrás de mim.

Ele não diz uma única palavra até estarmos na segurança do elevador, a caminho do décimo quarto andar depois de eu ter fincado o dedo raivoso no botão umas cem vezes.

— Marido?

— Cala a boca.

A risada baixa sacode seus ombros.

— Não me lembro do casamento. Eu gostei do bolo?

— Eu falei sério, Shane. Nada de perguntas.

— Porra... você transa com a garota uma vez e ela já está se vendo casada.

— Não estou me vendo casada. Só estava te resgatando de uma mulher que obviamente não te via como nada além de uma diversão.

Sim, tenho noção de que é uma desculpa esfarrapada. Shane tem compromisso-fobia. O tipo de homem que não liga no dia seguinte. Ele gosta de ser a diversão, assim não precisa ter medo de sossegar com alguém.

Mas, ainda assim, algo naquela mulher não me desceu bem.

Ele fica quieto por um instante e então:

— Obrigado por me resgatar da Angela e tudo o mais, mas acho que eu conseguiria ter cuidado do assunto sozinho.

— Você não estava cuidando de nada.

Mais silêncio.

Uma risadinha mal disfarçada.

Sua voz é um sussurro quando ele diz as próximas palavras:

— Caramba, é só a mulher se ver casada que já fica toda possessiva, dominante e essas merdas.

Pelo reflexo das portas do elevador, consigo ver Shane puxar o cós da calça para longe e olhar lá, como se procurasse algo.

— O que você está fazendo?

— Verificando se ainda tenho uma rola.

Eu me viro para olhar para ele.

— Se você não…

Ele me agarra pela nuca e me beija como se sua vida dependesse disso, nossa boca digladia em uma batalha raivosa conforme o elevador sobe.

É como os filmes sempre mostram, e o que está escrito nos romances cafonas, mas eu me derreto todinha por causa dessa merda.

A gente só se interrompe para respirar quando o elevador apita e as portas se abrem.

Nenhum de nós move um dedo.

Tusso, é mais um som latido, minha cabeça está completamente confusa; meu corpo, ainda derretido, mas mesmo assim me forço a romper o silêncio.

— O que foi isso?

Shane me lança um sorriso devastador.

— Estava me perguntando se eu conseguiria te calar fazendo isso. Ao que parece, funciona muito bem.

Com ambos os braços, ele me enjaula contra a parede, seus olhos azul-oceano me encaram com uma intensidade que não entendo.

— O que você está fazendo?

Shane esquadrinha o meu rosto, inclina a cabeça e me oferece um meio-sorriso.

— Não sei bem.

— Não sabe bem o quê?

Meu coração sobe para a garganta, a batida é uma vibração no meu pescoço que eu juro que pode ser vista a olho nu.

Estou exposta de novo. Apesar das roupas largas e apesar dos problemas de temperamento que Shane diz que eu tenho.

Ele vê tudo, e isso me aterroriza até a alma.

— Que você consegue violar cada regra. Acho que não percebe que tem uma marreta aí dentro que, de alguma forma, derrubou cada uma das minhas paredes.

— Eu...

Eu não sei o que dizer. Shane também deve perceber.

Ele é rápido ao abrir outro sorriso, então tira a chave da minha mão e se desvia de mim para sair dali.

Ele acabou de dizer o que eu acho que ele disse?

As portas se fecham antes que eu tenha a chance de ir atrás dele, o elevador vem à vida e começa a descer.

Estou de novo no primeiro andar quando as portas voltam a se abrir, meus olhos estão arregalados e vidrados quando Angela olha lá da recepção.

Ela olha para mim, e eu olho para ela.

Dou de ombros, pressiono o botão de novo, nossa batalha de olhares é interrompida pelo deslizar silencioso das portas do elevador se fechando.

Quando por fim entro no nosso quarto, já estou com uma resposta na ponta da língua, mas, antes que eu posso abrir a boca, Shane, espalhado no sofá no meio da sala, atira um morango em mim.

— E aí, como a gente encontra o seu pai? — pergunta, tirando vantagem enquanto me concentro em agarrar o morango em pleno voo.

Presa na discussão que eu planejava começar antes de ser distraída por esse míssil em forma de fruta, estou distraída quando respondo:

— Acho que sei onde ele está.

Ele se senta.

— Mas que porra? Por que você não me disse?

— Onde você arranjou o morango?

Ao que parece, minha mente só consegue se concentrar em uma coisa por vez.

— Quem dá a mínima para a porra do morango?

Ele se levanta do sofá, atravessa o cômodo a uma velocidade vertiginosa e para tão perto de mim que sou obrigada a dobrar o pescoço para poder olhar para ele.

A gente só repara no quanto um e noventa e cinco é alto quando tem que virar o pescoço para encarar a pessoa.

— Onde o seu pai está?

— Ainda estou pensando no morango.

Ele o tira da minha mão e o arremessa na área da cozinha.

Minha cabeça vira para acompanhar, mas Shane captura o meu queixo entre os dedos e força o meu rosto a se voltar para ele.

— Seu pai, Brinley. Foco.

— Não sei exatamente onde ele está, mas estava pensando no assunto enquanto você consertava o carro.

— E? E aí?

Afasto-me do seu toque, dou uns passos para trás, para aliviar o pescoço por causa do ângulo estranho.

— A gente tinha outra casa quando eu era mais nova. Fica na zona rural e, anos atrás, meu pai me disse que a transformou em um abrigo de segurança. Só a vi uma vez, e não me lembro bem de onde fica.

Ele me olha, incrédulo.

— E você esperou até agora para contar? Por que esconderia algo assim de mim?

— Bem, a gente está aqui agora, então…

Shane tira o telefone do bolso e sai andando.

— Aonde você vai?

— Ligar para o Taylor para ele encontrar a casa.

— É impossível. É um abrigo de segurança.

— E daí? — Ele se vira para me olhar. — O que isso quer dizer?

É tudo demais.

Respiro fundo, me preparo e expulso toda a merda que o dia de hoje tinha a oferecer.

— Significa que não há nada que identifique a casa como sendo dele. O lugar não vai estar no nome dele. Não há telefone. Nem conta de luz e de água. Está completamente fora do mapa. A única forma de encontrar o lugar é sabendo onde ele fica.

Um esgar curva os seus lábios.

— Então por que você disse que sabe onde ele está? Você sabe onde a casa fica?

— Não.

— Então você não sabe onde ele está.

Depois de andar para lá e para cá, alguns passos para a direita, esquerda, e direita de novo, Shane aperta um botão no celular.

— Vou ligar para o Taylor mesmo assim.

Ele sai para um dos quatro quartos, e eu vou atrás.

Para cada passo dele, eu dou três, suas passadas são longas porque ele está com raiva por causa da informação nova.

Sério, não tem razão para isso.

Embora eu tenha pensado que meu pai podia estar naquela casa quando soube que ele estava sumido, eu não tinha certeza absoluta de que poderia confiar aquela informação a alguém.

Não ao governador e não a Shane.

Eu estava sendo protetora.

Mas depois de tudo o que aconteceu nos últimos dias, eu estava ocupada demais me esquivando de eventos traumáticos para parar e refletir sobre os problemas com o meu pai.

Não até o silêncio do percurso entre a Carolina do Sul e aqui, e as horas entediantes presa naquele estacionamento observando Shane consertar o carro.

Na verdade, eu não escondi nada. Só escapuliu da minha cabeça.

— Taylor — ladra ele —, você está no viva-voz. Escuta, a Brinley diz que o pai está em um abrigo de segurança em algum lugar da Georgia. Preciso que você encontre o lugar.

— Abrigo de segurança? De quanta segurança estamos falando?

Shane joga o telefone para mim.

— Conta para ele.

Reviro os olhos para o tom cortante da sua voz e passo para Taylor os mesmos detalhes que dei para Shane.

Taylor solta um som estranho, como se estivesse pensando, então ouço o som distinto de seus dedos digitando no teclado.

— Vou ter que cavar um pouco. Tem motivos para chamarem esses lugares de abrigos. Tudo está registrado como outra coisa e geralmente não tem conexão nenhuma com a pessoa. Você sabe quando ele comprou a casa?

De início, não me vem nada, mas então uma lembrança surge na minha cabeça, uma história que minha mãe me contou de quando se mudou para Georgia sozinha e a casinha que ela tinha comprado em que tinha sido muito feliz.

Minha mãe tinha tentado recriar a sensação daquela casa na nossa, para onde se mudou depois de se casar com o meu pai, mas eu podia dizer, pela expressão e a voz dela, que nunca conseguiu.

Há outra lembrança difusa da minha mãe em um lugar que quase consigo alcançar. Vai e vem. Apesar de eu ser rápida ao persegui-la, ela consegue escapar.

— É possível que fosse da minha mãe.

Shane faz careta para mim quando dou a nova informação a Taylor. Eu o ignoro e continuo:

— Até onde sei, ela vendeu a casa depois de se casar com o meu pai, mas…

— Ele pode ter comprado de volta ou a manteve e não disse nada a ela — Taylor termina por mim.

Esse cara é rápido. A velocidade com que processa informações e sua intuição para chegar a conclusões lógicas são surpreendentes. Notei isso nele quando o conheci.

Ele digita mais um pouco, então diz:

— Vou correr com isso e entro em contato dizendo o que descobri. De qualquer forma, vou estar aí amanhã. Damon e Ames devem chegar daqui a uma hora. Vou mandar mensagem para Shane dizendo onde pegá-los.

Shane pega o telefone de volta e desliga.

Nós nos encaramos no que ele guarda o aparelho no bolso, sua cabeça balança devagarinho em descrença.

— Você precisa ser completamente sincera comigo, Brin. Não vai dar certo se não for assim.

— Eu fui sincera, só esqueci. Até mesmo você precisa admitir que tem muita coisa se passando. Desculpa se estraguei o cronograma dos seus amigos ou o que…

— Não é disso que eu estou falando — ele estoura. — Não estou nem aí para o cronograma.

Deus, esse homem é confuso pra caralho.

— Então do que você está falando?

Ele faz uma pausa, a cabeça cai ligeiramente enquanto ele passa a mão pela nuca.

— Shane?

LILY WHITE

O cara balança a cabeça de novo e ajeita a postura.

— Não é nada. É melhor a gente ir pegar o Damon.

O que está dando volta na cabeça desse homem? Faço uma retrospectiva de tudo e começo a segui-lo, mas estanco.

— Não vou a lugar nenhum até você me contar.

Ele está de costas para mim quando também para já na porta entre o quarto e a sala. E se vira para me olhar, parecendo sentir dor, o caos está de volta nele, a tempestade que fervilha em seu olhar é árida, mas de um brilhante tom de oceano.

Estudo sua expressão, noto a forma como seu maxilar está cerrado com tanta força que as maçãs do seu rosto parecem lâminas por debaixo dos seus olhos. Mesmo a forma como ele para é estranha. Há uma ameaça sutil na forma como ele gira os ombros para trás, em como mantém os braços ligeiramente afastados do corpo e firma as pernas.

Shane parece mais preparado para a batalha do que nunca. Mais do que na noite em que brigamos. Mais do que quando ele descobriu o estrago que fizeram na casa dele. Mais do que quando ficou parado no acostamento e descobriu que alguém tentou matá-lo ao sabotar o seu carro.

Seja o que for, está tão distante de tudo que ele já viu antes que o cara me fita agora como se eu fosse o problema.

Quero sair em debandada e me esconder. É minha resposta ao estresse. O que estou acostumada a fazer. Mas me mantenho firme e exijo respostas.

— O que não vai dar certo?

O maxilar dele se contrai, algo o rói como um rato tentando escapar da prisão metálica de sua gaiola, os dentes afiados se movendo a mil por hora.

Outro balançar de cabeça.

— Não é nada. Nada que eu possa comprovar.

— Que merda isso quer dizer?

A pergunta atinge suas costas, porque, na mesma hora, ele se vira para sair.
Não.
Não dessa vez.

Não vou aceitar uma exigência vaga com que Shane não vai nem confrontar a si mesmo nem explicar a mim.

Ele quer ficar dizendo que eu sou um pé no saco quando, na verdade, ele também é.

Como é possível ser tão diferente de alguém e ainda assim ser tão parecido que qualquer um que olhe de um para o outro não consegue encontrar uma distinção?

HERESIA

279

Eu o persigo pelo quarto, e quase o alcanço quando ele abre a porta para sair.

Minha mão cai para o lado do corpo, Shane e eu paramos onde estamos.

Dois rostos conhecidos nos encaram, rostos que conheço a vida toda.

— Você precisa se afastar dele, Brinley.

Meu pai vira o foco para Shane, e noto a arma que Scott aponta para a cabeça dele.

Meu coração vai parar na boca.

— E você precisa deixar a minha filha em paz. Se deixar que ela venha com a gente sem causar alarde, não haverá repercussões. Mas se fizer qualquer coisa para detê-la, eles vão te tirar deste hotel em um saco de cadáver.

Shane nem se incomoda em olhar na direção do meu pai, seu olhar está fixo em Scott. Cada músculo do seu corpo está retesado, seu desejo de ferir Scott é tão perigoso quanto a arma apontada para a sua cabeça.

Tudo se move rápido demais, minha mente é incapaz de acompanhar, de compreender, essa reviravolta.

— Pai?

Mal consigo sussurrar a palavra.

Os olhos do meu pai se voltam para mim.

— Saia de perto dele, Brinley, e venha comigo. Não vou permitir que esse assassino te ameace por mais tempo.

O corpo de Shane fica mais tenso ainda, a atenção dele se volta devagar para o meu pai. Ele não diz uma palavra nem para negar nem para argumentar.

Mas se olhares matassem...

— Assassino? Do que você está falando? Shane não matou ninguém. Ele está tentando nos ajudar...

— Não deixe esse cara te enganar, filha. Não acredite em uma palavra que saia dessa boca. Sei exatamente o filho da puta que ele é.

O olhar do meu pai se fixa no de Shane.

— Acho que você não contou para ela como matou o John Bailey, contou?

Meu coração para de bater por um instante.

Não pode ser verdade.

Meu pai sorri para Shane como se ele tivesse desferido o primeiro golpe.

— Ouvi dizer que vocês fizeram Luca acreditar na historinha de vocês.

Eu me pergunto o que ela fará quando descobrir que vocês são a razão para o pai dela estar morto.

Meu pai não terminou.

Há mais um golpe a caminho.

— Cacete. — A voz dele se arrasta com seu sotaque sulista tão carregado que te faz lembrar da humidade sufocante à sombra de uma varanda, com os ventiladores de teto mal sendo capazes de refrescar qualquer coisa. — Já que estamos nessa, o que acha que Brinley vai pensar de você depois que eu contar para ela que o pai de cada um de vocês é a razão para ela ter perdido a mãe quando tinha doze anos?

Meu coração vai parar nos meus pés.

capítulo trinta

Shane

Estou parado na pista de pouso, esperando Damon sair do avião de Gabe, o sol forte do sul brilha na minha cabeça, o calor dele nem se compara ao meu.

Depois de Brinley ter sido tirada de mim, não estou só fervilhando, estou pegando fogo.

As alças de três bolsas de viagens estão seguras nas mãos de Damon, seu olhar busca o meu assim que ele se abaixa para sair do avião, o cabelo dele é soprado pela rajada de vento que passa por nós dois.

Com passos rápidos e seguros, ele continua me olhando ao descer as escadas, Ames vem logo atrás.

Eles se aproximam, e Damon não diz uma palavra, seus dentes estão tão cerrados quanto os meus. Lanço um olhar na direção dela e vejo que esteve chorando.

A voz de Damon está baixa quando finalmente fala, a raiva nele é difícil de conter.

— O que a gente faz agora?

Se eu soubesse responder a essa pergunta, já teria feito alguma coisa.

Tudo o que consigo fazer é balançar a cabeça.

Minhas mãos estão enfiadas nos bolsos quando me viro para levá-los até o carro. Estou com medo de tocar qualquer coisa... de dizer qualquer coisa.

Sinto-me como se, a qualquer momento, eu fosse destruir a porra do mundo.

Raiva não chega a descrever.

Ira não toca nem a ponta.

Fúria é uma palavra branda demais.

Qualquer que seja esse sentimento, não inventaram ainda a palavra para abrangê-lo.

Sou a destruição encarnada.

Um deus antigo há muito esquecido, mas ainda pensando em uma forma de acabar com toda a existência.

Vou ficar feliz de começar com Scott e Jerry.

Não tive escolha a não ser deixar Brinley ir, não com uma arma apontada para a minha cabeça e um babaca do outro lado se coçando para puxar o gatilho.

O olhar que ela me lançou quando saiu andando foi pior do que qualquer estrago que uma bala teria feito. Pelo menos a bala acabaria com o meu sofrimento, mas a expressão dela me pôs bem no meio do aperto forte dele.

Como eles nos encontraram está além da minha compreensão.

Até onde eu sabia, Scott ainda estava no norte, planejando seu próximo ato de vandalismo. Não me seguindo até aqui para avisar a Jerry que estávamos a caminho.

Não consigo nem começar a fazer a miríade de perguntas que rodeiam essa reviravolta. Em vez disso, optei pela coisa mais inteligente: eu os deixei ir, depois corri para a janela para vê-los atravessar o estacionamento e ir embora.

Peguei a placa deles usando o zoom do meu telefone e enviei na mesma hora para Taylor.

Em seguida, mandei mensagem para Tanner para avisar que ele estava perseguindo um rastro falso. E mandei mensagem para Damon para avisar que, quando seu voo pousasse, ele estaria encarando um homem com tanta raiva que um comentário atravessado o faria começar uma guerra.

É por isso que ele foi tão cuidadoso ao me abordar. E saber que a amiga estava desaparecida deve ser o que abalou Ames.

O avião de Gabe está voltando para pegar o resto do Inferno. Mas não preciso deles, porra. Os métodos deles não vão funcionar nessa situação.

Vou pegar Brinley de volta do meu próprio jeito.

Entramos no carro, Damon vai na frente, mesmo sendo falta de cavalheirismo. Ele sabe que não deve deixar Ames sentar ali quando estou assim. Sabe que basta uma palavra para eu estourar.

É claro, ele entenderia melhor do que ninguém a posição em que me encontro. Não o chamam de Ira a troco de nada.

Mesmo Ezra não entenderia.

Enquanto ele é frio, Damon e eu pegamos fogo.

O motor de Belezinha ruge à vida quando dou a partida.

Dado o que já fizeram com o carro, me certifiquei de verificar tudo antes de sair do estacionamento do hotel. Graças a Deus esses filhos da puta não decidiram bagunçar com ele de novo antes de levarem a Brinley. Teria sido só mais uma razão para tornar o que farei com eles em algo muito pior.

Damon e Ames ficam basicamente calados enquanto saímos da pista de pouso, descemos pela rua estreita que leva ao aeroporto privativo e atravessamos a cidade para pegar a rodovia.

É só quando estou quase atingindo a velocidade máxima do carro que Damon se arrisca a fazer uma pergunta.

— Por que Jerry está associado a Scott? Ainda mais depois de Scott quase ter matado Brinley com o que fez no seu carro?

Meus dentes rilham. Eu já tinha pensado naquilo quando vim pegá-los. Duas respostas me vêm à mente.

— Ou Jerry não sabe o que Scott anda fazendo ou não se importa que a filha seja um efeito colateral.

— Isso é fodido.

Dou de ombros.

— Eles queriam Brinley longe de mim. Talvez porque Jerry realmente se importe com ela e me veja como uma ameaça. Ou ele simplesmente a quer longe disso tudo para que a gente não descriptografe o pen drive primeiro.

Ele vira a cabeça para me olhar, a paisagem lá fora é um borrão por causa da velocidade em que estou indo.

— Mas a gente está com a Ames. É o irmão dela que está trabalhando nisso.

— É — respondo, assentindo. — E também temos o Taylor. E é por isso que estou mais inclinado em acreditar que Jerry não sabe o que Scott fez.

— Ainda não entendo por que eles acham que você é uma ameaça. Não deviam estar mais preocupados com o pai de cada um de nós ou com o Inferno como um todo? Por que se concentrar em você?

Tanner fez uma pergunta parecida ontem.

— Quando Jerry levou Brinley, ele disse que os nossos pais foram os responsáveis pela morte da mãe dela. Talvez tenha algo a ver com isso.

É uma resposta ruim, mas Damon parece engolir.

O que não conto a Damon é que Jerry não estava mentindo quanto aos meus crimes. Eu estava envolvido, e fui basicamente o responsável pela morte de John Bailey.

Ninguém do Inferno sabe.

Depois de perceber o que o meu trabalho fez, a culpa me comeu por completo, a vergonha que carrego desde então é um peso quase insuportável de carregar.

É difícil até mesmo olhar para Luca na maioria dos dias, e é por isso que tento evitá-la.

Tanner estava certo quando arrebentou meu nariz e meu lábio naquela noite em Yale quando eu quase a beijei. Eu mereci pelo que acabaria fazendo pouco tempo depois.

Mas aquela noite acabou funcionando a meu favor.

Pelo que fiquei sabendo, Luca pensa que fui eu quem tirou as fotos dela quando estava bêbada.

Não fui eu, mas não contei para ela. Só porque ela ainda mantém distância de mim por causa disso.

O que eu não entendo é como Jerry sabe que estou envolvido no que aconteceu com John. E com certeza não sei porra nenhuma do que os nossos pais supostamente fizeram com a mãe dela.

— Quando e como a mãe dela morreu?

— Acidente de carro — respondo —, quando ela tinha doze anos.

Ele se ajeita no assento e encara a estrada por vários minutos.

— Caramba. Isso está rolando há muito tempo.

— É.

Incapaz de dizer mais qualquer coisa, chego à saída e desço a rampa que leva à cidade.

Chegamos ao hotel e subimos para a suíte. Assim que entramos, escolho um quarto e digo que eles podem ficar com algum dos outros três.

É impossível deixar passar a hesitação entre os dois quando concordam em ficar em quartos separados.

Geralmente, eu inclinaria a sobrancelha em curiosidade, mas, dada a situação atual, não consigo reunir a vontade de dar a mínima.

— E o resto do pessoal? — pergunta Ames.

Olho para Damon depois para ela e explico:

— Vão reservar outra suíte.

— E a Brinley vai precisar de um quarto — ela adiciona —, quando voltar.

Tem tanta esperança na expressão dela que eu fico mais puto ainda.

Brinley já deveria estar aqui.

Se estivesse, não ficaria no próprio quarto.

Decidi aquilo no segundo que ela foi levada. E me odiei ainda mais por ter posto um fim à conversa que estávamos tendo antes de abrir a porta e a merda bater no ventilador.

Eu deveria ter tido coragem de dizer a ela o que sinto.

Agora estou com medo de não ter mais a chance.

Ainda há esperança para isso. Assim que eu a encontrar de novo.

Quando não digo nada, Ames faz outra pergunta, rompendo o silêncio tenso.

— Quanto tempo até os outros chegarem?

Ames tem boas intenções, e posso ver que ela se preocupa de verdade com Brinley. Mas a presença dela aqui enquanto Brinley não está acaba me descendo mal.

Vou em direção à porta do meu quarto, paro lá e não me dou o trabalho de olhar para trás.

— Umas cinco horas.

A porta bate às minhas costas, em seguida largo meu peso na cama.

Preciso ficar sozinho nessas poucas horas de silêncio que ainda me restam. Vai me enlouquecer aos poucos, sei disso, mas não há nada que eu possa fazer agora, exceto esperar enquanto planejo como vou pegar Brinley de volta.

— Certo, vamos dizer tudo o que sabemos agora e que seja útil.

Sentado em uma poltrona perto de uma imensa janela panorâmica, olho lá para fora. Não sei o que estou vigiando. O carro de Jerry se aproximando? Ou talvez Brinley correndo para o hotel?

A essa altura, aceito qualquer coisa além dessa merda de reunião de família que eu sabia que Tanner convocaria assim que chegasse.

Não faz nem uma hora que eles pousaram, e estamos todos enfiados na minha suíte. A turma toda, incluindo Luca, Ava, Ivy e Emily.

Ainda estou tentando entender como coube todo mundo no avião de Gabriel.

A voz de Taylor preenche meus pensamentos, dissipando o fascínio que eu sentia pelo estacionamento.

— A placa que o Shane me mandou é de um carro alugado. Cavei mais fundo, esperando encontrar informações sobre Scott, mas, se ele alugou o carro, foi com um nome falso. Jerry pode ter alugado o veículo também.

Não foi de muita ajuda, não que eu tivesse todas as minhas preces e esperanças enfiadas em uma única cesta.

Jerry e Scott estão nessa merda há tanto tempo quanto nossos pais. Faz sentido eles saberem encobrir o próprio rastro.

— E o abrigo de segurança? — pergunta Tanner.

Aquilo chama minha atenção, e me movo no assento para olhar para Taylor.

Ele armou sua estação de trabalho na ponta do sofá, o notebook está equilibrado no braço do móvel. Como sempre, os óculos de armação metálica refletem a tela enquanto seus dedos correm pelas teclas. Vestido casualmente, cruza o calcanhar por cima do joelho sem nem se importar de olhar para cima ao falar.

— Ainda estou na busca. Rastreei a mãe de Brinley desde a California até a Georgia. Ela comprou a casa três anos antes de Brinley nascer. Até onde posso dizer, o lugar foi se deteriorando nos últimos dez anos. Tudo o que existe lá é terra cultivável.

Bem, isso nos leva a lugar nenhum.

Próximo.

Tanner parece tão decepcionado quanto eu. Mas não há como ele estar. Não é ele que está prestes a deflagrar uma guerra.

Não igual a mim, pelo menos.

Ele ainda está armando contra nossos pais para pôr tudo isso para descansar enquanto eu tenho um alvo em mente que tem sido uma pedra e tanto no meu sapato.

Tanner passa a mão pelo cabelo e lança um olhar preocupado na minha direção antes de fazer a próxima pergunta:

— E o Scott? Como ele chegou tão rápido na Georgia? Deve ter vindo de avião, porque ninguém corre tanto quanto o Shane.

Ele não está errado. Mas, bem, eu fui tirado do trajeto por uma noite inteira quando a porra do pneu praticamente voou do carro.

Outra onda de raiva me invade, e viro para o estacionamento.

Tanner pode planejar e tramar o quanto quiser.

Não vou seguir as instruções dele.

Não dessa vez.

Não quando a vida de Brinley pode estar em perigo.

Só preciso das informações de Taylor. É uma merda ele não estar dando uma dentro.

— Até onde posso dizer, ele pode tanto ter vindo de carro quanto em um avião particular. Ainda estou repassando os itinerários e as listas de passageiros. Se ele veio de avião, não foi no do governador.

É claro, porra.

Porque isso facilitaria demais as coisas.

A voz de Taylor está exausta.

— Preciso de mais tempo.

Silêncio de novo, e então:

— Shane, onde sua cabeça está no momento?

Quando ouço a pergunta de Tanner, me viro para olhar ao redor do quarto de novo. Cada pessoa ali me encara como se eu fosse uma bomba a três segundos de detonar.

Devemos cortar o fio vermelho ou o azul?

Não há como dizer.

— Em cima do pescoço, onde mais?

Damon bufa, mas ele é o único que acha graça do meu comentário. Mas também é o único que entende o que significa sentir uma fúria dessas.

Enquanto todo mundo está morrendo de medo do que eu vou fazer, Damon sabe que vai ser difícil, mas possível, conter o sentimento até chegar a hora.

Enjoado deles me olhando como se eu fosse uma atração de circo, dou de ombros e minto:

— Estou de boa, podem parar de se preocupar. Brinley era só outra tarefa.

Só um mentiroso pode identificar o outro. Gabe captura o meu olhar e diz que estou mentindo.

— Ela significa mais que isso. Acho que já é hora de você ser sincero. Estamos todos meio cansados de te ver dançando ao redor da verdade por causa dessa teimosia.

Babaca.

Eu não esfreguei na cara dele quando estava em negação quanto a Ivy.

O mínimo que ele poderia fazer é retribuir o favor.

Se ele estivesse com a bebida de sempre na mão, eu iria até lá e a entornaria nele.

Felizmente, Tanner retoma a discussão.

— Então não sabemos como Scott chegou aqui. Não sabemos onde o abrigo fica. Não sabemos nada sobre quem alugou o carro que Shane viu. De que merda mais a gente não sabe?

Ao que parece, a linha de raciocínio de Gabe é parecida com a minha. Mal dou ouvidos ao resumo.

— Não sabemos como Scott ou Jerry sabiam onde procurar Shane e Brinley, nem como descobriram que eles estavam neste hotel. Não sabemos por que Jerry está trabalhando com Scott, se o cara tentou mesmo matar Brinley. Não sabemos por que Jerry está trabalhando com o governador. Não sabemos onde os servidores estão nem o que há neles. Não sabemos...

— Puta que pariu — Tanner interrompe. — Vamos tentar de outra forma porque essa lista é interminável. Do que sabemos?

— Ainda não sabemos onde Everly está — Jase contribui.

O olhar de todo mundo se volta para ele. Tanner faz careta.

— Acompanha, babaca. Estamos listando o que a gente sabe, e ninguém dá a mínima para Everly a essa altura.

Estou feliz por ele ter dito isso, porque era exatamente o que o resto de nós estava pensando. Jase faz um som contrariado, mas, para variar, toma uma decisão inteligente e cala a porra da boca. Taylor dá um soquinho da vitória.

— Isso aí, porra.

Então ele não diz nada.

Todos os olhos se voltam para ele. Tanner, mais uma vez, fala primeiro:

— Importa-se em compartilhar com a classe, Taylor?

Ele olha para cima e encontra todos nós o encarando.

— Ah, desculpa. Eu estava prestes a dizer que sabemos como e quando Scott chegou à Georgia. Acabei de encontrar a lista de passageiros.

Os dedos dele voltam para o teclado e os olhos estão fixos na tela.

Estamos todos esperando, mas Taylor não elabora. Perco a porra da paciência.

— Alguém precisa passar o bastão da fala para você? O que você descobriu?

— Ah, foi mal de novo. Só estava seguindo outra pista.

Ele olha para cima e empurra os óculos mais alto no nariz.

— Scott veio em um jatinho que pertence à D&B Enterprises, uma fábrica de tecidos que fica perto do Maine. Ele pousou na Georgia na segunda-feira por volta das oito da manhã.

Tanner franze as sobrancelhas.

— Uma fábrica de tecidos?

— É a nova pista que estou seguindo.

Gabe ri.

— Não me diga que Scott costura em seu tempo livre. Por que ele estaria associado com uma empresa dessas?

Tanner resmunga baixinho.

— Outra coisa de que não sabemos.

Gabe olha ao redor, obviamente frustrado.

— Seria de se pensar que, pelo valor que estamos pagando por essas suítes, teria um bar nelas.

Aponto sobre o ombro para a entrada.

— Tem uma cesta de boas-vindas com morangos e champanhe bem ali.

Ele faz cara de nojo.

Ainda estou chocado por todos eles estarem ignorando o panorama geral.

Levanto-me da poltrona, vou até Taylor e tomo o computador dele.

— Cadê a lista de passageiros? Tem certeza de que não foi terça de manhã?

Ele pega o computador de volta e estoura comigo.

— Nunca toque no meu computador.

Taylor praticamente me ataca por tocar no seu precioso aparelho.

Pela cara dele, seria de se pensar que ele estava falando da mulher dele, e eu acabei de deixá-la me pagar um boquete. O homem tem um problema sério no que diz respeito à tecnologia.

— Só abra a droga da lista de passageiros para eu ver.

Ele digita mais um pouco e vira a tela para que eu possa ver, mantendo a mão protetora no notebook.

Reviro os olhos, e me inclino para confirmar o que ele disse.

— Filho da puta — ponho para fora.

A voz suave de Gabe atravessa a sala.

— Qual é a importância da manhã de segunda-feira?

Largo-me no chão, sentindo-me derrotado.

— Shane — pressiona Tanner. — O que é?

Como ninguém percebe?

Largo a cabeça nas mãos e esfrego as têmporas. Essa merda dessa situação é uma dor de cabeça maior que o necessário.

— Shane!

Olho feio para Tanner.

— Há algo mais de que a gente não sabe.

— E o que é?

— Se o Scott estava aqui na segunda de manhã, então quem estava lá no norte na segunda à noite para destruir a casa de cada um de nós? Mais importante, quem afrouxou as porcas dos pneus dos meu carro sabendo muito bem que isso me mataria?

Todo mundo fica imóvel.

É claro que podemos contar com Sawyer para ser eloquente ao pôr para fora o que todo mundo está pensando.

— Olha... cacete. — Ele ri. — Com tantas opções, é melhor alguém começar uma lista.

capítulo trinta e um

Brinley

Eu não queria acreditar no meu pai de início.

Quando ele apareceu lá no hotel, seu olhar estava estranho. A insanidade fervia por trás do que uma vez foi um castanho bondoso. Olheiras escuras e profundas manchavam a pele lá abaixo; agora, o resto está pálido, sendo que antes tinha um bronzeado saudável.

Meu pai passou por alguma coisa.

Talvez tenha a ver com roubar os servidores e estar escondido há dois meses.

Ou talvez tenha tudo a ver com perder o controle de uma situação em que se está envolvido por tanto tempo quanto eu existo.

Scott apontou a arma para a minha cabeça o caminho todo desde o quarto até o elevador. Foi assim que impediu Shane de nos seguir.

Mas eu não estava com medo. Só conseguia encarar meu pai, chocada.

Anos atrás, ele jamais teria permitido que alguém apontasse uma arma carregada para a minha cabeça. A probabilidade de apertarem o gatilho sem querer era alta.

Meu pai me ensinou a temer e a procurar os monstros, porque ele era superprotetor.

Não mais.

Agora ele está tão trancado em qualquer que seja a batalha entre o governador e a família dos caras do Inferno que ele está perdendo de vista o que costumava amar mais.

A mim.

Antes de sairmos do hotel, entendi que meu pai não era mais o homem que eu conhecia. Ele se transformou em alguém diferente, e não sei se posso confiar nele.

— Não consigo acreditar que você estava disposta a se associar com aqueles homens, Brinley. Eu te criei melhor que isso.

Meu pai e Scott me levaram para uma casa que não reconheci, ficava na zona rural, com pomares e terras cultiváveis se estendo por milhas ao nosso redor.

O trajeto tinha levado menos de duas horas, e nenhuma palavra foi trocada entre nós três.

Eu sentia falta do silêncio agora.

— Pelo menos Shane não permitiu que um psicopata mercenário apontasse uma arma para a minha cabeça.

— Não se rebele contra mim, mocinha. E não se atreva a discutir. Fizemos o necessário para te afastar daquele monstro. Ele matou John Bailey. Ou você não ouviu essa parte?

Desprezo puro emana de mim quando olho para ele… e mágoa também. Nunca quis sentir isso pelo homem que me criou.

— Ele teria me matado também se vocês dois tivessem me encontrado antes de nós encontrarmos vocês. Você deveria agradecer a Scott por ter vindo até aqui me avisar.

Quero discutir mais, dizer que Shane e o grupo dele só precisam dos servidores. Mas, se eu fizer isso, compartilharei informações que foram confiadas a mim. Preciso agir com inteligência para conseguir o máximo de informação possível em vez de dá-las.

— Por que está envolvido nisso, pai? Era para você estar aposentado. Quando perdeu a empresa, tinha o suficiente para viver com conforto pelo resto da vida sem precisar levantar um dedo. Não entendo o que você está fazendo.

— Eu *estava* aposentado — ele vocifera, seu corpo se vira completamente para mim quando se apruma em sua altura completa.

É uma tentativa de me intimidar, mas não vou cair nessa.

Só na última semana, as merdas por que passei fizeram maravilhas para fortalecer a minha mente. Não se passa por um trauma daqueles sem sair um pouco mais forte por ter sobrevivido.

Mesmo que a gente fique exausto.

Mesmo que queira se encolher e chorar.

Está tudo bem, porque isso só significa que a gente ainda está sofrendo as repercussões, e que está ainda mais forte por estar vivo.

Quando ajeito minha postura em resposta, meu pai recua como se eu tivesse lhe dado um tapa.

Ele aponta um dedo para mim, praticamente gritando:

— Só larguei a aposentadoria porque os seus novos amigos estão tentando roubar os servidores de John.

Roubar não é a palavra certa. O pai de Luca deixou os servidores para ela. Foi o meu pai que os roubou.

Guardo aquilo para mim. E continuo pressionando para que ele revele mais coisas do que eu.

— Por que eles iam querer esses servidores velhos? Não faz sentido.

— Por causa do que está neles. John tem anos de informações e imagens que condenaria os pais deles por todo tipo de crimes. É prova. Ele guardou silêncio por anos, mas então algo aconteceu, e tão logo percebeu o que tinha gravado, criptografou tudo de tal forma que nem eu conseguia acessar.

— Foi por isso que você me mandou procurar o governador? É o que estava no pen drive que me pediu para ver se meus amigos descriptografavam?

Meu pai fecha a boca, Scott se levanta da cadeira ao mesmo tempo para se aproximar de mim.

— O ponto é que você precisa ficar fora disso, Brinley. Você não tem nada com o assunto.

O olhar que lhe lanço é uma centena de facas cravadas no seu crânio.

— Fui arrastada para isso quando meu pai me envolveu com o pen drive. E, para coroar, sem nenhum aviso ou explicação.

Scott nem pisca para a veemência do meu tom.

— Você foi avisada quando te resgatei na oficina e te levei para ver o governador.

Cruzo os braços, furiosa.

— Um pouco tarde, não acha?

Eu me viro para o meu pai, que se afunda na cadeira. A exaustão está cobrando um preço dele.

— O que aconteceu com você? A minha vida toda você cuidou de mim. Me manteve longe dos seus negócios. E agora não só me envolveu nessa merda, mas também deixou aquele filho da puta — aponto para Scott — apontar uma arma para a minha cabeça. Ele poderia ter me matado.

— Eu jamais te machucaria — rebate Scott. — Eu te conheço desde que você nasceu. A gente cresceu junto.

Viro-me para ele.

— É mesmo? Então por que você sabotou o carro do Shane sabendo que eu estaria dentro dele? A gente quase morreu naquele acidente.

Aquilo chama a atenção do meu pai, o olhar dele vai de mim para Scott.

— Do que ela está falando?

Scott balança a cabeça.

— Não fiz nada com o carro dele.

— Brinley, do que você está falando? — pergunta o meu pai.

Olho para Scott, não sei dizer se ele está mentindo para cobrir o seu rastro ou se está falando a verdade.

Odeio não poder confiar em ninguém ao meu redor.

Em ninguém, exceto no Shane, uma voz sussurra na minha cabeça.

Eu a ignoro.

A essa altura, não sei nem se confio em mim mesma.

Olho de um para o outro, busco algo que entregue que estão mentindo.

— É por isso que você tentou fazer parecer um acidente? Sua tentativa de matar Shane e eu? Porque você acredita que ele matou John Bailey em um acidente de carro e... — Eu me engasgo com o resto, e mal consigo conter as lágrimas. — E porque acha que os pais deles mataram a minha mãe?

Essa parte dói. Me devasta.

Minha mãe era uma mulher maravilhosa. Otimista. Inocente. Não faria mal a uma mosca. Tudo o que ela queria da vida era amar a família e ser feliz. Ela não merecia morrer tão jovem e de um jeito tão horrível.

Scott ainda está sendo insistente.

— Eu não fiz nada com o carro de Shane. Eu jamais te colocaria em um risco desses.

Não acredito nele, mas ainda tenho mais perguntas a fazer, então sigo em frente. Fixo o olhar em Scott e pergunto:

— E quanto a Everly? Por que ela está fugindo? Você a envolveu nisso também? Você diz que não me colocaria em risco, mas a colocou? Talvez você só esteja mentindo sobre essa história toda para proteger a si mesmo.

Com uma voz trovejante que sacode as janelas da sala em que estamos, Scott responde:

— Eu não envolvi a Everly em nada! Estou procurando a minha irmã para que possa protegê-la!

— De quê? — grito.

Os dois se fecham e se calam.

A recusa deles em responder diz tudo.

Meu pai rompe o silêncio, apreensivo.

HERESIA

— Certo, a gente precisa se acalmar. A boa notícia é que te afastamos daqueles homens. Enfim você está a salvo. Agora, se a gente puder só terminar isso de uma vez por todas, você vai continuar assim.

Lágrimas não derramadas continuam a arder nos meus olhos. Preciso prosseguir com inteligência. Conseguir, de alguma forma, que meu pai ou Scott admitam exatamente o que está acontecendo.

Forço-me a respirar fundo, obrigo meu coração a se acalmar. Enquanto eu continuar irritada, os dois vão permanecer na defensiva. Eles podem simplesmente olhar para mim e dizer o que estou sentindo. Eles me conhecem há muito tempo para eu conseguir esconder.

É outro jogo. Como todos os que estive jogando com Shane nos últimos dias.

Só é diferente.

Infelizmente, não sei quem são todos os jogadores, que lado é o que devo apoiar, e o que vai acontecer se eu seguir meus instintos e continuar ajudando Shane.

Posso confiar nele?

É o que o meu coração quer.

Minha mente está concordando.

Mas por que razão?

Eu só o conheço há um punhado de dias ao passo que conheço Scott e o meu pai a vida toda.

Não pode ser porque dormi com ele uma vez.

Isso não é amor.

Ainda assim, tenho que admitir que toda vez que estou perto dele parece que minha alma está estendendo a mão. Como se eu tivesse encontrado minha outra metade. Um homem que é diferente de mim em tudo o que importa e, ao mesmo tempo, é tão parecido.

Quando estou fraca, Shane é forte. E, em contrapartida, quando ele está fraco, eu assumo a batalha.

Talvez seja por isso que opostos se atraem. São complementos perfeitos um para o outro. Fracos e se estrebuchando quando estão separados, mas poderosos demais quando estão juntos.

Faz sentido termos levado um ao outro à loucura. Ele é a parte de mim que não está sempre preocupada e se escondendo, e eu sou a parte dele que é uma lembrança sussurrada para tomar cuidado com a própria vida e desacelerar.

É claro, a gente vai lutar contra isso.

LILY WHITE

Não queremos reconhecer a parte mais fraca de nós mesmos.

Me ocorre que Shane nunca chegou a confessar o que estava tentando me dizer no hotel, mas, se eu pudesse dar um palpite, é o fato de que o que sinto por ele também está bem vivo no seu coração.

Então, como entro nesse jogo entre duas forças opostas e consigo proteger os jogadores que amo de ambos os lados?

Se já houve uma impossibilidade na minha vida, essa com certeza é uma delas.

Vou entrar no jogo e torcer para descobrir o que fazer durante a partida.

— Tudo bem, então como pomos um fim a isso?

— Você faz a droga dos seus amigos irem mais rápido com aquele pen drive. Vai ser de grande ajuda. Onde eles estão enfiados?

Saliva voa da boca do meu pai em resposta, seu rosto está vermelho, e os olhos, injetados. Cada resposta que ele me dá é em um tom agressivo e ameaçador.

Não sei quem esse homem é.

Ele não é o meu pai.

Mantenho a boca fechada porque esta é a coisa que eu tenho, e ele não: informação sobre quem está trabalhando no pen drive e como contatá-los.

Nem mesmo o governador sabe.

Claro, o governador viu Ames, e eu até mesmo disse a ele o nome dela, mas só. E boa sorte para ele se estiver tentando encontrá-la. Shane e os amigos a têm sob vigilância, e não tenho dúvida de que vão manter todo mundo longe dela.

No entanto, se o pen drive é a chave para tudo isso, então ele pode ser a chave para eu escapar do meu pai.

Ele não vai me machucar. Eu sei. Mas o homem não está exatamente são. Essa guerra, ou batalha, ou o que quer que seja que está acontecendo, levou o meu antes bondoso e gentil pai à loucura.

— Ainda estão trabalhando nele — respondo. — Estive um pouquinho ocupada para verificar como as coisas estão indo por causa de tudo o que está rolando.

— Bem, e a culpa é de quem? Eu vou te dizer. O homem para quem você correu. Não pense que não sei o que aconteceu. O governador Callahan me contou que eles roubaram o seu carro. E que, depois disso, ninguém conseguia te encontrar. Suponho que você decidiu correr para ele e acreditar nas mentiras que ele deve ter te contado.

— Eu fui…

Paro de falar antes de dizer que fui sequestrada.

Algo não se encaixa no que ele acabou de dizer.

— Como assim ninguém conseguiu me encontrar?

Teve um relato de acidente. Uma denúncia de pessoa desaparecida. Seria de se pensar que se eles estivessem procurando por mim, teriam se deparado com isso.

E é quando percebo…

Eles teriam descoberto o nome completo de Ames também, porque foi ela quem denunciou o meu sequestro.

Faço uma prece silenciosa para o universo para que Damon a tenha encontrado primeiro. Até onde sei, o governador ainda está atrás dela.

— O que você acha? O governador Callahan mandou uma equipe até o seu dormitório na terça de manhã. Eles vasculharam a faculdade e as aulas que, aparentemente, você decidiu faltar. Pensei que pelo menos nelas você teria o bom senso de aparecer. Não é do seu feitio arriscar a reprovação.

Permaneço em silêncio e luto para encaixar as peças. Seria possível o governador Callahan ter deixado passar a denúncia de sequestro?

Em vez de arrastar esse assunto, eu o mudo.

— Por que você acha que Shane matou o pai de Luca?

Meu pai solta um bufo.

— Eu sei que foi ele. Tenho um vídeo dele fazendo isso.

Vídeo? Balanço a cabeça porque, apesar de eu tentar entender o que aconteceu, ainda não consigo acreditar.

Ou talvez consiga.

Shane me avisou que ele não era bonzinho.

Foi isso que ele quis dizer?

Parece que cada resposta que consigo só leva a mais perguntas.

Mudo de assunto de novo, porque não consigo parar de buscar informações.

— Onde estamos? É o abrigo de segurança sobre o qual você me falou anos atrás?

Atravesso a sala para olhar pela janela e puxo a cortina para o lado. Não há nada lá fora a não ser campos até onde os olhos alcançam. Isso e um balanço de pneu velho e solitário pendurado no galho de uma árvore. Sigo a corda até o ponto desgastado em que ela roça a casca áspera da árvore. Talvez restem uns três fios o prendendo lá.

— Sua mãe amava aquele balanço — meu diz pai às minhas costas, sua voz está terna e calma, do jeito de que eu me lembro.

Talvez eu estivesse certa sobre ele ter mantido a velha casa dela. Me dá esperança de que Taylor seja capaz de perseguir aquela informação.

— É a casa da minha mãe de quando ela se mudou para cá, não é?

— É — confessa, e um suspiro longo e cansado escapa dele.

O silêncio nos cobre como um cobertor pesado. Mas então meu pai volta a falar, como se sua mente perseguisse uma lembrança.

— Ela teve duas casas antes de nos conhecermos. Uma que ela alugou por um tempo, e a outra que comprou depois de um ano de trabalho. A que ela comprou acabou sendo vendida quando nos casamos. Até onde sei, está em ruínas. Mas era esta casa que ela mais amava. Eu deveria ter insistido para que a vendessem a mim antes que ela morresse, para que eu pudesse dá-la a ela. Mas a vida não é do jeito que a gente quer.

A lembrança dele desperta a minha, e aquele pensamento que não consegui alcançar sobre a minha mãe, quando falei com Taylor, finalmente volta a mim, sussurrado na voz dela.

"Não é o que você tem na vida que te faz feliz, Brin. Às vezes, a felicidade é encontrada em lugares, pessoas e outras coisas que só ficam contigo por um tempo. Elas nunca foram destinadas a ser suas, mas é o que as torna tão especiais. Porque quando elas se vão, você entende que a verdadeira felicidade não está no que você consegue manter para sempre. Não. Ela está em momentos que são tão efêmeros que você nem acredita que teve sorte o bastante de vivê-los."

Minha mãe tinha me dito isso em um dia quente de verão, quando meus olhos estavam cheios de lágrimas e vermelhos porque meu cachorro tinha morrido.

Em seguida ela me contou sobre essa casa, em como apesar de ter se casado e me dado à luz depois de sair dela, ainda sentia saudades dos momentos de quietude passados na varanda. Sobre o balanço de pneu que observava balançar à brisa.

Minha mãe, por sua vez, não foi nada mais que um momento efêmero. Eu com certeza não consegui mantê-la por muito tempo. E quando penso no que foi da minha vida até recentemente, percebo que a maior felicidade que tive está nas lembranças com ela.

Temo que Shane vá se tornar outra lembrança feliz, uma tão efêmera e passageira que nem sequer percebi o que tinha até que perdi.

A voz de Scott me arrasta de volta para o presente, e abandono o balanço para olhar para ele.

HERESIA

299

— Você tem sorte por termos te encontrado. Ainda estou puto por você ter ido atrás desses caras depois que te peguei na oficina. Juro, você é tão idiota quanto a minha irmã. Eu deveria ter trancado as duas logo que pus as mãos em vocês, assim não teriam voltado para eles.

Essa é nova.

Eu me lembro de Jase perdendo a cabeça por causa de Everly, mas a conversa nunca abordou a razão.

— Como vocês me encontraram? E o que quer dizer com nós duas?

Scott afasta uma cadeira de madeira da mesinha da cozinha e se senta, estende os pés diante do corpo e cruza os tornozelos.

— Seu namorado dirige um carro raro. Muito raro. Não foi difícil espalhar alguns olheiros quando suspeitei que ele veio dirigindo para a Georgia. Eu tenho muitos amigos aqui, Brinley. Fui criado no estado. Um monte deles trabalha na segurança pública. Assim que o viram atravessando a fronteira, ele foi rastreado direto até o hotel.

Isso explica uma parte, mas não vou deixar passar a outra.

— O que você quis dizer com nós duas?

— Eu estava chegando lá.

Ok, penso. *Vá mais rápido.*

Minha sobrancelha se inclina com impaciência.

— Everly frequentou Yale com todos esses caras. Ela se matriculou lá enquanto eu ainda estava no exército e não tinha como saber o que estava aprontando. Ela não ficou muito mais tempo lá depois que voltei para casa e descobri. Assim que soube que ela estava em contato com aquele grupo, fui até lá para pegá-la e trazê-la para casa. Só que, aparentemente, a idiota da minha irmã se apaixonou por um deles. Ameacei matar a todos. E ela aceitou voltar para a Georgia comigo. Juntou as coisas dela o mais rápido possível e correu para me encontrar no meu carro. Eu a trouxe para cá, ela ficou acho que por uma semana e se foi de novo. Estou atrás dela desde então.

A história de Ivy me volta à cabeça, a lembrança de ouvir o governador dizer que Everly estava em Yale por uma razão.

— Por que ela estava em Yale, para início de conversa? — pergunto, minha curiosidade levando a melhor.

Scott abre um sorrisinho, o que repuxa um rosto que poderia ter sido esculpido em mármore.

— Não sei bem — responde, cruzando os braços. — Você teria que fazer essa pergunta a John Bailey.

capítulo trinta e dois

Shane

São três da manhã, e ainda não preguei os olhos. Estou agitado demais, puto demais, e se eu não sair dessa suíte, é bem provável que comece a quebrar a porra toda.

Mas minha rota de fuga está bloqueada. Ao que parece, tanto Ezra quanto Damon também estão com a mesma insônia.

Eles estão estacionados no sofá desde que a reunião de família terminou, e suspeito que estão acampados lá por ordem de Tanner.

De vez em quando, espio do meu quarto e vejo dois pares de olhos cor de âmbar se desviando para mim, um sorrisinho no rosto dos dois.

Eu cairia na mão com eles. Se de repente descobrisse onde Brinley está, eu derrubaria os dois caso tentassem me impedir de sair.

Doeria, e provavelmente eu sairia mancando do hotel, mas eu transporia qualquer barreira, humana ou não, para chegar a ela.

Andando para lá e para cá, já arranhei o chão todo, as solas pesadas das minhas botas vão desenhando um círculo perfeito no espaço amplo diante da cama.

Preciso dar o fora daqui.

Ambos os gêmeos se levantam quando atravesso a porta.

— Sou um prisioneiro agora?

Com aquela coordenação bizarra de sempre, eles sorriem.

— Nada, cara. A gente só estava esperando você parar de bancar a garotinha chata lá dentro, se conectando com seus sentimentos e essas merdas, para que nós três finalmente pudéssemos sair e dar uma surra no Scott.

A irritação faz minha língua passar pelos meus dentes.

— Ótimo. Estou dentro. Onde ele está?

O sorrisinho deles se transforma em sorrisos idênticos.

— Saberemos em alguns minutos.

Ajeito a postura, a irritação que eu estava sentindo antes se torna algo muito mais implacável.

— Acho que um de vocês precisa explicar de que merda estão falando. E quando acabarem, vão me explicar há quanto tempo sabem. Depois disso, vão me dizer por que estou sabendo disso só agora e por que eu não deveria dar uma surra em cada um de vocês por não me contarem na mesma hora.

Ezra ri.

— Como se você fosse conseguir.

Olho dentro dos olhos dele, não dando a mínima pelo homem ser conhecido como Violência.

— Quer pagar para ver?

Um breve balançar de cabeça.

— Poupe para quando pusermos as mãos no Scott. Conhecendo aquele filho da puta, vai precisar de três de nós para derrubá-lo.

Grato por esses dois estarem me dando cobertura nessa, luto para afastar o estoicismo.

— Vocês se importam de contar quando tiveram o azar de cruzar com ele?

Essa parte nunca fez sentido, e da primeira vez que falamos de Scott, os gêmeos não contaram como o conheciam, só que o conheciam.

Ouvir Ezra confirmar de novo só me deixou mais curioso.

Eles trocam um olhar, com o sorriso fácil de novo no lugar. Damon dá de ombros.

— Vamos só dizer que aconteceu, mas não temos a liberdade de dizer como.

Eu os encaro... feio.

Se fosse qualquer outra pessoa, eu estaria me afogando na suspeita de que eles estão trabalhando de ambos os lados.

Mas não esses dois.

Eles provaram sua lealdade muitas vezes.

Além do que, não é lá muito justo que eu insista nisso. Eles não são os únicos com segredos. Eu mesmo tenho alguns de que dar conta.

— O que acontece daqui a poucos minutos?

Há uma batida na porta, ambos os gêmeos se viram para olhar para lá antes de voltarem a atenção para mim.

— É melhor você atender — sugere Ezra.

Se esses dois estiveram de onda comigo, eu os mato.

Passo reto pelo sofá em que eles estão, destranco a porta e a abro.

Taylor está lá do outro lado, com o cabelo bagunçado, os óculos tortos sobre o nariz e a exaustão por trás do olhar.

Ele está com seu confiável computador na mão, então a situação promete.

Em vez de me dizer uma única palavra, ele atravessa a sala e se acomoda em uma cadeira, o computador fica na mesinha ao seu lado.

— Eu não dormi — reclama.

— Bem-vindo ao clube.

Os gêmeos resmungam antes de se largarem no sofá. O móvel empina ligeiramente com o peso combinado dos dois antes de as pernas voltarem a bater no chão.

Fecho a porta e fico onde estou, pronto para sair correndo no segundo em que Taylor me der alguma informação útil.

Se ele tiver alguma.

Ênfase no se.

Na reunião de família, ele estava fodendo bonito com as coisas.

Não é do feitio de Taylor.

Seus olhos estão na tela quando ele decide nos dizer o motivo da sua presença.

— Acho que pisei na bola mais cedo.

Minha voz sai monótona:

— Não brinca.

Ele me mostra o dedo do meio sem nem se incomodar em olhar para cima.

— Foda-se. Essas merdas acontecem. A questão é que eu acho que encontrei mais informações sobre a mãe de Brinley.

Eu pisco uma vez, em seguida inclino uma sobrancelha para apressá-lo. Não que ele possa me ver, não com os olhos grudados na tela.

— Você acha ou tem certeza? — pergunta Damon.

— Tenho certeza de que encontrei mais — responde Taylor, depois de pressionar mais algumas teclas.

Ele bate um dedo em uma tecla como se fizesse um *touchdown* tecnológico, e gira o computador para olharmos.

— O endereço cadastrado na carteira de motorista dela passou sete meses desatualizado depois que ela comprou sua primeira casa na Georgia. Há outro endereço cadastrado. Então me aprofundei mais e descobri que a carteira foi emitida um ano antes de ela ter comprado a casa. Deve ter sido

HERESIA

303

onde ela morou antes de se mudar para cá.

Olho dele para a tela e atravesso o cômodo para olhar de perto. Um mapa da Georgia está aberto, e um único pontinho vermelho está no meio de um bairro no subúrbio.

— Ali — diz ele, apontando o dedo com um pouco de força demais para o ponto. — Não consigo encontrar registros de que ela esteve por lá, mas esse é o endereço, e até onde sei, a casa foi alugada por alguns anos antes de ser vendida para uma empresa local em nome de Margorie e Grant Freeman. A empresa não existe mais de acordo com o licenciamento e registro de negócios, mas os impostos do imóvel ainda estão no nome dela.

— Que tipo de empresa?

Se for têxtil, eu vou perder a cabeça. Ainda mais depois de descobrir como Scott veio parar aqui. Que conexão há, eu não faço ideia, mas isso é preocupação para depois.

— Até onde posso dizer, é do varejo. Armas, munições, artigos de caça. Essas merdas.

Armas.

Perfeito pra caralho.

Vamos torcer para não terem mantido o estoque na casa depois que o negócio fechou.

— A que distância fica?

Taylor sorri.

— Trinta minutos.

Eu dirijo acima do limite de velocidade e nunca espero que um trajeto dure o tempo que o GPS indica.

— Bem, faremos em dez. Vamos.

Ezra e Damon ficam de pé para me seguirem sem nem questionar. É Taylor quem nos detém.

— A gente não deveria contar a Tanner e aos outros? Bolar algum plano?

Tempo e paciência estão em falta no meu mundo no momento. Não tenho nenhum deles para gastar em planos. Não preciso da opinião de Tanner. E qualquer ordem que ele me desse seria imediatamente ignorada e dispensada.

Essa luta é minha.

É a minha guerra.

E será travada com os métodos que eu escolher, não importa o que os outros pensem.

Tanner pode ficar com a porra da caixa de truques que ele geralmente usa. Eu estou quebrando as paredes para pensar fora da caixa, como sempre.

— Ou você entra no carro com a gente ou vai ficar amarrado em um dos quartos daqui pelo tempo que levar para voltarmos. A escolha é sua.

Quando saímos do estacionamento, Taylor e seu computador estão no banco de trás com Ezra, e Damon no banco do carona.

Chegamos na casa em sete minutos. É um novo recorde.

Estaciono na esquina, desligo os faróis e o motor.

Damon se mexe no assento para olhar para mim, depois para Ezra e Taylor.

— Então, qual é o plano?

— Simples — respondo —, a gente entra, pega a Brinley e sai.

— Scott tem uma arma — diz Ezra. — Então qual de nós vai levar o tiro?

Eu vejo isso como um detalhe bobo, mas também não vou me perdoar se um deles for atingido.

Não importa o quanto eu esteja puto, Ezra está certo. Precisamos de um plano.

— Taylor, você consegue arranjar a planta da casa?

Os dedos dele batem em resposta. Menos de um minuto depois:

— Há três quartos, cada um em um canto da casa. No quarto canto fica a garagem. Portas de correr levam à sala, que fica no meio do imóvel. O lugar é pequeno. Não tem muita metragem.

É o bastante.

Parece fácil.

Desde que Scott não durma com o dedo no gatilho, talvez tenhamos uma chance de chegar a ele antes que ele tenha a sorte de atirar em um de nós.

— E alarmes? Você consegue acessar o Wi-Fi deles?

Brinley disse que era um abrigo de segurança, então devo presumir que é completo. Foi Jerry quem criou a casa, mas ele nunca foi o cabeça por trás dos negócios com John. Não no que dizia respeito aos computadores e servidores. Duvido muito que Taylor não consiga invadir qualquer coisa que Jerry tenha usado para proteger a casa.

Mais digitação.

— Estou entrando agora. Não encontro redes.

Estranho...

— Nenhum hub central, nem câmeras, nem computadores. Só dois telefones e uma televisão, nenhum deles sendo usado no momento. — Digita mais. — E mais, de acordo com as operadoras de telefonia da região, não há linha fixa na casa. Portanto, o alarme não pode ser disparado por uma.

Eu me viro no assento para olhar para ele, não consigo disfarçar meu choque.

— Nada?

Ele balança a cabeça e franze as sobrancelhas, pois está tão surpreso quanto eu. Os dedos continuam a voar pelo teclado.

— A menos que ele esteja usando um monte de equipamento analógico e provedor próprio, não há nada que o alerte da nossa presença.

Não faz sentido. Mas confio em Taylor, apesar da forma como ele estava agindo mais cedo.

Ainda assim...

— Tem certeza?

Os lábios dele franzem de irritação.

— Eu pisei na bola antes, mas agora, não. Tenho certeza absoluta do que estou te dizendo.

Os gêmeos e eu trocamos olhares, depois damos de ombros em um acordo tácito.

— Tudo bem. Vamos lá. Verificaremos se há sinal de vida primeiro. Se ninguém estiver acordado, vamos encontrar um jeito de entrar. Ezra, Damon e eu vamos verificar os quartos e dar um jeito em quem encontrarmos. Taylor, você fica de vigia aqui fora. Policiais, vizinho fofoqueiro, essas coisas.

Puxo a maçaneta interna da minha porta, mas não abro por completo. Viro-me para eles e adiciono:

— Quem encontrar a Brinley, deixe-a sozinha. Depois vai ajudar quem deu o azar de se deparar com Scott.

Eles assentem em compreensão.

Leva menos de cinco minutos para percorrermos o perímetro da casa e descobrir que não há atividade lá dentro. Concluo que todo mudo esteja aconchegado e dormindo profundamente e começo a verificar portas e janelas. Todas estão trancadas. Em seguida, volto para a porta de correr.

Tateio a moldura e também verifico se não há travas, estou basicamente pensando em voz alta:

— Tem um jeito de tirá-las do trilho, só preciso me lembrar.

Damon dá um passo à frente, com os ombros aprumados de orgulho.

— Eu sei como. Sai.

Dou um passo para trás, e ele ergue a porta ao empurrá-la para cima com a palma das mãos. O negócio levanta tanto que a moldura sai do trilho.

— Invadindo casas com frequência? — pergunto, minha voz é um suspiro baixo enquanto olho para ele.

— Nada. Eu vivo me trancando para fora de casa. É assim que entro.

O olhar de Ezra estala para o irmão.

— Você o quê? — Ele estreita os olhos. — É por isso que a porta de correr nunca abre direito?

— Vocês não vão começar essa agora — interrompo. — Hora de entrar.

Vamos um atrás do outro sem dar um pio enquanto Taylor fica de vigia lá fora. Depois de atravessar a sala, aponto para cada porta, mostrando quem vai para onde.

Os gêmeos assumem posição, então movo a cabeça para que eles avancem.

Atravesso a minha porta designada, e não consigo decidir quem eu mais quero que esteja na cama: Scott ou Brinley.

Brinley, porque preciso saber que ela está em segurança, e também porque ela é minha. Eu já tinha tomado essa decisão, e vai ter que se conformar. A mulher pode falar o quanto quiser. Ainda assim não a deixarei ir depois que a recuperar.

Scott... só porque eu quero matá-lo. Não, não vou tão longe assim, mas sem dúvida nenhuma ele vai passar alguns dias no hospital pelo que fez. E quero ser a pessoa que o mandará para lá, não um dos gêmeos.

Há movimento na cama quando me aproximo, um mover sutil do pé de alguém desliza sob o lençol fino.

Pelo que posso ver das sombras, tem que ser Brinley. O corpo é pequeno demais para ser de Jerry ou Scott.

Eu a agarro e a sacudo para acordá-la.

— Ei. Sou eu. Faça o que for, mas não grite.

Os olhos dela se abrem, um grito agudo rompe o silêncio do quarto. Bato a mão em sua boca para abafar o som, me inclino para mais perto, ainda sem conseguir ver seu rosto na escuridão.

— Brin, sou eu. Shane. Não grite.

Consigo dizer que ela me olha por causa do reflexo minúsculo da luz em seus olhos. Ela parece calma, então afasto minha mão.

Outro grito alto irrompe pelo quarto, só que dessa vez, é acompanhado por outro.

E acaba que estamos na casa errada.

Agora nós quatro estamos de pé na sala encarando duas cativas que estão amordaçadas e amarradas, terror absoluto passa por trás dos olhos castanhos delas.

Cada mulher veste uma camisola branca, uma tem o cabelo branco e curto, e o da outra é castanho, começando a ficar grisalho.

Meu palpite é que uma tem cinquenta e poucos anos, pelo menos, e a outra tem fácil quase oitenta.

Ando para lá e para cá na frente delas, vasculhando meu cérebro atrás de soluções.

Passo por Taylor e olho feio para ele.

— Você pisou na bola de novo. Que merda está acontecendo contigo? Ele praticamente sibila em resposta.

— Eu não pisei na bola. Essa casa tem algo a ver com a mãe da Brinley.

— Talvez antes de Brin nascer, mas certamente não agora.

Taylor empurra os óculos para cima do nariz.

— Só segui o caminho que Brinley me disse.

Uma mulher pigarreia alto lá do sofá e resmunga sob a mordaça.

Nós nos viramos para olhá-la.

Usando as mãos amarradas, a mais nova das duas aponta para a mordaça, perguntando se pode removê-la.

Droga. Ela pode estar com dor ou precisando de algo importante. Remédio para o coração, ansiedade, algo assim. Geralmente, eu não me importaria, mas depois dos ataques de pânico de Brinley, estou um pouco mais compreensivo.

Assinto para que ela a tire.

Ao fazer isso, ela mexe a boca para mover o tecido que a restringia. Em seguida, seu olhar aterrorizado encontra o meu.

— Sem querer interromper, mas eu gostaria de saber se vocês pretendem machucar a mim ou à minha mãe.

Que merda a gente faz numa situação dessas? Nem colocamos máscaras, e agora essas mulheres podem nos identificar. Mas, mesmo assim, ainda não vou fazer nada com elas.

Posso não delimitar muitas regras nessa vida, mas não sou um monstro completo.

— Não. Isso... — Faço uma pausa, me perguntando o que dizer para resolver essa situação. — Foi só uma confusão. A gente está na casa errada. Não vamos machucar vocês.

Talvez eu possa dar a entender que foi uma pegadinha de fraternidade, tipo como quando eles sequestram alguém para levar para alguma cerimônia de iniciação.

— Obrigada por isso — diz ela, com a voz trêmula. — E me desculpe por escutar, mas você disse Brinley?

Talvez Taylor não tenha pisado na bola.

O nome dela não é muito comum, e essa mulher o reconhece.

— Eu disse, sim.

Ela engole em seco, em seguida pigarreia.

— Brinley Thornton?

Eu me viro totalmente para ela.

— O que você sabe sobre Brinley Thornton?

— Ela é filha da minha melhor amiga.

A mulher mais velha tira a mordaça.

— Ah, isso mesmo. Brinley é filha da Shelly, não é? Uma pena o que aconteceu com Shelly, ela era tão jovem.

Então ela me surpreende ao voltar a colocar a mordaça.

Algo estranho brilha nos olhos da mulher mais velha, e juro que parece ser empolgação.

Eu a ignoro, olho para Taylor para confirmar que é o nome certo. Espero ele assentir antes de me virar para as cativas.

Elas podem não ser quem queremos, mas podem ser a fonte de informação de que precisamos.

— Vocês conhecem o Jerry também?

A mulher assente.

— Shelly e eu fomos criadas juntas na California. Eu me mudei para cá para ir para a faculdade, mas então fiquei grávida do meu filho. Depois de me casar com o pai dele, saí da faculdade e virei dona de casa. Shelly veio para a Georgia me ajudar com o Scott, mas também para que pudéssemos ficar uma perto da outra.

Eu fico imóvel, minha mente corre para acompanhar a história.

Ela não acabou de dizer o que eu acho que disse.

Se sim, a gente não só entrou na casa errada, mas acabou de cruzar um limite que manda para o espaço cada regra que o Inferno já teve.

Embora não tenhamos problema nenhum em ferrar com a vida de quem nos deve por causa de um favor, nunca envolvemos família no assunto. Não a menos que a pessoa mereça. Mas se são inocentes, os deixamos em paz.

— Qual é o seu nome?

— Constance Clayborn. — Ela olha para a mulher ao lado dela. — E essa é a minha mãe, Agnes.

Puta que pariu.

Passo a mão pela nuca, tento desfazer os nós de frustração travando a minha musculatura.

A mãe e a avó de Scott.

Isso é ruim.

Pelo menos para Tanner e os outros, isso é ruim.

Reiterando: estou seguindo regras diferentes a essa altura.

Acho que sei de um jeito de fazer isso funcionar a meu favor.

— Você é a mãe do Scott — confirmo.

Ela assente.

Ezra, Damon e Taylor xingam baixinho.

Felizmente, Jase não está aqui, ou ele perderia a cabeça, exigindo saber de Everly.

Em uma tentativa de esclarecer que foi um erro e limpar a barra, dou uma explicação a Constance:

— Somos amigos da Brinley e viemos até a Georgia fazer uma surpresa para ela. Ela disse que ficaria na antiga casa da mãe, e nos passou esse endereço. — Constance parece confusa, então eu continuo: — Ela não conseguia lembrar onde a mãe morava, mas encontrou uma carteira de motorista velha. Uma das casas está em ruínas, então pensamos que essa aqui…

— Ah, agora faz sentido. Eu me mudei para cá assim que cheguei à Georgia, vindo da California, mas, quando Shelly veio, ela colocou meu endereço na carteira de motorista porque sabia que a primeira casa que alugou seria temporária. Até onde me lembro, ela não trocou o endereço até que comprou uma casa e se mudou de novo.

Então há outra casa. Tenho a leve suspeita de que é lá que Jerry e Scott estão escondidos.

Taylor dá um passo adiante para parar ao meu lado.

— Por acaso vocês não têm o endereço dessa casa que ela alugou?

— Não tenho. Desculpa. Foi há décadas. Desde então, Shelly e eu nos casamos e criamos nossos filhos. Bem, Shelly morreu antes de terminar de criar a Brinley…

É, é. Muito triste e tudo o mais, mas não ajuda em nada.

Agnes resmunga, e eu olho para ela. Um suspiro escapa dos meus lábios e me sinto um completo otário por amarrar e amordaçar uma vovozinha.

Vou até ela, tiro a mordaça e afrouxo o pano de prato que usamos para atar os seus pulsos. Depois disso, faço o mesmo com Constance.

— Desculpa por isso. Foi mesmo só um erro.

Constance ri, o som não é muito confiante, mas pelo menos ela está se acalmando.

— Não sei que peças vocês, jovens, pregam hoje em dia, mas vou te dar um palpite que talvez ajude. Assustar uma mulher pra cacete e amarrá--la não vai fazer com que ela goste de você.

Sorrio porque há formas de amarrar uma mulher que não só faz ela gostar de você, mas também gritar seu nome de um jeito bom.

Constance não precisa saber disso.

— Vocês, rapazes, são muito bonitos, e não vou mentir e dizer que não estou apreciando a vista — admite Agnes, com a voz meiga e paqueradora. — E parecem estar com fome. Tem uns cookies recém-assados lá na cozinha se quiserem que eu prepare um prato para vocês. E também uma jarra fresca de chá gelado na geladeira, que fiz antes de ir dormir. Aceitam um pouco?

Os gêmeos assentem no mesmo instante, Damon avança para oferecer a mão para ajudá-la a se levantar do sofá.

Olho feio para ele.

Ele dá de ombros e articula com os lábios: *são cookies.*

Balanço a cabeça, chegando à decisão de como fazer essa merda de situação se transformar em uma oportunidade de ouro.

— Constance, tem algum telefone que eu possa usar? Preciso ligar para Brinley e avisar que cometemos um erro e perguntar se ela tem outro endereço para nos passar.

Ela está indo com a mãe, os gêmeos e Taylor para a cozinha, mas olha para mim por cima do ombro.

— Meu telefone está na mesinha de cabeceira. Fique à vontade para usá-lo.

Perfeito, porra.

Eu me tranco no quarto e agradeço a Deus por Constance não usar senha. Acesso os contatos e rolo até chegar ao nome de Scott.

Aperto o botão, vou até o banheiro da suíte, fecho a porta e rezo para que nem a mãe nem a avó dele me ouçam.

Ameaçar Scott será intencional, mas não há razão para assustar as duas mulheres ao mesmo tempo.

Ele atende no terceiro toque, obviamente acordado de um sono profundo. A voz está mais rouca que o normal.

— Mãe? Está tudo bem?

— Elas vão ficar assim que você devolver Brinley para mim.

Isso o desperta. Consigo ouvir os lençóis farfalharem quando ele senta na cama.

— Quem está falando, porra?

— Acompanha a conversa, babaca. Acabei de dizer para você devolver a Brinley para mim. Quem você acha que é? O Papai Noel?

Scott fica calado, exceto pelo som dos seus dentes rangendo.

— Você não vai conseguir Brinley de volta.

— Então espero que você tenha dado um abraço bem apertado na mamãe e na vovó quando as viu, porque terá sido a última vez.

— Me deixa falar com a minha mãe.

— Ela está um pouco amarrada no momento — minto. — Mas estou ligando do telefone dela, e se você conseguir rastrear onde estou, vai ver em que casa me encontro.

Ele fica quieto de novo, aquelas engrenagens na sua cabeça se movem a toda velocidade. Entendo bem a posição em que ele está agora. Eu estive lá quando eles levaram a Brinley.

— Se você machucar a minha mãe…

— Você não está prestando atenção, Scott. Não estou de joguinhos agora, porra. Então é isto que você vai fazer: ponha a Brinley em um carro, ela pode dirigir até aqui. Assim que eu estiver com ela, sua mãe e sua avó serão libertas. Mas, se você ou Jerry aparecerem com ela, se algum policial der as caras, ou, caramba, mesmo se um mosquito zunir por uma dessas janelas antes de Brinley chegar aqui, eu acabo com a sua família. Entendeu?

— Eu vou te matar por isso.

Sorrindo daquilo, eu o desafio a tentar.

— Bom saber que nos encontraremos de novo. Só não vai ser esta noite. A única pessoa que eu quero ver é Brinley. Pense aí no que fazer, eu vou ficar tranquilo e calmo onde estou. Mas só por algumas horas.

— Ela vai chegar em menos de duas horas.

— Perfeito.

Desligo, torcendo para que ele facilite as coisas para variar e faça o que eu disse. Não vou matar a avó nem a mãe dele por causa dessa merda. Mas ele não sabe disso.

A única coisa que posso fazer é sentar e esperar.

Vou até a cozinha e bato a mão na cara quando vejo Damon, Ezra e Taylor sentados à mesa, com guardanapos enfiados na gola da camisa enquanto devoram um prato de cookies.

Agnes traz uma jarra de chá e começa a encher o copo deles.

— Agora, meninos, podem comer. Há muitos mais. Na verdade, olha só a hora. Já é quase de manhã. Posso bater uns ovos e fritar bacon, aceitam?

Todos fazem que sim com a cabeça.

Eu riria do ridículo dessa situação se não estivesse tão preocupado que a qualquer momento tudo poderia dar muito errado.

Brinley

— Levante, e não faça barulho.

Acordada no susto pela voz de Scott, eu me encolho para longe dele. Ele pressionou a boca a minha orelha, e só a sensação do seu hálito é o bastante para me fazer ranger os dentes.

— Por que você está me perturbando?

O rosto frio como pedra se move em um sorriso agressivo.

— O seu namorado acabou de ligar. Ele fez a minha mãe e a minha avó de reféns. Diz que as matará se você não for até lá para que ele possa pôr as mãos em você de novo.

Não.

Shane não faria isso.

Ele não mataria pessoas inocentes.

Ou mataria?

Ele matou John.

Mas, mesmo sabendo disso, mesmo meu pai tendo afirmado o fato e que Shane não tenha negado, ainda não consigo deixar de pensar se é verdade.

Ele joga um conjunto de chaves para mim, e me dá uma olhar que diz muito. Scott está pronto para começar uma guerra, e Shane acabou de se tornar seu principal alvo.

— Pode ir. Elas estão na minha antiga casa. Mas não pense que não vou encontrar vocês de novo. Pode avisar o seu namorado também.

Eu me levanto do sofá e não perco tempo ao correr até a porta para sair. Se eu demorar demais, Scott pode mudar de ideia e ir atrás de mim.

Leva uma hora e meia para chegar à casa em que Scott foi criado, piso fundo no acelerar o tempo todo, a velocidade em que vou excede em muito o limite estipulado.

Pela primeira vez na vida, não estou sendo precavida nem seguindo as regras do meu pai. Praticamente voo pela rodovia, minhas mãos segurando o volante e um sorriso repuxando meus lábios.

Dirigir assim me faz lembrar de Shane, e percebo que ele já me mudou um pouquinho. Mas são mudanças necessárias.

Eu me sinto livre.

Não mais presa na minha mente que avisa o tempo todo do que pode acontecer.

A porta da prisão foi aberta, e um otário está lá do outro lado.

Paro na frente da casa. Não tive nem tempo de apagar os faróis antes de Shane sair correndo pela porta.

Ele praticamente me arranca do banco do motorista, os olhos esquadrinham meu rosto só por um segundo antes de me abraçar tão forte que meus pés são erguidos do chão.

— Você está bem — diz ele, mas soa como se quisesse mais assegurar a si mesmo que a mim.

— Meu pai não me machucaria — respondo em seu ouvido.

— Ele deixou Scott apontar uma arma para a sua cabeça.

Não posso discutir com ele nesse ponto. Além do mais, com a raiva que estava mais que óbvia na sua voz, agora não é hora de tentar.

Ele me põe de volta sobre os meus pés e segura minha mão.

— Precisamos ir. Agora.

— E a mãe do Scott?

— Ela está bem. Eu não ia fazer nada com ela. Mas podemos conversar mais tarde. No momento, precisamos ir para o aeroporto.

— Tudo bem...

Ele não me espera dizer outra palavra. Em vez disso, assovia alto e me leva rua afora. Estamos praticamente correndo quando olho para trás e vejo os gêmeos e Taylor nos seguindo.

Ele me põe no banco da frente, afivela o meu arnês enquanto os três homens grandes tentam se espremer no banco de trás.

Ninguém diz nada até entrarmos na cabine de um jatinho. Todos nós nos sentamos, decolamos em questão de minutos.

— O que acabou de acontecer? — pergunto, quando o avião começa a subida íngreme.

Todos os três caras relaxam no assento, a exaustão é evidente na expressão deles.

— A gente te roubou de volta — explica Damon. — O que mais?

— Obrigada?

Os olhos de Shane estão fixados em mim, como se ele tivesse medo de desviá-los por um momento e alguém me pegar de novo. Congelo no meu assento com a força do seu olhar e observo uma nova tempestade se formar lá, essa mais violenta que nunca.

Embora seja a voz de Shane que desejo ouvir agora, é Taylor que fala.

— Olhei registros antigos da sua mãe para tentar a casa que você mencionou. Está em ruínas, mas então notei que ela tinha um endereço diferente na carteira de motorista. Então invadimos aquela casa e encontramos a mãe e a avó de Scott.

Eles tiveram sorte por não encontrar o pai dele. Gary Clayborn, assim como o filho, era alguém com quem não se mexia. O homem também era ex-militar e tinha aberto uma loja de armas em sociedade com um amigo quando finalmente se aposentou. Ele a administrou até o dia que morreu infartado.

O avião nivela quando atinge a altitude de cruzeiro. Shane não espera nem um segundo antes de abrir o cinto e atravessar a cabine para chegar a mim. Depois de me soltar, ele me leva até um quarto, bate a porta, tranca-a e se apoia nela.

O quarto é lindo, especialmente para um avião. Não é muito grande, mas a paleta de cores vai do cinza clarinho ao branco. Duas janelinhas permitem que a luz entre, e observo o céu e as nuvens passarem.

— Nunca mais faça isso de novo.

Confusa, eu me viro para encontrar o olhar estreitado de Shane fixo em mim.

— Fazer o quê?

— Me deixar.

Impressionada com a simplicidade da resposta, inclino a cabeça, sem entender nada. É como se a gente tivesse voltado à conversa que estávamos tendo no hotel antes de o meu pai aparecer, a tempestade em seus olhos é basicamente a mesma.

— Por que importa se eu te deixar?

Três passadas longas e agressivas, e ele prende as mãos nos meus quadris, me joga na parede e me levanta, minhas pernas envolvem o seu corpo para ajudar a manter o equilíbrio.

Com uma das mãos sob a minha bunda e a outra apoiada na parede ao lado da minha cabeça, Shane não se dá o trabalho de responder, e prefere me beijar em vez disso.

É um beijo desesperado, como dois amantes famintos que passaram a vida buscando a outra metade. A língua e dentes dele lambem e mordiscam, os lábios se movem sobre os meus com uma fúria faminta que luto para acompanhar... ou ceder.

Ele prende o meu peso com o seu, tira a mão da minha bunda para passar os dedos possessivos pelo meu quadril, subindo pelas costelas, atravessando meu ombro até segurar o meu rosto, minha batalha é perdida quando ele me segura exatamente como me quer.

Ele me ama sem me dar a oportunidade de resistir.

Shane pode não ter admitido o que sente, tanto para mim quanto para si mesmo, mas, pela forma como me beija, sei o que move seu coração.

Está movendo o meu, as batidas em uníssono quando suas mãos se movem para circular e segurar a minha garganta, uma ameaça na tensão mal contida dos seus dedos.

Ele põe fim ao beijo e pressiona a testa na minha, aqueles olhos de oceano turbulento estão mais vivos do que nunca.

— Não me deixe de novo. Não me importo com o que aconteça. Pode ter armas apontadas para a cabeça de cada um de nós, ou podemos já estar mortos e a caminho do que vem a seguir, mas se certifique de que sua mão esteja na minha o tempo todo. Não vou soltá-la de novo.

Ele pisca, cílios castanho-escuros se movem para baixo e para cima. Fico hipnotizada pelo que me fita quando eles se abrem de novo.

— Nunca mais, Brin. Por nada nem por ninguém.

Ele está falando tão sério no momento que me tira do prumo. Não estou acostumada com isso. Não estava esperando algo assim.

— Vixi, você deixa o cara passar uma noite sozinho, e ele já começa a pensar em casamento.

Os lábios dele se curvam.

— Você falaria um monte de merda e me olharia feio se eu fizesse isso?

Meus olhos se arregalam, e ele ri antes de dar um beijo no meu maxilar, seus dentes seguram minha orelha de levinho.

— Não vou afirmar nada. Só não consigo passar mais de uma hora sem discutir contigo. É viciante demais.

Minha cabeça cai para a parede, e ele aproveita a oportunidade para passar os lábios pela minha garganta, parando só onde sua mão ainda me enforca de levinho.

— Você me deixa confusa — reclamo.

— Então pare de ouvir o que eu digo, e comece a prestar atenção no que eu faço.

Tudo o que consigo é soltar um gritinho quando ele nos vira da parede e me joga na cama.

Ele agarra a camisa por trás e a puxa de uma só vez. Seu olhar captura o meu conforme vou subindo pelo colchão. Chuta os sapatos e dá uma piscadinha para mim quando tira o jeans e a cueca e os chuta para longe também.

Há algo feroz nele agora.

À solta. Indomável.

E, caramba, se não é algo bonito de ver, seu corpo nu e intocado por uma única mancha que distrai da perfeição que o homem é.

Aflita por ele talvez não estar se segurando, eu me arrasto para trás, duvidando muito que consiga lidar com ele.

— A gente deveria falar disso.

— Do quê?

Ele inclina a cabeça, o sorriso ainda está lá, e os olhos traçam um caminho lento pelo meu corpo de um jeito que consigo sentir onde ele toca.

Estou sendo devorada e, ainda assim, ele está parado aos pés da cama, com os ombros puxados para trás, o peito e abdômen expostos, todas aquelas tatuagens parecendo vir à vida.

— Você gostaria de conversar sobre o que pretendo fazer contigo ou de como pretende me deter? Quanto ao primeiro, acho que cada centímetro seu me pertence agora, e vou fazer o que quiser com o seu corpo; quanto ao segundo, não há porra nenhuma que você possa fazer para me convencer do contrário.

Minhas coxas se apertam com firmeza, meus pulmões trabalham mais duro para puxar ar.

Mal consigo suportar olhar para ele. O cara é lindo por si só, mas, quando se fixa em você, é difícil não se sentir estúpida por não ceder.

Shane é uma obra de arte.

Ele é uma experiência.

Não apenas o trincado perfeito do seu físico ou as tatuagens coloridas que lhe cobrem a pele, mas seu corpo e sua alma... em tudo o que ele faz.

Quero me desculpar com o meu eu mais novo; percebo agora, neste exato momento, que eu nunca soube o que era me sentir viva. Menti para mim mesma todos esses anos que passei escondida. Fingi que estava bem quando, lá no fundo, só lutava para sobreviver.

Foi necessário Shane me mostrar isso.

Quando seus olhos encontram os meus de novo, o fogo lá quase me queima.

— Tira — dá a ordem.

Eu mal consigo suspirar uma pergunta simples, meu coração está batendo forte demais.

— O quê?

— A porra da roupa. E quando você terminar, vou rasgar tudo para que você nunca mais possa se esconder atrás delas.

É impossível fazer o que ele quer. Eu mal consigo me mover. Meu pudor assume.

— Vira.

Um único balançar da cabeça dele.

— Não. Tire enquanto estou olhando. Sou dono desse corpo agora. Vou desfrutar dele.

Abro a boca para discutir, mas não sei nem o que dizer.

Ele pode estar certo sobre ser meu dono, do meu coração, pelo menos, mas ainda não vou me render sem resistir.

— Tira você mesmo, caralho.

Ele arqueia uma sobrancelha.

— Se eu tirar, saiba que vou assumir o controle de tudo o que vier depois.

Inclino meu queixo em desafio.

— Só se lembre, garotinha, foi você quem pediu. Não vou pegar leve dessa vez.

Ele estava pegando leve da última?

Minhas pernas ainda estão doendo da noite em que dormimos juntos, meu corpo se aquece com a lembrança de como ele me fez sentir naquele dia.

Shane não me dá chance de voltar a discutir. Em um segundo, estou a dois metros dele, no seguinte, estou sob ele enquanto desabotoa e puxa meu jeans e a calcinha pelas minhas pernas, meus braços voam para cima quando ele tira minha blusa e em seguida estende a mão para abrir o sutiã.

Achei que ele fosse me beijar primeiro, mas, em vez disso, ele me pega por baixo de um joelho e o curva para separar as minhas pernas, o polegar da outra mão esfrega meu clitóris antes de enfiar dois dedos dentro de mim.

Eu me preparo, porque não acho que estou pronta, e um gemido escapa dos meus lábios.

Minha mente ainda tenta entender o que está acontecendo, mas meu corpo está preparado para ele. Estou encharcada, e ele está tirando vantagem disso, os dedos entrando e saindo com movimentos lentos e fortes, a pontinha se curvando só o bastante para me provocar lá dentro.

A boca roça minha orelha, a rouquidão da sua voz me reduz a tremores patéticos.

— Acho que você gosta de brincar um pouco demais. Quando eu terminar, essa auréola que você gosta de usar vai estar longe de vista.

Ele tira a mão, dobra meus joelhos e, em seguida, agarra o pau. A outra mão vai para a minha nuca e me puxa para frente.

Aceito de bom grado, minha língua provoca a cabeça do seu pau antes de ele entrar totalmente na minha boca.

Preciso me esforçar para abocanhar tudo de uma vez, e tusso um pouco, tendo ânsia de vômito. Ele se retira quando minha boca se molda a ele, meus dentes arranham de levinho a pele quando minha língua desliza para provar essa parte dele.

Dedos agarram meu cabelo, ele move os quadris, fodendo o meu rosto e, de alguma forma, me fazendo gostar.

São os sons se arrastando pela sua garganta que mais me seduzem, saber que posso fazer com ele o que ele já provou que faz comigo.

— Porra, Brin, eu não consigo…

Ele tira de repente, então me puxa pelo cabelo até nós dois estarmos de joelhos, com sua boca reivindicando a minha conforme a mão agarra o meu seio e aperta com força. Arquejo, e ele engole o som, soltando o aperto só o suficiente para que a fisgada repentina de dor se transforme em prazer latejante.

Ele afasta aquela mão, e está entre as minhas pernas de novo, com os dedos deslizando dentro de mim, minhas bochechas queimando por causa da vergonha que sinto por estar tão molhada.

Falo sobre seus lábios, com os olhos fechados com força porque meu corpo está perdendo essa batalha.

— Eu preciso…

Outro beijo para me calar, e então Shane se retira para sorrir sobre a minha bochecha.

— Sei do que você precisa. Não precisa dizer. Sei do que precisa desde o dia em que te conheci.

Seus dedos ainda estão me levando ao orgasmo, devagar, depois rápido, dando e depois tomando.

Não consigo pensar.

Mal consigo respirar.

— De qu...? — Consigo puxar ar suficiente para pôr a pergunta para fora. — De que eu precisava...

Ele sorri de novo.

— De mim.

Não há mais palavras depois disso, só sensações.

Ele me pega pelos quadris e me ajeita em seu colo, o pau entra em mim com uma estocada firme antes de ele começar a me fazer subir e descer. Envolvo as pernas ao seu redor para lhe dar pleno acesso.

Só consigo desfrutar do passeio, passando os braços em volta do seu pescoço conforme ele abaixa a cabeça para capturar meu mamilo com a boca.

Seus quadris se movem em um ritmo perfeito, minha cabeça cai para trás, rendendo meu corpo para que ele faça o que quiser.

Eu me rendo.

A ele.

A isso.

Ao que quer que tenha acontecido no passado e que pode acontecer no futuro.

— Não me deixe de novo, Brin — sussurra, na minha bochecha. — Nunca mais.

— Não vou — consigo pôr para fora, meu corpo se move sobre o dele, a força das suas mãos nos meus quadris é implacável.

Seus bíceps se contraem e flexionam a cada vez que ele me levanta, me levando a um orgasmo ao qual não tenho certeza se vou sobreviver.

— Diz que você é minha. Diz que gosta de mim agora.

Um sorriso cintila nos meus lábios, mas é rapidamente apagado pelo gemido que estoura da minha garganta.

É preciso esforço para responder a ele:

— Eu gosto de você.

— Aceito — ele rosna antes de se retirar, me prender na cama e arremeter com tanta força que nosso corpo avança no colchão só com o ímpeto do movimento.

Aquele orgasmo que eu vinha perseguindo finca as garras, uma libertação tão vívida e forte que vejo ondas coloridas por trás dos meus olhos fechados, o quarto de repente fica quieto em comparação com a estática dos meus pensamentos.

Ele é mesmo uma droga, esse homem.

Um barato tão viciante que jamais vou me recuperar se eu perdê-lo.

Quando a onda de prazer se aplaca e consigo abrir os olhos, encontro Shane me encarando, maravilhado.

— Você fica tão linda quando goza. Quantas vezes será que consigo te fazer se sentir daquele jeito de novo?

Shane

É uma coisa boa o voo de volta durar pouco mais de duas horas.

Se eu tivesse a chance de manter Brinley naquela cama, teria adorado o seu corpo por tanto tempo que ela não teria sido capaz de andar depois, muito menos descer as escadas para a pista de pouso.

Mesmo, agora, as pernas dela estão trêmulas conforme saímos do avião, e não consigo deixar de admirá-las. Provavelmente seja parte satisfação masculina por saber que fui eu o causador da fraqueza muscular, mas também satisfação por poder vê-las.

Foi uma discussão do cacete, mas eu ganhei. E quando joguei no lixo a camiseta velha e o jeans gasto que ela sempre usa, fiquei sem fôlego e atordoado ao vê-la colocar um dos vestidos que comprei para ela antes de irmos para a Georgia.

— *Você não gostou.* — *É o palpite dela, enquanto tentava se cobrir com os braços. Puxo seus dois pulsos e coloco seus braços ao lado do corpo para que eu possa dar uma boa olhada e guardar na memória o quanto ela é deslumbrante quando para de se esconder.*

— *Não sei nem se já vi algo mais lindo na vida.*

Ela ri daquilo, com os olhos cheios de descrença.

— *Mais lindo que o seu carro?*

Assinto, e prendo seu olhar com o meu.
— *Mil vezes mais.*

Ela saiu daquele quarto toda empertigada e orgulhosa. E eu lancei um olhar de aviso para os gêmeos e Taylor por causa da forma como olharam para ela.

Cada um riu por finalmente me ver de quatro. Um homem que tinha jurado que jamais se comprometeria com alguém, avisando a eles com uma simples olhada que se tocassem nela, morreriam.

Agora estou descendo as escadas atrás dela, sorrindo quando sua mão voa para a bunda para impedir que o vento sopre a saia alto demais. O pudor dela ainda está intacto quando chegamos ao chão, e sua boca está franzida quando se vira para me olhar.

— Vou perguntar a Ames como ela consegue se vestir assim sem mostrar tudo para todo mundo. É uma dureza danada.

Dou um passo para o lado dela, pego sua mão e a pressiono no meu pau.

— Igualzinho a mim.

O riso explode dos meus lábios quando um rubor profundo cobre as suas bochechas e ela puxa a mão da minha.

— Pervertido — provoca ela.

Relutantes, atravessamos a pista de pouso para entrar no carro alugado que Gabe deixou lá quando foram se encontrar com a gente. Belezinha ainda está escondido no pequeno aeroporto particular na Georgia, e quando o avião de Gabe voltar para trazer todo mundo para casa, ou Gabe ou Mason trará o meu carro para o norte.

Liguei para eles quando ainda estava na casa de Constance, mas tivemos pouco tempo para acertar pequenos detalhes. Tudo o que sabíamos era que nós cinco precisávamos sair da Georgia antes que a polícia fosse acionada, e que alguém precisava pegar Ames na nossa suíte, já que ela ficou para trás quando fomos atrás de Brinley.

Não tenho dúvida nenhuma de que Scott já está na casa da mãe dele, verificando se ela está bem.

Taylor e Ezra foram na frente, enquanto Damon, Brinley e eu nos apertamos lá atrás. Geralmente, eu acharia ruim outra pessoa estar dirigindo, mas, no momento, estou cansado demais para me importar.

A gente mal pegou a saída para a rodovia quando Ezra vira para trás para me olhar.

— Para onde vamos?

Eu tinha permitido que minha cabeça descansasse apoiada na de Brinley, o aroma do seu cabelo me seduzindo ao sono. Toda aquela fúria... cada grama da minha raiva... foi drenada agora que a tenho comigo, e a salvo.

— E eu lá sei? Para o Tanner, eu acho? Ele vai querer a gente lá assim que eles voltarem.

Damon boceja.

— Isso nos dá pelo menos umas cinco ou seis horas para pregar o olho. Eu já estou apagando.

Ezra olha feio para o irmão.

— Provavelmente porque você comeu um prato cheio de cookies e pelo menos metade do bacon.

Esses dois são movidos a comida.

Fecho os olhos e apoio a cabeça na porta, Damon esfrega a barriga.

— Eu quase sequestrei a vovó Agnes e a trouxe para casa com a gente. A mulher cozinha bem.

Brinley ri baixinho.

— Suponho que, mesmo quando foi feita refém por quatro estranhos, ela não perdeu os modos, foi boa anfitriã e cozinhou para todos vocês?

O comentário me lembra de que ainda precisamos falar de tudo o que aconteceu. Embora eu tenha uma ideia melhor de como Scott, Everly, Brinley e Luca se conhecem, ainda não tenho certeza de uns poucos detalhes. Vamos precisar alinhá-los para juntar todas as peças e montar o quebra-cabeça.

— Foi — responde Damon. — Acho que me apaixonei.

Seu cabelo roça o meu rosto quando ela se vira para olhar para ele.

— Ela sempre foi minuciosa no que diz respeito à hospitalidade. Agnes ensinou boas maneiras a mim e a Everly quando éramos pequenas. Ela foi tanto uma avó para mim quanto era para Scott e Everly quando vinha de visita da California. — Com uma voz suave e melancólica, adiciona: — Especialmente depois que minha mãe morreu.

O resto da viagem até a casa de Tanner é feito em silêncio, e apesar de

HERESIA

325

tudo o que quero conversar com Brinley e as informações que precisam ser trocadas, nós dois apagamos em um dos quartos de hóspedes assim que nosso corpo atinge o colchão.

Consigo dormir agora porque ela está no lugar a que pertence.

— *Alguém precisa tirar uma foto dessa cena antes de eles acordarem. Priest não vai acreditar nessa merda.*

— *Dá para pararem? É por isso que ninguém gosta de ficar perto de vocês quando estão passando por certas coisas. Vocês agem como se fosse entretenimento.*

— *É entretenimento. Shane jurou que nunca se apaixonaria.*

— *Acha que ele ama a garota mais do que o Belezinha?*

Meus olhos se abrem ao som das vozes não tão sussurradas das cinco pessoas paradas à minha porta.

Pisco para desembaçar os olhos, e reconheço Ezra e Damon primeiro, com Emily, Ivy e Ames paradas atrás deles. Que nem assediadores bizarros, eles estão observando Brinley e eu dormindo.

Levo a mão atrás da cabeça, pego o travesseiro e atiro neles.

— Vaza.

Brinley se agita ao meu lado, sua cabeça se vira para ver a companhia que temos e que ninguém convidou.

Ezra ri.

— Acorda. Todo mundo, menos Mason e Ava, já voltou, e precisamos nos encontrar lá embaixo para falar dessas merdas.

Ainda meio adormecido, resmungo:

— Onde Mason e Ava estão?

— Trazendo o seu carro.

Droga.

Eu esperava que fosse Tanner ou Gabe. Não que Mason seja irresponsável. Ele vai cuidar do carro. É só que seria legal passar mais algumas horas longe dos dois *adultos* do grupo que não param de convocar essas reuniões.

— Caiam fora daqui. A gente já vai descer.

Eles estão se virando para sair, mas, antes de fechar a porta, a cabeça de Damon aparece.

— Não dá tempo para trepar. Só avisando.

Ele dá uma piscadinha e fecha a porta rápido o suficiente para que o segundo travesseiro que eu jogo bata lá.

Cinco minutos depois, descemos as escadas e encontramos todo mundo à nossa espera.

Tanner faz careta logo que me vê, o olhar curioso de Gabe desliza na minha direção de onde ele está parado perto do bar.

Ele toma um gole da sua bebida, em seguida vai a passos lentos se sentar perto de Ivy, há uma expressão estranha em seu rosto.

— Quer explicar a lógica por trás de invadir uma casa e fazer duas estranhas de refém sem discutir o assunto comigo primeiro?

Minha bunda mal atingiu o sofá quando Tanner começa.

— Eram três da manhã — explico. — Em vez de te acordar e…

— Você decidiu invadir a porra da casa de um estranho, arriscando a vida dos gêmeos, de Taylor e a sua por causa de quê?

— Para recuperar a Brinley — respondo com desdém.

Tanner é um amigo do cacete. Um irmão, na verdade. Mas vem sendo difícil para mim lidar com seu temperamento esses tempos. Ele está perdendo a droga da cabeça por causa dessa briga com os nossos pais.

Claro, geralmente nós o deixamos dar as ordens e comandar o show. É mais fácil assim. Mas há certas ocasiões em que vamos fazer nossas próprias coisas, ainda mais quando se trata do que mais importa para nós.

Que se fodam os servidores.

E que se foda essa merda com os nossos pais.

No que me diz respeito, deveríamos seguir em frente e deixar a nossa família morrer de velhice, ser largada em um buraco onde apodrecerá e será esquecida.

Ele se aproxima de mim, com os olhos verdes cheios de raiva.

— O que valia a vida de vocês?

Fiquei de pé e o peitei.

— Recuperei a Brinley, não foi? E ninguém morreu. Então qual é a porra do seu problema? Você teria feito o mesmo se fosse a Luca.

Mãos nos seguram antes que possamos dar o primeiro soco, Damon e Sawyer me prendem enquanto Tanner é detido por Ezra e Jase.

Às nossas costas, Gabe tenta acalmar os ânimos.

— Ninguém está ferido nem morto. Aquelas mulheres não vão prestar queixa…

— Até onde a gente sabe! — grita Tanner.

Imperturbável, Gabe continua:

— Nós todos devemos nos sentar antes que haja outra briga entre vocês dois igual foi naquela noite em Yale.

— Porque ele não escuta ninguém. Igual naquela noite. Eu disse para ele ficar longe da Luca, não para tentar trepar com ela.

Estamos cara a cara, os olhos de Tanner cravados nos meus.

Nenhum de nós recua.

Gabe pigarreia.

— Isso provavelmente foi culpa minha, Tanner. Se precisa socar alguém por isso, o responsável sou eu.

Tanner se vira para ele.

— Importa-se de explicar?

Eu teria levado o soco de Tanner naquela noite para proteger o motivo real de eu ter me aproximado de Luca. Como eu disse… todos nós guardamos segredos um do outro, alguns piores que os outros.

— Eu falei para ele se aproximar de Luca e dançar com ela. Você precisava de um empurrãozinho na direção certa.

— Gabriel — Luca o repreende. — Por que você faria algo assim?

Gabe sorri.

— Porque enquanto você estava ocupada tentando ganhar a aposta que fez comigo e bebendo mais do que o seu peso em álcool, Tanner estava morrendo de medo de se levantar e ir dançar contigo. Vocês dois não fazem a mínima ideia do quanto deveriam estar me agradecendo pelo fato de sequer estarem juntos. Sério, espero uma estátua de gelo em minha honra no casamento de vocês.

A confusão é evidente no rosto de Tanner.

— Por que você acha que aquela única noite tem algo a ver com a gente ter ficado junto? Muita coisa aconteceu depois. E você não teve nada a ver com isso.

De repente, a bebida de Gabe fica muito mais interessante para ele do que a conversa.

Quando fica óbvio que ele não vai dizer mais nada, Tanner fala:

— A gente vai falar disso mais tarde, Gabe. Não pense que vai se safar dessa. — Então nos redireciona para o assunto de antes.

Eu me sento agora que a energia agressiva da sala se acalmou. Brinley coloca a mão na minha e, caramba, de alguma forma, isso me faz me sentir melhor.

LILY WHITE

Eu me viro para ela, e capturo seus olhos em um agradecimento tácito.

— Tudo bem, o que está feito está feito — Tanner por fim cede. — Vamos em frente, o que mais nós sabemos?

Essa de novo não. Luto para não pegar Brinley, jogá-la em cima do ombro e sair da casa de Tanner para ir dar um passeio no lago.

— Eu talvez tenha algumas informações — oferece Brinley, com a voz hesitante ao olhar na minha direção.

O foco de todo mundo se desvia para ela, que, então, se remexe no assento. Não posso culpá-la. Já estive em evidência em meio a esse grupo mais vezes do que consigo contar, sei direitinho a sensação de ter todos os olhares em mim.

— Hum... Bem...

— Só desembucha — diz Ames, com um saco de batata chips na mão. — Essa merda é mais legal do que aquelas novelas a que a minha mãe costumava assistir. Sério, esses têm sido os melhores dias da minha vida.

Isso é triste pra caralho, e me faz guardar na cabeça para que eu faça perguntas sobre Ames para Brinley.

Dada a forma como ela e Damon parecem estar grudados um no outro, acho que um de nós deveria ser capaz de medir se ela será uma boa influência para ele ou não.

Brinley suspira.

— Eu sei onde os servidores estão.

Tanner congela onde está, ele e Gabe encaram Brinley como se não pudessem decidir se devem ficar calmos onde estão e ouvir ou lutar para tirá-la de mim e trancá-la em algum lugar.

Lanço um olhar para eles, avisando que podem tentar, mas a chance de roubá-la de mim não é nada boa.

Dirigindo-se a Brinley como se ela fosse uma criança assustada que poderia sair fugindo, Gabe pergunta:

— E onde seria isso, amor?

Ela balança a cabeça.

— Não vou dar a informação. Não até fazermos alguns acordos, e eu me sentir confortável de que todo mundo com quem me importo vai sair dessa em segurança.

O saquinho de batata amassa e vejo Damon e Sawyer se juntando a Ames na mastigação.

Recostando-se na parede, Tanner enfia as mãos nos bolsos e mantém o olhar fixo em Brinley.

— Que pessoas você está protegendo? Tenho certeza de que podemos chegar a um acordo...

— Meu pai — ela responde, interrompendo-o. — Sei que ele está envolvido em tudo isso, mas ele não parece em posse de suas faculdades mentais. Ele disse e fez coisas que o homem que eu conheci quando mais nova jamais permitiria. Ele sempre foi um homem honrado, até John acabar envolvendo-o nessa merda.

— Você quer dizer até ele afundar os negócios de propósito enquanto minha mãe estava morrendo — Luca rebate. — Não quero ser escrota nem nada, mas o seu pai não era bem um homem perfeito. Ele talvez seja a razão para o meu pai estar morto. Por que deveríamos nos esforçar para proteger Jerry?

As duas mulheres se encaram, e eu deslizo minha mão pelo rosto.

Ah, merda.

A situação está prestes a ficar feia.

capítulo trinta e cinco

Brinley

Como se dança ao redor de várias forças opostas?

Não só duas, uma positiva e uma negativa, ou mulheres *versus* homens ou até mesmo noite *versus* dias. É uma equação simples demais, um problema solucionável.

Estou falando de várias.

Todas de famílias diferentes.

Todas com os próprios planos.

Algumas fingindo trabalhar juntas ao passo que suponho que nenhuma é leal a qualquer um senão a si mesmas.

Até onde eu sei dessa história, contei treze famílias no total. Mas acontece que não estou ciente de tudo o que está se passando.

Ainda assim, treze famílias.

Todas em guerra.

Tão retorcidas e picotadas juntas que até mesmo aqueles que deveriam ser aliados não conseguem se dar bem.

Luca está me encarando como se eu fosse a culpada por ela perder os pais. Como se fosse culpa do meu pai John ter morrido.

Olho para Shane, e consigo ver o quanto ele está dividido no momento. Ele matou o pai de Luca, pelo que o meu pai me disse, e está sentado aqui agora observando Luca me atacar por algo que ele fez.

Seus amigos não devem saber a verdade, e fico preocupada, porque o homem que me disse que não haveria mentiras entre nós está me deixando levar a culpa para manter os seus segredos.

Luca se levanta do seu assento.

— Sério, Brinley. Me explique por que o seu pai é tão mais valioso que o meu.

Lágrimas brilham nos olhos dela, e uma névoa vermelha de raiva mancha suas bochechas.

— Senhoras — Gabe tenta interromper, mas ela nem presta atenção nele, já que toda a sua fúria está voltada para mim.

— Me diz — grita ela, e eu me encolho.

Tanner avança e a segura pelos ombros.

— Nossos pais mataram o seu. Você sabe.

Ela se desvencilha dele e se vira para olhá-lo.

— É, porque Jerry se envolveu com o governador e queria o que quer que esteja naqueles servidores. Ele provavelmente conduziu os pais de vocês direto para o meu.

Shane se mexe ao meu lado, assumindo uma posição protetora enquanto engole em seco.

— Não foi culpa do Jerry — confessa ele, com a voz mais leve que eu já ouvi.

Coloco a mão em seu joelho para detê-lo.

Ele me fita com dúvida atrás do olhar, e balanço a cabeça o suficiente para que só ele veja.

Que ele guarde seus segredos, pelo menos até não ter outra escolha senão revelá-los.

Acima de tudo, minha lealdade está com Shane. Se ele quer esconder isso dos amigos, deve ter suas razões. Quero saber exatamente o que está se passando com ele antes de forçá-lo a confessar.

Luca seca as lágrimas que caíram de seus olhos, sua voz está frustrada, e o tom é de desculpa quando explica:

— Desculpa, mas estive pensando nisso desde que fomos para lá ontem. Algo naquela droga de estado me faz reviver tudo.

O mastigar alto das batatas me faz lançar um olhar de advertência para Ames. Ela está com uma entre as pontas dos dedos, posicionada diante da sua boca aberta. Quando nossos olhos se encontram, ela dá de ombros, larga a batata no saco e o entrega a Damon.

— Só explique a razão, Brinley. Por que finalmente resolver tudo isso e deixar essa história toda para trás é menos importante que o seu pai? Muitas pessoas morreram...

— Minha mãe morreu por causa de todo mundo — ponho para fora —, não é o bastante? Eu já não abri mão de coisas o bastante? Você pelo menos conseguiu ter ambos os pais até os vinte anos. Eu perdi a minha mãe aos doze.

332   **LILY WHITE**

Todos os olhares se voltam para mim, uma pergunta estampada na expressão de todo mundo, menos na de Shane. Mas ele já sabia a verdade. Estava parado lá quando meu pai largou essa bomba.

Tanner fala com calma, com cuidado, quase como se temesse me espantar, igual foi com seu amigo, Gabe, minutos antes.

— Do que você está falando?

— Quando me tirou de Shane ontem, meu pai disse que a minha mãe está morta por causa do pai de cada um de vocês. Então isso não quer dizer que eu também saí perdendo nessa história?

Os olhos de Luca lacrimejam mais ainda, e ela volta para o seu assento, o braço de Ivy a envolve para reconfortá-la.

Mas minhas lágrimas estão ausentes.

Talvez porque eu ainda esteja em choque por causa de tudo isso, ou talvez porque tanto tempo tenha se passado desde que perdi a minha mãe que não reajo mais assim.

Eu vivi tantos anos sem ela quanto os que passei com ela.

Tanner coça a cabeça e seus ombros desinflam. Ele está perdendo o gás a cada novo fato revelado.

— Isso está rolando há décadas então — ele pensa alto, mais consigo mesmo que com o resto de nós.

Não que qualquer um deles mereça, mas os ajudo com a linha do tempo. Talvez até mesmo com a razão para tudo isso.

— Me foi dito que os pais de vocês eram clientes antigos dos negócios de John e do meu pai. Mas só quando Luca foi para Yale que algo sério aconteceu. Ele não me disse o quê, mas contou que assim que John descobriu o que gravou, ele criptografou os servidores para que apenas ele pudesse acessá-los. Nem mesmo o meu pai tinha acesso. Havia um pen drive que…

— Que era para ter sido enviado para mim — Luca interrompe, voltando a se levantar do seu assento. — Estava em um envelope e tudo, pronto para ir para o correio quando o seu pai o roubou e o enviou para o governador Callahan. Aconteceu na noite em que o meu pai morreu. Mais uma vez, voltamos ao meu pai morrendo e Jerry envolvido de alguma forma.

Shane pigarreia.

— Luca…

— Então me diz por que proteger o seu pai é tão importante. Ok, você perdeu a sua mãe, e desculpa por eu não demonstrar tanta empatia, mas eu

HERESIA

333

sinto, só que, repito, como sabemos se não tem um dedo do seu pai nisso? Quem sabe há quanto tempo essa merda está rolando?

Minha calma vai embora, e Shane talvez tenha que me segurar em vez de o contrário.

— Meu pai amava a minha mãe. Como tem a coragem de tentar insinuar que ele tem algo a ver com a morte dela? Por tudo o que eu sei, foi o seu pai o responsável. Era ele que trabalhava com o pai de cada um aqui nesta sala.

— Não com o meu — adiciona Ames. Olho feio para ela, que arregala os olhos, sua voz abaixa para um sussurro: — Desculpa, só vou jogar isso aqui fora.

A tensão de Shane está aumentando, o maxilar dele range mais rápido enquanto ele encara Luca.

— Eu preciso te dizer uma coisa...

Luca o ignora, seus olhos estão fixos em mim, e seu rosto está muito vermelho. Muito provavelmente porque ela não consegue acreditar que eu tive a coragem de falar mal da sua preciosa família.

— Meu pai jamais colocaria a vida de ninguém em risco.

Rio disso, eu tenho alguns segredos que posso usar para deixá-la saber mais sobre o próprio pai.

— Ah, é? Então me diz por que ele plantou Everly lá em Yale, sabendo bem que ela estaria em contato com todos esses otários?

A cabeça de Jase se ergue de supetão de onde ele estava prestando atenção a nada além da discussão.

— Espera. O quê?

Quando ele se levanta como se viesse na minha direção, Shane começa a se levantar também.

Coloco a mão em sua coxa antes que ele faça isso, e aperto uma vez para chamar sua atenção.

Mas não é o bastante para detê-lo. Ele fica de pé e direciona seu olhar para Luca, sua voz é alta o suficiente para ser ouvida acima da de todo mundo quando a verdade irrompe dele.

— Luca, eu matei o seu pai. Então pode parar de culpar a Brinley e cale a boca sobre o pai dela.

Os olhos azuis dela estalam para ele.

— Você o quê?

Cada pessoa se move ou se remexe de algum jeito, o ambiente fica tenso e desconfortável. Mesmo Jase desiste de fazer sua pergunta e se senta para escutar.

Do outro lado da sala, Gabe toma um gole de sua bebida, e a segura alguns segundos antes de engoli-la. Ele deve saber de alguma coisa, dada a forma como inclina a cabeça para trás na cadeira e fecha brevemente os olhos.

O resto fica sentado ou de pé onde estão, com a surpresa estampada na cara.

— Vou precisar que você repita, Shane. Porque se você... — Luca não consegue nem terminar o que diz, a voz está trêmula e abalada demais.

O tom de Shane fica sentido e cheio de culpa.

— Eu matei o seu pai. Não foi o Jerry. Então pare de culpar Brinley por isso.

Tanner passa a mão pelo cabelo, há raiva em seus traços quando ele vira o foco de Luca para Shane.

— Me explique isso como se eu fosse uma criancinha, Shane, pode até usar giz de cera se for necessário. Porque eu não estou entendendo o que você está tentando dizer.

O corpo de Shane fica dolorosamente tenso de novo, cada músculo retesado sobre seus ossos. As mãos se cerram antes de ele esticar os dedos e fechá-los de novo.

Olho para cima e o vejo ranger o maxilar com força, sua expressão é uma máscara de desafio. Mas algo ainda persiste no fundo de seu olhar, e reconheço o quanto a culpa está pesando nele. Também reconheço o pouco de alívio que ele deve estar sentindo por enfim ter revelado o que fez.

Segredos são venenos.

Ainda mais os ruins.

Eles te destroem de dentro para fora. Não de imediato, nada tão humano nem tão misericordioso.

É um apodrecimento lento, um que por fim vai te comer vivo até você se tornar uma vítima tanto quanto as pessoas que você feriu ao guardá-los.

Sem pensar, estendo a mão para segurar a dele, um pouco de dor dispara pelo meu braço quando ele fecha os dedos ao redor dos meus, me segurando como se sua vida dependesse disso.

Obviamente, não posso resolver isso por ele. Não posso mudar o passado nem direcionar a reação de seus amigos, mas posso dizer a ele que ainda estou aqui.

Que não o deixei.

Não estou tomando a decisão de ir embora porque ele é diferente de qualquer outra pessoa aqui.

Suspeito que Shane passou a vida com as pessoas se afastando dele, e embora eu não saiba muito de sua família, os sinais estão todos aqui.

Mesmo percebendo que não sabemos muito um sobre o outro, ainda não é estranho termos nos ligado tão rápido.

Somos duas metades do mesmo inteiro. Nossa alma se reconheceu quando ficamos frente a frente com a exata coisa que pode nos tornar fortes de novo.

— Foi logo depois que me formei em Yale e voltei para cá. A firma tinha acabado de abrir, e Luca havia se casado com Clayton, controlando-a, assim como o seu pai mandou. O meu me disse que faríamos uma viagem e que precisava de mim para fazer alguma coisa. Ele me disse que eu teria que mentir para vocês e dizer que eu ia a uma exposição de carros. Fui levado de avião para a Georgia e me instruíram a drenar o fluido de freio de um Lincoln Navigator preto. Não o suficiente para estragar os freios, mas o bastante para que a pessoa perdesse o fluido enquanto dirigia e...

— Por fim não ser capaz de parar — Tanner termina por ele. — Caramba, Shane. Por que você não contou para a gente? Especialmente para mim?

— Eu não sabia de quem era o carro. Não presto atenção nessas merdas. Meu pai já me arrastou para o carro de um monte de gente. Foi só quando estive com Luca, e ela mencionou o pai e quando ele morreu, que juntei as peças. Eu não sabia que era ele.

Meu coração está se partindo por ele. Pela forma como foi usado e pela merda que a sua família deve ser. Claro, meu pai, ao que parece, acabou nesse emaranhado, só que, no geral, ele me manteve fora dele.

Ele não me usou como peão.

Não até o pen drive, pelo menos.

A seriedade da expressão de Tanner se suaviza, a compreensão surge para tomar seu lugar.

— Por que te disseram para mentir?

— E eu lá sei? — responde Shane. — Para vocês não saberem que os merdas dos nossos progenitores estavam usando mais do que só você para encurralar Luca? Pelo menos é o que eu acho.

Ambos parecem derrotados, Shane ainda fica em sua postura de proteção diante de mim enquanto Tanner volta a se encostar na parede e xinga baixinho. O cômodo fica basicamente em silêncio, exceto pelos soluços de Luca.

336 **LILY WHITE**

Esse silêncio é rompido quando Gabriel termina sua bebida, coloca o copo em uma mesinha de canto com um suave estalar do cristal na madeira, em seguida coça o queixo.

— Acho que temos muito a confessar no que diz respeito a esse assunto. Parece que a família de cada um de nós não está só nos colocando contra o mundo, mas também um contra o outro.

Tanner solta uma gargalhada incrédula.

— Ah? Você notou também?

— Notei — diz Gabe, com um único balançar de cabeça.

Soltando um longo suspiro, Tanner olha para Gabe.

— E qual é o seu grande segredo?

Gabe olha para Luca, depois para todos nós.

— Luca já sabe, então não me importo de trazer à tona apesar do atual estado emocional dela. O pai dela estava ciente de que nossas famílias estavam tentando matá-lo. Enviei um aviso para John, via Everly, quando ela saiu de Yale e voltou para a Georgia.

— Você fez o quê?

Todos nos viramos para olhar para Jase. Como sempre, ele estava prestes a saltar em cima de Gabe. Não sei muito sobre essa situação com Everly, mas Jase tem óbvios problemas no que diz respeito a ela.

Gabe o ignorou deliberadamente.

— Ouvi uma conversa entre Warbucks e o Querido Papai quando eles foram com William para pegar os gêmeos em Yale. Eles estavam discutindo se deveriam matar o pai de Luca por causa do seu desinteresse em encurralá-la. Não mencionei porque, na época, não era problema meu. Sem querer ofender, Luca. Foi muito antes de termos a chance de te conhecer. Mas eu contei para Tanner.

— E essa merda com a Everly? — Jase exige saber.

Gabe lança um olhar de desdém para ele.

— Vou chegar lá, Jase. Relaxa e mantenha seu pau dentro das calças antes de passar herpes para todo mundo. Eu te garanto que o seu não é maior que o meu, e você não me intimida com essa palhaçada sua.

Jase olha feio para ele, mas não responde.

— Enfim, Everly parou na casa em Yale quando foi embora. Só eu estava lá, e ela me passou uma mensagem enigmática de que tinha que ir embora e voltar para a Georgia porque algo ruim ia acontecer, me entregou uma carta lacrada para deixar na cama de Jase e pediu desculpas pelo que fez.

Eu não tinha ideia do que ela estava falando, mas a ameaça a John me veio à mente, então escrevi um bilhete para ela entregar a ele, imaginando que ela estaria na Georgia e poderia deixar lá.

Aquilo chama a atenção de Tanner, que franze as sobrancelhas.

— Você sabia que Everly tinha algo a ver com John?

— Não fazia ideia. Mas ela estava indo para a Georgia, então decidi que enviar o bilhete por ela seria mais rápido do que mandar pelo correio. Além do que, não haveria remetente, então nossas famílias não seriam capazes de descobrir quem mandou.

Luca funga.

— Então ele talvez nem tenha chegado ao meu pai.

Gabe dá de ombros.

— Creio que chegou. Ele ligou logo depois para te pedir para voltar para casa.

Jase não larga o osso.

— Então por que Everly largou Yale, porra? A carta dela não dizia o motivo.

Por fim, algo que posso esclarecer.

— Porque Scott voltou de licença do exército e foi pegá-la lá. Ele ameaçou todos vocês se ela não fosse embora imediatamente.

Todos eles se viram para me olhar.

— O quê? Foi o que Scott me contou enquanto eu estava no abrigo de segurança.

Tanner massageia as têmporas.

— Quer saber? — diz Luca, com a voz tão tensa e baixa que parece que ela está prestes a explodir. — Todos vocês são responsáveis pela morte do meu pai. Qualquer um de vocês poderia, a qualquer momento, ter me avisado. — Seus olhos se fixam em Shane. — Mas você é o maior responsável. Jamais vou te perdoar por matá-lo, e espero que se engasgue com a culpa que sente por isso. O homem nunca fez nada para você. Vá se foder, Shane.

Com isso, ela se levanta e sai da sala feito um furacão. Tanner olha para Shane uma última vez antes de ir atrás dela.

— Que se foda essa merda — diz Shane baixinho. Ele se vira para Taylor. — Preciso das chaves do carro alugado.

Gabe fala:

— Shane, talvez seja melhor você ficar aqui mais um pouco. Tudo vai se acalmar e…

338   **LILY WHITE**

— Chaves, Taylor.

Taylor as joga para Shane, que as pega em pleno voo.

Ainda segurando minha mão, me puxa consigo.

Quando chegamos ao carro, ele abre a porta para mim e prende o meu cinto. É um cinto comum, então não preciso de ajuda, mas ele ainda age como se precisasse me proteger a todo custo. Não digo nada, não com ele nesse humor.

Shane dá a volta pela frente do carro até chegar ao lado do motorista, então entra e dá a partida. Sinto falta do rugido de Belezinha.

O carro luta para acompanhar seu pé de chumbo, as rotações chegam no vermelho quando ele acelera pela estrada. De início, não faço ideia de para onde estamos indo, mas, por fim, acabamos na longa estrada que leva ao lago.

Demora muito mais tempo para chegar, provavelmente porque o carro alugado não consegue correr tanto quanto o de Shane. O pobre motor está estrebuchando quando ele para na área de estacionamento, e verifico se há fumaça ou vapor, meio esperando que a coisa exploda com a forma agressiva com que Shane o forçou.

Ainda não falamos nada, nem mesmo uma palavrinha ou o mais mínimo som, mas não serei eu a romper o silêncio.

Shane precisa falar.

Mas, primeiro, ele precisa processar tudo o que está se passando nessa sua cabeça, e quando estiver pronto, vou estar aqui para ouvir.

Depois de me ajudar a sair do carro, Shane volta a segurar a minha mão como se ela fosse uma espécie de colete salva-vidas ou uma amarra para algo que está além dele e que lhe dá conforto.

Sou conduzida até a areia em que brigamos da outra vez, continuo de pé quando Shane se larga no chão e, por fim, as mãos dele assumem o controle dos meus quadris para me puxar para o seu colo.

Envolvo braços e pernas ao seu redor quando ele me abraça, meu queixo descansa em seu ombro e o dele se apoia na minha cabeça.

É um simples abraço. De corpo inteiro e tão apertado quanto conseguimos. Mas parece ser exatamente do que ele precisa no momento.

Mais tempo se passa em silêncio, sua mente gira, e a minha se pergunta se vou conseguir alcançá-la.

Mas nosso coração bate no mesmo ritmo.

Eu noto.

Talvez dessa vez, para variar, seja com o pânico dele que será preciso lidar, e embora eu não tenha um par de braços fortes para erguê-lo e protegê-lo, sou o oposto perfeito.

Sou um porto seguro em seu mundo caótico, uma ilha de paz para onde ele pode escapar em meio a essa tempestade turbulenta. Sou suave enquanto ele é forte. E eu jamais fui uma ameaça para ele, nem o usei como todos os outros.

Shane

Não importa o que eu faça, não consigo ganhar.

Não importa se cumpro uma tarefa, protejo quem eu amo ou o que for. Porque toda vez que faço o que é certo, alguém sempre termina magoado.

É o bastante para me fazer querer desistir.

Parar de tentar.

Dirigir da maneira mais irresponsável possível. Beber até perder o juízo. Sair dando uma caralhada de soco e depois rir a caminho do leito do hospital ou da cela de uma delegacia porque quem dá a mínima?

É a mesma merda de ciclo, dia após dia, repetindo-se toda semana, todo mês, todo ano.

Já está enjoando disso, e para mim já deu.

Admitir para todo mundo o que fiz não foi por causa da culpa ou por estar fazendo algo honrado. Foi para magoar Luca, para tirá-la da porra daquele pedestal dela para que ela parasse de falar merda para Brinley.

Eu tinha escolhido proteger a minha garota.

E que se foda quem fosse magoado no processo.

Sei que cada membro do Inferno sentiu a ferroada daquela traição, principalmente Tanner, mas é isso que acontece quando continuamos jogando com os nossos pais, com a ridícula esperança de que vamos chegar a ganhar essa guerra.

Não há a mínima chance de a gente conseguir.

Nossos progenitores estão nesse jogo há muito mais tempo que nós, e nós ainda temos o mínimo de consciência, já eles não têm nenhuma. Não tenho dúvida de que aqueles filhos da puta nos venderiam para comprar partes do corpo se elas fossem mais valiosas para eles do que nos manter vivos.

Tanner sabe disso.

Gabe sabe.

Cacete, todos eles sabem.

Por que tanta surpresa que, ao longo dos anos, eles acharam um jeito de nos jogar um contra o outro?

— Vamos fugir — murmuro na cabeça de Brinley, com a bochecha encostada no cabelo dela conforme sinto o cheiro calmante do seu shampoo.

Ela me abraça com mais força.

— Queria eu.

Bufo ao ouvir aquilo, passo os dedos por sua coluna e desfruto da forma como ela se remexe.

— Por que não podemos?

— Porque nós temos responsabilidades.

Que se fodam as responsabilidades.

Elas só levam a mais dores de cabeça e problemas.

Na minha vida, fiz um trabalho bom pra cacete ao evitar a maioria delas, e acho que consigo refinar minhas habilidades para aprender a evitá-las por completo.

Quando não respondo, ela passa os dedos pelo meu cabelo, e suas unhas coçam de levinho o meu crânio. Se ela continuar, é capaz de eu começar a ronronar.

Tudo o que ela faz é gostoso.

— Eu tenho que terminar a faculdade, Shane. Não posso fazer isso se fugir.

— Larga — sugiro. — A gente faz outra coisa.

Ela se afasta dos meus braços, e seus olhos azuis encontram os meus.

— Tipo o quê?

Dou de ombros.

— Eu tenho dinheiro. A gente compra um barco e vai para o Caribe.

— Seu dinheiro vai acabar em algum momento.

Eu sorrio.

— Não se nos tornarmos piratas e roubarmos outros barcos.

A risada escapa de seus lábios, e não consigo superar a beleza daquele som, a beleza dela, por dentro e por fora.

Não há a mínima possibilidade de eu destruir a auréola dessa mulher, tal qual ameacei fazer lá no avião. Ela ainda é tão angelical quanto no dia que a conheci.

Alguns minutos de silêncio se passam entre nós, sua bochecha descansa no meu ombro, seu fôlego roça a minha bochecha.

Fixo meu olhar na água escura do lago. É outra noite em que a superfície parece vidro, um reflexo perfeito do céu sem a poluição de qualquer luz para arruiná-lo.

— Seus amigos vão superar. Até mesmo a Luca. Você não tinha ideia de quem era o dono do carro.

Embora eu agradeça sua fé em mim, acho que ela não entende até onde estou disposto a cair.

— Na hora, não teria importado se eu soubesse. Poderiam ter me dito que era o pai de Luca, e eu ainda teria feito mesmo assim.

Ela ergue a cabeça e captura o meu olhar.

— Por quê?

— Porque é o que fazemos. Todos nós. Cada amigo meu que você conheceu, talvez menos o Priest, foi criado para seguir ordens e fazer o que foi mandado. Fomos criados para machucar as pessoas. E embora cada um de nós tenha um jeito diferente de fazer isso ou algum outro propósito, todos somos apenas ferramentas na mesma porra de caixa. Sou eu quem é tirado dela quando precisam que as piores coisas sejam feitas.

— E de quem é essa caixa de ferramentas?

— Dos nossos pais — respondo, e abaixo a cabeça para pressionar a testa na dela.

Olhos grande e azuis me encaram.

— Então pare de obedecer.

Eu sorrio para aquilo.

— Não posso. Não até que derrotemos as nossas famílias. É por isso que Tanner traçou uma série de regras, formas como podemos nos rebelar sem sermos pegos. Linhas morais que não devem ser cruzadas. Como se isso pudesse limpar a nossa consciência. Mas ele tenta. Preciso reconhecer.

Um som vibra no seu peito, as peças vão se encaixando conforme ela começa a entender um pouco mais.

— Então é por isso que ele está sempre perturbando você. Não acho que haja uma linha que você não seja capaz de cruzar.

— Bem poucas — respondo, com sinceridade. — E, sim, ele me perturba por isso. E por não fazer as coisas da forma como ele quer. Mas, basicamente, porque ele me acha um caso perdido. Costumo causar mais caos que o necessário, mas cumpro a tarefa.

Seu olhar fica curioso, os lábios carnudos se movem de um jeito que só vejo quando ela está prestes a falar demais ou a dizer algo de que não gosto.

— Você já pensou que, talvez, ele está sempre te perturbando porque se preocupa mais contigo?

O pensamento já tinha atravessado minha mente antes, mas descartei. Se tem alguém do grupo que merece preocupação, são Ezra e Damon. Ainda não sabemos bem pelo que os dois passaram, mas sabemos que foi ruim.

Só que não tenho direito de contar essa história. Se Damon e Ezra quiserem se abrir algum dia, a decisão é deles.

— Não sei por que ele faria isso.

Ela assente, as engrenagens ainda se movendo naquela cabeça errante.

— Talvez porque ele saiba qual é o propósito de cada um, como você disse, e sabe que você acaba com os piores trabalhos. A mim parece que ele está tomando conta de você, e você é o mais rebelde.

Bruxa...

Não é possível que essa mulher acabou de conseguir me fazer sentir minimamente grato pela merda do Tanner. Mas, quando olho por esse lado, não posso discordar.

Tanner toma conta do que considera família. E eu sei com certeza que sou como um irmão para ele.

É isso que eu ganho por me envolver com uma nerd. Elas prestam atenção demais.

Rindo comigo mesmo, seguro seu rosto entre as mãos e beijo seu nariz. Ela o franze em resposta antes de eu ter a chance de puxá-la totalmente para mim e beijá-la como ela merece.

Ela se derrete nos meus braços, e nunca me farto dessa sensação.

Paro para respirar e rio ao notar que ela está embriagada de beijos, com o olhar plácido e os lábios inchados.

E é quando ela fixa aquele olhar em mim, que vejo que a nerd voltou e que uma pergunta perdura na ponta da sua língua, uma que ela está lutando para fazer.

— Só desembucha — digo a ela.

— O que a gente é?

— Ah, caralho. Eu sabia que isso estava por vir.

Brinley revira os olhos.

— Você que começou isso lá no hotel antes de eu ser sequestrada... *de novo*. Não é culpa minha eu ter acabado de me lembrar e decidir terminar a conversa.

A mulher tem uma memória de elefante.

LILY WHITE

— Você poderia me fazer um favor e parar de se lembrar de tudo?
Outro revirar daqueles imensos olhos azuis.
— O que a gente é, Shane?
Filha da puta, foi só há pouco tempo que percebi que essa mulher é minha, e agora ela quer um título oficial.
Passinhos de formiga, inferno.
— Somos humanos. Homo sapiens. Tecnicamente, mamíferos, ou animais, se quiser um conceito mais amplo.
Ela me dá um tapa no peito e ri.
— Tudo bem. Vou te derrotar no seu próprio jogo.
Boa sorte.
— O que eu sou para você?
Ah, agora essa é a questão. Paro um pouco para pensar, e só há uma resposta certa.
— Você é a mulher que jamais terá permissão para me deixar de novo. Não importa o que aconteça, que idiotice eu diga ou faça, a bobagem pela qual a gente brigue ou o caos que eu crie. Você é a mulher que não vai soltar a minha mão, não importa o que aconteça.
Ela ri de novo.
— Ainda preciso te dar umas rasteiras de vez em quando. Você é teimoso e cabeça dura pra caralho.
É um acordo com o qual posso conviver.
Pressiono a boca em seu ouvido, e sorrio quando ela estremece.
— Eu me apaixonei por uma nerd ninja. Acho que vou ter que aguentar.
Ela fica imóvel só por um momento antes de se afastar para olhar sério para mim.
É, sei o que acabei de dizer, o que admiti.
Acho que simplesmente peguei a mulher certa para variar.
Rompendo o silêncio, digo:
— Confesse que gosta de mim.
Ela dá de ombros.
— Talvez um pouquinho. Você está me conquistando.
Essa é a minha garota.
— Aceito isso também.

— Você já reconectou um motor de arranque?

Brinley para ao meu lado com uma chave inglesa na mão, usando um macacão que deve estar achando confortável, já que é três vezes o seu tamanho.

Eu sempre a achei fofa, mas essa imagem é uma que vou guardar na memória. Há algo em uma mulher que está disposta a trabalhar em um carro comigo sem ter medo de se sujar.

Ela franze as sobrancelhas.

— Como assim *reconectar* um motor de arranque? Pensei que ele precisava ser substituído.

Ah… porra.

Eu tinha esquecido.

Ela esquadrinha minha expressão, sua mente corre a um quilômetro por minuto.

— Você não só roubou o meu carro, né? Foi você que causou o defeito.

Flagrado.

Abro um sorriso encantador para ela, abaixo a cabeça e coço a nuca.

— Não é essa a questão.

— Ah, acho que é exatamente essa — rebate ela, com os dedos agarrando a chave inglesa forte demais para o meu gosto.

Minha vida pisca diante dos meus olhos, e, com cuidado, tomo a ferramenta dela antes que a mulher me bata até eu perder a consciência.

— Tecnicamente, eu não zoei com o seu carro — respondo, assim que estou com a ferramenta na mão. Ela salta na minha frente de novo. — Foi o Priest.

Coitado. Eu já devo a ele dois anos de trabalho não remunerado na oficina porque Luca finalmente descobriu que ele acabou com o carro dela de propósito, mas, por isso? Eu posso muito bem me considerar um servo por contrato.

— Também não é a questão. Estamos aqui hoje para eu te ensinar a consertar o problema.

Depois de sair do lago, eu não queria voltar para a minha casa e ficar puto de novo por causa do estrago feito lá, e também não estava a fim de ficar perto do pessoal, porque sei que vão querer falar sobre merdas estressantes.

Geralmente, eu dirigiria por aí. Pensando em nada. Só curtindo a estrada sob os pneus enquanto acelerava. Mas vai ser um pouco difícil fazer isso enquanto meu carro estiver fora do estado.

Depois de pensar um pouco, me lembrei de que havia algo que eu precisava fazer por Brinley, então nós acabamos aqui com a oficina iluminada e só as nossas sombras lançadas no chão enquanto eu ensinava a ela uma coisa ou outra.

Pelo menos eu estava tentando, até aquela mente dela captar a minha tramoia.

Brinley me olha como se estivesse prestes a me falar poucas e boas, mas uma porta bate nos fundos da oficina e chama a nossa atenção.

Sou grato pela distração, mas também fico irritado pela companhia. Eu fugi para cá para evitar essa conversa. Mas, não. Eles tinham que trazê-la a mim.

Tanner e Luca estão parados diante da porta, ambos olhando na minha direção como se tivessem medo de se aproximar.

Posso muito bem terminar logo com isso. Aceno para eles se aproximarem e minha mão encontra a de Brinley, porque essa mulher está se tornando a única pessoa que consegue me acalmar.

Os olhos de Luca estão vermelhos e inchados. Está óbvio que ela chorou por horas. Tanner não está muito melhor, sua boca é uma linha severa e o cabelo está uma bagunça por ele ter passado as mãos lá em frustração, como sempre faz.

Já sei que é por causa do pai de Luca, então me pergunto se eles estão aqui para me dizer que não devo mais me aproximar deles. Que preciso vender minha parte no escritório e ficar bem longe do Inferno.

Não que seria alguma novidade. As pessoas mal conseguem lidar comigo quando estou no meu melhor, mas todas fogem correndo quando estou no meu pior.

Estou acostumado a ser abandonado e deixado de lado.

Talvez essa seja outra razão para eu estar me agarrando a Brinley com tanta força. Posso perder tudo que tenho nesse mundo, mas sei que, se estiver segurando a mão dela, vou sobreviver.

Assim que Tanner e Luca se aproximam o bastante, puxo a minha ilhazinha de paz para mais perto.

— Me deixa adivinhar... não sou mais parte do grupo? Quando vão querer começar a negociar a minha parte no escritório?

Tanner balança a cabeça e se recusa a olhar para mim. Seus olhos permanecem em Luca, como se ele estivesse com medo de que ela fosse perder o controle de si mesma a qualquer segundo.

A mulher está aguentando firme, pelo que vejo. Com os ombros um pouco fracos e o corpo cansado, mas os olhos queimam sob as luzes brilhantes da oficina, um tom ainda mais profundo de azul devido ao vermelho manchando a pele ao redor deles.

A culpa me consome.

Vou admitir.

Embora Luca e eu nunca tenhamos sido melhores amigos, nunca tive nada contra ela.

Ela pigarreia, e sua voz mal é audível quando pergunta:

— Você pode me contar os detalhes de novo? De quando você foi à Georgia para sabotar o carro do meu pai?

— Não sei como isso vai ajudar as coisas.

— Só me diz.

Talvez ela precise cimentar os fatos em sua mente. Ouvir pela segunda vez não vai mudar as coisas, mas algumas pessoas não conseguem aceitar a verdade até que ela seja jogada na sua cara repetidas vezes.

— Cerca de dois dias antes de o seu pai morrer, o meu me arrastou para a Georgia. Ele me disse para mentir sobre para onde eu estava indo e falou que tinha um trabalho para eu fazer. Quando chegamos lá, ele me fez drenar o fluido de freio do carro do seu pai, não muito para não ser notado ou fazer os freios pararem de funcionar na hora, mas o bastante para que, quando ele estivesse dirigindo, o sistema falhasse, e não ficasse aparente quando investigassem a batida. Pareceria falta de manutenção ou algo causado pela batida.

Ela assente. Engole em seco. Então solta um suspiro que suponho que esteve segurando o tempo todo enquanto eu recontava a história.

— Há mais que isso — diz ela, por fim. — Você mencionou o carro, especificamente.

— Era um Lincoln Navigator preto.

Luca enxuga as lágrimas escapando de seus olhos.

— Foi o que pensei — ela reflete, mais consigo mesma. Soltando outro suspiro, relanceia Tanner antes de me olhar de novo. Não perco a forma como ele aperta a mão dela para reconfortá-la. — Desculpa pelo que te disse antes de sair correndo da sala. Você não mereceu.

Não vou permitir que ela me deixe escapar assim tão fácil.

— Não só mereci isso, como talvez merecesse algo pior.

Ela balança a cabeça, tenta sorrir, mas não consegue. Está magoada demais, a mente volta para o momento em que descobriu que o pai morreu.

— Você não mereceu, Shane. Porque você não matou o meu pai.

O choque me congela no lugar, meus dedos seguram os de Brinley com mais força.

— É claro que eu…

— Não — repete ela —, não foi. O Navigator preto era o carro do meu pai. Mas ele não o estava dirigindo quando morreu. Ele estava no carro da minha mãe naquela noite. Um Audi prata. Verifiquei o laudo da polícia de novo quando você saiu, só para confirmar, mas eu estava certa. Ele não estava no Navigator.

Apesar de a verdade estar escrita no laudo, eu ainda estava com problemas de acreditar.

— Então se não fui eu, quem…?

Ela enxuga mais lágrimas, fazendo outra tentativa de sorrir. Como a anterior, não consegue.

— Eles investigaram o acidente. Os freios estavam bons. Mas dado o lugar que o meu pai estava quando saiu da estrada, suspeitam que ou ele adormeceu e não conseguiu fazer a curva fechada, ou que talvez ele tenha sido forçado a sair da estrada. Eu tinha me esquecido dos detalhes porque não estava muito bem quando o li da primeira vez. Mas depois do que você disse hoje, decidi dar outra olhada.

Tanner captura meu olhar, há mais preocupação lá do que já vi na vida. O que Brinley me disse no lago volta à minha cabeça, e me pergunto se eu sou o problemático da ninhada, o adolescente que sempre está em guerra com o pai.

— Preciso que você vá para a minha casa amanhã para repassarmos outras coisas. Por causa do que descobrimos sobre Scott lá na Georgia, quero que a gente repasse com atenção o que foi feito com os nossos carros e as nossas casas. Pode ir ao meio-dia?

Assinto.

— Ok, certo. Então até lá.

Eles se viram para sair, e Brinley envolve os braços ao redor do meu corpo, ajudando a me manter de pé depois que o alívio me toma por causa do que Luca disse.

Eu não matei John.

Não que eu conhecesse o homem, ou que isso devesse importar. Mas ele era uma mancha na minha consciência pela qual eu não conseguia me perdoar.

Tanner e Luca estão quase na porta dos fundos quando ele se vira para me olhar de novo.

— Só mais uma coisa que você deveria saber. Vocês dois precisam tomar cuidado.

Minhas sobrancelhas franzem.

— Por quê?

— Taylor puxou uma lista de voo há cerca de uma hora. Scott está na cidade. Pensei que vocês deveriam saber.

capítulo trinta e sete

Brinley

— Shane, isso é ridículo. Você não pode ficar parado aí por mais de uma hora e fazer o quê? Vigiar a porta?

É a manhã seguinte depois de tudo o que aconteceu na oficina com Luca e Tanner. Shane e eu por fim consertamos o motor de arranque e a junta homocinética do meu carro, cada um dirigiu um carro até a casa de Tanner e deixamos lá o alugado para um deles usar.

Shane reclamou do meu carro o caminho todo, e decidiu ficar no meu dormitório porque a casa dele ainda não tinha sido consertada nem limpa depois de ter sido vandalizada.

Brigamos hoje de manhã sobre eu voltar para a aula, mas tenho responsabilidades que me recuso a ignorar. Posso correr atrás do que já perdi sem problema, mas vou ficar muito para trás se continuar assim.

Depois de aceitar que eu fosse desde que ele estivesse junto, a discussão seguinte foi por causa das minhas roupas. Enquanto estávamos no Tanner, Shane tinha levado as nossas bolsas do carro alugado para o meu e depois levou tudo para o meu quarto.

Fiquei surpresa no voo de volta por ele ter levado as sacolas do carro para o avião. Ao que parece, ele estava falando sério sobre eu não me esconder mais.

Então, depois de uma segunda briga, concordei em usar um jeans que me servia direito combinado com uma blusa cigana azul-petróleo, mas finquei o pé quanto a usar outra coisa que não meu All Star surrado.

Ele era confortável, cacete. E não vou a um lugar que exija que eu esteja bem arrumada.

Agora estamos no corredor do lado de fora da minha sala, discutindo de novo. Eu o convidei para assistir à aula comigo, mas ele não deu ouvidos.

— Vou ficar bem aqui, Brin. E se alguém se aproximar da porta, posso cuidar do assunto sem ter uma turma inteira como testemunha.

Ele está no limite desde que soubemos que Scott está de volta.

Reviro os olhos.

— Tudo bem. Mas as duas aulas têm a mesma duração. Você vai morrer de tédio aqui fora.

Um sorrisinho repuxa o canto de seus lábios.

— A aula é de quê?

No caos dos últimos dias, acabei não olhando o meu calendário.

— Não sei bem. Algo a ver com filosofia.

Ele ri.

— Vou morrer de tédio lá dentro também. Bem capaz de dormir. Posso ficar acordado e alerta aqui fora.

— Depois de dormir duas horas?

Esse foi outro problema. Depois de me levar para casa e para a cama, Shane tinha me mantido acordada quase a noite toda me mostrando todas as formas diferentes com que ele pode me amar.

Minhas pernas mal estão se aguentando no momento.

— Vou ficar bem — ele me assegura.

Não há nada que eu possa fazer além de deixar para lá e ir para a minha aula. Entro na sala logo que ela começa, me sento e luto com afinco para ficar acordada.

É igual na segunda aula. Assim que ela acaba, me arrasto de lá, Shane está de pé na porta com os olhos brilhando, cheio de energia.

Não tenho ideia de como ele faz isso.

— Você não está chapado, né?

Faço a pergunta quando ele me leva até o meu carro. Shane ri.

— Não. Tenho muitos anos de experiência em continuar funcionando mesmo dormindo quase nada. Você vai se acostumar em algum momento.

Com vontade de chorar ao ouvir isso, permito que ele me ajude a me sentar, que feche o meu cinto e dê a volta no carro para assumir o volante.

— Para onde agora?

Ele me olha, depois faz careta quando pisa no acelerador, e o meu carro começa a avançar em uma velocidade segura.

— A gente vai tacar fogo nessa merda assim que eu tiver Belezinha de volta.

O riso sacode os meus ombros.

LILY WHITE

— Não, não vamos. Esse carro é meu. Eu que o dirijo, e você pode dirigir Belezinha. Então, voltando à minha pergunta. Para onde vamos?

— Para o Tanner. Já é quase meio-dia, e eu disse para ele que o encontraríamos lá.

É mesmo. Não é do meu feitio esquecer, mas, por alguma razão, aquilo escapuliu da minha cabeça.

— Você está nervoso?

Ele me dá uma olhada e volta a se concentrar no trânsito. Então estende a mão direita e entrelaça os dedos com os meus.

— Nem um pouco. Tanner me atormenta o tempo todo, então não é nada novo. Mas acho que não tem a ver com o que eu fiz. Ele falou algo do ataque às nossas casas.

Um pensamento me surge, algo em que Scott havia insistido para que eu acreditasse quando me levou para o abrigo de segurança.

— O Scott não sabotou o seu carro. Eu o acusei disso quando eles me...

— A gente sabe. — Outra olhada para mim com um sorrisinho. — Taylor encontrou o voo que Scott pegou para a Georgia. Ele já estava lá quando atacaram as casas e ferraram com o meu carro. Foi outra pessoa.

— Tipo quem?

Ele ri baixinho e aperta a minha mão.

— A lista é grande pra caralho. A gente deixou uma fila longa de inimigos no nosso encalço. Pessoas que a gente ferrou ou com quem brincamos e que ainda podem guardar rancor.

— Ou o governador — pondero em voz alta.

Ele assente.

— Ou ele. Ou qualquer um. Mas vamos descobrir. Se Tanner quer que nos juntemos lá para discutir o assunto, tenho certeza de que ele pensou em alguma coisa.

O percurso até a casa de Tanner é curto. Shane estaciona nos fundos. Não há muito espaço por causa da carcaça dos carros queimados que ainda estão lá, então ele para no canto escuro em que Belezinha tinha ficado naquela noite.

Ele me conduz até uma entrada lateral, e mantém a mão firme na minha enquanto atravessamos a cozinha e a sala de jantar e encontramos os gêmeos esperando por nós.

Ele aponta em direção ao foyer.

— Tanner te chamou lá em cima, Shane. Talvez seja melhor deixar Brinley aqui.

Um sutil balançar de cabeça de Shane e sei que ele está prestes a se recusar a me deixar sozinha.

— Cadê a Luca?

Ames vem saltitando do corredor. Aquela mulher tem mais personalidade do que qualquer um que já conheci. Não importa o que está se passando, ela sempre se diverte.

Ela desliza até parar do nosso lado e envolve o braço com o meu.

— Aí está você. Faz uma eternidade que estou esperando para a gente conversar.

Ames olha para mim, e sou atingida pela cor violeta de seus olhos.

— De boa — ela diz ao se virar para Shane. — Eu fico com a Brin. Vá fazer suas merdas de homem.

Shane fica hesitante de início, mas então inclina a cabeça e sai do cômodo com Ezra logo atrás.

Ames me lança um sorriso ofuscante.

— Chegou bem a tempo. Estamos almoçando na piscina.

Suspeitando da malícia cintilando em seu olhar, resisto quando ela tenta me puxar.

— *Nós* quem?

Ela revira os olhos.

— Todas as meninas. Quem mais?

— Não. De jeito nenhum, Ames. Luca estava pronta para arrancar a minha cabeça ontem. Não quero entrar nessa com ela de novo.

Ela agarra meu braço de novo.

— Fica tranquila, Brin. Confie em mim. Acho que ela se sente mal pelo que disse ontem, e não vai se repetir. Além do que, você tem passado todo o seu tempo com Shane e ainda não teve a chance de conhecer Ivy e o resto delas. Essas meninas são doidas. Cada uma delas. Você precisa ouvir as histórias que elas têm a contar sobre os caras. Puta merda, o que foi feito com elas me faz pensar se são boas da cabeça.

Ela me puxa e continua falando, abaixando a voz para um tom conspiratório.

— Você sabia que Luca ficou casada dois anos com um cara só porque o Tanner estava jogando com ela? Ah! E a Emily dava para os gêmeos. Ao mesmo tempo. Estou com um pouco de inveja. E a Ivy? Meu Deus. Quero ser igual a ela. — Ela para antes de atravessar uma porta que presumo que leve para a piscina, chega mais perto e diz: — Nunca mais me faça ficar longe dos nariz em pé de novo. Juro, cada um deles é quase tão doido quanto a gente.

Ela faz uma pausa e me olha de cima a baixo.

— Ok. Retiro o que eu disse. São quase tão doidas quanto eu. Você ainda está saindo da sua concha, mas a gente vai te fazer chegar lá.

Ames abre a porta antes que eu consiga abrir a boca e me leva a uma mesa posta com um almoço caro.

Luca, Ivy e Emily estão lá aproveitando o sol, cada uma delas nos olha com um sorriso gentil no rosto.

Insegura quanto aos sentimentos de Luca, direciono meu foco para ela, que franze a testa e se senta mais empertigada na cadeira.

— Desculpa, Brinley. Eu não deveria ter te atacado como fiz ontem. Não foi justo. Por favor, sente-se e almoce com a gente.

Insegura com a forma como ela foi de culpar o meu pai por tudo para se desculpar e me convidar para almoçar, fico em dúvida se devo puxar uma cadeira e me sentar. Mas faço isso, e me arrasto para o lado para dar a Ames espaço para se acomodar na cadeira ao meu lado.

Luca ainda está olhando para mim quando me acomodo.

— Coma. Tem de tudo. Sanduíches, frutas, batata chips, cookies... o que você quiser.

Ames e as outras não perdem tempo e começam a comer, mas eu ainda observo Luca com suspeita.

Seus olhos azuis encontram os meus, remorso circula por sua expressão.

— O que eu disse foi errado. Todos nós fomos arrastados para essa confusão por nossas famílias, e nenhum de nós tem culpa pelo que nossos pais fizeram. A viagem para a Georgia trouxe à tona um monte de memórias ruins, e eu reagi mal. Estou falando sério quando digo que sinto muito, e espero que você possa me perdoar.

Ela parece sincera, então aceito o pedido de desculpas.

— Tudo bem. Nós duas passamos por muita coisa.

— Mulher — interrompe Ivy, com metade de um sanduíche entre o polegar e o indicador. Ela aponta para mim. — Você não faz ideia. As histórias que todas nós podemos te contar...

Olho para Ames.

— Até você?

Ames cora e de repente acha a comida mais interessante do que a conversa.

Ivy ri até cansar.

— Estou te falando, Brin. Todas nós passamos por um monte de merda com esses caras. Bem-vinda ao Inferno.

Curiosa com isso, começo a fazer o meu prato e pergunto:

— Por que eles são chamados assim? Já ouvi as pessoas dizerem o nome, mas ainda não consigo imaginar o que significa.

Ames bate no meu braço, com a boca cheia. Ela não se dá o trabalho de engolir antes de dizer:

— Você vai amar essa história. Confie em mim. Não consigo acreditar nas merdas que esses caras fizeram.

Todas as quatro riem, mas é Ivy quem decide me deixar por dentro.

Eu a observo, é difícil lembrar de quando ela era mais nova. Já faz tanto tempo que a vi, e também não tivemos a chance de ficar em contato.

— Ok. Essa história começa há muito tempo, na época em que éramos crianças. Bem, pelo menos para Emily e para mim. Vocês são recém-chegadas.

Luca joga um cubo de gelo em Ivy.

— Para de onda e anda logo. Recém-chegada o meu rabo. Acho que basta passar vinte e quatro horas com esses caras e qualquer um já é velho de guerra.

Ivy tira o gelo do prato e o joga de volta em Luca.

— Justo. Enfim, Emily e eu crescemos com eles. Estudamos nas mesmas escolas, você sabe como é. Na verdade, Emily está praticamente noiva de Mason desde que nasceu.

Eu me lembro disso e faço a pergunta que estava na minha cabeça antes.

— Então por que você está sempre com o Ezra?

As bochechas pálidas de Emily coram quando ela sorri, o cabelo ruivo cai por cima do ombro.

— Deixe a Ivy contar a história. Ela vai fazer soar muito mais interessante.

Ivy ri.

— Isso é porque você sempre deixa partes de fora. É um conto às avessas, e fica confuso se faltarem certas partes.

Os olhos cor de água voltam para mim, o tom é quase uma combinação perfeita com a piscina ondulando às suas costas.

— Certo, voltando o máximo que podemos… Era uma vez uma princesa mimada e um príncipe quebrado…

As horas seguintes são passadas aprendendo detalhes do Inferno, quem eles são e o nome designado a cada um. Fiquei sabendo das conexões entre as famílias e as mulheres que foram adotadas pelo grupo. Aprendi mais sobre Shane, mas me recusei a responder os detalhes íntimos que elas pediram.

Esses são dele e meus apenas, e elas entenderam quando não revelei nada.

Quando minha barriga fica cheia e meu maxilar dói de tanto rir, começo a perceber como essa família é unida, escolhida, e não formada pelo nascimento.

Eu também costumava pensar que o que Shane fez comigo era errado, mas, depois de ouvir as histórias, percebi que me safei com bastante facilidade.

Só há mais uma peça que não consegui encaixar bem ainda, então enquanto Ivy, Luca e Emily riem sobre algo que Gabriel fez, eu me viro para Ames.

— Qual é a sua parte nisso? Você é a única que não contou nada.

Os olhos de Ames se arregalam, e ela se remexe desconfortavelmente no assento.

De repente, a comida volta a ser mais interessante, e percebo que arrancar a história toda dela vai ser mais difícil do que deveria.

capítulo trinta e oito

Shane

Depois de dar uma olhada rápida para Brin e vê-la acenando para eu ir, saio de lá, relutante, e subo as escadas. Ezra vem logo atrás, o resto do Inferno espera no escritório de Tanner.

— Feche a porta.

Ezra a bate com um pouco de força demais, e as paredes chegam a vibrar. Me junto a Jase na parede, porque todos os assentos estão ocupados. Somos só nós, nenhuma mulher está nessa reunião.

— O que está acontecendo? — pergunto.

Tanner bate uma caneta na mesa e então se vira para mim.

— Você consegue abrir as câmeras da sua casa pelo celular?

— Sim.

— Ótimo. Assista ao vandalismo de novo, e preste atenção dessa vez. Me diga o que vê.

Faço o que ele pediu, tiro o telefone do bolso, passo o dedo pelas gravações e encontro os vídeos que salvei.

Assim como da última vez, vejo quatro caras de preto quebrando janelas e destruindo tudo mais ao redor.

Digo isso a Tanner, e ele faz careta.

— Todos nós pensamos ter visto a mesma coisa, mas depois de rever tudo, notei que algo não se encaixava.

— Tipo o quê?

Ele faz sinal para eu me aproximar da mesa e vira a tela para eu ver.

— Essa é a gravação de quatro das nossas casas. Eu estava tentando imaginar como quatro homens conseguiram não só chegar a cada uma delas tão rápido, mas também causar tanto estrago.

Quatro gravações se passam ao mesmo tempo na tela. Sem ver nada de diferente da minha, pergunto:

— Qual é a diferença?

— Olhe com atenção — Gabe instrui, com a bebida de sempre na mão. Tanner passa os vídeos de novo, e é quando eu noto.

— Um deles é uma mulher.

Assim que a vê, é impossível não notar. Mas é preciso olhar com atenção para notar a diferença no corpo quando comparado ao dos outros.

— Isso mesmo — responde Tanner —, mas só em quatro casas. As outras foram vandalizadas por equipes totalmente masculinas.

É quando eu percebo.

— Havia duas equipes.

— É — ele concorda. — Sete caras e uma mulher. Quem você conhece que se encaixa nessa descrição?

Quando não respondo de imediato, Tanner clica a caneta em frustração.

É Damon quem responde.

— Talvez sete caras em quem demos uma surra antes de ir para a cadeia e a uma mulher que você comeu e que foi o estopim da briga para início de conversa.

Fico completamente imóvel.

— Paul.

— Bingo — diz Tanner, chamando minha atenção de volta para si. — E creio que tenha sido um deles que ferrou com o seu carro. Não aqui, porque minhas câmeras mostraram o grupo sair em disparada daqui assim que atearam fogo na porra toda. Então, onde o seu carro ficou depois disso?

Repasso aquela noite na minha cabeça, e rilho os dentes quando percebo o que ele está dizendo.

— Na Myth. A gente foi lá para Brinley falar com a Ames.

Faz sentido. Belezinha é um carro que se destaca, e todo mundo sabe que ele é meu. Talvez depois de não encontrá-lo em nenhuma das casas, Paul e os outros foram à Myth naquela noite para celebrar a suposta vitória contra nós.

Devem ter visto o carro no estacionamento e usaram o que tinham para ferrar com ele. Quase todo carro tem uma chave de roda, então só precisaria de poucos minutos para pegarem uma na caminhonete e afrouxarem as porcas do meu pneu.

— Eu vou matar aquele filho da puta.

— Não — Tanner responde —, não vai. Dessa vez, vamos fazer as coisas do jeito certo e decidir como todo o Inferno vai lidar com a situação.

Ele não precisa falar muito mais para eu entender a indireta. Eu tinha me adiantado antes, cuidando dos problemas do meu jeito, e só causei outros no processo.

Quando cruzamos olhares, ele arqueia uma sobrancelha.

— Antes de você ficar todo eriçadinho, por que não fica aqui e escuta para variar?

Recado enviado e recebido. E, para Tanner, foi do jeito mais sutil possível.

— Tá, tudo bem. — Atravesso a sala para me encostar na parede. — Em que vocês estão pensando?

Relaxando em seu assento, ele clica aquela merda de caneta de novo, seu olhar escuro percorre todos nós.

— Temos três problemas prementes no momento: Paul, o governador e Scott.

Preciso me segurar para não exigir que Scott e Paul fiquem para mim. Ambos fizeram coisas que ameaçaram a vida de Brinley, tendo a intenção de feri-la ou não. E ambos precisam pagar por isso.

Mordo a língua e guardo minhas opiniões para mim. Tanner assume a liderança nesse assunto.

Maldade pura reluz no seu olhar, e vejo Traição assumir. Ele fica mais feliz quando está planejando o próximo jogo para foder com a vida de alguém.

— Vamos jogá-los um contra o outro. Usar um para destruir o outro, e aí, assim que a merda atingir o ventilador, atrair Hillary para a coisa toda e deixar a situação um pouco pior.

Ok. Estou ouvindo.

Tanner clica a caneta.

— Cacete, se fizermos tudo direitinho, talvez até mesmo consigamos fazer sobrar para o governador. Vão ser quatro contra um, e o resto de nós simplesmente senta e observa tudo.

Agora estou ouvindo de verdade. Tirar o governador de cima da gente é só mais um jeito de assegurar a segurança de Brinley nessa história toda.

— Quais são as ordens? — pergunta Gabe.

— Preciso pensar. Vamos chegar lá quando Mason voltar. Tenho certeza de que vai precisar de nós nove para o que tenho na cabeça. No entanto, ainda há a questão de como colocaremos as mãos nos servidores.

LILY WHITE

— Sei onde eles estão — Taylor diz. — Pelo que a mãe de Scott me contou e o pouco de informação que Brinley e Shane deram quando ela voltou, fui capaz de encontrar a primeira casa que a mãe de Brin alugou quando foi para a Georgia.

Gabe sorve sua bebida.

— E como vamos saber que eles não foram tirados de lá? Scott e Jerry têm noção de que Brinley vai nos levar direto para eles.

— Já cuidei disso — explica Tanner, com outro clique da maldita caneta. — Assim que Taylor me passou o endereço, contratei um detetive particular para ficar de olho na casa. Contanto que não tenham tirado os servidores de lá antes de ele ter começado a vigia, ninguém fez nada.

— Mas ele viu alguma atividade? — Gabe pergunta.

— Sim. Mas só de Jerry. Como já sabemos que Scott está de volta, faz sentido ele não ter sido visto.

Silêncio preenche a sala por um breve momento, nenhum de nós sabe o que fazer agora que temos a informação de onde estão os servidores.

Ao me lembrar dos temores de Brin, abordo o problema óbvio.

— Seja o que for que façamos para pegá-los, temos que fazer isso sem machucar o pai de Brinley. Ela vai ficar devastada se tiver ajudado a encontrar o homem e ele acabar morto no processo.

Taylor faz uma sugestão:

— A gente pode ir para a Georgia, mandar Brinley de volta para o abrigo para tirar o pai de lá e aí entramos para pegar os servidores.

— De jeito nenhum — respondo. — O pai dela não estava muito são quando a tirou de mim. Ele deixou Scott apontar uma arma carregada para a cabeça dela. Não há como saber o que ele fará para proteger o lugar.

Tanner me observa com atenção, compreensão se infiltra em seus traços.

— Entendo a sua preocupação, Shane, mas, para assegurarmos que Jerry não será ferido, precisamos da ajuda de Brinley. Ela é a única pessoa contra quem ele não vai lutar.

— Não tem como a gente saber. — Mal contenho a raiva na minha voz. Não a arriscarei. Por nada.

— Então vamos perguntar a Brinley — Gabe sugere.

Olho feio na direção dele, que suspira.

— Ela deve saber como tirá-lo da casa sem alertá-lo do fato de que estamos indo atrás dos servidores. Se ela se encontrar com o pai em público, talvez ele não faça nenhuma estupidez nem a machuque.

— *Talvez* — coloco ênfase na palavra. — Mas não é uma certeza.

— A gente pode pelo menos conversar com ela — Gabe argumenta.

Não vendo nada de errado com a sugestão, assinto.

— Tudo bem. A gente pode falar com ela. Mas se eu não gostar da ideia que tivermos, não vai rolar. Vocês sentiriam a mesma coisa se fosse Luca, Ivy ou Emily assumindo esse risco.

Incapaz de discutir com isso, eles balançam a cabeça.

— Então vamos esperar para decidir o que fazer quanto aos servidores até falarmos com Brinley. — Gabe se vira para Tanner. — O que mais precisa ser resolvido?

— Nada em que posso pensar quanto a isso pode ser decidido sem Mason aqui. Até ele voltar, deem o fora do meu escritório. Tenho trabalho a fazer.

Conforme instruído, todos começamos a sair, mas Tanner me chama antes de eu atravessar a porta.

— Shane, volte esse seu rabo para cá.

Caralho.

Eu tinha a esperança de evitar ficar sozinho com ele.

A caminho da porta, Damon passa por mim e dá um tapinha no meu ombro.

— Boa sorte, otário. Se essa for a última vez que te vejo, só se lembre de que te amei como a um irmão.

Eu o olho de rabo de olho, o que só o faz rir.

Atravesso a sala e me largo na cadeira diante de Tanner, não muito pronto para ouvir a palhaçada da qual ele vai reclamar dessa vez.

Assim que todo mundo sai, sua atenção é direcionada somente para mim.

— Luca te perdoou pela merda com o pai dela. Mas eu, não.

Surpreso com isso, estico as pernas diante do corpo para cruzar os tornozelos.

— Eu não matei o pai dela. O que há para perdoar?

Ele clica a caneta, e eu xingo; qualquer dia desses, vou caçar cada uma que há nessa casa e me livrar delas.

— O fato de que você não me disse que estava sendo enviado para a Georgia. E que não disse porra nenhuma depois que foi trazido de volta. Nenhum de nós deve suportar essa merda sozinho. Não vai dar certo se mentirmos uns para os outros.

Cruzo os braços e abro um sorriso debochado para ele.

LILY WHITE

— E eu sou o único?

Ele bate a caneta na mesa e se senta erguido na cadeira.

— Não, você não é o único, mas é o que mais me preocupa.

As palavras de Brinley voltam para mim. O que ela disse no lago sobre o meu relacionamento com Tanner. Em vez de perder as estribeiras e gritar em resposta, tento abordar o assunto com um pouco mais de compreensão.

Talvez até mesmo certa apreensão.

Minha família de sangue nunca deu a mínima para mim. Me parece inteligente cuidar de um grupo de amigos que sempre esteve ao meu lado. Ainda assim...

— Por que, especificamente?

Tanner ri. É um daqueles sons latidos que carregam consigo a mensagem de que ele não consegue acreditar que não enxergo o que ele está pensando.

— Porque você fica no meio de todos nós. Não que mantenha o grupo unido, mas é um canal entre aqueles de nós que são mais cautelosos com tudo e aqueles que não estão nem aí.

Eu franzo a testa.

— E o que isso quer dizer?

Obviamente frustrado, ele pega a caneta e a clica de novo, e decido fazer um favor a mim mesmo.

Levanto-me do assento, estendo-me através da mesa e arranco-a da mão dele. Tanner não diz uma única palavra quando atravesso a sala, abro a porta do escritório, jogo a caneta no corredor e bato a porta.

Ele me olha feio quando volto e me sento.

— Se sente melhor?

Assinto.

— Sim, odeio essa merda dessas canetas.

Tanner sorri.

Ele abre a gaveta da mesa, tira de lá outra caneta, mostra para mim, e a aperta uma vez.

— Você vai precisar ser mais rápido que isso. Faz anos que Gabe está roubando as minhas canetas pela mesmíssima razão. Eu tenho um estoque. Podemos ficar nessa a noite toda.

Ah, puta que pariu.

— Voltando ao que eu estava dizendo. Meu ponto é que, enquanto Gabe, Taylor, Mason e eu fazemos as coisas de adulto por aqui, o resto de vocês são relaxados e fazem o que querem. A comunicação com os gêmeos,

Sawyer e Jase pode ser difícil. Eles não querem ouvir. Só que costumam seguir o seu exemplo, você percebendo ou não.

Ele tem razão.

— Então eu sou o filho do meio?

— Basicamente. — Ele pausa, sua expressão suaviza. — Você também é quem vai reagir instantaneamente caso um de nós seja ferido. Sem nem pensar, é você quem corre para qualquer situação sem se importar com o que isso vai causar a você. Por essa razão, eu preciso me preocupar mais contigo. Me recuso a arriscar te perder porque não conseguimos nos comunicar, e porque você não ouviu antes de fazer alguma idiotice.

Não posso nem discutir. Como seria possível? Ele me encurralou com essa.

— Chega de mentiras — diz Tanner. — Entre todos nós. Nada mais dessas porras de segredos. E, de agora em diante, me procure quando tiver algum problema ou uma ideia de como pretende resolvê-lo. Você é inteligente, Shane. E é meu irmão. Não estou tentando te dar ordens; só acontece que acho que duas cabeças pensam melhor que uma. Entende?

— É — respondo, e esfrego os músculos tensos do pescoço. — Saquei.

Do jeito de Tanner, ele acabou de dizer que me ama e essas merdas.

— Estamos de boa? — pergunto. — Posso ir agora?

Mais alguns cliques da caneta só para me irritar.

— Pode. Dê o fora daqui. Estava esperando um abraço?

Mas nem fodendo. Fui.

Atravesso a sala com três passadas longas e quase arranco a porta ao abri-la. Eu a bato ao sair, e encontro Damon me esperando perto da escada com um pacote de curativos e pomada.

— Mas que porra é essa? — indago.

Ele me entrega tudo e sorri.

— Pensei que você fosse precisar depois de ter acabado de levar uma carcada.

Jogo aquelas merdas na cabeça dele, o que só o faz rir.

— Vai se foder, Damon.

Ele me segue ao descer as escadas.

— Só quero saber se Tanner usou lubrificante depois de ter te curvado sobre a mesa.

Eu me viro para olhar para ele, dou um soco, e nós dois perdemos o equilíbrio e rolamos pelas escadas.

Estamos ambos rindo quando começamos a lutar no chão do foyer.

364 **LILY WHITE**

Gabe aparece lá quando vai em direção às escadas.

— Estou vendo que Shane sobreviveu, e tudo voltou ao normal. Vocês, crianças, tentem não quebrar nada nessa briguinha aí no chão.

Ele vai para passar por nós, mas eu sou mais rápido.

Seguro-o pelo tornozelo, e o faço tropeçar de forma que cai no chão com a gente, fazendo ser três homens crescidos ali, batendo um no outro.

Talvez Tanner esteja errado sobre quem são os adultos e quais de nós são os problemáticos.

Gabe está rindo tanto quanto Damon e eu quando me dá uma mata-leão e diz para eu pedir arrego.

capítulo trinta e nove

Brinley

Parecia que eu tinha morrido e ido para o céu.

Nove homens.

Todos usando ternos caros impecavelmente sob medida.

Cada um estava sentado em uma cadeira executiva de couro ao redor de uma imensa mesa de reuniões.

Era uma imagem saída de uma fantasia, verdade seja dita. Só a aparência deles era o bastante para fazer boa parte das mulheres babar, mas havia algo quando estavam todos juntos que fazia as pessoas tremerem.

Mas não é por isso que eu estava no céu.

Apesar do quanto eram lindos como grupo, havia só um homem em que eu conseguia me concentrar no momento.

Geralmente, ele era visto usando jeans rasgado, talvez uma camiseta ou uma blusa social com as margas enroladas até os cotovelos.

Ele ficava bem com as mãos calejadas de trabalhar com ferramentas impiedosas. A graxa, a sujeira e as manchas de óleo que estavam sempre na sua pele só destacavam a obra de arte tatuada por todo o seu corpo.

Mas colocar esse mesmo homem em um terno, pentear seu cabelo e arrumá-lo um pouquinho? É o equivalente a trazer à vida outro lado dele que sussurra sacanagem no seu ouvido enquanto leva o mundo a acreditar que ele é um anjo perfeito.

Shane dá uma piscadinha para mim lá do outro lado da mesa, o terno esconde boa parte das tatuagens, menos a pontinha de uma que espia de seu pescoço.

Meus olhos estão cravados nela, uma dica de que por baixo daquela roupa chique e do exterior refinado está um herege que leva a vida sem seguir qualquer regra, fazendo o que bem lhe agrada.

Agora entendo por que o chamam assim.

Foda-se o que o mundo pensa.

E que tudo o que é considerado cortês e aceitável vá para o inferno.

Quando se trata das pessoas que ele ama e que lhe são importantes, aquele homem vai arrasar o mundo inteiro para proteger o que pertence a ele.

E, sim, talvez nem sempre ele tome as melhores decisões, mas é o coração que impulsiona suas atitudes, e por isso... talvez eu seja capaz de perdoá-lo.

Para ser sincera, olhando-o assim, todo arrumado e interpretando seu papel de advogado em um escritório que tem o seu nome, não posso deixar de me lembrar como foi ontem à noite, quando eu estava presa debaixo dele, com seus dentes trilhando o meu pescoço enquanto...

— Brinley!

Tanner estala os dedos, e quase dou um jeito no pescoço quando paro de olhar para Shane e me viro para a frente da sala de reuniões. Ouço uma risadinha baixa vindo do lado de Shane, e olho para ver o canto de seus lábios curvado em diversão.

Ele deve saber em que eu estava pensando.

— Foco. Estamos fazendo planos aqui.

Volto a olhar para Tanner, e consigo sentir o calor do rubor se espalhar por minhas bochechas.

— Hum — falo, aturdida —, tudo bem. Você me perguntou alguma coisa?

Tanner olha feio para mim.

— Sério? Te fiz pelo menos umas quatro perguntas.

Ivy se inclina em seu assento para sussurrar para mim:

— Cuidado, garota. A gente não quer chatear o Paizão.

Passo os lábios um sobre o outro e os mordo por dentro para segurar a risada. Foi esse o apelido que demos para Tanner enquanto almoçávamos à beira da piscina.

— Claro — consigo dizer, recuperando o controle. — E quais foram?

Tanner me encara antes de desviar o olhar para Ivy. Ele clica a droga da caneta, e agora eu entendo do que Shane tanto reclama.

— Ok, é por isso que é problemático deixar as mulheres se sentarem perto umas das outras. Ainda mais agora que temos cinco delas. Elas começam a cochichar essas merdas. Estrogênio demais desse lado da mesa. Mudem de lugar. Menino, menina, menino, menina.

— Você não pode estar falando sério — Gabe fala devagar.

O olhar escuro de Tanner se fixa nele.

— Pode ter certeza de que estou falando sério, caralho. Se uma delas pertence a vocês, precisa se sentar ao seu lado. Andem logo.

Todas as mulheres ali riem e vão se sentar com quem estão saindo. E não porque pertencemos a eles como se fôssemos um objeto. Mais porque nosso coração pertence a eles. Não vejo problema nenhum em me sentar ao lado de Shane.

Quase que no mesmo instante, meus dedos envolvem os dele, tão forte é a necessidade dele de estender a mão e me tocar sempre que estou perto o bastante para isso.

É como se eu ainda fosse aquela ilhazinha tranquila em seu mar turbulento, um bastião que o acalma, ou um lugar tranquilo que afasta o caos da sua cabeça.

Seu toque acalma algo dentro de mim também. Lembra-me de não ter medo. Derrota a ansiedade que costumava me sufocar quando eu não tinha motivo nenhum para sentir tanto medo.

— Agora que o problema dos assentos foi resolvido, voltemos às minhas perguntas.

Tanner se vira na minha direção.

— Brinley, tudo o que você sabe sobre o Scott. Valendo.

Troco olhares com Shane por um instante e sorrio.

— Não sei se isso é uma pergunta.

Tanner prende Shane com o olhar.

— Pare de influenciar a garota. Brinley era uma pessoa semidecente quando a recebemos no grupo. Você a está transformando no Shane 2.0. Pode parar.

— Nada — Shane responde, com um apertão nos meus dedos —, ela ainda é uma nerd.

A risada borbulha para os meus lábios, mas deixo passar para responder à pergunta de Tanner antes que uma veia arrebente no seu cérebro e ele tenha um derrame.

— Tudo bem. Eu cresci com ele e Everly. A mãe deles era dona de casa, e a avó ajudou a criá-los, já que o pai era do exército e estava sempre em missão. Everly manteve contato comigo e com Scott antes de ir para Yale. Depois, mal tive notícias dela. Ela está fugindo de alguma coisa, e Scott me disse que é dele. Hum, Scott estava no exército e agora trabalha para o governador, mas não sei bem por quê.

368   **LILY WHITE**

Tanner assente.

— Algo mais?

Dou de ombros e falo:

— Tenho o telefone dele guardado em algum lugar. Fui instruída a ligar se algum dia cruzar com Everly ou tiver notícias dela.

Outro aceno de cabeça.

— E o que sabemos de Everly é que ela estava em Yale por uma razão, supostamente foi plantada lá pelo pai de Luca e pode ou não ter entregado uma mensagem de Gabe para ele quando voltou para a Georgia.

Tanner olha para Gabe.

— São essas coisas que são importantes para eu saber, a propósito. Não posso planejar nada se vocês escondem essas merdas.

Gabe ergue as mãos em rendição fingida.

— Nada mais de segredos.

— Como deveria ser. — Tanner se vira para Taylor.

— O que você sabe sobre Hillary e Paul?

Taylor empurra os óculos para o alto do nariz e afasta os olhos do computador.

— Eles têm uma imobiliária que cuida de propriedades residenciais e comerciais. E no momento estão causando alarde sobre serem um casal poderoso na área. Basicamente, brincam com a ilusão de que têm um relacionamento perfeito. O interessante é que no momento eles estão trabalhando na venda de um prédio comercial que está ligado ao governador Callahan.

Um clique de caneta, e então:

— Que ligação é essa?

— Ele quer comprar o imóvel. Paul está representando o governador.

Tanner aponta a caneta para Ivy e pergunta:

— O que você sabe sobre isso?

Ivy simplesmente acena como se abanasse a pele. Quando ela não diz nada, Tanner faz careta.

— Ivy?

Os olhos cor de água olham para ele, uma piada não dita está estampada em cada curva de sua boca, o cabelo louro-platinado escorre por suas costas em ondas.

— Desculpa. Meu estrogênio está me pegando feio, só consigo pensar em fazer biscoitos e ter bebês.

Tanner aponta a caneta para Gabe.

— Controle a sua mulher.

Gabe ri.

— Você que a controle. Já consertei danos em propriedade o suficiente tentando essa façanha.

— Cacete — Tanner resmunga. — Ivy, só responda à porra da pergunta.

Ela revira os olhos.

— Não faço ideia. Não estou em contato com o meu pai. Mas, se tivesse que dar um palpite, provavelmente tem algo a ver com o escritório de advocacia que ele vai abrir caso perca a próxima eleição. Vão lançar alguma organização de caridade e precisam de um prédio como sede. Ele faz esse tipo de coisas quando a eleição está chegando.

Ao ponderar aquilo, Tanner bate a caneta nos lábios. E, cacete, mas Shane está certo. É como se desse para ver o cérebro do cara trabalhar. Um complicado conjunto de ações e acontecimentos sendo processados mais rápido do que o computador de Taylor.

— Por que ele perderia a eleição? O estado ama o homem.

Ivy dá de ombros e tira um pelinho da blusa preta de casimira.

— Talvez tenha algo a ver com os pais de vocês e o que quer que esteja nos servidores e naquele pen drive. Por que mais ele estaria fazendo essa porra toda?

A atenção de Tanner se volta para Ames.

— O que está rolando com o pen drive?

— Ah, merda. Minha vez? — Ela olha ao redor da mesa. — Desculpa, pensei que não faria parte disso. Não me preparei.

Tanner resmunga.

— Quem está descriptografando o pen drive, Ames?

Ela sorri.

— Isso é fácil. Meu irmão, Kane Hart, e alguns amigos dele.

Taylor se endireita no assento, o computador não é mais a coisa mais importante em seu mundo.

— Você falou Kane Hart?

Ames pisca.

— Sim. Meu irmão mais velho.

— Puta merda, Taylor. Pelo seu olhar, parece que você acabou de gozar.

Taylor mostra o dedo do meio para Ezra por causa da piada e se vira para Ames.

— Seu irmão é uma lenda. E nem mesmo ele está conseguindo descriptografar o pen drive?

370 **LILY WHITE**

Ele faz a pergunta como se toda a sua vida dependesse disso. Eu não conheço Taylor muito bem, mas Shane me disse que ele anda meio estranho ultimamente.

Ames balança a cabeça.

— Não. Da última vez que tive notícias, ele tinha pedido ajuda a uma menina chamada Hannibal? O que é péssimo para ela, porque, que nome horroroso. Acho que a mãe a odiava ou algo assim.

— O quê?

Algo naquele nome faz Taylor ficar de pé e bater as mãos na mesa.

— Você falou Hannibal?

— Sim. Que nome cagado.

Pela expressão de Taylor, você pensaria que ele acabou de ver Deus.

— Não é um nome, é o nick dela.

Ok, agora estou confusa.

— Algo disso importa, porra? — Tanner pergunta, erguendo bem a voz para ser ouvido por todo mundo.

O foco de todos se volta para ele.

— Eu não preciso de um resumo da porra do hall da fama tecno-geek. O que preciso é de informação que ajude a derrubar Paul, Scott, Hillary e talvez o governador. Alguma informação sobre isso?

— Ah, bem, merda — Ames deixa escapar. — Por que você não disse logo? Sei que esse tal de Paul gosta de passar tempo nos quartos dos fundos da Myth. E não é com nenhuma Hillary. Mas posso te dizer que ele é um pervertido com P maiúsculo. Bizarro pra caralho pelo que ouvi.

Cada um ali se vira para olhar para Ames.

— E como você sabe quem o Paul é? — Shane pergunta.

— Contexto. Sério, vocês falaram pra cacete. Paul é o cara com quem Damon e Shane brigaram na Myth. Eu estava dançando no segundo andar naquela noite, então vi a coisa toda. E reconheci Paul porque, como eu disse, ele gosta muito daqueles quartos dos fundos. Nós, dançarinas, vemos e conversamos muito. Não somos só bundas bonitas rebolando na jaula.

Movendo-se em seu assento, Damon tenta dar uma verificada na bunda dela.

— Assim...

Ela dá um tapa na nuca dele.

— Comporte-se.

Juro, no minuto que eu a pegar sozinha de novo, vou amarrar a garota em uma cadeira e exigir saber tudo o que está rolando com Damon. Eles são bons em manter as aparências, mas tem *alguma coisa*.

Tanner de novo:

— Você consegue pôr câmeras nesses quartos dos fundos?

Ames sorri.

— Amor, posso colocar o que você quiser lá. É só dizer.

Quase dá para ver o momento em que todas as partes se encaixam nos pensamentos de Tanner. Os olhos escuros se iluminam, e sua expressão fica tão satisfeita que seria de se pensar que ele acabou de conseguir dominar o mundo.

— Eu sei o que fazer. Não vai acabar com o Scott, mas vai arrasar com o governador, com a Hillary e com o Paul.

— Ótimo. Só dar as ordens para que a gente possa voltar ao trabalho. Sabe, aqui no escritório de que somos donos — Gabe lembra a ele.

Dispensando o comentário, Tanner usa a droga da caneta como se fosse uma mira a laser.

— Jase, fique de olho na transação que o governador vai fazer para comprar o prédio comercial. Eu quero saber quando ele vai fechar o contrato e se ele planeja fazer alguma merda de evento para comemorar a compra.

Caneta para Ames.

— Você precisa voltar ao trabalho. Vamos deixar alguém lá o tempo todo só no caso de Scott ou outro assecla do governador decidir aparecer. Se Paul for lá para usar os quartos, preciso que uma das meninas que trabalha lá esteja pronta para qualquer show que ela consiga armar. Preciso que seja filmado.

— Não precisa pôr ninguém para me vigiar — ela o interrompe. — Granger não vai deixar ninguém chegar perto de mim.

Ela não está errada quanto a isso.

— Eu não ligo. — Caneta para Damon e Ezra. — Um de vocês vai ficar o tempo todo na Myth enquanto Ames estiver trabalhando. Não deixem Paul ver vocês.

Caneta para Shane.

— Preciso de qualquer gravação que foi feita na noite em que você comeu a Hillary.

Meus olhos se arregalam ao ouvir isso, e Shane me encara e articula com os lábios "a gente fala disso mais tarde". Ele me abre um sorriso rápido e inocente antes de se virar.

Ah, mas com certeza a gente vai.

— Emily, preciso das informações do seguro que você conseguiu de Everly depois do acidente de carro em que se envolveram.

A caneta se vira para Mason.

— Preciso que você manipule a informação do seguro para mostrar um endereço específico.

Caneta de volta para Taylor.

— Você vai precisar cuidar de alguns vídeos quando os tivermos e hackear a lista de convidados do evento de venda da propriedade quando ele for marcado. Certifique-se de que nós todos estejamos na lista.

Sawyer fala:

— E eu? — A caneta se vira na direção dele.

— Scott vai aparecer no endereço que plantamos para ele. Você vai colocar um rastreador no carro dele enquanto ele revista o lugar. Depois disso, vou precisar das fotos das pessoas que entrarem e saírem daquele carro enquanto ele está brincando de chofer do governador. — Tanner respira fundo e olha ao redor da mesa. — Acho que isso cobre todo mundo.

Gabriel pigarreia.

— E eu?

Tanner lança um olhar irritado para ele.

— Você cuida da porra do escritório como sempre. Não vou lidar com essa merda. — Uma picadinha, e então Gabriel sorri.

— E o que você vai fazer?

Tanner se levanta, ajeita a grava e puxa os punhos da camisa.

— Ser a porra de um gênio. O que mais?

Ele joga a caneta no meio da mesa, o plástico atinge a madeira com um clique audível antes de girar sobre a superfície e ir perdendo força aos poucos.

Antes de ela parar, Tanner vai até a porta da sala de reuniões.

— Reunião de família encerrada. — Ele sai, e todos nós voltamos o foco para a caneta girando devagar. Jase fala primeiro:

— Alguém já fantasiou em enfiar uma dessas merdas de caneta no rabo de Tanner?

Gabe responde:

— Eu estava pensando que enfiar o pacote inteiro de canetas no rabo dele seria muito mais divertido.

Quase todo mundo resmunga concordando.

capítulo quarenta

Shane

— Você gostaria de me explicar como Brinley descobriu que fui eu o otário que desconectou o motor de arranque do carro dela?

Priest fala alto o bastante para ser ouvido por cima da música que coloquei nas alturas enquanto troco um cárter.

Saio de debaixo de um Chevy Bel Air 57 e encaro Priest por cima da minha esteira.

— Eu pretendia tocar no assunto.

Ele estreita os olhos.

— Teria sido bom antes de ela terminar de me dar um belo de um esporro.

Confuso com aquilo, me pergunto quando Brinley teve a oportunidade. Entre as aulas e estar aqui na oficina comigo, a única vez que ela fica sozinha é quando sai com as meninas.

Essa noite, ela deveria ir jantar com Luca e Ivy antes de me encontrar na minha casa.

A pergunta deve ficar óbvia na minha expressão. Priest faz careta.

— A sua garota está aqui, a propósito. E eu estou dando o fora. A gente conversa sobre o que você me deve por essa merda quando eu te vir amanhã.

Na mesma hora, ergo a cabeça e esquadrinho a oficina.

Brinley está parada na porta do escritório de Priest, com um refrigerante na mão e um riso travesso curvando seus lábios.

Bruxinha...

Ela deve ter abordado Priest antes de eu poder impedi-la.

No entanto, ao ver a garota usando um vestido preto curto com um decote profundo e a saia abraçando as coxas... não vou reclamar por ela ter aparecido aqui de surpresa.

Eu a como com os olhos, e rio por ela ainda estar usando o All Star velho de guerra.

— Tudo bem, cara. Dirija com segurança no caminho de casa.

Nem me dou o trabalho de olhar para Priest quando o dispenso.

Sempre que Brin está por perto, só tenho olhos para ela.

Priest resmunga consigo mesmo ao pegar as chaves na mesa da recepção e passa por Brinley em seu caminho até a porta dos fundos.

Eu me sento na esteira, e continuo encarando-a em silêncio até ouvir Priest dar a partida na moto e sair do estacionamento.

Curvo um dedo, sinalizando para ela vir até mim.

De início, ela inclina o queixo em desafio. Mas depois da semana que passamos nesse jogo de gato e rato, seria de se pensar que ela saberia o quanto as coisas seriam piores se ela me fizesse ir atrás dela.

Só que estou começando a pensar que ela gosta disso.

E só posso culpar a mim mesmo.

Parece que o ego de qualquer um ficaria um pouco inflado por saber que há alguém por aí que correria atrás da pessoa, não importa para onde ela vai.

Brinley Thornton poderia tentar fugir para as profundezas do inferno, e eu derrubaria os portões e dançaria sobre chamas e enxofre só para encontrá-la e mantê-la do meu lado.

É o lugar a que ela pertence.

Não vou aceitar nada menos.

Fico de pé, chuto a esteira para longe e aciono o botão para abaixar o pequeno elevador hidráulico sob o Bel Air.

Outro mover de dedo para dar a ela uma última chance.

Ela fica onde está, os dedos firmes ao redor da lata, e a indecisão gravada em seu rosto bonito.

Inclino a cabeça, curioso.

— Ah, cacete — ela diz por fim, seus olhos reviram quando se move para deixar a lata na mesa da recepção, em seguida caminha com aquele corpo maravilhoso até mim.

Mal ouço sua resposta por cima da música alta, mas sei o que sai daqueles lábios quando ela se aproxima.

Estamos frente a frente, ela para e inclina o pescoço para trás para olhar para mim.

— Você está imundo — comenta, antes de cutucar a mancha de óleo no meu macacão.

Eu me abaixo para falar na orelha dela, e não deixo de notar o modo como estremece.

— Pensei que fosse o que você gostava em mim.

A risada irrompe no meu pescoço, sua cabeça se vira o bastante de forma que ela consegue enviar o mesmo tremor pelo meu corpo.

— Lá vem você com essa palavra de novo. Não sei se a gente já está lá.

— Mentirosa — provoco.

Minhas mãos coçam para se arrastar pelas laterais do seu corpo e segurá-lo. Mas estou coberto de óleo, graxa e sujeira.

Limpo as mãos o melhor que posso nas minhas pernas, me afasto só o suficiente para conseguir abrir o macacão e tirá-lo.

Eu o chuto longe, só estou um pouquinho menos sujo, e meu olhar percorre uma trilha lenta pelo corpo de Brinley até se fixar nos seus olhos.

Menos sujo no corpo, talvez.

Mas a mente continua imunda.

— Você já viu o interior de um Bel Air 57?

Brinley balança a cabeça e olha ao redor para dar uma espiada no carro.

— É lindo.

Não só lindo. Esse Bel Air está completamente restaurando, tão perto do original que você poderia pensar que voltou no tempo. Priest e eu estamos trabalhando no carro desde o dia que ele o resgatou de dentro da garagem de um coroa qualquer e o rebocou até a oficina.

Ficar parado por tantos anos não foi muito bom para impedir a ferrugem da lataria, mas o interior permaneceu basicamente imaculado.

Saio da frente e aceno com a cabeça para lá.

— Vá em frente. Dê uma olhada.

Ele está pintado com um tom de azul que combina com os olhos de Brinley e uma faixa branca atravessa a lateral, as cores do interior são as mesmas.

Há uma fagulha de curiosidade em seu olhar, mas depois de um curto momento de hesitação, ela avança para abrir a porta do motorista.

— Ai, meu Deus — suspira. — Que carro incrível.

Do jeitinho que pensei que ela reagiria, Brinley se inclina para entrar e dar uma olhada lá dentro.

Não vou mentir e dizer que não aproveito a oportunidade para admirar sua bunda redonda e perfeita, meu pau vem à vida só com a visão.

— Shane — ela diz, com o torso no carro ao se virar para olhar a parte de trás. — Eu mataria para dirigir algo assim.

LILY WHITE

Isso é bom, eu acho. Ela não serviria para mim se não se sentisse desse jeito.

— É seu — confesso, mas ela não me ouve por cima da música.

Priest teve um treco quando me ofereci para comprar o carro. Ele o queria para si depois de se apaixonar por outro que restauramos há anos. Mas depois de eu oferecer o dobro do que valia, ele cedeu.

Dou um passo para frente, seguro os quadris de Brinley e pressiono meu corpo no dela. A garota quase bate a cabeça na moldura da porta na sua pressa de se erguer.

Não tenho dúvida nenhuma de que ela acabou de perceber o quanto que vê-la naquele carro me deixou excitado.

Eu me curvo para falar no seu ouvido de novo, e instruo:

— Suba no banco de trás.

Ela balança a cabeça primeiro, as bochechas queimam vermelhas.

Inclino uma sobrancelha, desafiando-a a seguir as instruções.

— Aqui? — pergunta, excitação e nervosismo guerreiam em sua expressão.

— Somos só nós.

Ela hesita por um instante, olha ao redor, mas então sorri e faz o que foi dito. Entro logo atrás, não dando a mínima para o fato de que vou passar várias horas limpando a bagunça que farei lá dentro.

Não perco tempo ao passar as mãos pelas suas panturrilhas até os joelhos, subo sua saia até a cintura, e meus dedos deslizam por aquelas coxas perfeitas.

— Shane — ela reclama, mas não sei se é o recato falando ou se não é o que ela quer.

Vez ou outra, Brinley ainda tenta se esconder de mim, então vou ultrapassando seus limites aos poucos. É minha responsabilidade ensinar isso a ela, não há nada que qualquer um de nós consiga esconder um do outro.

Além do mais, também sou um babaca, e amo ver seu rosto quando ela é encorajada a fazer algo que a deixa desconfortável.

Mas não pense nunca que a estou machucando. Eu daria a vida para protegê-la de qualquer ameaça. E mais, Brinley nunca se importa com a insistência, porque eu sempre me certifico de que a nova experiência seja agradável.

Mas a garota é teimosa feito uma mula. Suspeito que, se alguém tentar forçá-la a fazer qualquer coisa que não queira de jeito nenhum, ela vai entrar no modo ninja e mostrar à pessoa exatamente o que acha.

Vou subindo beijos até o meio do seu peito, agarro o decote do seu vestido e o puxo para baixo com os dentes. Seus seios se livram do tecido e o decote os empina o suficiente para que eu envolva a boca em um. Assim que minha língua lambe o mamilo, ela responde, enrijecendo, e o mordisco só para ouvir Brinley gritar.

— Shane, cacete.

Seu corpo se contorce sob mim, me excitando ainda mais.

— Você está me sujando toda. — Ela ri.

Liberto o seu seio, olho para ela e sorrio.

— Pequena, quando eu acabar aqui, você vai precisar de vários banhos para ficar limpa de novo.

Rastejo-me mais pelo seu corpo, meu pau pressiona o interior da sua coxa por debaixo do meu jeans, minha boca reivindica a sua quando meus dedos assumem e se emaranham no seu cabelo longo e cheio.

Um sonzinho escapa de sua garganta, e eu o engulo.

Não sei como ela faz isso, essa garota nerd é meu completo o posto e, ainda assim, de alguma forma, somos iguaizinhos.

Por causa dela, eu me vejo querendo viver de novo. Não do jeito como eu costumava fazer. Não sem precaução.

Vou brigar só quando for necessário, não porque estou louco por diversão.

Vou beber para celebrar em vez de para arranjar uma forma de ficar entorpecido.

Ainda vou dirigir só porque amo a estrada, mas talvez reduza um pouco quando for fazer curvas fechadas.

Brinley me dá algo pelo que viver.

Ela também me dá a chance de me redimir e uma forma de me perdoar por todas as pessoas que machuquei.

Toda noite, confesso meus pecados para uma bela deusa. Arrependo-me de meus pecados ao protegê-la e dar a ela a vida que merece.

Cacete, toda noite eu me deito e adoro o altar do seu corpo para que ela possa me dar a paz que eu tanto busco.

Gosto de pensar que lhe dou algo em troca.

Brinley não precisa mais se esconder. Não de mim nem do mundo. Ela não precisa temer o perigo à espreita nem os monstros que vivem no escuro.

Agora ela tem um monstro só seu que vai agir como seu guardião, um homem tão apaixonado que não há perigo nesse mundo que poderá atingi-la.

Libertando nosso beijo, minhas mãos deslizam pelas suas pernas para afagar a seda úmida da sua calcinha.

Sua cabeça cai para trás, mas ela não vai parar de discutir.

— Para — ela diz, com outro arroubo de risada. — A gente está profanando o carro de outra pessoa.

Meu polegar circula o seu clitóris no que meus lábios pressionam em seu ouvido.

— Nada, não estamos profanando coisa nenhuma. Estamos batizando.

Quando ela geme, eu a provoco mais, meu polegar vai mais rápido conforme seu corpo estremece.

Ela está praticamente ofegando, mas continua discutindo.

— Isso... não... é... batizar... Nós... não...

Já sei onde essa linha de raciocínio vai parar.

Minha voz se torna um murmúrio.

— Você não me ouviu antes.

Um arquejo escapa dos seus lábios. Eu nem a espero responder. A julgar pelo seu olhar e a forma como suas coxas se contraem na minha mão, duvido muito que ela seja capaz.

— Esse carro é seu, Brin.

Brinley quase chega ao limite, não é um orgasmo completo, mas a calcinha de repente fica encharcada.

Seus olhos reviram, e o corpo enverga de alívio. Pressiono a ponta do dedo médio na sua boceta, meu polegar ainda traça círculos em seu clitóris.

Quando ela recupera o controle, consegue falar:

— Eu já tenho um carro.

— E eu disse que ia tacar fogo nele. Não estava brincando.

Outra onda de prazer a atravessa, e quase arrebento minha coleira e como essa garota até a inconsciência.

— Você... não pode...

Que se foda.

A esse ritmo, ela vai continuar discutindo até estar gritando o meu nome.

Sou rápido ao empurrar o meu jeans só o suficiente para libertar o meu pau. Encaixo-me na sua boceta e movo a outra mão até a sua garganta e a seguro lá.

— Shane, você não pode tacar...

Entro nela, e a discussão é interrompida, suas pernas já estão tremendo quando só deixo a pontinha e volto a estocar.

Seu corpo foi feito para o meu, os músculos se contraem até eu diminuir o ritmo para evitar que eu goze.

Há duas coisas que posso te dizer enquanto embaçamos as janelas desse carro.

Primeira: os amortecedores do Bel Air são fenomenais pra caralho. O carro ainda balança com cada estocada, mas nada muito preocupante.

E a segunda...

Eu estava errado quando disse que dirigir Belezinha a toda velocidade era melhor que sexo.

Mas na época eu não tinha experimentado a liberdade que vem com fazer sexo com a mulher que eu amo.

capítulo quarenta e um

Brinley

E cá estamos de novo.

Quase que de volta ao início, à noite que conheci um homem maravilhoso, vestido de um jeito que só servia para esconder o que estava enterrado lá embaixo.

Só que esta noite, eu podia desfrutar da vista.

E, para variar, eu me encaixava no ambiente.

Ames aperta meu braço com o seu, animação é um fio elétrico na sua voz quando ela sussurra no meu ouvido:

— Ah, outra festa de gente esnobe. O que você acha que vai acontecer dessa vez? Será que vão começar a trepar ao ar livre? Tipo uma orgia maluca de ricaços?

Rio ao me lembrar do que aconteceu da vez que ela invadiu a festa de noivado comigo, olho para ela e de volta para os homens e mulheres circulando pelo evento de caridade, a expressão deles não demonstra surpresa nem desdém quando veem Ames e eu ali.

— Comporte-se, Ames. Só estamos aqui para testemunhar o show. E, até acontecer, você precisa tentar se misturar.

Embora ela esteja usando um belíssimo vestido preto longo e sem alças, o cabelo azul que foi preso em um coque cheio de joias ainda entrega o fato de que ela não pertence a esse lugar.

Chegamos ao evento com os meninos, as três limusines em fileira ao pararmos no tapete vermelho.

Um após o outro, o Inferno e suas acompanhantes desembarcaram e caminharam com confiança até as portas, sabendo muito bem que o nome deles estaria na lista de convidados.

Graças a Taylor. Do contrário, perderíamos o trabalho do grupo.

Ainda não entendi por completo os meandros do que eles planejaram. Shane me contou uma coisa ou outra, mas então explicou que esse é o jogo de Tanner. Todo mundo sabe somente a própria parte até que veem tudo se encaixando.

Felizmente, a parte de Shane foi curta, o que deu a ele bastante tempo para aproveitar o trabalho na oficina enquanto também me seguia por aí como a droga de um segurança.

Ele tacou fogo no meu carro.

É. Tal qual prometeu.

Simplesmente verteu gasolina em um terreno baldio e riu ao assistir as chamas lamberem o céu.

Não estou brava com ele por isso. Tem sido divertido dirigir o Bel Air que ele me deu. Cada vez que assumo o volante é quase como voltar no tempo.

É um carro chamativo, atrai atenção aonde quer que eu vá. Mas, por alguma razão, não me importo com isso agora. Não me incomoda as pessoas encararem, não me incomoda eu não conseguir mais me misturar para não ser vista.

Creio que tenha muito a ver com a influência de Shane. E me certifico de agradecer a ele por isso toda vez que relaxamos à noite, juntinhos na cama dele ou na minha, e passamos as poucas horas seguintes explorando o que significamos um para o outro.

De pé ali no evento de caridade com Ames, tento não rir.

Em um lado do salão, Shane e o resto do Inferno estão juntos, uma visão e tanto por si só, mas uma ameaça silenciosa para os três que estão oferecendo o evento.

O governador não para de ajustar o colarinho da camisa do smoking, os olhos dele se desviam para os meninos antes de olharem para mim. De vez em quando, ele se aproxima da porta e verifica a lista de convidados, creio que para se certificar de que o nome de todos nós está mesmo lá.

Mais engraçado ainda é Hillary e Paul.

Os dois estão colados um no outro, com os braços entrelaçados, e a imensa aliança com um diamante de três quilates resplandece tanto quanto seu brilhante vestido vermelho de lantejoulas.

Eles circulam em meio à multidão, cumprimentando os convidados e bancando o casal perfeito, mas há certo medo na expressão dos dois, os olhos mantêm o Inferno à vista o tempo todo.

Várias vezes, vi Tanner ou um dos meninos erguer a taça de champanhe e abrir um sorriso educado em cumprimento. Me faz rir todas as vezes.

Durante a hora que estamos ali, fiquei atenta para ver se encontrava Scott. Mas ele não apareceu. Ou estava ocupado com algo ou ainda está bancando o chofer e não faria sentido ele aparecer como convidado.

Até onde sei, ele pode muito bem estar esperando lá fora com os carros à disposição do governador.

Enquanto esquadrinho a multidão, meu olhar volta para o homem mais lindo que já vi. Ele está todo empertigado naquele smoking sem a gravata borboleta, os botões branquíssimos da camisa estão abertos, deixando só um pouquinho da tatuagem lá embaixo visível.

Mas é Shane.

Ele odeia aquelas roupas e esse ambiente, então sempre dá um jeitinho de deixar tudo suportável, mesmo que isso o distinga da multidão.

Nossos olhares se cruzam através do salão lotado, o calor assume sua expressão antes entediada quando ele curva um dedo para que eu vá até ele.

Inclino meu queixo em desafio. Mesmo que não haja nada que eu queira mais no momento do que estar ao lado dele, não posso deixar Shane pensar que pode me convocar sempre que quer. É um toma lá dá cá, se ele acha que precisa de mim ao seu lado, ele pode muito bem vir até mim.

Um sorrisinho de aprovação curva o canto de sua boca, sua cabeça se inclina para o lado para ele falar alguma coisa com Damon antes de abrir caminho em meio à multidão, suas passadas longas e elegantes me seduzem enquanto o homem se aproxima.

Ele para bem diante de mim, tão perto que preciso jogar a cabeça para trás para olhar para ele.

— Quer dançar?

Sorrio, aceito o convite e dou tchau para Ames, então permito que Shane me conduza até o meio do salão onde um punhado de convidados tem aproveitado a música.

Ele envolve os braços ao redor da minha cintura e pega uma das minhas mãos. Shane conduz, e descubro mais uma das muitas formas como seu corpo pode se mover.

Ele é um dançarino incrível, e não há como não pensar que é essa a razão para ele se mover do jeito que faz na cama. Sua coordenação e gingado me deixam tonta e saciada, seja em uma pista de dança ou sob os lençóis, seu corpo sempre conduz o meu, mesmo quando estou cansada demais para continuar.

Shane me puxa para mais perto, seu braço se aperta em torno do meu corpo, e a boca se move para o meu ouvido.

— Tanner me contou o que vai acontecer essa noite.

Um sorriso repuxa meus lábios. Eu andei imaginando.

— Ao que parece, eles alteraram as informações do seguro de Everly e fizeram um chamado falso. Isso alertou Scott, assim como sabíamos que aconteceria, então ele foi correndo investigar o falso endereço que plantamos.

Não sei bem se eu deveria sentir pena de Scott. Pelo que o cara disse, ele está desesperado para ajudar a irmã. E ainda não tenho ideia da razão para ela continuar fugindo dele.

Somente o tempo dirá se seu desejo de ajudar a irmã é sincero ou se há algo mais sinistro rolando e que a impede de ficar em um mesmo lugar por muito tempo.

Shane me gira para longe do seu corpo e me puxa de volta, nossos quadris se movem ao ritmo da música antes de sua boca voltar para o meu ouvido.

— Sawyer colocou um rastreador no carro de Scott e o seguiu por alguns dias para tirar fotos das pessoas que ele conduzia por aí e deixava em lugares diferentes por ordens do governador.

Franzo as sobrancelhas ao ouvir isso, e me pergunto o que poderia ter de mal em algumas fotos. Eu pergunto, e Shane sorri.

— A tecnologia opera maravilhas. Jamais acredite no que vê em fotos. São fáceis demais de alterar.

Uma risadinha sacode o meu peito.

— Eu já sei o que têm contra o Paul. Ames não mentiu quando disse que ele era esquisitão.

Consigo sentir Shane sorrir contra a minha bochecha.

— É. O vídeo é genuíno e original. Não precisamos mexer em nada. Vou tentar não esquecer de agradecer a ele por isso qualquer dia desses. Facilitou demais a nossa vida.

Ames, por sua vez, fez um trabalho incrível. A primeira noite que ela viu Paul entrar na Myth sozinho e procurando se divertir em um dos quartos dos fundos, ela deixou todas as outras meninas em alerta, o palco estava armado e à espera.

— O vídeo da Hillary deu um pouco mais de trabalho, mas Taylor deu um jeito.

Suspiro. Shane me explicou a situação da Hillary, e não posso ficar brava com ele por isso. Para começar, foi antes de ficarmos juntos. E foi

384 **LILY WHITE**

mais uma das tarefas terríveis que lhe foram dadas e que ele odiou concluir.

Abrigo a esperança de que agora que estou com ele, a ferramenta que ele se tornou não vai mais ser útil para o pai e até mesmo para o Inferno.

Shane é uma pessoa que sente profundamente, então a menos que o trabalho seja absolutamente necessário, vou exigir que qualquer um ao seu redor pense duas vezes antes de pedir que ele faça coisas terríveis.

Outro giro para longe do seu corpo, e ele me pega com tanta elegância em seu movimento que rouba o meu fôlego.

— E mais, Mason encontrou e convenceu um antigo funcionário rancoroso do governador Callahan a amarrar tudo.

Penso nisso e pergunto:

— Como ele convenceu o homem a se envolver nessa história?

— Ah, muito simples. Uma porrada de dinheiro e a promessa de que ele daria o troco no governador pelo que foi feito a ele e ao seu trabalho. Além disso, anonimato completo.

Agora eu estou curiosa.

— Quando a grande revelação começa?

Ao nosso redor, um coro de colheres batendo em taças começa, a música é abaixada, e nossa atenção é atraída para a frente do salão.

Paramos de dançar, e Shane segura a minha mão.

— Começa agora.

Ele me lança um sorriso ardiloso e me leva através da sala, de volta para onde o resto do Inferno está.

Meus olhos se deparam com Ames parada ao lado de Damon, e arqueio uma sobrancelha, curiosa.

Algo com certeza está rolando entre esses dois, e vou ficar muito feliz por ela se ele a tratar bem.

— Bem-vindos à inauguração do Callahan's Kids, uma organização sem fins lucrativos que vai mudar a vida e assegurar um futuro brilhante para todos os órfãos do país.

Ao meu lado, Ivy toca o meu braço durante o discurso do pai e enfia um dedo na boca, como se estivesse vomitando. Ela chega perto o bastante para que eu consiga ouvi-la.

— Que conversa fiada. Isso aqui não vai ajudar uma única criança. É só mais outro negócio de fachada para ele roubar dinheiro dos idiotas que fazem doações para esse lixo de obra de caridade. Cacete, até onde eu sei, é bem capaz que ele use o lugar para lavar dinheiro.

Meus olhos se arregalam ao ouvir isso, mas volto minha atenção para o governador.

Flashes de câmeras disparam por todo o salão, as luzes brilhantes se refletem nos cristais nas mesas e nos lustres.

Não economizaram na decoração.

O salão está deslumbrante com uma mistura de verdes suaves e toques de marfim. Mesmo as toalhas da mesa são do mesmo tom de marfim que combina com as cortinas e os balões elegantes.

Atrás do governador Callahan, uma televisão imensa mantém a contagem das doações que já foram feitas essa noite. Pisco chocada ao ver a quantia de trinta e cinco milhões de dólares.

— Como muitos de vocês sabem, esse lugar será a sede da organização, e quero agradecer especialmente a Paul Rollings e a Hillary Cornish pelo papel que cumpriram para concretizar a compra da propriedade.

Com um aceno de mão, o governador aponta para Paul e Hillary, que estão de braços dados no meio do salão de baile.

Sorrisos largos agraciam o rosto de cada um deles, Hillary está radiante agora que seu casamento foi anunciado e se tornou um evento social a que muitos estão implorando para comparecer.

Preciso reconhecer... apesar dos problemas óbvios no relacionamento deles, os dois são bons pra cacete interpretando o papel de casal feliz.

A voz do governador chama a nossa atenção de volta para ele. O homem abre um sorriso animado e aponta para a tela.

— Não só estou orgulhoso dos convidados aqui esta noite, que excederam nossas expectativas com suas doações generosas, mas tenho mais uma surpresa guardada. Ontem à noite, uma rede de notícias de alcance nacional entrou em contato comigo para fazer uma matéria especial sobre o Callahan's Kids. E ela entra no ar — ele olha para o relógio — agora.

O governador recua para poder se virar para a televisão, o homem é todo sorrisos enquanto as câmeras continuam tirando fotos, os flashes são quase atordoantes de tão rapidamente que disparam.

Todo mundo ali se vira para a tela, o valor das doações é retirado para que a reportagem comece.

Olho para Shane e para o resto do Inferno, e noto os sorrisinhos rápidos que logo somem quando eles se obrigam a parecerem um pouco entediados, mas devidamente interessados.

— Boa noite, eu sou Jane Coplan — a repórter se apresenta, seu rosto é amigável e um pouquinho sisudo. — Um novo projeto de caridade foi recentemente aberto pelo governador Thomas Callahan em seu estado de origem, e informações preocupantes vieram à luz durante nossa recente investigação.

Cochichos estouram por todo o salão, as sobrancelhas do governador franzem em confusão enquanto seu corpo fica petrificado.

O noticiário muda a tomada para um cenário de entrevista, Jane está se sentando, e o corpo e o rosto de seu convidado estão borrados para que ele não seja identificado.

— Estamos aqui esta noite com um convidado especial que pediu para manter o anonimato. No entanto, dadas as informações que ele tem, não estou surpresa. Ao que parece, o governador Callahan está envolvido não somente com fraude, mas também tem comportamento perturbador e por vezes violento. Vamos nos referir à nossa fonte como Sr. Black.

Dou uma olhada para Sawyer, e noto um sorriso ínfimo repuxar o canto de sua boca. É interessante o fato de o anônimo usar o sobrenome dele.

O governador puxa o colarinho da camisa do smoking então acena para uma equipe de funcionários. O homem sussurra ordens para eles, mas dá para ver pela cara dele que o que quer que esteja dizendo não é nada agradável.

Mais cochichos atravessam o salão, e percebo que ele não pode simplesmente desligar a televisão para salvar a própria pele. Só o faria parecer culpado.

Jane começa a entrevistar o convidado.

— Sr. Black, você revelou a mim que é capaz de confirmar as informações que nos passou, porque costumava trabalhar de perto com o governador Callahan.

O homem borrado assente, sua voz foi disfarçada por um filtro eletrônico.

— Sim. Trabalhei na mansão dele de tempos em tempos.

Com isso, o governador chama mais pessoas. Elas se batem para sair correndo em direções opostas enquanto o homem continua tentando fingir um sorriso.

Alguns membros do Inferno bufam, mas nenhum deles perde a compostura entediada e astuta.

Em vez disso, se ocupam ajeitando gravatas borboleta, puxando punhos da camisa ou simplesmente tirando pelinhos da roupa.

Jane continua:

— E o que você pode me dizer do que testemunhou enquanto trabalhava na mansão?

— Que ele odeia crianças — o homem responde. — E ele faz coisas com elas. Coisas que não deveriam ser feitas. A própria filha não fala mais com ele, e houve até um incidente em que ela teve que escapar da mansão fugindo por uma janela depois de ele bater nela e a trancar no quarto.

— Ohhh — Ivy sussurra às minhas costas —, ele vai perder a cabeça.

Quando o governador se vira para olhar para ela, o rosto dele está vermelho brilhante. Ivy ri baixinho.

— É. Bem o que pensei. Tenho a sensação de que não vou ser convidada para o Natal esse ano.

Chocada pelo governador não ter tentado tirar do noticiário, observo quando ele volta a olhar para a tela, ignorando diligentemente todas as pessoas ao seu redor que estão cochichando por trás das mãos.

— Mas foi pior que isso — Jane diz para o convidado, com tom taciturno. — O que mais você pode nos contar que te fez ficar preocupado com o Callahan's Kids?

— Eles são todos uns pervertidos — o homem responde, sem fazer rodeios. — O governador e as duas pessoas que o ajudaram a comprar a propriedade.

Jane se vira para olhar para a câmera.

— Os vídeos que estamos prestes a passar podem ser perturbadores. É melhor tirarem as crianças da sala.

Uma série de vídeos é exibida depois disso, misturados com fotos de Scott abrindo a porta do carro para o governador, Paul e Hillary... e também para várias crianças borradas.

O primeiro vídeo mostra Paul amarrado em uma mesa no que obviamente é um quarto de sexo, com uma mordaça em forma de bola na boca, usando um fraldão. Quando uma mulher aparece no vídeo, ele implora para que ela mije nele e a chama de mamãe depois que ela tire a mordaça e coloque uma venda nele. A mulher usa um squeeze para fazer parecer que está fazendo o que foi pedido, e Paul geme alto quando o líquido lhe atinge o peito.

Aquele vídeo, então, muda para um segundo com Hillary e quem parece ser o governador. Ela está montada no colo dele enquanto grita o nome do homem, com suas partes borradas para ficar apropriado para a transmissão.

De volta para Jane.

— A partir dessas fotos e vídeos, o senhor afirma que eles envolviam crianças no que obviamente é um...

388   **LILY WHITE**

— Chega — o governador Callahan grita. — Podem desligar.

A tela fica preta.

Ele se vira para a sala, o homem está obviamente furioso, mas consegue se controlar.

— Por favor, desconsiderem qualquer coisa que acabaram de ver nessa tela...

Mas é tarde demais. Os convidados já estão saindo, com o nojo evidente em suas expressões.

O governador não se incomoda em ficar no salão para ver os convidados irem embora. Ele caminha com passos rápidos e furiosos em direção à porta dos fundos, um grupo completo do seu séquito vai atrás dele.

Quando passa por nós, seu olhar veemente encontra o de cada um dos meninos do Inferno. Todos eles assentem, um a um, e abrem um sorriso cortês.

Mas o show verdadeiro está no meio do salão.

Paul e Hillary ainda estão parados. A expressão do homem é um quadro em branco de descrença, enquanto a mulher soluça ao seu lado.

Ele nem se esforça para pegá-la quando ela se afunda no chão, e um bando de amigos corre para tentar consolá-la. Com o silêncio se fazendo ali, o choro dela é tudo o que se pode ouvir.

Quando eles a colocam de pé, ela grita:

— Seu desgraçado!

A mão dela dá um tapa no meio da cara de Paul, e a cabeça dele vira para a esquerda com a força do impacto. Ela avança para fazer pior, mas os amigos conseguem agarrá-la e puxá-la para longe.

Paul continua parado sozinho no meio do salão, em choque absoluto.

Cada membro do Inferno sorri, todos ficamos parados onde estamos quando Tanner declara com toda a calma do mundo:

— Bem, nosso trabalho está concluído. Acho que é hora de ir.

Despreocupados, vamos em direção à saída; quase chegamos lá quando Shane me puxa e aponta a cabeça para Paul.

— Preciso fazer só mais uma coisa — ele diz.

Com medo de ele estar prestes a começar uma briga, apesar da promessa que me fez que pararia com aquilo, escolho confiar nele e ir junto.

Sua postura está relaxada quando ele alcança Paul, com uma das mãos enfiada no bolso enquanto a outra segura a minha.

Shane se aproxima o suficiente de Paul para poder se inclinar e manter a voz baixa. Ele sorri quando entrega a mensagem:

— Se algum dia você se aproximar de qualquer um de nós de novo, ou se até mesmo colocar um dedo em algo que nos pertence, saiba que não vai sobreviver ao que faremos.

Os olhos deles se encontram, Shane com um sorriso educado, ao passo que os olhos vermelhos de Paul o fuzilam.

Há humor na voz de Shane quando ele diz:

— Você foi avisado.

E, assim, ele se vira para mim e me leva para fora do prédio em direção à limusine que nos aguarda. Permite que eu entre primeiro e logo se acomoda ao meu lado, então me dá um beijinho na bochecha.

Dividindo o carro com Tanner, Luca, Gabe e Ivy, ficamos todos em silêncio enquanto o chofer fecha a porta.

Assim que o veículo arranca e vai na direção da rua, não conseguimos nos controlar mais.

Tanner fala:

— Vocês viram o olhar letal que o governador Callahan lançou para a gente?

Nós gargalhamos tanto que precisamos secar as lágrimas que escorrem por nossas bochechas.

epílogo

Damon

Pela quantidade de carros no estacionamento, posso dizer que a Myth está lotada. Mas não só por isso, também dá para ouvir um pouco da música lá dentro e ver as pessoas entrando e saindo.

Já por dentro da rotina, tiro a carteira do bolso quando me aproximo do babaca do segurança.

— Quanto hoje? — pergunto a ele.

Patrick cruza os braços sobre o peito imenso, as armas que eles são se avolumam para parecerem ainda maiores.

Eu ainda brigaria com o desgraçado se tivesse a chance, mas, no momento, mal sou permitido lá depois da merda que fiz.

— Mil — ele responde, por fim.

Ganancioso pra caralho esse otário, mas me faz obedecer direitinho. O cara é a única razão para eu poder entrar, e ele tira vantagem disso sempre que pode.

Pego o dinheiro na carteira e olho feio para ele quando o bato em sua mão estendida.

— Cada dia fica mais caro. Já comprou um carro novo com o que arrancou de mim?

Uma risada profunda sacode o seu corpo.

— Estou quase lá, cara. Fico surpreso por você continuar pagando. Deve ter algo lá dentro que você está louco para ver.

Eu não diria que estou louco para ver, mas, ao mesmo tempo, não consigo me abster de me arrastar para cá para ter um gosto dela de novo.

Ames se tornou meio que um vício. Uma punição. Uma cretina como nenhuma outra mulher que já conheci, mas uma sereia que continua me arrastando para cá.

Depois de embolsar o dinheiro, Patrick abre a porta e faz sinal para eu entrar. A música alta ataca os meus sentidos, a batida praticamente faz as paredes tremerem com o som ritmado. Luzes giram acima da minha cabeça, e a multidão de otários bêbados sai da minha frente quando atravesso o primeiro piso, indo em direção às escadas.

É como se eles pudessem dizer o humor em que estou essa noite. Um em que eu não me importaria de desferir quantos socos fossem necessários para tirar essa raiva de mim de uma vez por todas.

Mas ela nunca vai embora.

Não importa o que eu faça.

Não importa a situação, o quanto eu tenha que beber nem quem eu esteja comendo, ela sempre está lá, montada em mim.

Não consigo escapar.

E as lembranças que a criaram estão sempre se repassando na minha cabeça.

Mas pelo menos há uma única distração que é descarada o bastante para me dominar, uma mulher que me odeia tanto quanto eu a ela, mas que mesmo assim não desiste de me domar.

Subo as escadas, chego lá em cima e meus olhos se prendem em seu rosto. Ela parece extasiada dançando lá na gaiola, com o cabelo azul bagunçado em torno da cabeça, aquelas porras de asas de anjo balançando nas costas... é uma das maiores mentiras que já vi.

Ames não é nem nunca foi um anjo.

Seu corpo sabe direitinho como se mover, seus quadris rebolam em um ritmo perfeito com a música, e o decote faz seus peitos balançarem o suficiente por cima do espartilho que ela usa para ser a alma da provocação.

Seu corpo se afunila para baixo até uma cintura macia e firme, a bunda redonda é grande o suficiente para preencher as mãos de um homem como eu.

O corpo dela é lindo.

Ninguém pode negar.

E estou começando a pensar que esse mundo maldito que nunca fez nada por mim a colocou aqui de propósito, só para ferrar ainda mais com a minha cabeça.

Da jaula, Ames olha ao redor do salão, e os lábios se viram para baixo em uma careta no segundo em que me vê.

Não posso me aproximar dela. Não com aquele babaca para quem ela trabalha montando guarda.

Vou ao bar em vez disso, dispenso o bartender com um gesto quando ele pergunta o que quero beber. Não estou aqui para isso.

Dez minutos se passam antes de eu sentir um toque no meu ombro esquerdo.

Eu me viro e vejo Ames atrás de mim, seus olhos estreitados no meu rosto enquanto ela acena para eu segui-la até o corredor.

Escolhemos um quarto vazio, o cenário dessa noite é composto por uma única poltrona deixada lá para um homem ver o palquinho redondo lá no meio com um pole de strip que vai até o teto.

Fecho a porta atrás de nós, e Ames se vira para me olhar.

— Vamos fazer isso de novo? Pensei que o acordo estivesse encerrado depois que Brinley ficou feliz.

Ah, ela está brava comigo, mas qualquer um estaria. Joguei com ela sem ela saber o que a esperava e a forcei a fazer algo como só alguém do meu grupo faria.

— Tira — exijo, ao apontar o queixo para o espartilho.

É zoada a forma como não suporto essa mulher e mesmo assim não consigo me fartar dela.

Talvez eu esteja me levando ao limite. Quem sabe? Mas não consigo me impedir de desejá-la.

Ames balança a cabeça e cruza os braços.

— Eu paguei a porra do seu preço, Damon. Menti e ferrei com a minha melhor amiga por sua causa. Ela está na Georgia agora com aquele otário que a levou, pensando que prestei queixa de seu desaparecimento.

A verdade é que a gente não teria capturado Brinley se não fosse pela Ames. Ela não só garantiu que as duas estariam na estrada na hora certa para que as tirássemos de lá, como também mentiu para Brinley sobre prestar queixa.

Foi só para fazer a garota pensar que Shane tinha uma sorte do caralho por conseguir sequestrá-la. Sendo que a coisa toda foi encenada.

Mas deu certo.

Brinley e Shane parecem estar se dando bem.

O que Ames não sabe é que a levarei para a Georgia amanhã, e que estou aqui essa noite para pegá-la.

Mas, antes de eu dizer isso, tenho outra ideia em mente, algo em que não consigo parar de pensar por mais que tente.

— Quanto dessa vez, Ames? Você sabe que eu quero entrar nesse seu corpo, e sabe que me quer aí também. Por que resistir?

— Porque eu te odeio pelo que você me fez fazer — ela responde.

Meus lábios se curvam.

— É recíproco. Então pode ir tirando essa merda. Aproveita também para tirar esse shortinho, mas deixe as asas. Elas me lembram da mentirosa que você é.

Seu olhar é veneno puro.

E porra, me deixa mais duro ainda.

Inclino a cabeça em dúvida, sabendo muito bem que ela quer isso tanto quanto eu. Às vezes, acho que Ames tem tanta raiva dentro de si quanto eu, e que ela levou uma vida tão ferrada quanto a minha.

Ela simplesmente esconde o fato por trás do sorriso e do disfarce ridículo de que está aproveitando a vida ao máximo.

Mantendo o olhar fixo no meu, desamarra, devagar, o espartilho e o deixa cair no chão.

Meu olhar desliza pelo seu corpo para avaliar os seios perfeitos, depois vou mais para baixo para observá-la tirando o short justo pelos quadris e ao longo das pernas.

Não posso esperar mais, então dou um passo para frente, gostando da forma como ela recua para longe de mim até as asas ficarem presas entre seu corpo e a parede.

Uma das minhas mãos agarra seu quadril enquanto a outra envolve seu seio, meu polegar roça o mamilo enrijecido.

Eu me inclino para sussurrar para ela:

— Toque em mim, Ames. Do jeito que você sabe que eu gosto.

Ela estende a mão para desabotoar o meu jeans e desliza a mão para dentro para mover os dedos ágeis ao longo do comprimento do meu pau.

Quase gozo na mão dela.

Essa garota me excita como ninguém mais.

Enquanto ela me punheta com força, puno seu seio com a mão ao mesmo tempo em que percorro os lábios pelo seu pescoço e ao longo do seu maxilar.

Mas ela tem uma regra, uma que estou determinado a seduzi-la para que enfim a quebre.

Eu me movo para beijar Ames, e ela afasta a cabeça.

— Eu já te falei o que isso é, Damon. Você não vai me fazer mudar de ideia.

Rio em seu pescoço; odeio dar a notícia para ela, mas a garota acabou de se tornar um desafio que eu pretendo vencer.

— Como quiser, Blue. — Azul, como o seu cabelo.

Eu a ponho de joelhos.

Quando seus lábios deslizam pela cabeça do meu pau, e eu trinco os dentes por causa da delícia que aquilo é há apenas um único pensamento na minha cabeça.

Essa mulher se tornou meu novo brinquedo favorito.

E nem fodendo eu a deixarei escapar de mim.

fim

A The Gift Box é uma editora brasileira, com publicações de autores nacionais e estrangeiros, que surgiu no mercado em janeiro de 2018. Nossos livros estão sempre entre os mais vendidos da Amazon e já receberam diversos destaques em blogs literários e na própria Amazon.

Somos uma empresa jovem, cheia de energia e paixão pela literatura de romance e queremos incentivar cada vez mais a leitura e o crescimento de nossos autores e parceiros.

Acompanhe a The Gift Box nas redes sociais para ficar por dentro de todas as novidades.

 www.thegiftboxbr.com

 /thegiftboxbr.com

 @thegiftboxbr

 @GiftBoxEditora